김형중 비평집

후르비네크의 혀

펴 낸 날 2016년 8월 31일
지 은 이 김형중
펴 낸 이 주일우
펴 낸 곳 ㈜문학과지성사
등록번호 제1993-000098호
주   소 04034 서울 마포구 잔다리로7길 18(서교동 377-20)
전   화 02) 338-7224
팩   스 02) 323-4180(편집) 02) 338-7221(영업)
전자우편 moonji@moonji.com
홈페이지 www.moonji.com

ISBN 978-89-320-2903-0 03800

이 도서의 국립중앙도서관 출판예정도서목록(CIP)은 서지정보유통지원시스템 홈페이지(http://seoji.nl.go.kr)와
국가자료공동목록시스템(http://www.nl.go.kr/kolisnet)에서 이용하실 수 있습니다.
(CIP제어번호: CIP2016021253)

:: 김형중 비평집

후르비네크의 혀

문학과지성사

안광은 '항상' 지배를 철한다
── 도대체 왜 쓰는가

1. "'왜' 쓰는가?"

이 질문을 상식적인 의미에 따라 글쓰기의 '의도'나 '목적'에 대한 질문으로 이해해보자. 한때는 나도 그런 걸 가지고 있었다. 가령, 1980년대에 돌을 좀 던졌던 나는 실은 공장에 들어갈 용기가 없어서 대학원에 갔고, 거기서 제대로 된 '문학'이란 걸(그래 봤자 거의 독학이었다고 생각하지만) 해봤다. 그 시기는 '문학'이란 단어가 '운동'이란 단어의 접두사 역할을 해도 그다지 어색하지 않던 때였고, 그래서 나는 '문학운동'을 하기 위해(서라고 스스로를 합리화하면서), 즉 (놀랍게도) 세계를 바꾸기 위해(가령 분단 체제 극복에 기여하기 위해, 노동자들이 주인 되는 세상을 실현하기 위해) 문학을 한다고 믿었다. 그러나 지금은 아니다. (항상 그랬던 것은 아니겠지만) 최소한 지금의 한국 사회에서 문학이 세계에 미치는 영향력은 손석희가 진행하는 뉴스 한 구절에도 미치지 못한다고 나는 생각한다. 게다가 나는 이제 더 이상 문학이 어떤 매개도 없이 정치적일 수 있으리라고는 '이론적으로도' 확신하지 못한다.

물론 더 세련되고 그럴듯한 다른 '의도'나 '목적'을 댈 수도 있을 것이다. 그러나, 가령 크리스테바의 주장을 따라 문학적 언어가 결국에는 세계를 개조할 수 있으리라는 기대하에, 혹은 상징주의 시인들이 그랬던 것처럼 내(가 읽어낸) 글이 상징으로 된 성벽 너머의 절대를 지시할 (하다못해 '환기'할) 수 있을지도 모른다는 기대하에, 혹은 블랑쇼나 낭시를 따라 아직도 '무위의 공동체'나 '문학의 공산주의'가 어쩌면 가능할 것이라는 기대하에, '글을 쓴다'라고 나는 말하기 힘들다. 최소한 '당당하게' 말하기는 힘들다. 막연히 그런 기대가 없는 것은 아니지만, 좌편의 뇌가 그것들을 내 글쓰기의 목적이라고 '이해'할 때, 우편의 뇌는 자꾸 그 이해를 비웃고 조롱한다. 믿지 않는 자가 행하는 설교처럼, 저 거창한 명제들을 발화할 때 나는 분명히 어딘가 깊은 곳이 아프고 부끄럽다.

우선 저 대답들은 어딘가 모르게 표피적이다. 게다가 흔히 과장된 것들이 그렇듯이 정색이 심하고 지나치게 숭고하다. 솔직해지자면 내 글쓰기를 추동하는 힘은 더 깊은 데서, 그러나 더 누추한 데서 나온다. 가령, 대학원에 입학하던 시절 '운동'을 원했던 나는 왜 하필 여러 다른 '운동들'을 제쳐두고 '문학'으로 운동을 하겠다고 했던 것일까? 세계를 개조하겠다면서 이러저러한 사회운동 조직이 아니라 왜 하필 문학작품들 속으로 투신했던 것일까? 철학은 왜 안 되고, 미술이나 음악은 왜 아니었던 것일까? "당신은 '왜' 쓰는가?"가 아니라 "당신은 왜 '쓰는가'?" 이렇듯 질문의 강조점을 바꾸자마자, 저 대답들은 어딘가 옹색해진다. 나는 왜 하필 '글쓰기'

를 택했는가? 이 질문에 대해서라면 어깨에서 힘을 풀고 더 솔직해 질 필요가 있어 보인다.

2. "왜 '쓰는가'?"

자문해본다. 언제부터 나는 글쓰는 일을 피할 수 없는 내 업이라 고 여기게 되었던가? 되짚어보면, 절대 '운명'이었다고는 못 하겠 다. 글쓰기와 내가 맺을 수밖에 없었던 필연적인 인연 따위는 없었 다. 정말이지 아주 사소한 우연 때문에 나는 글을 쓰기 시작했다. 초등학교 4학년 시절, 내가 쓴 시가 담임에게 칭찬을 받았고, 교 실 뒤편 게시판에 원고지째로 게시되었다. 거기에 걸린 내 시를 다 시 읽고 또다시 읽는 일이 좋았다. 가을 논에 벼가 익어가는 모습 을 '술렁술렁'(이 의태어는 지금 생각해봐도 초등학교 4학년 또래의 소년이 사용할 수 있는 수준의 것이 아니다!)이라는 후렴구로 리드미 컬하게 묘사해 거의 상고시대의 노동요를 방불케 했던 그 시를 읽 고 (친구란 것들은 키득키득 웃었지만) 선생님은 내게 칭찬을 아끼 지 않았다. 이후로 글 쓰는 일이 좋아졌다.
그러나 이상한 일이지만 나는 지금 그 선생님의 이름도 얼굴도 떠올릴 수가 없다. 기억 속에서 그 분이 지었던 표정은 지상의 그 어떤 이도 지을 수 없을 만큼 인자하고 자애로우며 감탄에 사로잡 혀 있다. 그러나 그 거대한 입 모양 외에 나는 다른 아무것도 기억 하지 못한다. 선생님은 그저 '칭찬하는 입'으로만 남았다. 그때의 시도 마찬가지다. 몇 차례 연의 후렴에서 되풀이되던 '술렁술렁'.

그것이 내가 외고 있는 그 시의 전부다. 그러니까 나는 그때부터 시 자체를, 그리고 글 쓰는 일 자체를 좋아했던 것은 아니라고 해야 맞다. 게시된 내 글을 여러 번 들여다보면서 내가 재차 삼차 확인하고 욕망했던 것은 글쓰기가 아니었다. 원고지 너머로 나는 '인정'을 보고 있었던 것이다. 그런 식으로 나는 (중학교 때는) 내가 쓴 글 너머에서 '천재'(최소한 글을 쓸 때만큼은 친구들이 나를 그렇게 불렀다)라는 말을 읽었고, (고등학교 때는) 은사였던 곽재구 시인이 사주는 짜장면 냄새를 맡았다. 그것은 '인정 욕망', 외에 그 무엇도 아니었다. 만약 그때, 내가 다른 어떤 일로 격한 칭찬을 받았다면 나는 아마도 글쓰기가 아니라 칭찬받은 그 일을 내 운명으로 여겼으리라. 삶이란 실로 우연의 연속이고, 글쓰기도 거기에서 예외는 아니다.

누구나 (그렇게 고통스러운데도) 글을 쓰는 이유는 있을 것이고, 또 그 이유들은 실로 절실하기도 하고 중요하기도 하고 거대하기도 할 것이다. 그러나 왜 하필 그 절실하고 중요하고 거대한 의도와 목적을 글쓰기를 '통해' 이루려고 했느냐는 질문 앞에서 나올 수 있는 유일한 답은 '인정 욕망', 그것 외에는 없을 것이라고 나는 믿는 편이다. 그러나 나만 그랬을까? 글을 쓰면서 정작 '우리'(용서를!)가 사랑했던 것은, 한 편의 글 안에 있는 글보다 더한 그 무엇, 그러니까 선생님의 칭찬, 내 글을 읽고 흘리는 여자아이들의 눈물, 최소한 글쓰기 시간에는 누리게 될 천재라는 호칭, 시인이 사주는 짜장면, 고독한 골방의 담배 연기와 나뒹구는 술병, 그리고 훗날에는 좀더 나은 세계, 언어 너머의 절대, 존재하지 않지만 가능할 것 같은 문학의 공산주의 등등이었던 것이다.

그러니까 나는 지금 문학이란 '공갈 젖꼭지'라는 말을 하고 있는
셈이다. 그렇다. 내게 문학은 아무리 생각해도 공갈 젖꼭지 같다.
입에 물 때마다 매번 우리는 '절대 젖꼭지'(말하자면 '청천의 유방')
를 기대하지만, 물리느니 항상 애타는 공허뿐이다. 데리다의 말마
따나 '문학은 아주 조금만 존재한다'. 그래서 다 먹어치웠다고 생각
하는 순간에도 배가 고프다. 혹은 '문학은 너무 많이 존재한다'. 그
래서 다 먹어치웠다고 생각하는 순간에도 남아 있는 것이 있다. 그
허기 때문에, 우리는 다시 쓰고 또 쓴다.

3. '공갈 젖꼭지'에 대하여

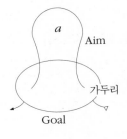

문학을 감히 공갈 젖꼭지 따위에 비유했으
니, 내친김에 좀더 엄밀한 공갈 젖꼭지를 인
용해 그려보자. 라캉은 언젠가 칠판에 이런
걸 그린 적이 있다. 현대 정신분석학에 친숙
한 이라면 익히 알고 있을 '(죽음)충동'의 진
행 도식이다. 이 이상한 공갈 젖꼭지 형상을
글쓰기 버전으로 번역해보면 어떨까?

글을 쓸 때 우리는 매번 어떤 충동의 지배를 받는 듯하다. 그것
이 충동인 이유는 첫째로 반복적으로 돌아온다는 점, 그리고 둘째
로 쾌락원칙 너머의 쾌를 유발한다는 점 때문이다. 여기 한 시인
의 고백을 그 방증으로 삼는다. "시를 쓰고 나면 힘들다. 쓸 때 힘
든 것이 아니다. 쓸 때는 무엇인가에 사로잡혀 심연 한가운데로 떨

어진다. 다 쓰고 나면, 피를 뚝뚝 흘리는 언어들 때문에 울고 싶다. 우는 것으로 안 된다. 우는 것만으로는. 오늘도 삶을 실패한다. 시를 쓰고 나면 그것을 확연히 깨닫는다"(이영주). 지금 저 시인을 사로잡고 있는 그 '무엇'이 충동이 아니라면 무엇일까? 고작해야 삶의 실패를 확인하게 될 줄 뻔히 알면서도 매번 '반복적으로' 시 쓰기에 매달리는 일이 쾌락원칙 너머의 어떤 '(잉여)향유'를 향해 있지 않다면 그 동인을 달리 어디서 찾을 수 있을까?

그렇다면 라캉이 종종 '성감대' 혹은 '부분대상'이라 부르기도 했던 저 '(젖꽃판 모양의)가두리'는 '텍스트'다. 글쓰기 충동은 텍스트 가장자리를 관통해 '청천의 유방', 곧 텍스트 안의 텍스트보다 더한 무엇(대상 a) 주위를 순환한다. 그래서 우리는 매번 쓴다. 쓰지 않을 도리가 없다. 그러나 물론 청천의 유방 따위는 없다. 충동은 결국 텍스트를 빠져나오고 목적지Aim에 도달하지 못한다. 하지만, 그럼에도 불구하고 목표Goal는 이루어진다. 고통과 구별 불가능한 만족, (잉여)향유가 남아서 우리는 마치 지금 막 완성한 조상(彫像)과 슬프고도 격한 사랑을 나누고 난 후의 피그말리온처럼 노곤해질 것이 뻔하기 때문이다.

4. 안광(眼光)은 '항상' 지배(紙背)를 철(徹)한다

"왜 쓰는가?"라는 질문이 시인도 소설가도 아닌 비평가에게 던져졌으니, 비평가는 왜 쓰는가라는 문제가 남았다. 이제 답하기 그다지 어렵지 않은 질문이다. 비평가는 매번 저 공갈 젖꼭지의 정수리, 마치 허방을 향해 난 구멍처럼 생긴 'a'의 자리에 '단 한 권의 책'을 놓는다. 지금 자신의 손에 들고 있는 텍스트를 읽으면서 그는 항상 그 너머의 '더한 무엇', 곧 '절대 텍스트'를 읽는다. 그러나 텍스트는 항상 너무 많거나 너무 적다. 그 허기 때문에 비평가는 읽고 쓴다. 그런 의미에서, (양주동 선생에게는 다소 미안한 말이지만) 그가 원하지 않는 순간에조차 비평가의 안광은 '항상' 지배를 철한다. 텍스트를 읽으면서 정작 그가 읽는 것은 그 너머의 다른 것, 곧 '변장한 유토피아'일 것이기 때문이다.

(짧은 글이나마 교훈이 필요하다면) 공갈 젖꼭지의 비유는 우리에게 두 갈래의 결론을 지시하고 있는 듯하다. 1. "욕망의 대상이면서 동시에 원인이기도 한 '대상 a'가 그렇듯이, 바로 그 결여와 허기가 비평의 동력이다. 받아들여라." 2. "(대문자)문학 따위는 없다. 다만 반복되는 노고만 있을 뿐이다." 아마도 비평가가 늙는다는 건 전자에서 후자로 이동한다는 말일 텐데, 나는 그 이동이 완료될 머지않은 어느 순간을 불안과 기대가 엇갈린 심정으로 고대한다. 그 순간이 오면 나는 비평을 그만두게 될 테지만, 그 순간이 오면 또한 나는 어떠한 기대도 목적도 없이 문학을 '향유'할 수 있을 듯하기 때문이다.

2016년 8월
김형중

차례

1부 문학과 증언

33년, 광주 2세대의 아포리아

1. 2013

중학교에 다니는 딸아이가 웹툰 보기를 좋아한다. 어느 날인가는, 소문으로만 듣던 강풀의 웹툰 「26년」을 보고 나서 내게 이런 질문을 던졌다. "아빠, 왜 「26년」에서처럼 안 하는 거지……?" 분노에 찬 목소리는 아니었으나(종종 우리가 오류를 범하거니와, 제아무리 잔혹했다고 하더라도 어떻게 지상에서 고작 14년 산 주체가 33년 전에 일어난 사건에 대해 분노할 수 있을까? 분노는 여러 정념들 중에서도 체험과 가장 밀접한 정념이어서 교육으로 생성되는 것은 아닐 텐데 말이다), 납득하기 힘들다는 표정이었다. 그러니까 아직 교과서에서 가르치는 것들이나 어른들의 '옳은 말씀'이 세계를 움직이는 원리일 거라고 믿는 14세의 주체에게는, 그런 잔혹한 짓을 저지른 사람이 여전히 같은 하늘 아래에서, 어떤 특권도 버리지 않은 채, 함께 살아가고 있다는 사실이 부조리해 보였던 모양이다. 그때 아마도 내 대답이 이랬을 것이다. "어…… 글쎄…… 그러니까, 그게…… 그렇게 간단하게 말할 수 있는 게 아니란다."

　그런데 이제 와 생각하니 아이러니하게도 그 대답은, 학살자가 자신의 소행을 심문하는 법정에서 "발포 명령을 내린 게 당신 맞느냐"는 질문에 대해 했던 대답과 거의 동일하다. 세상일이 그리 단순하지 않으며, 지켜지지 않는 원칙이 아주 많다는 사실을 나는 이미 받아들여버린 세대였던 것이다.

2. 2006

　최근 주목할 만한 젊은 작가가 쓴 오월소설 연작 세 편(손홍규, 「최후의 테러리스트」/「최초의 테러리스트」/「테러리스트들」, 『봉섭이 가라사대』, 창비, 2008)을 읽었고, 때마침 영화 「26년」(조근현 감독, 2012)이 장안의 화제가 되기도 했던 터라, 이와 관련된 글을 한 편 쓰려고 단행본으로 출간된 웹툰 『26년』(강풀, 재미주의, 2012)도 마저 사서 읽었다. 솔직히 말해 1980년 5월 광주에서 일어났던 일들의 진상을 기록하는 데 주로 할애된 1·2권에서는 별다른 감흥을 받지 못했다. 워낙에 '진상 규명'에 바쳐진 소설이나 영화 텍스트 들에 질려 있기도 했고, 또 광주에 사는 나로서는 책에서 다루어진 내용들 중 새로운 정보라 할 만한 것이 거의 없었기 때문이다. 강풀에게는 미안한 말이지만 그의 그림 솜씨 역시, 이 장르에는 문외한인 내가 보기에도 한국 만화의 새 지평을 열었달 만큼 탁월한 수준은 아니었다. 종종 인물들의 구별조차 힘들었다.

그러나 3권은 좀 달랐다. 이런 대사 때문이었다. 경호실장 마상
렬(웹툰에서도 영화에서도 내겐 가장 흥미로운 인물이 그다)이 일촉
즉발의 상황에서 '그 사람'을 보호하며 "저분은 역사야"라고 말한
다. 그러자 분노한 곽진배가 반문한다. "저놈이 한 일은 역사의 부
분이었다고? 왜…… 그놈이 저지른 일만 역사인가!! 우리가……
지금 살고 있는 현재가 역사다!! 씨발, 뭐 뻑하면 역사에 맡기자면
서 지금 당장은 왜 못해!!! 언제까지 모든 것을 역사에 맡긴단 말
인가……!! 지금!! 바로 지금이!! 바로 우리가 살고 있는 지금이!!
……바로 역사다!!!!"(『26년』 3권, pp. 317~19)

이 구절을 읽으면서, 정연하게 내뱉지 못했을 뿐 내 딸이 (속한
세대가) 실제로 하고자 했던 말이 바로 이것 아니었을까 싶었다.

3. 1997

돌이켜보면, '역사'나 '법'에 의한 심판 운운은 사실 5·18의 가해
자들이 자신들의 죄과에 대한 즉각적인 처벌을 피해가려고 할 때
마다 끌어다 쓰던 대타자의 다른 이름들이었다. 당연한 일이지만,
청문회도 법적 절차였고, 구속도 법적 절차였고, 사면도 법적 절차
였고, 보상도 법적 절차였고, 국가기념일화도 법적 절차였다. 게다
가 종종 변명이 궁해지면 들이대는 말이란 게, '역사는 우리의 행위
를……'로 시작하는 장광설이 아니었던가.

그러나 좀더 깊이 생각해보면, 피해자들 역시 그 대타자의 그늘
에 기대기는 마찬가지였던 것으로 보이는데, 역사가 그들을 심판하

리라는 믿음은 종종 오늘의 복수를 내일로 미루는 적당한 구실을 제공했고, 법에 의한 책임자 처벌과 사후 보상에 관한 주장은 되레 법의 권위를 보장하는 데 기여하곤 했기 때문이다. 아마 5·18에 대한 그 어떤 기념 행위나 발화 행위도 법에 의해 '합법'으로 인정받게 된 1997년 이후, 5·18이 급속히 제도화되었던 경험 이면에는 이런 사정이 숨어 있었을 것이다. 아버지의 권위가 아들의 저항을 무마함으로써 확보되듯이, 법에 대한 법적 저항은 종종 법 자체의 권위를 확고히 하는 데 기여한다. 아버지가 허락하거나 최소한 묵인해버린 아들의 일탈은 그저 투정에 불과할 뿐이다. 아들의 일탈이 법적으로 보장된 가족의 울타리 내에서만 일어나고 있으므로, 안심한 아버지는 29만 원짜리 통장으로 자식들을 기만하며 오늘도 골프나 치러 가시고 사관학교에 기부하러도 가신다. 그런 의미에서 "씨발, 뭐 빽하면 역사에 맡기자면서 지금 당장은 왜 못해!!!"라는 진배의 대사는 다분히 중의적이다. 이 건달 녀석(법 밖의 주체임을 자부하는 자들, 혹은 최소한 철없이 그러는 척하고 다니는 자들)은 저 대사를 통해 가해자들에게만 항변하고 있는 것이 아닐 것이기 때문이다. 그는 지금 대타자 법에 대해 투정 부리기는 했을망정, 법 자체의 작위성, 법 자체의 결여, 그것들에 대해 시종 무지(하고자) 했던 광주 1세대들에게도 항변하고 있다. 나는 그렇게 생각한다.

1980년으로부터 33년이 지난 오늘, 가령 '광주 2세대'라고 불러도 좋을 어떤 새로운 주체들, 그리고 그들의 것이라고 불러도 좋을 어떤 새로운 감수성이나 정념이 탄생하고 있는 것일까?

4. 2008

워낙에 만화나 영화와 같은 대중문화가 대중들의 숙고되지 않은 즉각적 정념에 호소하는 바 크다는 사실은 충분히 경계할 필요가 있다. 시청률이나 관객 수가 입증하듯이 대중은 복잡한 법정 드라마(영화 「도가니」처럼 단순한 법정 드라마는 예외다)보다 의적들이 악당에게 어떤 매개 없이 직접 복수하는 활극을 원하는 경우가 많다. 그러니 강풀 작 『26년』의 통쾌한 복수에서 의미심장한 감수성의 변화를 읽어내는 것은 섣부른 짓일지도 모르겠다. 그러나 1980년 5·18에 관한 한, 최근 대중문화에 있어서만 그러한 정념의 변화가 일어난 것은 아니었던 듯하다. 2008년 즈음 발표된 5·18을 다룬 본격 문학(다분히 위계적인 이 용어를 편의상 이 글에서는 용납하도록 하자) 작품에서도 어떤 변화가 감지되기는 마찬가지다. 손홍규의 〈테러리스트〉 연작 세 편이 그것이다.

연작 1과 2, 즉 「최후의 테러리스트」와 「최초의 테러리스트」에 등장하는 박과 그의 아들 정수는 거칠게 말해 광주 1세대(직접 광주를 경험한 세대를 이렇게 불러보자)에 속한다. 그들의 아들이자 동생인 명수가 항쟁 때 죽고 집안은 이후로 풍비박산이 났다. 술과 외상 후 스트레스 장애PTSD, 그리고 대상을 찾지 못해 아무 때나 폭발하는 분노가 가족들을 매일매일, 오래오래 괴롭힌다. 1980년 5월에 세인트헬렌스 화산 폭발로 성층권에 올라간 화산재가 아직도 세계를 떠돌고 있듯이(「최초의 테러리스트」, p. 250), 그 열흘이 이들 가족에게 준 상처는 언제 나을지 알 수 없다.

물론, 여기까지는 5·18 관련 텍스트들에서 거의 공식적으로 등장하는 장면들이다. 새로울 게 없다는 이야기다. 그런데 정작 문제적인 것은 그다음 이야기들이다. 손홍규의 세 연작에서 주인공들은 이전의 다른 오월소설들에서와는 달리(예외적인 작품으로 송기숙의 『오월의 미소』가 있긴 하다. 그러나 이 작품은 결국 화해와 해원의 결말로 끝나는 도식에 머문다) 상처의 치유를 역사와 법의 처분에 맡기지 않고 가해자를 직접 처벌함으로써 끝내고자 작정한다. 그런 점에서 손홍규의 소설은 2세대(그 그늘에서 자라긴 했으나 광주를 직접 체험하지 않은 연령대에 속한 세대를 이렇게 불러보자) 오월소설을 알리는 신호탄이라 할 만하다.

그런데 흥미롭게도 1, 2편에서 주인공들이 택한 복수의 방법이 참 어이없다. 아이러니에 기반한 작품 「최후의 테러리스트」에서, 노인 박의 평생에 걸친 태권도와 선무술, 그리고 젓가락 던지기 수련은 애초부터 학살자에 대한 응징 가능성과 무관해 보인다. 노인이 젓가락을 던져 학살자에 응징했단 얘기는 들어본 적도 기대해본 적도 없었으니까. 따라서 처음부터 복수 가능성은 없는 채로, 복수의 정념만이 그를 사로잡는다. 아니 더 정확하게는 복수심이 그를 '지탱한다'.

2편 「최초의 테러리스트」의 주인공 정수의 경우도 마찬가지인데, 그의 복수 시도는 처음에는 미필적 고의에 의해(그는 무의식중에 총에 장전해야 할 탄약을 집에 두고 가는 실수를 범할 뿐만 아니라 정작 기회가 주어졌을 때 방아쇠를 당기지 않는다), 나중에는 술과 자학에 의해 무마된다. 그들에게 복수란 애초부터 실현 가능한 것이 아니었던 듯하다. 심지어는 그들이 실현하고자 한 것조차도 아니었다고 말할 수 있는데, 왜냐하면 그들에게 대타자 법에 대한 저항 불가능성은 그 저항 행위 자체에 대해 '구성적'이었기 때문이다.

그들은 이미 저항할 수 없는 것에 저항하고 있다는 사실을 알고 있는 주눅 든 주체들이다. 마음 깊은 곳에서 그들은 복수 가능성을 믿지 않는다. 다만 살아 있음에 대한 부끄러움을 복수심으로 대체하고, 그 복수심을 통해 부끄러움을 다소 덜어낸 채로 정체성을 유지한다. 복수심은 실은 강렬한 부끄러움에 대한 심리적 방어였던 셈이다. 그들은 역설적이게도 대타자 법에 대한 복수를 '준비'하는 과정으로 복수의 (라캉적인 의미에서의) '행위' 자체를 대신한다. 법을 고려하고 법에 주눅이 든 주체가, 법에 대해 행하는 반항은 법을 되레 결여 없는 대타자 그대로 유지시키는 데 일조할 뿐이다.

그러나 연작의 마지막 편 「테러리스트들」은 좀더 주의 깊은 독해를 요한다. 이 작품의 주인공은 박 노인의 손자이자 정수의 아들인 재호의 여자친구 현주의 동생인 '현수'다. 그러니까 실제로 5·18과는 거의 무관하다고밖에 할 수 없는 인물이 주인공이다. 스물한 살 현수는 시쳇말로 양아치(그러니까 「26년」의 곽진배처럼 법 바깥에서 사는, 혹은 그런 것처럼 허세를 부리는 자)다. 그런데 의아한 것은 지역적으로도 경험적으로도, 그리고 세대적으로도 1980년 5·18과 무관한 인물이 주인공인 이 소설을, 작가가 광주 문제를 다룬 소설 3부작의 마지막 작품으로 삼고 있다는 점이다. 그리고 그 양아치들에게 '테러리스트'라는 영광스런 명칭을 부여했다는 점도 의아하다.

작가가 보기에는, 실패한 테러리스트 박 노인이나 정수와 달리, 세 편의 현수들이야말로 진정한 의미에서 '테러리스트들'이었던 듯하다. 그러나 정작 작중 현수들은 스스로가 테러리스트가 아니라 양아치에 불과하다는 사실을 잘 알고 있다는 점에 대해서는 지적해 둘 필요가 있겠다. 국회의사당을 폭파하는 대신 "공중전화부스나 지구대의 입간판을 부수는 것"(p. 290)이 테러가 될 수 없다는 사실, "국방부의 의사와는 상관없이 자발적으로 민간인이 되기를 선택"(p. 287)했던 승준이도 결국엔 귀대할 수밖에 없다는 사실, 설사 어떤 용기가 불처럼 일어나 테러를 감행한다 하더라도 "우리의 관자놀이에 총구를 들이대고 있는 암살자"(p. 290)와 같은 이 세계에 별다른 변화 따위는 일어나지 않을 거라는 사실을 그들은 잘 알고 있다. 그들 역시 박 노인이나 정수와 마찬가지로, 말과 치기로 테러를 대신하는 주체들이란 사실에서는 그다지 다를 바가 없는 셈이다. 그런데 소설 말미 예의 그 '불개'가 나타나면 사정이 달라진다. 그들의 눈앞에서 이런 광경이 벌어진다.

이내 강아지는 건물과 건물 사이, 혹은 세상의 균열 속으로 빨려 들어갔다. 그들의 귀에 퍽, 하는 둔탁한 소리가 들려왔다. 그 소리 역시 이쪽 벽과 저쪽 벽을 왔다갔다하며 솟구쳤기 때문에 웅웅거렸다. 개는 주저하지 않았다. 단호하고 결연한 어미 개는 자신의 새끼들을 어둠속으로 차례차례 던져넣었다. 그들이 소리를 쳐도 소용이 없었다. 학살은 순식간이었다. 여전히 주홍빛 햇살이 개의 몸에서 부드럽게 부서지고 있었다. 개의 터럭은 광합성을 하듯이 그 빛을 빨아들여 붉게 타오르는 것처럼 보였다. 그는 나직이 중얼거렸다. 정말, 불개가 맞구나. 승준이 그에게 물었다. "저걸 뭐라고 설명해야 돼? 저게…… 진짜 테러지?" 그는 고개를 저었다. "……아니, 저게 진짜 테러야." 불개는 태양을 향해 한 번 짖고, 인간들이 사는 마을을 돌아보며 한번 짖고, 마지막은 아마도 자신을 위해, 자신이 학살한 새끼들을 위해 그러하듯이 하늘을 보며 짖었다. 그리고 지구의 균열 속으로 뛰어들었다.

(「테러리스트들」, p. 301)

현수들이 내다보는 창밖에서, 태양을 등진 어미 개 한 마리가 보여주는 저것이 바로 라캉이나 지젝이 말한 바 '행위'일 것이라고 나는 믿는다. 그리고 말의 가장 강력한 의미에서 '테러'일 것이라고도 믿는다. 왜냐하면 진정한 의미에서의 테러란 존재하는 상징적 질서의 총체적인 균열을 수반할 만큼 '불가능한' 것이어야 하기 때문이다. 가능한 모든 것은 결국 법적 처분의 대상이 되고 말 테니까.

게다가 행위란 그 어떤 대타자와도 무관하게 오로지 자신의 충동으로부터 발현해야 한다. 가령 라캉은, 법이자 국가인 크레온에 맞서(지도 않고), 오로지 자신의 욕망에 따라 오빠에 대한 애도를 감행한 '안티고네'에게서 그런 행위를 본다. 그것은 우리가 기거하고 있는 상징적 질서 밖으로 걸어 나가는 일이다. 대타자와 불화하고 맞서는 것이 아니라 대타자 자체를 무시해버리는 것, 그것이 바로 저 개와 안티고네가 보여주는 자살적 행위의 윤리다. 개는 지켜보는 현수들의 눈에도 아랑곳하지 않고 저 불가능한 일을 저지른다.

그런데 모든 대타자와 불화한다는 것은 곧 주체 자신의 소멸(즉 정신증이나 죽음)과 무관하지 않다. 왜냐하면 주체는 실상 대타자(신, 법, 아버지, 국가, 이데올로기)의 산물이기 때문이다. 주체란 이데올로기적 호명의 효과라고 했던 알튀세르를 떠올려도 좋겠다. 그 어떤 대타자에 의해서도 호명되지 않고서는 누구도 스스로 주체가 될 수는 없는 노릇이다. 행위가 기필코 자살적일 수밖에 없는 이유도 여기에 있다. 대타자와 무관해진다는 것, 대타자가 부과한 상징적 질서 바깥으로 걸어 나간다는 것은 주체됨을 포기한다는 말과 같기 때문이다. 인용문에서 개가 보여주는 저 아름답고 숭고하고 잔인한 행위가 치러야 할 대가가 바로 그것이다. 개가 결국엔 지구의 균열 속으로 뛰어들어 스스로의 목숨마저 끊었단 사실은 따라서 아주 의미심장한데, 그렇다면 과연 누가 있어, 그런 행위를 감당할수 있겠는가?

그런 의미에서 작가 손홍규가 이 세 연작을 통해 던진 질문은 『26년』의 진배가 던진 앞서의 그 질문보다 훨씬 근본적이다. 진배가 항변했던바, 대타자의 법에 대한 진정한 복수는 법 밖에서 일어나야 한다. 언제까지 역사나 법에 복수를 위임할 수는 없다. 맞는 말이다. 박 노인과 정수의 실패는 그런 의미에서 필연적이었다. 그들은 아직 법과 역사의 그늘에 있었기 때문이다.

그렇다면 법 밖에 있(다고 자처하)는 주체들의 행위에 기대를 걸어야 할 것인가? 그러나 과연 그들은 진정으로 법 밖에 있는가? 자진 전역은 군법을 폭파하는가? 전화 부스는 국회의사당인가? 게다가 누가, 상징적으로도 물리적으로도 자신의 주체됨이 소멸되는 상황을 감수하면서 그 일을 할 수 있을 것인가? 누가 기꺼이 정신증이나 죽음 속으로 걸어 들어갈 것인가? 그날 딸의 단순하고 명료한 질문 앞에서 내가 주눅 들고 머뭇거렸다면 이 질문에 나 또한 답할수 없었기 때문이었으리라.

'불개'의 그 불가능한 윤리는 작가 손홍규가 광주 2세대라 불릴 만한 새로운 주체들의 등장을 선포하면서, 동시에 그들 앞에 던진

'불가능한 가능성'의 화두라 할 만하다.

5. 2012

손홍규의 소설이 발표된 지 4년 후, 강풀의 웹툰을 원작으로 해서 만들어진 영화 「26년」에서도 저 질문들은 되풀이된다. 가령 작중 마상렬과 김갑세, 그리고 수호파 보스로 대표되는 광주 1세대들과 곽진배, 심미진, 김주안, 권정혁으로 대표되는 광주 2세대들의 정념상 차이는, 대타자에 대해 그들이 취하는 태도에 따라 구별이 가능하다. 당겨 말해서 전자가 대타자에 대해 굴종적이거나 최소한 히스테리적이라면, 후자는 (표면적으로는) 안티고네적이다.

먼저 1세대 김갑세는 오랫동안 별렀던 '그 사람'과의 대면이 이루어진 장면에서 권총을 쥔 채로 이렇게 절규한다. "제발, 용서를 빌어!" 이러한 김갑세의 태도는 실상 대타자의 결여 앞에서 당황한 주체가 취하는 일종의 심리적 자기방어처럼 보이는 측면이 있다. 왜냐하면 "제발"이라는 말은 흔히 대상보다 주체의 간절한 상태를 드러내는 부사로 쓰일 경우가 많기 때문이다. 그는 결여와 무지로 가득 찬 대타자와 단호하게 결별하고 자신만의 법에 따라 행동하기보다 그런 대타자와 강제적으로라도 화해함으로써 그 결여가 주는 불안을 봉합하고자 한다. 이는 아버지에게 대드는 아들이 최소한 전제하는 것, 그것은 바로 그가 아버지라는 사실과 유사하다. 그러므로 그의 행위는 용기 있고 대담할 뿐만 아니라 정당하기도 하지만, 여전히 대타자의 그늘 내에서 이루어진다.

이런 태도는 경호실장 마상렬에게서 훨씬 더 두드러지게 나타난다. 내내 '그 사람'의 충복으로서 완고하고 단호하기만 했던 그가 일촉즉발의 위기 상황에 돌연한 태도 변화를 보인다. 그러고는 자신의 상징적 아버지인 '그 사람'에게 소리친다. "나한테 명령하지 마, 나한테 다시는 명령하지 마, 명령하지 말라니깐 씨발." 물론 명령하는 자는 항상 상징적 아버지 곧 대타자다. 평생을 그 대타자가 부여한 법 속에서 그것을 정당화하며 살았으니, 마상렬에게 '그 사람'의 초라함, 그 사람의 무지, 그 사람의 부당함이 폭로되는 일은 곧 자기 자신의 정체성 근거 자체가 사라지는 일에 다름 아니다. 그럴수록 '그 사람'은 정당해야 한다. 그 사람은 옳은 '법'의 수행자였어야 하고, 정당한 '역사'였어야 한다.

그러나 그 정당함은 실은 의도된 오인이나 무지에 의해서만 유지될 수 있다. 그것은 모든 법이 피할 수 없는 숙명인데(가령 우리는 '살인하지 말라'는 정언명령의 근거를 도대체 어디서 어떻게 찾을 수 있다는 말인가? 근거에 대한 무지가 법의 효력을 발생시킨다는 지젝의 말은 이렇게 이해될 수 있다), 마상렬 역시 무의식적으로나마 그 사실을 알고 있다. 명령하는 대타자에게 극렬하게 반항하는 저 모습이 그 반증이다. 그러나 최종적으로 그는 경호원이 쏜 총에 맞고, 아버지 – 대타자 – 법 – 그 사람의 품에서 죽는다. 대타자와의 결별 대신 그 완전성에 대한 상상적 믿음 속에서 죽기를 택한 것이다. 그의 마지막 유언은 이렇다. "아니지, 넌 죽으면 안 되지, 넌 끝까지 살아서 내 삶의 정당성을 확보해야 해. (그 사람의 눈짓, 그리고 총소리) 윽…… 각하…… 각하……"

표면적으로 김갑세와 마상렬은 극히 상반되는 입장을 취한 것으로 보인다. 그러나 실제에 있어 둘의 차이는 그리 크지 않다. 대타자에 대한 저항도 순응도 모두 대타자를 용인한 후에 일어나는 일이기 때문이다. 이들에 비할 때, 차라리 진배가 속했었던 수호파의 보스가 취하는 태도는 훨씬 자신의 세대에 대해 반성적이다. 감옥에 찾아온 진배에게 그는 이런 말을 한다. "꼭 고 방법뿐인지, 그것이 맞는 길인지는 솔직히 난 잘 모르겠다……만서도 최소한 그것을 생각조차 못한 나는 여 들어와 있어도 싸다." 물론 그가 생각조차 못했다고 말하는 것은 2세대들의 계획, 곧 안티고네적 행위이다. 그는 행위하는 자는 못 되고 말지만, 최소한 행위의 지지자이자 지원자이기는 하다.

그렇다면, 2세대들의 경우는 어떤가. 그들과 1세대의 차이는 가령 이런 대사들에서 확연히 드러난다. "이분의 역사는 정당하다"라는 마상렬의 말에 김주안은 이렇게 말한다. "역사는 씨발! 그건 니들의 추잡한 권력욕일 뿐이야. 대체 언제까지 역사에 맡길 건데?" 처음에는 조직원과 경찰 들의 무력 충돌을 말리던 곽진배가 "형님 인자 우리 연장 쪼까 씁시다"라는 부하의 말에 대답한다. "그려 니들 맘대로 해부러!" 권정혁도 마찬가지다. 신호 조작으로 '그 사람'의 길을 터주고 돌아온 그가 창자가 터져 죽은 누나의 환영을 보며 혼자 중얼거린다. "경찰이 되었어도 할 수 있는 게 없네, 누나야."

이 대사들이 공히 상대하고 있는 것이 바로 법이고, 역사다. 복수는 역사에 맡기는 것이 아니라 지금, 그것도 내가 직접 하는 거다. 더 무지하고 폭력적인 법 앞에서 법적인 시위란 불필요하다. 무기는 정당하다. 경찰이 되어 법 내에서 법을 바꾸려는 것, 그것은 고작해야 대타자의 존재를 더욱 용인하는 행위 외에 아무것도 아니다. 그리고 실제로 그들은 그런 방식으로 행위를 감행한다. 그리고 그 행위는 안티고네가 그랬던 것처럼 자살적이기도 하다. 곽진배가 '그 사람' 목을 끌어안고 심미진의 총탄을 함께 맞기로 작정하는 장면은 그래서 더욱 기억해둘 만하다(참고로 시사회에 초대받은 유족들 중에는 이 장면에서 "쏴, 쏴, 쏴버려"라고 고함을 지른 이들이 있었다는 후문을 여기 적는다).

바로, 여기가 광주 1세대와 2세대가 갈리는 지점이다. 대타자는 무지하다. 결여로 가득 차 있다. 그는 완전하지도 않을뿐더러, 폭압적이고 비열하다. 그럴 때 그 결여를 화해로 메우거나 의도된 무지로 봉합할 것인가, 아니면 단호하게 결별하고 오로지 스스로의 의지와 욕망에 따라 행위할 것인가?

6. 2013, 그 이후

그러나 이제 와 나는 저 일들이 모두 스크린 안에서 일어난 것이란 사실을 의도적으로 무시했음을 고백해야겠다. 또 안티고네가 실존 인물이 아니라 그리스 귀족들의 극장에서 상연된 비극의 한 인물에 불과했다는 사실도 의도적으로 무시했음을 고백해야겠다. 안티고네를 두고 지젝과 논쟁하면서 스타브라카키스는 이런 말을 한 적이 있다.

라캉이 지적하듯이 "비극적 영웅은 언제나 고립되어 있다. 그들은 언제나 이미 그어진 한계 너머에 존재하고, 또 언제나 노출된 위치에 있다. 따라서 그 결과 이런저런 방식으로 구조로부터 분리되어 있다". 그런 위치는 물론 사회적 구조 그 자체에 대한 근본적 비판으로 작용한다. 하지만 어떻게 안티고네의 "비인간적inhuman" 위치가 사회 – 정치적 구조의 대안적 구성을 가리킬 수 있는지 알아내기 어렵다. 라캉의 안티고네 읽기에 함축된 "자살적 영웅 윤리"는 사회 – 정치적 세계에 대한 전적인 무시를 담고 있다.[1]

안타깝고 허망한 일이지만, 스타브라카키스의 말을 영화 「26년」의 주인공들과 관련해 다시 번안하면 이렇게 말할 수 있을 것이다.

저 비극적 영웅들(곽진배, 김주안, 심미진, 권정혁, 김갑세)은 스크린 안에 고립되어 있다. 그들은 언제나 이미 그어져 있는 그 경계 너머에서 모든 대중들뿐만 아니라, 모든 법적 조치들에도 노출된 위치에 있다. 따라서 법의 허용 속에서만 그들은 스크린 속에 영웅으로 등장한다. 안티고네는 실은 그리스의 공화정에 저항했던 것이 아니라, 연극으로 상연됨으로써 되레 공화정의 안정에 기여했던 것이다. 그것과 「26년」이 다른가?

물론 그들의 그런 위치는 그간 1980년 5·18을 두고 우리 사회가 저질렀던 이러저러한 오류와 무지와 부정에 대한 근본적 비판으로 작용하기는 할 것이다. 하지만 그들의 신화화되고 과장된, 게다가 심미화되고 가공된 '비인간적' 위치가, 이 사회의 대안적 재구성을 '실질적으로' 결과할 수 있을지는 미지수다. 스크린에서 일어나는

---

1) 야니 스타브라카키스 외, 「안티고네의 유혹—정치적 윤리학의 아포리아」, 『법은 아무 것도 모른다』, 강수영 옮김, 인간사랑, 2008, p. 210.

일이 현실에서 일어나는 예는 거의 없기 때문이다. 게다가 법은 스크린에서만 일어난다는 바로 그 이유로 그 일들을 용인하기 때문이다. 라캉이나 지젝이 말하는 자살적 영웅의 윤리, 곧 '행위'의 윤리는 실제에 있어서는 우리가 나날이 살아가는 이 사회의 정치적 상황에 대한 전적인 무시를 함축한다.

이것이 바로 스타브라카키스가 경고하는 안티고네의 아포리아다. 그리고 실제 현실이 아니라 가공된 현실을 다루는 모든 문화적 생산물들이 정치적으로 의미 있고자 할 때 어쩔 수 없이 처하게 되는 아포리아다.

더 두고 보아야겠지만, 틀림없이 광주 2세대들이 처하게 될 정치적 아포리아도 아마 여기 어디쯤일 것이다.

총과 노래

─ 최근 오월소설에 대한 단상들 1[1]

1. '복수'의 등장

2008년 출간(발표는 2007년)된 손홍규의 단편 「최후의 테러리스트」[2]에서 주인공 '박 노인'은 1980년 5월 이후 평생에 걸쳐 태권도와 선무술과 젓가락 던지기를 수련한다. 어리석은 일이지만, 전두

---

1) 이 글에서는 김경욱의 『야구란 무엇인가』(문학동네, 2013)를, 동명의 후속 글에서는 공선옥의 『그 노래는 어디서 왔을까』(창비, 2013)를 논의의 대상으로 삼는다. 애초에 김경욱의 『야구란 무엇인가』와 공선옥의 『그 노래는 어디서 왔을까』를 중심으로 최근 오월소설에 나타난 '복수의 양상'을 살펴보기 위해 구상되었다. 1부는 '총에 대하여'란 제목으로 김경욱의 작품을, 2부는 '노래에 대하여'라는 제목으로 공선옥의 작품을 주로 다룰 계획이었다. 그러나 집필 과정에서 문제의식에 다소간의 변화가 생겼고 분량도 늘어나 한 편의 글로는 다 포괄할 수 없는 모양새가 되고 말았고, 결국 전체를 독립된(그러나 상호 연관된) 두 편의 글로 나눌 수밖에 없었다.
2) 손홍규, 「최후의 테러리스트」, 『봉섭이 가라사대』, 창비, 2008. 처음 발표한 지면은 『작가세계』 2007년 봄호이다.

환을 죽이기 위해서다. 연작인 「최초의 테러리스트」[3]에서 '정수'가
쥔 것은 무모하게도 권총이었고, 2012년 개봉된 영화 「26년」에서
'5·18 2세대'들이 거리낌 없이 어깨에 들쳐 멨던 것은 저격용 장총
이었다. 역시 전두환을 죽이기 위해서였다. 2013년, 이해경의 『사
슴 사냥꾼의 당겨지지 않은 방아쇠』[4]에서는 주인공 '한수'가 역시
전두환을 죽이기 위해 군용 대검을 갈고, 김경욱의 『야구란 무엇
인가』에서는 '종배'가 동생의 살해자 '염소'(1980년 5월 당시 계엄
군)를 죽이기 위해 가슴에 칼과 청산가리를 품고 다닌다. 공선옥의
『그 노래는 어디서 왔을까』에서 '정애'와 '묘자'가 고통스러울 때마
다 흥얼거리는 '노래'도 빼놓을 수는 없는데, 이 소설에서 여성들의
노래가 발휘하는 위력은 남성들이 쥔 총칼의 위력을 훌쩍 뛰어넘는
다. 노래를 얕잡아봐서는 곤란하다. 공선옥의 노래도 복수를 위한
무기다.

  그렇다면 손홍규가 〈테러리스트〉 연작을 발표하던 2007년 이후
부터 현재까지, 1980년 5월을 다루고 있는 소설들에 어떤 변화가
일어나고 있음은 분명해 보인다.[5] 간단히 말해 '복수'가 등장했다.
법의 판결이나 역사의 평가에 호소하지 않고 학살자를 직접 물리
적으로 단죄하려는 주체들의 서사, 곧 공적 처벌이 아닌 사적 복수
가 이즈음 오월소설의 중요한 소재가 되고 있다. 이는 상당히 문제

3) 손홍규, 「최초의 테러리스트」, 같은 책. 처음 발표한 지면은 『너머』 2007년 여름호이다.

4) 이해경, 『사슴 사냥꾼의 당겨지지 않은 방아쇠』, 문학동네, 2013.

5) 복수를 직접 다루고 있지는 않지만 1980년 5월을 다룬 권여선의 『레가토』(창비)가 출
   간된 시기는 2012년이었고, 박솔뫼의 「그럼 무얼 부르지」가 발표된 해는 2011년(『작
   가세계』 2011년 가을호)이었다.

적인 현상인데, 서영채도 지적하듯이[6] '죄의식'에서 '복수심'으로 정념이 급격하게 이행해가는 데에는 어떤 시대적(혹은 세대적) 감수성의 단절적 변화가 개입하고 있는 듯 보이기 때문이다. 이 글은 그 총과 노래, 그리고 그것들의 가능성과 실패에 대한 기록이다.

2. 전두환이 살아 있다

서영채의 경우 이 같은 정념상의 변화 원인을 "이명박 정부를 거쳐 박근혜 정부에 이른 우리 시대 마음의 현실"[7]에서 찾는다. 조연정 역시 최근 1980년 5월을 소재로 한 소설들이 많아지고 있는 이유를 "현재 한국사회의 민주주의가 심각한 지경으로 역행하고 있는 현실"[8] 때문이라고 말한다. 정확하지만 점잖은 이 말들의 속뜻은 아마도 급격히 퇴행하는 정치 상황에 대한 작가들의 문제의식이 최근 '역사 돌아보기'의 유행과 함께 복수의 정념 또한 낳았을 것이라는 의미로 읽힌다. 충분히 근거 있는 해석이거니와, 거기에 덧붙여 막강해진 대중 서사물들 특유의 영웅주의(복수하는 영웅은 대중서사의 가장 인기 있는 인물 유형이다)가 소설에도 영향을 미쳤으리라는 점 역시 추론 가능하다.

그러나 나로서는 그 어떤 이유도 아주 단순한 한 가지 사실보다 더 명확하게 오월소설에 있어 '사적 복수'의 등장을 설명할 수는 없

---

6) 서영채, 「광주의 복수를 꿈꾸는 일」, 『문학동네』 2014년 봄호.

7) 서영채, 위의 글, p. 228.

8) 조연정, 「광주를 현재화하는 일」, 『대중서사연구』 20권 3호, 2014, p. 113.

다고 생각하는데, 그것은 바로 '전두환이 아직 살아 있다'는 사실이다. 더 정확히 말해 그가 이제 곧 죽음을 맞을 만큼 '늙은 채로' 아직 살아 있다는 사실. 복수심은 아무래도 그로부터 비롯되는 듯하다. 종종 대중 앞에 등장하는 그의 모습에서 노쇠함을 발견하게 될 때. 게다가 아무런 정신적 물질적 충격도 받지 않은 듯한 그 태연자약한 표정을 보건대 이대로라면 그가 그 어떤 반성도 없이 자연사하게 될 것임이 자명하다 싶어질 때, 복수심은 증가한다. 복수가 이루어지지 않았단 사실, 그리고 영영 이루어지지 않게 될 것이란 사실이 명백하게 환기되기 때문이다. 법은 주권자들(바로 우리들이다)이 위임한 복수에 실패했다.

　벤야민이 말하듯, 법이란 개개의 주권자들이 국가에 위임한 폭력에 다름 아니다. 국가는 항상 연쇄 대응을 불러일으키게 마련인(그래서 항상 과할 수밖에 없는) 사적 복수를 금하는 대신, 등가교환의 원칙에 따라 공정한 법적 처벌을 행사하도록 폭력을 위임받는다. 그런데 국가는 그렇게 위임받은 폭력을 그에게는 행사하지 않았다. 이유는 간단하다. 국가의 수장이 바로 학살자 자신이었고, 이후로는 그의 일파였고, 또 그 이후로는 그의 추종자이거나 최소한 심정적 동조자이자 방관자일 때, 법은 공적 복수의 기능을 완전히 상실한다. 피의자, 그가 바로 최고 주권자이고 법의 집행자일 때, 공적 복수로서의 법은 실효성이 전혀 없다. 그런 의미에서 학살자에 대한 증가하는 복수심은 실은 법에 대한 배신감에 다름 아니다. 그를 저대로 자연사하게 내버려둘 수 없다는 조바심과 억울함이 사적 복수를 정당화한다. 그리고 작가들이라고 해서 복수심에서 자유로워야 할 이유는 없다.

3. 복수하지 못하는 '법'

그런데, 이제 와서 법 대신 총을 드는 이는 누구인가? 『야구란 무엇인가』의 주인공 종배의 아버지를 보건대 5·18 1세대들은 아닌 듯하다.

> 아버지는 얼마 안 되는 땅뙈기를 처분하고 법원 앞에 담뱃가게를 열었다. 어머니가 동생의 억울함을 부처님께 호소했다면 아버지는 법에 호소했다. M16에는 부처가 아니라 법, 대검에도 부처가 아니라 법, 박달나무 몽둥이에도 부처가 아니라 법.
>
> (『야구란 무엇인가』, p. 182)

M16에 대해서도 법, 대검에 대해서도 법, 진압봉에 대해서도 법으로 대응하고자 했던 것이 종배 아버지의 태도다. 기실 이런 태도는 영화 「26년」의 5·18 1세대들에게서도 나타나는데, 극중 마상렬과 김갑세가 그들이다. 와신상담하던 중 정작 '그 사람'을 사살할 수 있는 상황이 오자 "제발, 용서를 빌어!"라는 말로 복수를 유예할 때, 김갑세는 아무래도 대타자(법은 그것의 다른 이름들 중 하나다)에 대해 아직 기대하는 게 남아 있었던 듯하다. 가차 없이 방아쇠를 당기는 2세대들과 비교해보면 이 점은 더 명확해진다.

적절한 비유인지는 모르겠으나 집을 떠날 생각은 없는 채로 아버지에게 대들거나 뭔가를 요구하는 아들은 결코 아버지의 권위를 부인하는 것이 아니다. 아버지를 없애고 그 자리에 오르려는 자, 혹은 전혀 다른 집을 지어 스스로 아버지가 되려는 자가 진정한 의미에서 아버지의 권위를 부인하는 자다. 국가의 권위에 바로 그 국가를 보존하는 법으로 대응하는 자는 결코 국가의 권위를 부인하는 것이 아닌 셈이다. 종배의 아버지 세대는 끝내 법이라는 대타자의 그늘에서 벗어나본 적이 없다. '법으로' 법에 대항하려 했고, 실제로 '보상법'을 얻어냈으며, '합법적으로' 열리는 도청 앞 광장에서의 기념식을 쟁취했고, 폭도들의 '사태'를 시민들의 '민주화운동'으로 '합법화'해냈으며, 망월묘지를 '국립'묘지로 승격시키는 데에도 성공했다.

그러나 정작 학살자 본인에 대한 복수에는 성공하지 못했는데, 그 사이에도 학살자의 머리카락은 그 어떤 손상도 입지 않은 채로, 여느 노인들과 진배없이 하얗고 차분하게 바래가고 있었던 것이다.

4. 야구란 무엇인가?

그러나 그들이 기댔던 것이 오로지 법뿐이었을까? 이상한 말이지만 그들은 법에 기대듯 야구에도 기댔다.

아버지는 화병으로 죽었다.
야구 중계를 보다 뒷목을 잡고 쓰러져 병원에 실려간 아버지는 반짝 정신이 들자마자 대뜸 물었다. 해태는? 사내는 무심코 사실대로 말했다. 7대 4로 깨져부렀어요. 아버지의 얼굴이 검붉게 일그러졌다.

(『야구란 무엇인가』, p. 87)

38

1980년 5·18을 겪은 광주 시민들에게 야구란 무엇이었을까? 학살자가 선심 쓰듯 만들고 허용한 것이 프로야구였고, 또 모든 스포츠가 그렇듯이 야구 역시 오래된 전투의 흔적을 간직하고 있다면, 그것은 반드시 이겨야 하는 또 하나의 상징적 싸움이었을 것이다. 아니나 다를까, 종배의 아버지는 법 앞에서의 굴욕을 야구에서의 승리로 보상받고자 한다. 그들에게 '해태'는 제과회사나 프로야구 구단의 명칭이 아니었다. 그것은 '광주'의 다른 이름이었다. 죽음의 순간까지 종배의 아버지가 야구 결과에 집착하는 데에는 말하자면 일종의 '정치적 무의식'이 작동하고 있었던 것인데, 그는 1980년 5·18의 숭고했던 그 며칠을 '겪은' 주체였기 때문이다.

실제로 그 며칠을 몸소 겪은 광주 시민들은 대개 그렇게 살았을 것이다. 법에 탄원하고 호소하고 절망하고 우롱당하면서, 그래서 민주당에 한없이 몰표를 던지고, 김대중에게 시민군 지휘관의 면모를 상징적으로 투사하면서, 한 게임 한 게임 야구의 승패에 울분을 토하고 연연하면서, 그렇게 살았을 것이다. 만약 지금 광주라는 도시가 어딘가 고립적이고 배타적이면서, 한편으로 진보적인 듯하지만 한편으로는 고루해 보이고, 잘 울거나 화를 잘 내고 머리보다는 가슴으로 생각하는 사람들이 많은 도시로 비친다면 다 이런 이유 때문이다.

5. 광주란 무엇인가?

그런데 '겪었다'라고 했거니와, 그들은 도대체 무엇을 겪었단 말인가? 그들이 겪은 그 '무엇'을 해석하거나 전유하려는 여러 노력들이 있었지만(특히 그 명칭을 둘러싼 기억 투쟁, 그리고 그 성격을 둘러싼 각종 변혁 이론들 간의 상징 투쟁), 최정운의 말마따나 그것을 사회학이나 계급론으로 온전히 설명할 수는 없었다. 최정운이 묘사한바, '해방 광주'는 이런 것이었다.

　당연히 이곳에는 모든 개인이 지고의 존엄성을 인정받는 이상 계급도 없었다. 나아가서 이곳에는 개인이 죽음의 공포로부터 자유로운 이상 유한성이 극복되고 시간이 아무런 의미를 갖지 않는 영원의 공간이었다. 또한 죽음의 공포를 절대공동체로 극복하는 경험은 모든 세속적 감각과 번뇌로부터의 해방이었다. 여기에는 우리의 일상생활의 모든 욕망과 이상은 아무런 의미가 없는 전체적인 삶, 그 자체만이 있을 뿐이었다.[9]

모든 인간이 존엄성을 획득하고 계급이 없고 죽음의 공포도 없는 시공, 인간의 유한성이 극복되고 따라서 시간이 의미를 갖지 않는 시공, 어떤 희귀한 열정(마르쿠제식으로 말하자면 '에로스 이펙트eros effect')이 있어 일단 그것이 주체들을 장악해버리고 나면 그

---

9) 최정운, 『오월의 사회과학』, 오월의봄, 2012(초판: 풀빛, 1999), p. 186.

어떤 세속적 감각과 번뇌도 사라지게 되는 시공, 그것을 최정운은 '절대공동체'라고 명명한다. 그러고는 "유물론은 결코 5·18이 이루어낸 절대공동체의 정신에 접근할 수 없다"[10]라고 덧붙인다.

만약 우리가 이제 저 말들이 지시하는 어떤 상태를 도저히 상상해낼 수 없다면, 그것은 저런 일이 일어난 적이 없어서가 아니라 저런 일들이 너무도 잠시, 순간적으로 일어났다가 흔적도 없이 사라져버렸기 때문이다. 흔히 알려진 바와 다르게 최정운에 따르면 저와 같은 일종의 도취 상태는 항쟁 열흘 중 일주일이나 열흘 내내가 아니라 단 하루 동안만 지속되었다고 한다. 도청을 점령하던 1980년 5월 20일에서 다음 날인 21일까지. 그러나 그 경험은 너무도 강렬해서, 그 하루를 겪은 이는 결코 이전의 삶으로 돌아갈 수 없게 될 것이었다. 오월문학에 있어서는 가장 탁월한 걸작을 쓴 두 소설가가 다음과 같은 말을 하는 데에는 이유가 있었던 것이다.

그 여름 이전으로 돌아갈 길은 끊어졌다. 학살 이전, 고문 이전의 세계로 돌아갈 방법은 없다.[11]

그날 밤, 그곳에는 신과 악마, 인간과 짐승이 한꺼번에 뒤엉켜 있었던 거다. 그것이 내가 말하는 5·18 초반 3일의 참된 비밀, 핵심 중의 진짜 핵심이다. 인간성이라는 그 엄청난 불가사의, 그 신비가 그야말로 일순간에 우리 눈앞에 현현한 거다. 그걸 목격했는데, 내 눈

---

10) 최정운, 같은 책, p. 198.
11) 한강, 『소년이 온다』, 창비, 2014, p. 174.

으로 똑똑히 봤는데 어떻게 예전의 나로 돌아갈 수 있겠나. 그 순간
만 생각하면 지금도 막 눈물이 솟구친다.[12]

그것을 겪은 이상 "이전의 세계"로, "예전의 나로" 돌아갈 수는
없다. 그런데 아이러니하게도 절대공동체는 그것이 '절대적'인 것
이라는 바로 그 이유 때문에, 또한 결코 오래가지 못한다. 유물론
으로는 설명조차 할 수 없을 만큼의 강렬함, 그러나 다시 체험할
수 없는 우발성과 일회성, 그 사이에 이제 틈이 생긴다. 그리고 짧
은 충만 후의 아주 긴 상실, 그 사이에서 발생한 틈이 바로 1980년
이후 우리에게 전수된 기호로서의 '광주'다. 광주는 틈이다. 누군가
'광주란 무엇인가'라고 묻는다면 그렇게 말할 수밖에 없다. 순간적
이었던 절대공동체의 경험과 이후의 긴 상실감 사이에 벌어진 틈,
그것이 광주라는 기호의 의미다.
　바로 그 틈을 메우기 위해 1980년 5월을 겪은 광주 사람들은 야
구에 미치고, 법에 매달리고, 민주당(그 이름이 어떻게 바뀌어왔건)
에 집착하고, 김대중을 우러르고, 노무현에게 투표했다. 물론 애초
에 그런 식으로 메워질 틈은 아니었다. 정당이나 정치인 혹은 스포
츠나 기념일로 대신할 수 있는 성질의 것이었다면 '절대'라는 수식
어는 아무런 의미도 없었을 것이다. 비유컨대 광주 시민들에게는
민주당도 김대중도 노무현도 야구도 모두 다 일종의 '대상 a'(라캉)
같은 것들이었고, 바로 그것들이 1980년 이후의 광주를 구성했다.

---

12) 임철우, 「절대공동체의 안과 밖」(최정운·정문영과의 대담), 『문학과사회』 2014년 여
　　름호, pp. 356~57.

광주는 '자신 안의 더 자신 같은 어떤 것', 1980년 5월의 그 하루 자신들이 겪었거나 겪었다고 여겼던 그 '무엇', 그것을 다른 것들에 투사하면서 지금의 광주가 되었던 것이다.

6. 총에 대하여

그런데 절대공동체는 어떻게 와해되었던 것일까? 앞서 '절대공동체'라 불리는 이 기이한 시공과 상태에 어떤 '집단적 도취'가 작용했을 것이라고 말한 바 있거니와, 돌아가야 할 일상의 무게는 항상 도취 상태를 순간적이게 한다. 완벽한 향유는 항상 불안을 촉발하게 마련인 법이다. 그러나 이런 질문을 던져볼 수는 있겠다. 절대공동체의 일원들을 일상적 시민들로 재호명한 계기는 무엇이었던가? 언뜻 이상한 말처럼 들리겠지만 그것은 '총'이었다. 역설적이게도 바로 그 절대공동체를 가능하게 했던 총이 다시 그 절대공동체를 와해시키는 계기가 되었다.

이전까지 광주 시민들은 자신과 다르다고 생각했던 사람들이 모두 존엄한 인간으로 하나임을 느끼고 감격스러웠다면, 이제는 시민들이 살인 무기를 잡은 순간 서로가 다름을 보고 몸 한 구석이 싸늘하게 식어가고 있음을 느꼈다. 총은 이전의 시민들이 사용하던 무기와는 분명히 다른 것이었다. [……] 이러한 기계가 시민들 손에 쥐어진 순간, 그것을 잡은 시민들이 국가의 힘을 느끼고 '시민군'으로 태어나는 순간, 많은 사람들은 한편으로는 승리를 기대하면서도 홉스적 살인 능력의 보편적 평등과 자연 상태의 악몽을 보았다. 이어 다시 그들은 서로가 다른 삶을 사는 집단, 다른 계급에 속해 있다는 것을 느꼈다. 절대공동체가 국가로 변환되어 그의 무력을 갖추어 완성되었을 때 공동체는 금이 가기 시작한 것이다. 이제는 '누구 총에 맞아 죽을지 모르는' 상황이었다. 5·18의 '계급론'과 '민중론'은 바로 여기에서 시작되었고 후일 5·18의 역사를 처음부터 다시 쓰게 되었다.[13]

손에 총이 쥐여지자 절대공동체는 그것을 정당하게 사용하려는 자와 그것을 꺼려하는 자로 나뉜다. 물론 전자에는 이후 사회과학적 연구들의 설명대로 '기층 민중'이 주로 속해 있었을 것이고, 후자에는 '중상 계급'이 속해 있었을 것이다. 나아가 이 분리는 수습파와 항쟁파의 갈등으로 이어지고, 더 멀게는 '민주화운동론'과 '민중항쟁론'(혹은 '민중봉기론')의 갈등으로도 이어지게 될 것이다. 총의 소지를 수락한다는 것은 국가 전체를 부인한다는 의미이고, 그것을 거부한다는 것은 설사 시민을 학살한 국가라 하더라도 그 국가의 권위를 어떻게든 인정한다는 의미이다. 왜냐하면 폭력은 국가에게 위임해야 하는 것이었고, 총은 당시 국가에 대항할 유일한 폭력 수단이었기 때문이다. 총이라는 무기가 그리 호락호락한 물건은 아니었던 것이다. 해방 광주 기간 내내 총기 반환이 시민군 간 내부 갈등의 가장 중요한 쟁점이었다는 사실은 그런 의미에서 의미심장하다. 절대공동체는 확실히 총 때문에 성립 가능했고, 동시에 바로 그 총 때문에 최초의 위기를 맞았던 것이다.

---

13) 최정운, 앞의 책, pp. 187~88.

만약 『오월의 사회과학』을 쓰던 당시의 최정운이 라캉에 대해 알았다면, 이와 같은 상황을 정신분석학적으로 재구성해볼 수도 있었을 것이다. 총(칼도 마찬가지다)이야말로 정신분석학에서는 유례가 없을 정도로 권위적인 물건이기 때문이다. 프로이트가 『꿈의 해석』에서 기다랗고 공격적인 물체들 모두를 '남근'의 상징으로 설명한 이후로, 정신분석학에서 무기들(불을 뿜고 몸을 쑤시는)이 누려온 상징적 지위는 아주 확고하다. 그리고 물론 팔루스는 라캉적 의미에서 상징적 대타자(아버지, 법)의 '특권적 기표(실은 텅 비어 있다지만)'다. 그렇게 해석할 때 총을 둘러싼 갈등은 '대타자 - 아버지'의 '남근 - 기표'를 어떻게 이해할 것인가를 두고 벌어진 두 아들들 사이의 갈등으로 치환할 수 있다. 총을 내 것으로 만든다는 것은 대타자가 설계한 상징적 질서의 권위를 전혀 인정하지 않겠다는 의미일 것이고, 따라서 법의 바깥에서 새로운 법을 창설하겠다는 의지의 표명으로 읽힐 수 있다. 항쟁파와 수습파는 정신분석적 견지에서 이렇게 완전히 갈리는 두 주체들이었던 셈인데, 이후 사태의 추이는 알려진 바와 같다. 전자에게는 죽음과 투옥이, 후자에게는 끊임없는 죄의식이. 물론 아버지는 자신의 무대로 귀환했고, 아직도 살아 있다.

7. 다시 총을 든다는 것

이와 같은 사태를 김경욱은 이렇게 극화한다.

법원에 출근하는 날은 그나마 나았다. 법원이 쉬는 날이면 새벽부터 술냄새를 풍기며 주정뱅이 하느님처럼 소리쳤다. 종배야, 니 동상은 어딨다냐? 사내는 카인처럼 항변했다. 몰러라. 나가 동상을 지키는 사람이다요? 주정뱅이 하느님이 노발대발했다. 니 동상은 어딨냐고? 사내는 먼지처럼 소리없이 외친다. 오매 아부지, 나는 동상을 안 죽였어라. 나는 동생을 안 죽였단 말이오. 나도 죽은 목숨이오. 아부지가 거시기 사망진단선가 확인선가 하는 종이 쪼가리에 실수로 내 이름을 올렸을 때 나도 죽었당께. 동상 곁으로 가부렀당께. 그것도 모자라 아부지는 술에 찌든 밤마다 왜 동상이 아니라 나가 살아 있느냐는 눈빛으로 나를 죽여부렀소. 아부지, 아부지가 나를 죽였소.

(『야구란 무엇인가』, pp. 182~83)

아버지—법이 종배에게 묻는다. '네 동생은 어디 있느냐.' 아버지 야훼가 아벨을 죽인 카인에게 던졌던 물음, 결코 빠져나올 수 없는 죄의식 속에 살아남은 자를 옭아매고야 마는 이 물음, 그러나 이 물음을 종배만 들었던 것은 아니다. 저 물음은 살아남은 광주 시민들 모두가 들었던 물음이다. 또 작가 최윤이 들었고, 임철우가 들었고, 한강이 들었고, 송기숙, 정찬, 황지우, 문순태, 홍희담, 황석영, 권여선 등등이 다 들었던 환청 속의 질문이다. 그런 의미에서 그간 5·18의 문학사가 '죄의식'의 문학사였다는 서영채의 지적[14]은 지극히 타당하다.

다만 한 가지 상기해야 할 사실이 남아 있는데, 지금 합법주의자

---

14) 서영채, 앞의 글, p. 239.

종배의 아버지는 죽었고, 종배 가슴에는 죽은 동생의 주사위와 자신의 생명을 앗아갈 청산가리가 들어 있다는 것이다. 그리고 '염소'를 죽이는 데 사용될 칼이, 법원으로 출근하다시피 했던 아버지는 감히 품어보지 못했던 바로 그 칼이 들어 있다. 33년이 지나 이제 더 이상 아버지의 법이 무용하다는 사실이 증명되었을 때, 그 아들이 33년 전 시민군들 손을 떠났던 무기를, 그 특권적인 기표를 다시 쥔다. 물론 그의 복수가 성공할 수 있을지에 대해서는 장담할 수 없다. 그러나 2007년 손홍규의 소설에서 시작된 이 유형의 인물들이 오월소설에 있어서는 상당히 새롭고 돌연한 변이형이라는 사실에 대해서는 다시 한 번 강조할 필요가 있어 보인다.

8. 다시, 전두환이 살아 있다

그런데, 종배의 복수는 성공했을까? 충분히 예상할 수 있는 일이지만, 그러지 못했다.

청산가리를 빠뜨렸다고 발길을 돌린 게 실수였다. 청산가리 없이도 동대문에서 결딴냈어야 했다. 잠자는 심장에 칼을 들이대지 못해 기회를 날려버린 의정부는 또 어땠는가?
후회의 꼬리를 물고 회한이 밀려온다. 아버지의 실망하는 표정, 타이거즈가 질 때면 짓던 표정이 보인다. 아버지를 어떻게 볼까? 마지막 순간까지 웃는 얼굴로 무서워한 동생. 동생에게 면목이 없다.
(『야구란 무엇인가』, p. 212)

소설 말미에 이르면 종배가 이전에도 두어 차례 염소를 죽일 기회를 얻은 적이 있었다는 사실이 드러난다. 그러나 그는 청산가리를 빠뜨렸다는 이유로 발을 돌렸고, 마치 햄릿이 숙부에게 그랬던 것처럼 염소가 잠들어 있다는 이유로, 그 몸에 칼을 꽂지 못했다. 실제에 있어 그는 복수의 자발적 유예를 행하고 있었던 것이다. 이 점에 대해서라면 손홍규의 주인공들도 마찬가지고, 이해경의 주인공도 마찬가지다. 박 노인(「최후의 테러리스트」)은 젓가락을 던져본 적조차 없고, 정수(「최초의 테러리스트」)는 탄알을 장전하지 않는 실수를 저지르고, 한수(『사슴 사냥꾼의 당겨지지 않은 방아쇠』)의 군용 대검은 단 한 번 요리하는 데에만 사용될 뿐이다. 무의식적으로 그들은 모두 복수를 미룬다. 소설의 끝에서 항상 용서를 준비한다. 복수담은 실은 모두 다 복수의 실패담이었던 셈이다. 무슨 이유일까?

우선은 장르적인 고려가 있었을 법하다. 가령 성공한 복수담은 필연코 소설을 대중 서사 장르에 가깝게 하고, 실패함 복수담은 소설을 '비극'의 일종이 되게 한다. 「햄릿」은 그 가장 고전적인 예이다. 만약 덴마크의 유약한 왕자가 (아버지를 죽인 또 다른 아버지에게) 확고하고 신속하게 복수를 감행했다면, 「햄릿」은 고전의 반열에 오르지 못했을 것이다. 엉뚱한 말이지만 생물학적인 이유도 있었을 법하다. 인간을 포함해 사회를 이루고 사는 동물들에게는 복수의 DNA만 있는 것이 아니다. 용서도 DNA 수준에서 각인되어 있는 것이 사회적 동물들의 유전적 특징이다. 복수는 사회에 협조적이지 않거나 위협적인 개체들에 대한 '본보기'로서 필요하지만,

용서 또한 그 사회를 이루는 개체들이 서로 악무한의 파괴 충동(복수는 물질적 정신적으로 엄청난 비용을 지불하게 한다)에 휩싸이지 않도록 하기 위해 반드시 필요한 역량이다.[15] 나아가 서영채가 지적하듯이 복수 자체의 근원적 불가능성을 이유로 들 수도 있을 것이다.[16] 그에 따르면 사적인 복수란 폭력의 일종이어서 항상 부족하거나 너무 과하다.

그러나 나로서는 복수의 실패 이유에 대해서도 또한 자명한 한 가지 사실을 덧붙여 상기시키고 싶다. 그것은 역시 '전두환이 살아 있다'는 사실 그 자체이다. 실제 인물로서의 전두환이 살아 있는데, 실명이나 대명사로, 혹은 알레고리나 상징으로 전두환을 지시하는 인물이 소설 속에서 죽을 수는 없다. 애초에 복수의 대상이 소설적 허구 속에서 창조된 인물이 아니라 실존 인물이었고, 그 실존 인물이 살아 있다면, 그를 소설 속에서 죽일 수는 없는 노릇이다. 아이러니하고도 억울한 결론이기는 하지만 전두환의 생존 자체가 그를 복수의 대상으로 삼은 소설 속 인물들의 실패에 대한 이유이기도

---

15) '복수'와 '용서'의 진화론 해석에 대해서는 『복수의 심리학』(마이클 맥컬러프, 김정희 옮김, 살림, 2009) 3~6장 참조.

16) "『베니스의 상인』의 샤일록의 경우가 보여주듯이, 보복의 폭력은 언제나 너무 많거나 너무 적어서 등가화라는 것 자체가 불가능하다. 아버지의 원수 앞에서 머뭇거리고 주저하는 햄릿의 경우도 마찬가지였다. 아버지의 원수인 백부에게 아버지가 겪은 것과 정확하게 같은 양의 고통과 불행을 되돌려주는 것은 불가능에 가깝다. 그러니까 그런 의미에서의 복수라면 원천적으로 불가능한 것이다. 따라서 한번 감행된 복수는 또 다른 불균형을 만들어내고 이로 인해 그 어떤 초월적인 균형점(거기에 도달하는 것은 불가능하다)을 향해 가는 흐름이 만들어진다. 그리고 그 흐름은 어떤 윤리적 결단에 의해 중단되지 않는 한 어느 한쪽의 힘이 완전히 소진될 때까지 무한 반복을 향해 나아갈 수밖에 없다. 이것이 복수의 속성이다"(서영채, 앞의 글, p. 238).

하다. 그러나 이 또한 가장 큰 이유는 아니다.

9. 홈 플레이트의 진실

한편으로 어떤 오해가 있었다고 말해도 무방하겠다. 가령 이런 질문이 가능하지 않을까? 사실로서의 복수와 문학적 복수는 같은 것인가? 소설 속에서 실제 인물을 지시하는 어떤 인물이 죽으면 복수는 저절로 실현되는가? 소설 내에서 어떤 인물에게 행해지는 복수의 실패는 혹시 사실로서의 복수와 '문학적 복수'를 구분하지 않았기 때문에 생기는 것은 아닌가? 그렇다면 '문학적 복수'란 무엇일까? 종배(그리고 박 노인, 정수, 한수)의 예정된 실패는 이 질문들에 치열하게 응답하지 않았기 때문에 빚어진 결과일지도 모른다.

『야구란 무엇인가』의 마지막 장면은 이렇다.

집에 가.

아이가 홈 플레이트 쪽을 쳐다보며 중얼거린다.

뭐?

집에 돌아가.

아이가 홈 플레이트에게 또박또박 말한다.

지금?

집에 돌아가.

조명등이 하나둘 꺼진다. 하얗게 빛나던 홈 플레이트가 일요일 밤의 어둠 속으로 녹아든다. 순간, 사내의 두개골 아래에 고인 어둠이

번쩍 밝아온다. 빛나던 홈 플레이트가 머릿속에 들어앉는다. 희미해진 파울라인이, 집으로 돌아가는 길이 부챗살처럼 펼쳐진다. 머릿속에 펼쳐진 새하얀 길이 사내의 눈초리를 팽팽하게 잡아당겨 놀란 표정을 만들어낸다. 사내는 방금 머릿속에 떠오른 생각에, 아이가 들춘 야구의 진실에 부르르 몸을 떤다.

(『야구란 무엇인가』, pp. 248~49)

자폐를 앓는 종배의 아들 손에는 '나침반'이 들려 있다. 결국 자신의 손으로 죽이지 못한 염소의 시신을 장사하게 된 종배는 그간 어떤 불안 때문에 볼 수 없었던 '9회 말'을 아이와 함께 막 보고 난 참이다. 연장까지 점수는 나지 않았고, 경기는 무승부였다. 염소와 종배의 전쟁이 그랬듯이 항상 유예되었던 야구의 9회 말은 그렇게 마무리되었다. 그때 아이가 말한다. "집에 가." 물론 아이가 들고 서 있는 나침반이 가리키는 곳은 홈 플레이트, 곧 집일 것이다. 종배는 이제 아이가 들춘 '야구의 진실'을 깨달았다고 생각한다. 야구란 결국 홈 플레이트로 돌아오는 게임이었던 것이다. 이 말은 곧 복수 대신 용서를 택한 종배가 이제서야 아버지가 되었다는 말이기도 한데, 아이와 야구를 보고 집으로 돌아가는 성인 남자를 부르는 명칭이 '아버지' 말고 달리는 없을 것이기 때문이다.

그러나 지나치게 낯익은 구조의 서사다. 아버지에게 반항하며 혹은 새로운 아버지를 찾아 길을 떠난 영웅이 결국 그 길의 끝에서 스스로 아버지가 되는 서사, 아비를 죽인 자에 대한 복수심에 총을 들었던 사내가 결국 원수를 용서하고 원한의 부질없음을 깨닫는 서사, 유구한 역사를 가진 '아비 되기'의 서사다.

당겨 말하건대, 문학적 복수, 특히 소설의 복수란 '형식의 복수' 다. 현실에서 불가능한 복수를 소설은 새로운 '상징 형식'의 창출을 통해 가능하게 한다. 합당한 언어를 찾을 수 없어 보이는 '재현 불가능한 것'조차 소설은 언어를 통해 '재현'한다. 복수는 따라서 소설 속 인물이나 서사의 전개에 의해 이루어지는 것이 아니라, 소설 자체의 형식을 통해 이루어진다. 종배의 실패는 그런 의미에서 실은 형식의 실패다. 오월문학에 있어 복수하는 자들의 등장은 실로 도발적인 변이임에 틀림없다. 그러나 그들의 복수심에 합당한 말의 형식을 작가가 찾아내지 못할 때, 인물의 실패는 그대로 소설의 실패가 된다. 『야구란 무엇인가』를 비롯한 복수의 남성 서사들이 그 도발적인 문제 제기에도 불구하고 최윤의 「저기 소리 없이 한 점 꽃잎이 지고」나 한강의 『소년이 온다』, 공선옥의 『그 노래는 어디서 왔을까』에 비해 그 성취에 있어 미치지 못한다는 평가를 받을 수밖에 없는 이유가 여기에 있다.

모레티의 문장을 약간 비틀어 옮기자면, '작가나 인물보다 형식이 더 강하다'.[17] 그리고 오월소설에 관한 한 여성들이 부르는 '노래'야말로, 그 강한 형식들 중 하나다.

---

17) "인간은 약했지만 형식은 강했던 것이다"(프랑코 모레티, 『근대의 서사시』, 조형준 옮김, 새물결, 2001, p. 352).

총과 노래

— 최근 오월소설에 대한 단상들 2

> 말은 이미 빼앗긴 사상에서조차 멀어져 있고
> 의미는 원래의 말에서 완전히 박리된다.
> 의식이 눈여겨보는 것은
> 바야흐로 이때부터이다.
> ─ 김시종, 「입 다문 말─박관현에게」[1]에서

1

…… 문학적 복수란 '형식의 복수'다. 상징적 질서를 훌쩍 초과할 만큼 거대한 트라우마여서(아우슈비츠나 5·18처럼) 그에 합당한 언어를 도저히 찾을 수 없어 보이는, 그래서 흔히들 '재현 불가능한 것'의 범주에 넣고 마는 사건조차 '말로써' 재현(하려고 시도)해야 하는 것이 문학의 아이러니이자 운명이다. 복수심에 가득 찬 인물이나 그가 쥔 총이 아니라 말만이, 오로지 말만이 문학의 유일한 무기이기 때문이다.

---

1) 김시종, 『광주시편』, 김정례 옮김, 푸른역사, 2015, p. 41.

2

말할 수 없는 것을 말해야 한다는 이 역설적 상황은 말의 새로운 형식을 고안함으로써만 돌파할 수 있다. 복수는 따라서 소설 속 인물에 의해 이루어지는 것이 아니라, 소설 자체의 형식을 통해 이루어진다. 종배(『야구란 무엇인가』[2])의 실패는 그런 의미에서 실은 형식의 실패다. 오월문학에 있어 복수하는 자들의 등장은 실로 도발적인 변이임에 틀림없다. 그러나 작가가 인물의 복수심에 합당한 말의 형식을 찾지 못한 채 낯익은 서사 구조(가령 아비 되기의 서사)에 말을 기탁할 때, 인물의 실패는 그대로 소설의 실패가 된다. 어떤 사건이 언어적으로는 도저히 재현 불가능한 것에 가까워질수록, 작가는 그것을 언어화할 형식을 고안해야 한다. 더 오래 살아남은 것은 괴테와 그의 주인공 파우스트가 아니라, 그가 (부지불식간에) 고안한 '형식'(세계 텍스트)이었다.

3

그런데 '재현 불가능한 것이 있는가?'[3] 랑시에르는 우리 시대에 (플로베르가 출범시킨 미학적 체제의 성립 이후) 재현 불가능한 것 따위는 없다고 말한다. 영화 「쇼아」에서처럼, 아우슈비츠에서 죽은

---

2) 김경욱, 『야구란 무엇인가』, 문학동네, 2013.
3) 자크 랑시에르, 『이미지의 운명』, 김상운 옮김, 현실문화, 2014, p. 197.

자는 텅 빈 숲의 과장된 공허를 통해서라도 재현된다. 말하자면 재현 불가능한 것의 모습으로 재현된다.

4

　타자는 절대적 외부에 속하고 우리는 그를 '환대'할 수 있을 뿐 그의 고통을 이해할 수도 대신 겪을 수도 없다는 지극히 윤리적인 태도가, 실은 재현 불가능성의 근거다. 이때 타인의 고통은 '환기' 될 수는 있으되 재현될 수는 없는 것이 된다.[4] 그런데 "재현이 아닌 환기의 방식이란 재현의 불가능성에서 비롯된 처절한 고통의 산물일 것이다. 그리하여 '재현의 위기 자체를 즐기는 것'과는 분명히 구분되지만, 결과적으로는 그 대상을 미지의 대상으로 남겨둘 수밖에 없다. 그때 나타나는 현상은 그 가려진 대상이 함부로 범접할 수조차 없는 차원으로 신성화되거나 패륜에 가까운 온갖 악의적 상상력으로 왜곡되는 것이다".[5]

5

　재현 불가능한 것은 없다. 다만 재현 불가능해 보이는 영역으로

---

4) 나는 그런 식의 지나치게 염결한(이 염결성은 분명 모종의 심리적 위안이나 보상을 가져다준다) 절대적 '타자 윤리'에 조건 없이 동의하던 시절을 반성한다.

5) 이경재, 「광주를 통해 바라본 우리 시대 리얼리즘」, 『자음과모음』 2014년 여름호, p. 338.

부터 재현을 요구하며 출현하는 무언가가 있을 뿐이다.

6

도미야마 이치로의 명명에 따라 이렇게 '재현 불가능한' 것의 영역에 있는 것으로 치부되던 어떤 것이 출현하는 지점을 '공백'이라고 불러보자. 그 공백은 어떤 방식으로 나타나는가?

전장의 체험을 녹취하는 작업을 할 때, 종종 어떤 이야기가 기묘한 울림을 자아내는 경우와 맞닥뜨린다. 전장에 떨어져 있던 반합, 눈앞에서 작렬하는 포탄, 달빛이 쏟아지는 정글, 이런 이야기를 활자화해 버리면 전장은 아주 개별적이고 구체적이며 신체적인 요소로 구성된 체험기 이외에는 아무 것도 아닌 양 묘사되고 말 것이다.

그러나 이야기하던 사람이 반합의 모양을 말하다가 갑자기 허공을 응시하며 울부짖었다면 어찌할 것인가? 애통해하는 이유가 반합에 숨겨져 있다고는 생각할 수 없을 것이다. 구체적으로 말하면 말할수록 이야기된 담론으로는 구성될 수 없는 의미의 영역이 떠오른다. 그러한 이야기의 불안정성, 바로 그것이 그 울부짖음에서 우리가 간파하지 않으면 안 되는 점이다. 체험을 말하면 말할수록, 그 구체적 체험이 구성하는 의미의 연관을 모두 소멸시켜 버리는 영역이 그 배후에 다가오는 것이다. 이 영역이 바로 야스다가 말한 그 '공백'이리라.[6]

---

6) 도미야마 이치로, 『전장의 기억』, 임성모 옮김, 이산, 2002, p. 102.

활자화할 수 없는 야스다의 '울부짖음', 말하면 말할수록 의미 연관이 모두 소멸되어버리고 마는 이야기의 불안정성, 그 배후에서 어떤 영역이 모습을 드러낸다. 거기가 '공백'이다. 이 '공백'을 침묵이라고 할 수는 없다. 왜냐하면 증언하는 자의 입에서는 분명 무언가가 발화되고 있기 때문이다. 그러나 그것을 말이라고 할 수도 없다. 왜냐하면 의미에서 박리되어 있기 때문이다. 참된 '증언'은 항상 이런 식으로 침묵과 말 사이에서 이접되어 있다.

7

　'증언'의 사전적 의미는 두 가지다. '사실(事實)을 증명(證明)하는 말' 혹은 '증인(證人)의 진술(陳述)'. 증인은 항상 제3자이게 마련이고, 그가 만약 무언가를 증명하고자 한다면 그는 항상 사실에 입각해 말해야 한다. 그런데 증언해야 할 사건의 당사자가 시신으로 누웠고, 그 사건의 크기 역시 상징화가 불가능할 만큼 외상적일 경우에는 어떨까? 이 경우 사전적인 의미에서의 증언은 완전히 불가능해진다. 침묵이야말로 죽은 자의 언어일진대 누가 있어 죽은 자를 대신해 말할 수 있는가? 증인은 침묵을 진술할 수 없다. 말할 수 있는 방식으로 상징화된 경험들의 집합을 '사실'이라고 부를진대 상징화를 초과하는 사건을 누가 있어 말로 발화할 수 있는가? 사실 너머의 것은 말에 의한 증명의 대상일 수 없다. 그래서 아감벤은 "증언이란 증언함의 두 가지 가능성 사이의 이접"이라고 말한다. "증언을 하기 위해서는 언어가 비언어가 되어야 하며 (즉 비언어에 자리를 내주어야 하며), 언어는 비언어가 됨으로써 증언함의 불가능성을 보여준다."[7]

8

그러나 "의식이 눈여겨보는 것은 바야흐로 이때부터이다". 말도 침묵도 아닌 그 비식별역으로부터 엄밀한 의미에서의 '증언' 가능성이 열린다. 나오느니 울부짖음뿐이다. 그런데 울부짖음이란 상징화 이전의 상태, 곧 그 어떤 국가주의 서사나(오키나와의 경우) 그 어떤 사회과학적 담론에 의해서도(5·18의 경우) 회수당하지 않은 상태의 '공백'이 내는 소리이기도 하다. 언어의 공백이 바로 참된 '증언의 영역'인 것이다. 그 공백이 보존되지 않은 채 기록된 모든 증언은 황국신민화 서사의 일부가 되거나 오키나와 저항 서사의 일부가 된다. 폭도들에 의한 반란 진압 서사가 되거나 의향 광주의 영웅주의 서사가 된다. 문학이 시작되는 것은 바야흐로 이때부터이다. '공백' 그 자체를 보존한 채 그토록 기이한 침묵의 언어에 형식을 부여하는 것, 그것이 문학의 일이다. 그런 의미에서 "유물론은 결코 5·18이 이루어낸 절대공동체의 정신에 접근할 수 없다"[8]라고 쓸 때 최정운은 다분히 문학적이었다. 문학은 언어 너머의 공백을

---

7) 조르조 아감벤, 『아우슈비츠의 남은 자들』, 정문영 옮김, 새물결, 2012, p. 58.
8) 최정운, 『오월의 사회과학』, 오월의봄, 2012, p. 198.

보존하면서 증언의 영역을 열어놓는 불가능한 언어의 형식이다.

9

5·18의 기억에 관한 한 그 불가능한 언어의 형식은 '노래'다. 이 형식은 최초에 작가 최윤이 고안했다. 「저기 소리 없이 한 점 꽃잎이 지고」의 돌림노래 형식이 그것이다.[9] 기억상실과 실어증에 걸린 소녀는 악곡의 주제부다. 그러나 소녀에겐 기억도 없고 언어도 없으므로 이 주제부는 '공백'이다. 차마 입에 담지 못할 5·18의 기억은 바로 그 공백 속에서 오히려 생생하게 보존된다.

아, 그리고 갑자기…… 그렇게…… 빨리…… 한꺼번에…… 파도가 더 빨리 사방으로 몰리고…… 흩어졌다가…… 다시 모이고…… 그러고는 또 검은 장막. 그 이후는 아무것도 보이지 않아. 손톱으로 아무리 찢어 내리려 해봐야 다시 휘덮는 휘장. 매 순간 뇌를 휘감는 이 뱀 같은 휘장.[10]

이렇듯 뱀 같은 휘장에 휘감긴 소녀의 기억은 언어 이전의 형태로만 발화될 수 있으므로, 그 어떤 사후 서사도 그것을 상징화할 수 없다. 그러나 소녀가 길을 잃은 꽃잎처럼 산하 곳곳을 무작위적

---

9) 이에 대해서는 졸고, 「세 겹의 저주」, 『켄타우로스의 비평』, 문학동네, 2004 참조.
10) 최윤, 『저기 소리없이 한 점 꽃잎이 지고』, 문학과지성사, 2011 (초판: 1992), p. 233.

으로 누비고 다닐 때, 5·18은 공백의 형태로 재현되고, 공백이므로 또한 아주 잘 전염된다. 누구나 그 공백 앞에서는 속수무책이다. '장 씨'도 '우리'도 심지어 독자들조차 감염을 피할 수 없는데, 돌림노래 형식은 원리적으로 종결을 모르기 때문이다. 감염은 무한대로 계속된다. 소녀가 아직 돌아왔다는 소문은 없으므로, 매일매일 소녀는 5·18이라는 이름의 전염병을 몰고 다닌다. 이 소설이 마련한 공간이야말로 도미야마 이치로가 말한 바로 그 '증언의 영역'이다. 언어와 비언어가 이접되는 장소, 재현 불가능한 것이 재현되는 장소가 바로 거기다.

10

한강의 『소년이 온다』에 대해서도 비슷한 말을 할 수 있을 것이다. 화자를 달리하는 총 일곱 개의 장으로 이루어진 돌림노래의 형식, 그중 에피소드 '밤의 눈동자'의 화자 임선주의 화법은 이렇다.

기억해달라고 윤은 말했다. 직면하고 증언해달라고 말했다.
그러나 그것이 어떻게 가능한가.
삼십 센티 나무 자가 자궁 끝까지 수십번 후벼들어왔다고 증언할 수 있는가? 소총 개머리판이 자궁 입구를 찢고 짓이겼다고 증언할 수 있는가? 하혈이 멈추지 않아 쇼크를 일으킨 당신을 그들이 통합병원에 데려가 수혈받게 했다고 증언할 수 있는가? 이년 동안 그하혈이 계속되었다고, 혈전이 나팔관을 막아 영구히 아이를 가질 수 없게 되었다고 증언할 수 있는가? 타인과, 특히 남자와 접촉하는 일을 견딜 수 없게 됐다고 증언할 수 있는가? *짧은 입맞춤, 뺨을 어루만지는 손길, 여름에 팔과 종아리를 내놓아 누군가의 시선이 머무는 일조차 고통스러웠다고 증언할 수 있는가? 몸을 증오하게 되었다고, 모든 따뜻함과 지극한 사랑을 스스로 부숴뜨리며 도망쳤다고 증언할 수 있는가? 더 추운 곳, 더 안전한 곳으로. 오직 살아남기 위하여.*[11]

이탤릭체로 표기된 부분은 발화되지 않은 부분이다. 너무나도 고통스러워 차마 증언조차 하지 못한 말들이다. 그러나 아이러니하게도 그 발화되지 않은 문장들 안에 증언이 자리한다. 증언할 수 없는 것, 도저히 말로 할 수 없는 고통이, 증언되지 않았으나 기록된 문자의 형태로 5·18을 증언한다. 죽은 동호는 말할 수 없다. 그러므로 이 작품의 중심에도 증언 불가능한 영역으로서의 공백이 있다. 그 공백 주위에서 복수의 화자들이 순서를 바꿔가며 부르는 돌림노래, 그것이 『소년이 온다』의 형식[12]이다.

11

공선옥의 『그 노래는 어디서 왔을까』는 정애와 묘자가 번갈아 부르는 돌림노래다. 형식만 그런 것이 아니라 그들은 실제로도 자

---

11) 한강, 『소년이 온다』, 창비, 2014, pp. 166~67.
12) 한강의 작품에 대한 좀더 자세한 논의는 이 책에 수록된 「우리가 감당할 수 있을까?
    ──트라우마와 문학」 참조.

주 노래를 부른다. 이런 노래다. "석균이 오목가슴에 가슴애피
는 누가 알아를 주까 박샌 바짓가랑이에 핏자국은 누가 시쳐를 주
까……"[13] 정애만 아니라 아빠도 노래하고("융구쇼바 슝가 아리따
슈바 슈하가리 차리차리 파파") 엄마도 노래한다("홍응으으으으으
홍응으으으으으"). 의미로부터 완전히 박리되어버려 주문처럼 변해
버린 말, 그러나 주문과 달리 그 어떤 마술적 힘도 가지지 못한 말,
그것이 이들의 노래다. 그런데 이 노래의 기원은 어디인가?

　　—어디서 배웠다기보다 그것은 내 마음속 깊은 데서 나오는 소리
　　인데 그 소리들을 나는 아주 오래전부터 알고 있었지요 그 말은 사
　　람이 말로는 더 어떻게 해볼 수 없을 때 터져나오는 소리인데 보통
　　의 사람들은 그 말을 알아먹을 수 없는 것이 당연한 것이고 그 소리
　　를 하는 사람의 마음속은 하늘에 닿을 만큼 높아서……[14]

"말로는 더 어떻게 해볼 수 없을 때", 발화된다기보다는 "터져나
오는" 소리가 노래다. 정애들의 노래는 야스다의 울부짖음과 등가
다. 증언의 영역을 열어놓는 공백의 언어다.

13) 공선옥, 『그 노래는 어디서 왔을까』, 창비, 2013, p. 172.
14) 공선옥, 같은 책, p. 184.

12

노래를 증언의 형식으로 택한 세 작가가 모두 여성이라는 점은 우연일까? 노래에는 성별이 있는 것도 같다. 여기 두 종류의 노래가 있다.

헥켁켁켁꾸억꾸억꾸억꾸억우커커커…… 아버지는 밤새 알아먹을 수 없는 소리의 웃음을 웃고 어머니는 알아먹을 수 있는 분명한 소리로 울었다. 어머니는 이렇게 울었다.
홍웅으ㅇㅇㅇㅇ 홍웅으ㅇㅇㅇㅇ.
어머니가 내는 소리는 말이었다. 어머니는 울음소리로 말을 대신했다.[15]

정애에게 공격적인 된소리와 거센소리로 이루어진 아버지의 노래는 알아들을 수 없는 '소리'에 불과하다. 그러나 둥그런 모음과 비음으로 이루어진 어머니의 노래는 알아들을 수 있는 '말'이다. 성별은 이렇게 음소 수준에서도 각인된다. 노래는 모성적일 때 증언의 영역을 열어놓는 말이 된다. 박정희의 분신으로 보이는 '박샌'이 정애의 노래 앞에서 보이는 두려움에는 이유가 있었던 것이다. 마을의 대표이자, 새마을운동의 주도자, 온 마을 여성들의 겁탈자 박샌이 한갓 소녀의 노래 앞에서 공포에 떤다.

---

15) 공선옥, 같은 책, p. 10.

박샌이 덜덜 떨었다. 떨면서 뇌까렸다.

조용히 하랑게 쳐 노래를 하네 이. 노래를 해, 노래를…… 그러면서 박샌이 웃었다. 웃으면서 박샌은 울었다. 아아, 씹핥년, 쳐 노래를 해, 노래를.

박샌은 욕을 하면서 갔다. 박샌이 가고 나서도 한참 동안 정애는 노래했다.

석균이 오목가슴에 가슴애피는 누가 알아를 주까 박샌 바짓가랑이에 핏자국은 누가 시쳐를 주까……[16]

박샌의 공포는 노래에 의해 열리는 증언의 영역 앞에서의 공포다. 자신의 악행들, 그러니까 1970년대 한국의 개발독재가 은폐하고 묻어버린 온갖 저주받을 악행들이 그 노래 속에서 출현한다. 노래는 확실히 복수의 형식이다.

13

정애는 훗날 산 채로 육탈하여 바람이 되고 노래가 된다. 원리적으로 정애의 노래가 도달하지 못할 곳은 없다. "장에 갔다 온 누군가"는 "장터에서 정애를 봤다고" 하고, "산에 갔다 온 누군가는 또, 산에서 정애를 봤다고" 하게 될 것이다. "도시 번화가 한복판

---

16) 공선옥, 위의 책, p. 172.

에서 정애를 봤다"고 하는 이도 생길 것이고 "비가 오는 날 빗속에서 정애 소리를 들었다는 사람도" 생길 것이다. 육탈하여 바람이 된 노래는 도처에 편재하기 때문이다. 도처에 정애가 있고, 도처에 노래가 있다면, 도처에서 박샌들은 공포에 떨고, 증언의 영역은 도처에서 기필코 열린다.

14

혹자는 공선옥의 소설을 두고 '마술적 리얼리즘'을 거론하기도[17] 했거니와, 저 결말은 필시 마술 같은 데가 있다. 말하는 짐승들이 있는 세계, 꽃구름을 타고 오는 남편이 있는 세계, 사람이 산 채로 육탈하여 바람이 되는 세계는 분명 마술적 세계다. 그러나 굶어 죽고, 찔려 죽고, 미쳐 죽고, 겁탈당해 죽는 사람들이 넘쳐나는 세계도 마술적이긴 마찬가지다. 현실이 마치 마귀들의 세계처럼 잔인하다면 그 현실은 마술적이다. 만약 공선옥의 소설이 마술적 리얼리즘을 닮았다면 그것은 이 작가가 마술적 리얼리즘에 영향을 받아서라기보다는 마귀들이 들끓는 것처럼 극악한 현실에 영향을 받아서일 것이다. 게다가 한국에서 '마술적 리얼리즘'이란 말은 언젠

---

17) "찰스 디킨스의 장편에서 흔히 맛보는 민중의 낙천적인 생명감각 같은 것이 감지되는데, 다른 한편 가르시아 마르케스의 '마술적 사실주의'를 연상케 하는 대목도 여럿 있다. 하지만 그런 외국 작가들을 떠올리면서도 더 주목하고 싶은 점은, 한(恨)의 정서가 짙게 스민, 남도 특유의 '구전문화'를 작가가 서사에 활용하는 방식이다"(유희석, 「문학의 실험과 증언」, 『창작과비평』 2014년 겨울호, p. 103).

가부터 '가장 민족적이면서도 세계적인' 작품이 노벨문학상 후보
로 자주 거론된다는 사실을 간파한 대가들의 전유물이 되어버렸지
않았던가?

15

모레티는 언젠가 마술적 리얼리즘(마르케스의 『백년의 고독』)을
두고 '희생자로부터 서구에 주어진 사면권'이란 취지의 말[18]을 한
적이 있다. 한때는 식민지였으나 이제는 마술로 가득 찬 마콘도에
누구나 한번쯤 가보고 싶을 것이다. 그러나 말로는 차마 할 수 없어
서 노래로 울부짖음을 대신하는 공선옥 소설 속 한국의 1970, 80년
대에 가보고 싶어 하는 이는 없을 줄 안다. 그곳에 구전 문화의 전
통이 살아 있다거나, 언어 이전의 노래를 가능하게 하는 공동체가
살아 있다는 말들은 박정희가 독립운동가였다는 말만큼이나 거짓
말이다. 공선옥의 노래는 언어 이전의 노래가 아니라 언어 이후의
노래이고, 공동체의 노래가 아니라 그것이 파괴되어버린 뒤에 완전
히 의미로부터 박리되어버린 노래이기 때문이다.

---

18) "앞서 『파우스트』에 결백의 수사학이 구사되고 있음을 살펴보았다. 물론 피고 본인
에 의해 사면권이 주어진다면 효력이 의심스러운 수사학이 될 것이다. 하지만 사면
권이 희생자로부터 주어진다면…… 60년대. 포함(砲艦)과 군사적 폭력이 아프리카로
부터 철수하면서 공개적인 식민지 정복 단계는 종말을 고하게 되었다. 그리고 이러
한 백 년의 역사를 마술로 가득 찬 모험으로 이야기하는 소설이 유럽으로 건너왔다.
혹시 이것이 『백년의 고독』의 비밀은 아닐까?"(프랑코 모레티, 앞의 책, p. 382).

16

　오월문학에 있어 '노래'는 언어 너머의 공백을 보존하면서 증언
의 영역을 열어놓는 불가능한 언어의 형식이다. 그리고 형식이 사
람보다 강한 법이다. 더 많은 형식들이 복수하게 하라.

우리가 감당할 수 있을까?

─ 트라우마와 문학

당신에게 이 말들을 전하니
가슴에 새겨두라.
집에 있을 때나, 길을 걸을 때나
잠자리에 들 때나, 깨어날 때나.
당신의 아이들에게 거듭 들려주라.
그러지 않으면 당신 집이 무너져 내리고
온갖 병이 당신을 괴롭히며
당신의 아이들이 당신을 외면하리라.
─ 프리모 레비[1]

1

콜레주 드 프랑스에서 행한 푸코의 강연록을 읽다 보면, 이즈음의 한국이야말로 '생명정치'가 완전히 일반화되고 있는 사회란 사실을 확신하게 된다. '힐링' 열풍이나 '피트니스'에 대한 전 사회적 관심의 증폭은 그 방증이 될 만하다. 우리 사회에서 '건강'은 이제 삶의 최고 목적이자 지상명령(건강하라! 아름다워져라!)이 되었다. 거의 이데올로기 수준에 육박한 '금연 캠페인'(언젠가 다섯 살쯤 되

---

1) 프리모 레비, 『이것이 인간인가』, 이현경 옮김, 2007, p. 9.

어 보이는 꼬마가 흡연 중인 내게 그랬다. '이 더러운 담배 새끼!' 그런
데 거기는 금연 구역조차 아니었다), 채널 하나 걸러 등장하는 장수
비결 찾기와 건강 식단 차리기 프로그램들(마치 그것들을 먹지 않으
면 당장 병들거나 죽게 되기라도 할 듯한 어두다), 단 몇 달 만에 형
태를 갖춘 연예인들의 복근에 대한 대대적인 관음증(그런 몸을 갖
지 못하는 것은 게으름과 나태와 무절제의 소산이라도 되는 듯 우리는
부끄러워진다) 등.

   이런 현상에서 누군가는 '동물화하는 포스트모던'(아즈마 히로
키)을 보기도 하고, 누군가는 '오이코스 − 조에Oikos-zoe'에 의한
'폴리스−비오스Polis-bios'의 완전 병합(한나 아렌트)을 보기도 할
터인데, 최근 건강에 대한 이처럼 병적이고 동물적인 관심이 '정
신'의 영역까지 확대되고 있다는 사실이 내게는 더 흥미롭다. 이즈
음 한국 사회에서는 오래전부터 일상화되어온 정신의학적 용어들
(우울증, 전환 장애, 강박, 망상, 편집증 등)은 말할 것도 없고, '주의
력 결핍 과잉행동 장애ADHD'나 '충동 조절 장애ICD' 같은, 바로
얼마 전까지도 전문가가 아니고서는 듣거나 말하기 힘들었던 용어
들마저 더 이상 낯설지가 않다. 많은 사람들이 마치 혈압과 당뇨를
체크하듯 자신의 정신 건강을 스스로 진단하고, 거기에 적당한 이
름을 붙인다. 그런 식으로 매 순간 자신이 '비정상'은 아닌지 자가
진단이 이루어지는데, 어떤 경우 아이러니하게도 발생한 증상이 그
것을 설명할 용어를 필요로 하는 것인지 유행하는 용어들이 거기
에 합당한 증상을 불러내는 것인지 구분하기 힘들 때도 많다. 이런
현상을 두고 '정신의학의 규율 권력화' 혹은 '생명권력의 내면화'라
부른다고 해서 그리 과장은 아닐 듯싶다.

'트라우마trauma'와 '외상 후 스트레스 장애'도 그런 용어들 중 하나다. 나는 언젠가 TV에서 야구 중계를 보다가 해설자의 입을 통해 이 용어를 들은 적도 있다. 키는 작지만 잽싸고 잘 때리는데, 유독 뜬 공을 잡지 못해 쩔쩔매곤 하는 한 선수를 두고 해설자가 이런 말을 했다. "아! ○○○ 선수, 트라우마가 있나요." 정신의학적 용어였던 '트라우마'가 이제 일상 언어 수준에서도 광범위하게 사용되고 있음을 보여주는 다른 사례들도 많다. 중간고사 시험지 앞에서의 불안, 월요일 아침에만 반복되는 늦잠, 이성 앞에서의 잦은 얼굴 붉힘 등, 이전에는 간단하게 '징크스'나 '내성적 성격'이라 불리던 흔한 증상(?)들에 대해서마저 사람들은 이제 외상 후 스트레스 장애를 의심한다. 그러나 이런 식의 일상적 용법에서와 달리 공식적인 의학적 견해에 따르면 외상 후 스트레스 장애란 이런 것이다.

우선 그 병인(病因)이다. "지속적인 기간(수개월에서 수년) 동안 전체주의적인 통제하에 종속된 과거력. 인질, 전쟁 포로, 강제수용소 생존자, 컬트 종교의 생존자의 예를 포함함. 또한 성생활과 가정생활의 전체주의적인 체계에 종속된 이들의 예를 포함하며, 이는 가정폭력, 아동기의 신체적 혹은 성적 학대, 그리고 조직화된 성적 착취 체계의 생존자를 포함함."[2] 다음으로, 요약된 증상들은 이렇다. '지속적인 침울, 만성적인 자살에의 몰두, 자해, 분노, 외상

---

2) 주디스 허먼, 『트라우마 ─ 가정폭력에서 정치적 테러까지』, 최현정 옮김, 열린책들, 2012, p. 209.

사건에 대한 기억 상실 혹은 잦은 외상 기억의 회복, 일시적 해리성 삽화, 이인증/비현실감, 무력감, 수치심, 죄책감, 자기 비난, 고립과 회피, 친밀 관계의 장해, 지속적 불신, 신념의 상실, 무망감과 절망감……'[3]

3

당사자들이 겪을 고통에 비할 때 건조하고 중립적이기만 한 의학적 용어들이 거슬린다면 최근 한국 사회에 마치 전염병처럼(허먼은 이 장애가 전염된다는 사실을 분명히 한다. 그래도 이 말이 어딘가 부정적이라면 '촛불처럼'이라고 바꾸어도 무방하다) 번지고 있는 실제 사례들을 열거할 수도 있을 것이다. 지금 팽목항과 안산에는(물론 4·3 항쟁 이후의 제주도에도, 1980년 5월 이후의 광주에도, 1995년 6월 삼풍백화점 붕괴 이후의 서울에도, 2003년 2월 지하철 참사 이후의 대구에도) 저와 같은 임상 사례들은 차고 넘친다.

　　오냐 나여 그래도 잠은 또 오겠구나
　　배는 또 고파지겠구나 버러지처럼[4]

　　저도 바닷가에서 자라 잘 아는데 바다엔 밀물 썰물이 있잖아요? 그리고 파도가 좀 세면 어때요? 저 바다가 반드시 우리 애를 엄마 곁

---

3) 같은 책, pp. 209~10에서 요약.
4) 김사인, 「적폐가 아니라 지폐」, 고은 외, 『우리 모두가 세월호였다』, 실천문학사, 2014, p. 43.

으로 데려다줄 거예요. 우리의 소원이 이렇게 간절한데 바다가 왜 그걸 모르겠어요? 우리 애가 돌아오면 내 곁에 하룻밤 푹 재워서 하늘로 돌려보낼 거예요. 그거밖에 없어요. 지금 제 희망은……[5]

아아아아아아아아아아아아아아아 아 아 악[6]

무슨 일이 일어났는지
정말 모르겠어요
이건 무의식 뒤 모든 배반의 손들이 합작해서 판
무덤은 아니었을까요
그 앞에 서서 우는 사람들의 영혼마저
말려버리는 사막의 황폐함은 아니었나요[7]

한 사람의 죽음에서도 그 나라를 본다고 하는데
이런 수백의 죽음 앞에서 나는 나라의 침몰을 보았다
이런 나라의 정당에 가입하고 집단 이익을 위해 봉사하는 내가
부끄러웠다[8]

잠을 자고 밥을 먹는 지극히 필수적인 욕구 충족마저 스스로를 '버러지처럼' 여기게 만드는 사건(김사인), 자신의 입으로는 도저히 표현할 수 없어서 타인의 고통스런 발화를 그대로 옮겨 적을 수

5) 이시영, 「5월 3일, 뉴스타파」, 같은 책, p. 126.
6) 이진명, 「비」, 같은 책, p. 139.
7) 허수경, 「누군가 물었다」, 같은 책, p. 180.
8) 공광규, 「노란 리본을 묶으며」, 같은 책, p. 28.

밖에 없게 하는 사건(이시영), 혹은 '아아아아악' 하는 비명 외에는
달리 의미 있는 말을 찾을 수 없게 하는 사건(이진명), 사태의 크기
와 의미를 가늠할 수조차 없으므로 완벽한 의식의 사막화 상태 속
에서 허우적거리게 하는 사건(허수경), 믿어왔던 큰 타자들, 가령
나라나 민족이나 공동체나 이웃 같은 것들이 일시에 붕괴하는 참담
함을 겪게 하는 사건(공광규), 그것이 트라우마다.

 시인들이 썼으니 저 발화들을 시라고 부르기는 해야겠으나, 엄
밀히 말해 저 문장들은 시가 아니다. 시란 뮤즈가 관할하는 일이지
만, 만약 어떤 사건이 진정 트라우마라는 말의 엄밀한 의미에 합당
한 성질의 것이라면 거기에 뮤즈는 찾아들지 않는다. 뮤즈의 도움
없이 발화된 고통의 언어는 비명이거나 증상일 뿐이다. 모든 언어
가 붕괴하고 날것 그대로의 죄책감과 분노와 우울만 남는 지점, 그
러니까 신체적으로도 정신적으로도 '감당할 수 없음'이 그 유일한
정의가 되는 지점, 심지어 저런 말들을 뱉은 시인들마저 어느 순간
끝까지 대면하기를 꺼리게 될 지점, 많은 이들의 강한 의지와 결
심에도 불구하고 결국에는 생존자와 유족 들만이 가장 깊은 고통
속에 오래 남아 있게 될 지점, 그러니까 우리로 하여금 '감당할 수
없는 이것을 감당할 수 있겠는가'라고 집요하게 묻는 언어와 이성
의 크레바스, 거기가 바로 트라우마의 처소다.

4

 게다가 외상 경험은 잔혹하게도 '반복'을 그 특징으로 한다. 그것

을 겪은 이는 의지와 무관하게 사건이 일어난 그 순간의 감각과 정서를 끝없이 되풀이해서 체험한다. 프로이트는(라캉도) 그와 같은 '반복'에서 '죽음 충동'을 보기도 했거니와, 고작 일주일에 두어 차례 행하는 명상이나 요가, 평화롭고 감미로우나 관습적이기 그지없는 싸구려 뉴에이지 음악, 스트레스의 사회적 기원을 폭로함으로써 스스로의 주인이 되라고 설교하는 용감한 인문학자의 대중 강연, 그저 사소한 상처들을 감상적으로 포장한 스타들의 고백적 수다 따위로는 이 반복을 결코 막을 수 없다. 우리 시대의 생명권력과 힐링 산업이 권하는 치유법은 마치 기관총상을 입은 자리에 감긴 붕대와 같아서(「지옥의 묵시록」), 사지가 썩어 떨어져나갈 때까지 겨우겨우 상처를 봉합하는 데만 급급함으로써 심리적 위안 외에는 아무것도 가져다주지 못하는 파렴치하고 무능한 돌팔이 의사들의 처방전과 닮았다. 그것들이 힐링 산업의 융성에 기여할 수는 있을망정, 트라우마 체험의 반복적인 귀환을 막을 것이라고 기대하는 것은 아주 위험한 일이다. 재난은 작금의 자본주의를 구성하는 필수적인 요소들 중 하나다. 아이러니하게도 힐링이 권력이자 산업이며 또한 이데올로기가 되자, 트라우마는 불치 상태의 마음들 속으로 끊임없이 귀환한다.

5

   그렇다면 어떻게 감당할 수 없는 것을 감당함으로써 트라우마의 고통으로부터 벗어날 수 있을까? 최초의 대답은 프로이트에 의해

주어진 바 있다. 알다시피 '애도Trauer, mourning'가 그것이다. 프로이트는 애도와 멜랑콜리(이 글의 문맥에서는 외상 후 스트레스 장애의 일종)의 차이를 이렇게 설명한다.

반항적인 심리 상태가 우울증으로 바뀌는 과정을 재구성하는 일은 그리 어렵지 않다. 하나의 대상 선택, 즉 어떤 특정인에게 리비도를 집중시키는 일이 한때 이루어졌다. 그런데 그 사랑하는 사람에게서 냉대를 받거나 그에게 실망을 하게 되면 그 대상 관계가 깨지고 만다. 정상적인 결과라면 그 대상에게 집중되었던 리비도가 철회되어 새로운 대상에게 전위(傳位)되는 것이 보통이겠지만 여러 가지 다른 조건들 때문에 다른 식의 결과가 초래된 것이다. 즉, 저항할 힘을 지니지 못한 대상 카텍시스는 결국 사라지게 되고, 반면에 자유로운 리비도는 다른 대상을 찾는 대신 자아 속으로 들어가고 말았다. 그러나 자아 속에서도 그 리비도는 어떤 특별한 방식으로 이용되는 것이 아니라 오직 자아를 포기된 대상과 동일시하는 데에만 기여할 뿐이다. 그래서 그 포기된 대상의 그림자가 자아에게 드리우게 되고, 그때부터 자아는 마치 그것이 떠나버린 대상이라도 되는 듯 어떤 특수한 기관에 의해 대상처럼 취급될 수가 있는 것이다.[9]

요컨대 상실한 리비도 집중 대상의 자리에 다른 대상을 놓는 것, 그리하여 철회된 카섹시스가 퇴행하여 우울증(상실한 대상을 자아

9) 지그문트 프로이트, 「슬픔과 우울증」, 『무의식에 관하여』, 윤희기 옮김, 열린책들, 1997, pp. 256~57.

와 동일시한 후 리비도 퇴행에 의해 발생하는 나르시시즘적 신경증)으로 발전하지 않도록 하는 것, 그것이 프로이트가 내놓은 처방이다. 그리고 대상 교체에 걸리는 (꽤 긴, 그러나 영원은 아닌, 짧을수록 좋은) 시간 동안의 슬픔, 그것이 '애도'다. 현재 외상 후 스트레스 장애에 빠진 환자들에게 내려지는 처방과 상담 치료가 목표로 삼는 것 또한 바로 그 대상 바꾸기로서의 적절하고도 한시적인 '애도'인 바, 프로이트 이후의 정신의학은 외상적 체험을 겪은 주체에게 상실한 대상을 어느 정도 '망각'하기를, 혹은 그 대상을 다른 대상으로 교체하기를 권한다.

이 과정을 프로이트가 즐겨 쓰곤 했던 경제학의 비유를 들어 다시 설명해볼 수도 있겠다. 리비도라는 이름의 자본이 있다. 그것을 어떤 대상을 향해 투자하는 것이 '사랑'이다. 어떤 이유로 투자 대상이 소멸한다. 외상적 순간이다. 고통스럽다. 그러나 잘잘못을 떠나서 그 대상에 투자를 계속하는 일은 수지 타산에 맞는 일이 아니다. 다소의 손해를 감수하더라도 자본은 회수되어야 한다. 자본은 반드시 수지 타산에 맞는 대상에 투자되어야 한다는 것이 경제의 제일 원리이기 때문이다. 물론 '약간의 손실'은 감수해야겠지만, 곧 다른 대상이 가져다줄 이득과 더불어 사정은 좋아질 것이다.

'약간의 손실', 그것이 아마도 '애도'일 것이다. 프로이트의 저 논문이 내게는 그의 저작들 중 가장 얄미운 축에 속하는 이유가 여기에 있다. 저 구절들을 읽을 때, 프로이트는 리비도를 주체가 투자할 수 있고 회수할 수 있는 일종의 자본으로 보고 있는 듯하다(실제로 그는 다른 글에서 '투자와 회수'의 비유를 의도적으로 차용하고 있다고 자인하기도 한다. 그가 자신의 심리학의 한 축을 '리비도 경제학'

이라 부른 데에는 이유가 있었던 것이다). 대상을 바라보는 그의 관점에서 은근히 배어 나오는 자본가의 감수성을 나는 그리 달가워하지 않는다. 자본가에게 투자 대상의 질보다는 최소한 거기 투자된 양만큼의 자본 회수 가능성이 중요한 것처럼, 외상적 경험을 한 주체에게도 대상을 잃은 상실감이나 우울보다는 투자한 리비도 에너지의 회수와 재투자, 곧 대상의 등가교환이 중요하다고 말하는 프로이트…… 그에게서마저 성장기 자본주의의 우점종 담론이었던 고전 경제학의 영향력을 확인하는 일은 씁쓸하다.

6

외상적 순간과 마주한 적이 있는 주체에게 대상은 정말로 대체 가능한가? 우리는 사랑하던 대상을 (설사 적절한 기간의 애도를 겪는다고 하더라도) 다른 대상과 등가교환의 원칙에 따라 포기하고 교체할 수 있는가? 또 그런 일이 바람직한 일이기는 한가? 지금 우리가 겪고 있는 맹골수도발 외상 체험만 떠올려봐도 사실상 이런 일은 불가능할 뿐만 아니라 바람직해 보이지도 않는다. 트라우마 이전의 세계와 이후의 세계가 같을 수는 없기 때문이다.

외상적 경험이란 단순히 투자 대상을 상실하는 것과는 완전히 다른 차원에 속한다. 가령 광화문에서 단식 농성을 했던 세월호 참사 유가족 김영오 씨에게, 죽은 딸 유민이가 교체 가능한 대상이라고 말할 수는 없다. 도의나 연민 때문이 아니다. 왜냐하면 그가 잃은 것은 단순히 한 명의 '딸'이었던 것만이 아니라 실은 자기 자신의 일부(생물학적으로도 심리학적으로도)이기도 했고, 기대고 의지했던 '큰 타자'(대한민국, 민족, 인권)이기도 했으며, 대상 속의 나보다 더 나 같은 무엇('대상 a')이기도 했고, 자신이 스스로를 그 안에 위치 지웠던 세계상(상징적 질서) 전체이기도 했기 때문이다. 라캉이라면 '실재의 침입'이라고 불렀을 것이고, 바디우라면 '사건의 도래'라고 불렀을 이 사태를 겪은 이의 삶이 리비도 집중 대상을 교체한다고 해서 이전과 같아질 수 있을 것이라고 상상할 수는 없다. 게다가 '이전의 삶'이라니. 이전의 삶 어디에, 언제, 대한민국이 재난과 참사와 무능과 부패로부터 안전한 사회였던 적이 있었던가. 따라서 참사에서 죽은 아이들의 삶을 발판 삼아 더 안전한 대한민국을 만들자는 '정의로운', 그러나 손쉬운 발언들 또한 큰 타자의 결여를 좀더 완전하다고 상상된 또 다른 큰 타자에 의해 봉합하려는 무의식적 시도일 수 있다. 팽목항을 떠돌던 많은 음모론들도 마찬가지다. 물론 살아 있는 한 그가 다른 대상을 사랑하지 않을 도리는 없겠지만(그래야 살 수 있으므로), 그러나 그때의 사랑 속에는 이미 지금 그가 겪고 있는 상실과 결여가 구성적으로 관여할 수밖에 없다.

라캉이 말하기를 '실재의 침입'에 노출된 자, 즉 엄밀한 의미에서의 트라우마를 겪은 자에게 선택지는 세 가지다. 우선은 상징적 죽음과 실제의 죽음, 그러니까 정신증과 자살. 만약 이 두 죽음으로부터 벗어나(정신증에 빠지지도 않고 자살하지도 않)기를 원한다면, 방법은 하나뿐이다. 트라우마를 껴안고(그 고통을 당사자가 아닌 우리로서는 다 헤아릴 도리가 없다), 완전히 달라진 '주체'로서 완전히 달라진 세계를 사는 것, 즉 항상적인 애도 상태를 유지하며 사는 것······ 지금 유민 아빠가 치르고 있는 '애도'의 무게는 그러므로 죽음 그 자체의 무게와 전혀 다르지 않다.

그런 의미에서라면 우리는 프로이트와 달리 트라우마를 대상의 교체로는 회복할 수 없는 어떤 '사건(엄밀하게 바디우적인 의미에서의 사건événetment)', 항상적인 애도를 유발하는 사건, 이후의 삶과 이전의 삶이 같아질 수는 없는 사건이라고 정의해야 한다. 만약 리비도 집중 대상의 교체를 통해(꽤 긴 시간이 걸릴지라도) 이전의 삶으로 돌아갈 수 있는 사건이라면, 그것은 트라우마도 사건도 아닐 것이기 때문이다.

7

바디우는 사건에 대한 충실성fidelity만이 (윤리적) 주체를 발생시킨다고 말한다. 그러니까 예수의 부활을 경험한 바울이 이전의 사울과 같을 수는 없다(『사도 바울』). 광주를 겪은 후의 임철우가 그 전의 임철우(나는 그를 한국 문학의 사도 바울이라고 이해한다)와 같을 수는 없다. 그러나 바울이나 임철우와 같은 주체가 많을 수 없다는 것도 사실이다. 항상적 애도란 매일매일을 반복적으로 돌아오는 트라우마에 응답하고, 그 고통을 견디며, 이승도 저승도 아닌 중음의 세계를 사는 일이기 때문이다.

고통과 절망, 기억의 상처 트라우마를 짊어진 이들은 실제로 과거의 인물들과 함께, 과거와 현재의 시간을 살아간다. 저는 그렇게 생각한다. 그러므로 그 죽음이라는 것이 존재하지 않는 가상의 것이 아니라 사실은 우리의 삶 자체가 바로 죽음일 수도 있다. 과거와 현재가 뒤섞인 채 경계가 없는. 과거에 살았던 인류의 무수한 자들 역시 그랬을 것이고 앞으로도 그렇게 살아갈 것이다.[10]

죽음을 사는 일. 그러니까 김영오 씨가 죽은 유민이와 영원히 함께 사는 일. 어림짐작할 수조차 없는 그 고통의 크기 때문에, 나는 외상적 사건에서 살아남은 생존자들이나 그 유가족들에게 항상적 애도 상태를 유지하라고, 일어난 사건의 고통을 껴안고 윤리적 주체로 거듭나라고 말할 수 없다. 그것은 다른 차원의 문제다. 가령 우리가 치러야 할 애도들을 좀더 세분해볼 수도 있겠다. 우선 외상적 사건에서 살아남은 '생존자'들이 치러야 할 애도가 있다. 나는 그들의 치유를 바란다. 최소한 그들이 앞서 나열한 저 지옥 같은 '외상 후 스트레스 장애'의 증상들을 겪지 않기를 바란다. 겪더라도 조금만, 짧게 겪기를 바란다. 다음으로 '유가족', 친구, 동료 들이 치러야 할 애도가 있다. 그들 역시 조금이라도 행복해지기를 바란다. 시신(애도의 대상)을 되찾고, 그 시신 앞에서 통곡하고, 그리고 그들을 더 '좋은 곳'으로 보내기를 바란다. 자주 슬프고 고통스럽겠지만 기억 때문에 나머지 삶을 지옥처럼 살게 되지 않기를, 애도가 성공적으로 마무리되기를 바란다.

그리고 세번째 애도, '우리들'이 치러야 할 애도, 그러니까 '사회'

---

10) 임철우, 「절대공동체의 안과 밖」(최정운·정운영과의 좌담), 『문학과사회』 2014년 여름호, p. 370.

혹은 '공공 영역'이 치러야 할 애도가 있다. 이때의 애도는 대개 상징적 질서에 난 틈을 어떻게든 다시 메우려는 세력들 간의(그 틈을 마치 별로 큰일은 없었다는 듯이—예를 들어 세월호 참사는 교통사고의 일종이라는 식으로—봉합하려는 세력과 그 틈을 새로운 계기로 삼아 다른 형태의 상징적 질서를 도입하려는 세력들 간의) 다툼으로 나타나는바, 나는 팽목항과 광화문에 세워진 제2의 예외적이고 일시적인 재난 대처형 민중 정부 모델[11]로부터 이 나라가 배우는 것이 많기를 바란다. 또한 버틀러의 말마따나[12] 수백 아이들의 죽음과

---

11) 재난 후 일시적으로 수립되는 민중 주도의 예외적 정부 상태에 대해서는 다음을 참조. "재난이 엘리트들에게 위협적인 한 가지 이유는 권력이 현장의 민중에게 넘어가기 때문이다. 그리고 재난 현장에 가장 먼저 달려와 즉석 급식소를 꾸리고 재건을 위한 네트워크를 구축하는 사람들은 바로 이웃들이다. 이러한 사실은 분산된 탈중심적 의사 결정 체계의 생동성을 입증한다. 시민들은 말하자면 정부의 기능을 하는 임시 의사결정 조직을 스스로 구성한다. 그것은 민주주의가 늘 약속해왔지만 실현하지 못했던 것이다. 그래서 재난은 마치 혁명 직후의 상황과 비슷한 상황이 펼쳐지는 경우가 많다"(레베카 솔닛, 『이 폐허를 응시하라』, 정해영 옮김, 펜타그램, 2012, pp. 453~54).

12) 대상관계 정신분석학의 틀을 따라 트라우마 이후 주체의 상태를 분석한 버틀러의 언급은 다음을 참조. "누군가를 잃을 때, 또는 어떤 장소나 공동체에서 쫓겨날 때 우리는 뭔가 일시적인 것을 겪고 있을 뿐이라고, 애도는 끝날 것이고 그 전의 질서를 회복할 것이라고 생각할 수 있다. 그러나 우리가 행한 것을 겪을 때, 우리가 누구인지와 관련된 어떤 것, 우리가 다른 이들과 맺는 인연을 묘사하는 어떤 것, 바로 그 인연이 우리의 모습을 구성한다는 점을 보여주는 어떤 것, 다름 아닌 인연이나 유대가 우리를 구성한다는 점을 보여주는 어떤 것이 드러난다. [……] 당신이 없다면 나는 누구'인가?' 우리를 구성하는 이런 인연 중 몇몇 인연을 상실할 때 우리는 내가 누구인지 무엇을 해야 하는지 알지 못한다. 어떤 층위에서 나는 '당신'을 잃어버렸다고 생각하지만 '나' 역시도 사라졌음을 알게 될 뿐이다. 또 다른 층위에서는 내가 당신 '안에서' 잃어버린 것, 내가 어떤 어휘도 미리 마련해두지 못했던 것은 배타적으로 나 자신 혹은 당신 어느 것으로도 구성되지 않는 관계성relationality, 나와 당신이란 항을 차별화하고 연결하는 인연으로 볼 수 있는 관계성이다"(주디스 버틀러, 『불확실한 삶—애도와 폭력의 권력들』, 양효실 옮김, 경성대학교출판부, 2008, pp. 48~49).

함께 우리가 잃어버린 것이 실은 바로 '우리를 구성하는' 인연이나 유대였다는 사실, 오로지 타인과의 관계 속에서만 우리는 바로 '나' 자신일 수 있다는 사실, 그래서 결국 타자는 항상 나에 대해 구성적이라는 사실을 깨닫고 많은 시민들이 '슬픔의 연대'에 동참하게 되기를 바란다.

그러나 문학에 대해서라면, 작가들에 대해서라면 그렇게 말할 수 없다. 문학은 항상적으로 죽음의 상태를 살아야 한다. 왜냐하면 마지막 애도, 결코 종결될 수 없고 종결되어서도 안 되는, 절대적인 애도 하나가 남아 있기 때문이다. 그것은 바로 죽은 자들, 우리에게 트라우마를 가져다주었으나 정작 자신들은 외상 후 스트레스 장애조차 겪을 수 없었던 이들 몫의 애도다.

8

『이것이 인간인가』의 서문에서 프리모 레비는 다음과 같이 쓴다.

실제로 집필한 것은 나중 일이지만, 이 책은 이미 수용소 시절부터 구상되고 계획되었다. 우리 이야기를 '다른 사람들'에게 들려주고 '다른' 사람들을 거기에 참여시키고자 하는 욕구가 우리를 사로잡았다. 그것은 우리가 자유의 몸이 되기 전부터, 그리고 그 후까지도 우리들 사이에서 다른 기본적인 욕구들과 경합을 벌일 정도로 즉각적이고 강렬한 충동의 성격을 지니게 되었다. 이 책은 이러한 욕구를 충족시키기 위해 쓰여졌다. 그러니까 무엇보다 먼저 내적 해방

을 위해서 씌어진 것이다.[13)]

트라우마는 항상 '이야기'를 요구한다. 아우슈비츠의 생존자 프
리모 레비는 화학자였고 스스로 이탈리아어나 문학에 재능이 없었
다고 고백한 적이 있다. 그러나 생환 후 그는(그뿐만 아니라 살아
남은 자들 모두) 끊임없는 이야기 충동에 시달렸고(이 충동은 그에
게 부끄러움이나 죄책감, 수치심 등과 다르지 않았다) 그것은 생리적
인 욕구를 웃돌 정도로 강렬했다. 그래서 그는 결국 '기록하는 자',
곧 '작가'가 된다. 심지어 그는 이야기의 욕망에 사로잡힌 그 상태
를 '해방'이 필요한 어떤 내적 구속 상태였다고 표현하기도 하는데,
그래서 입이 되기로, 이제 죽어서 입을 가지지 못하게 된 이들의
입이 되기로 작정했던 셈이다. 아니 작정할 것도 없이 언어가, 그
리고 죽은 자들이 그를 그 상태로 내몰고 사로잡았다. 그렇게 해서
그는 아우슈비츠에서 죽어간 무수한 무젤만들의 증인이 되었다.
　이와 같은 방식으로 죽은 자들은 문학을, 증언을, 이야기를 요
청한다. 만약 누군가가 글을 쓰는 자이고, 조금이라도 윤리 의식이
있는 이라면 이 요청을 비켜갈 수 없다. 그러나 이 지점에서 발생
하는 곤란한 문제가 하나 있다. 분명히 조금은 더 순응했고, 조금
은 더 비굴했으며, 조금은 더 경쟁 우위에 있었으므로 무젤만들을
대신해 살아남은 레비가, 무슨 자격으로, 어떻게, 죽은 이들을 대
신해, 증언할 수 있단 말인가? 『아우슈비츠의 남은 자들』에서 아감
벤이 집요하게 묻는 질문이 이것이다.

---

13) 프리모 레비, 『이것이 인간인가』, 이현경 옮김, 돌베개, 2007, p. 7.

증인은 통상 정의와 진실의 이름으로 증언하며, 그렇기 때문에 그/그녀의 말은 견고함과 충만함을 얻는다. 하지만 여기서 증언의 가치는 본질적으로 증언이 결여하고 있는 것에 있다. 증언은 깊은 곳에 증언될 수 없는 무언가를, 살아남은 이에게서 자격을 내려놓게 하는 무언가를 담고 있다. '참된' 증인, '온전한 증인'은 증언하지 않았고 증언할 수 없었던 사람들이다. 그들은 '맨 밑바닥에 떨어졌던' 사람들, 즉 이슬람교도들, 그러니까 익사한 자들이다. 생존자들은 그들 대신에, 대리인으로서, 의사(擬似) - 증인으로서 말한다. 즉 그들은 사라진 증언을 증언한다. 그런데 여기서 대리인에 대해 말하는 것은 이치에 맞지 않다. 익사한 자들은 아무것도 말할 것이 없을 뿐더러 전해줄 교훈이나 기억도 갖고 있지 않기 때문이다. 그들에게는 '이야기'도, '얼굴'도 없으며, '생각' 따위는 더더구나 없다. 그들의 이름으로 증언의 부담을 지는 누구라도 자신이 증언의 불가능성의 이름으로 증언해야 함을 알고 있다.[14]

이야기도 얼굴도 더더구나 생각마저 없는 증인들, 그들이 겪은 것을 우리들 중 누구도 겪지 않았으므로 우리는 살아 있다. 말하자면 증언할 내용을 가진 정당한 증인들은 이미 죽었고 증언할 내용을 가지고 있지 않은 이들만이 증인이 될 수 있다. 사실상 모든 증언은 그러므로 대리 증언이고 불가능한 증언일 수밖에 없다. 그럴 때 증인이 된다는 것은 어떤 의미인가?

14) 조르조 아감벤, 『아우슈비츠의 남은 자들』, 정문영 옮김, 새물결, 2012, p. 51.

'총체적' 진상 규명이라거나, 사건의 인과를 밝히는 일이(필요한 일이겠지만) 죽은 자들의 증언을 대신할 수는 없으리라. 왜냐하면 진상을 밝혀 사건에 맥락을 부여하는 일은 대개 살아 있는 자들이 자신들로서는 도무지 이해할 수 없는 외상적 사건을 맥락화하여 상징적 질서 속에 재기입하는 일에 다름 아니기 때문이다. 그것은 사회학자들이나 언론의 일일 수는 있으되, 죽은 자에게 입을 돌려주려는 자, 곧 증인으로서의 작가가 할 일은 아니다. 가령 광주의 5·18을 기록한 홍희담의 「깃발」이 (사료로서라면 몰라도) 문학으로서나 증언으로서는 필연적으로 실패할 수밖에 없었던 지점이여기다. 살아 있는 자들이 재구성한 상징적 질서 속에는 (그것이 설사 지배적인 이데올로기에 맞서 외상적 사건의 급진성을 부각시키는 맥락에서 시도되었다 할지라도) 죽은 자들의 목소리가 들어설 여지가 없기 때문이다.

아감벤이 파울 첼란의 시, 즉 문학을 도입하는 지점이 여기다. 그는 유독 문학적 기교나 스타일을 혐오했던 프리모 레비가 첼란의 시에 대해서만은 호의적이었음을 지적하면서, 수용소 시절 그가 '후르비네크Hurbinek'라는 이름의 소년이 말하는 방식에 관심을 기울였던 사연을 소개한다. 그 아이는 어느 나라의 국적도 가지고 있지 않은 언어, 비명인 것도 같고 신음인 것도 같지만 의미는 없는 언어, 말하자면 비언어로 이야기하던 아이였다. 레비가 첼란의 시에 등장하는 '배경 소음'들 속에서 후르비네크의 바로 그 비언어를 들었을 거라고 추측한 후, 아감벤은 다음과 같은 결론을 내린다.

후르비네크는 증언할 수 없다. 언어를 갖고 있지 않기 때문이다

(그가 직접 입으로 낸 말은 불확실하고 무의미한 소리, 즉 '마스-클로' 혹은 '마티스클로'이다). 그런데도 그는 "나의 이 말을 통해 증언한다". 하지만 이 생존자(레비)조차도 온전히 증언할 수 없고 자기 자신의 공백을 말할 수 없다. 이는 증언이란 증언함의 두 가지 가능성 사이의 이접(離接)임을 의미한다. 즉 이는 증언을 하기 위해서는 언어가 비언어가 되어야 하며 (즉 비언어에 자리를 내주어야 하며), 언어는 비언어가 됨으로써 증언함의 불가능성을 보여준다는 것을 의미한다. 증언의 언어는 더 이상 의미를 띠지 않는 언어, 의미를 띠지 않으며 언어를 갖지 못한 것으로 나아가는, 전혀 다른 무의미를 띠게 되는 지점까지 나아가는 그러한 언어이다. 즉 온전한 증인의 언어, 정의상 정의할 수 없는 자의 언어이다. 그러므로 증언을 한다는 것은 언어를 그 자체의 무의미non-sense가 되게, 문자들(m-a-s-s-k-l-o, m-a-t-i-s-k-l-o)의 순수한 비결정성이 되게 하는 것만으로는 충분치 않다. 그러한 무의미한 소리가, 다시 한 번, 전혀 다른 이유에서 증언할 수 없는 무엇 또는 누구의 목소리가 되어야만 한다. 달리 말하면, 증언의 불가능성이, 인간의 언어를 구성하는 이 '공백'이 무너지면서 또 다른 증언의 불가능성에, 즉 언어를 갖고 있지 못한 존재의 불가능성에 자리를 내주어야만 하는 것이다.[15]

언어를 가지지 못한 존재의 발화 불가능성에 자리를 내주는 고도로 자기 성찰적인 언어, 무의미가 됨으로써 오히려 충만한 증언을 가능하게 하는 공백의 언어, 증언의 불가능성을 지시함으로써 역으

---

15) 조르조 아감벤, 같은 책, pp. 58~59.

로 증언에 성공하는 역설의 언어, 그런 언어만이 작가에게 증인으로서의 자격을 부여한다. 그리고 작가는 바로 그 증언 불가능성과 증언 가능성 사이에서 고통스럽게 요동하면서 일어난 사건에 대해, 그 사건으로 죽은 자들에 대해 증언하기를 멈추지 않을 수 있다. 요컨대 상징적 질서 내에 일종의 왜상(歪象)으로 출현한 실재의 틈을 봉합하지 않고 텍스트 내로 들여오고 보존함으로써, 외상으로서의 사건에 오래도록 충실한 윤리적 주체가 될 수 있다.

9

외상적 사건에 대한 문학적 증언과 관련해, 이 자리에서는 두 작가의 사례를 거론할 만하다. 이미 언급한 임철우의 사례, 그리고 『소년이 온다』를 출간한 한강의 사례가 그것이다.[16) 다시 비유컨대, 임철우는 한국 문학의 사도 바울이다. 그리고 (독자들이 행여 잊고 있었을지도 모른다는 노파심에서 말하건대) 『봄날』(1~5)의 작가다. 그가 얼마나 우리 사회의 외상적 사건에 대해 충실한 윤리적 주체였는지에 대해서라면, 그의 작품 앞에서는 항상 내 자신의 부끄러운 말을 보태기보다, 『봄날』의 서문과 장편 『백년여관』에서 몇

---

16) 최윤의 사례가 같이 거론될 수 있겠으나 이에 대해서는 오래전 썼던 글 「세 겹의 저주」로 대신한다. 아울러 이 주제와 관련하여 거론할 만한 작품들(김경욱의 『야구란 무엇인가』, 이해경의 『사슴 사냥꾼의 당겨지지 않은 방아쇠』, 손홍규의 〈테러리스트〉 연작, 박솔뫼의 「그럼 무얼 부르지」, 김사과의 「여름을 기원함」, 정이현의 「삼풍백화점」 등)에 대한 자세한 점검은 후속 글에서 시도할 것임을 기약해둔다.

부분을 발췌해 여기 적는 것으로 대신할 수 있을 뿐이다(강조는 인용자).

　한 사람의 생애에서 더러는, 저 혼자 힘으로는 결코 건널 수 없는, 운명과도 같은 거대한 강물과 맞닥뜨리기도 하는 법이다. 그해 5월, 그 도시에서 바로 그 강과 마주쳤을 때 나는 스물여섯 살의 대학 4년생이었다. 누구도 원치 않았지만, 폭풍처럼 몰아치는 그 격한 물살에 휩쓸려 수많은 사람이 죽거나 불구가 되었고, 혹은 **평생 지우지 못할 정신과 마음의 외상을 얻었다.**

　그 맞은편 강기슭에 거품처럼 떠밀려 닿았을 때, 나는 참 요행으로 그것을 건넜다고 잠시 생각했다. 그러나 어느 사이엔가 **내 두 손이 누군가가 흘린 붉은 피로 흥건히 젖어 있음을 난 깨달았다.** 한동안 그 불길한 핏자국을 지워내려고 몸부림쳤지만, **그것은 끝끝내 내게 낙인처럼 남아 있었다. 결국 그것은 내 몸의 일부가 되었고, 조금씩 흐릿해지기는 할망정 그것과 함께 앞으로도 평생을 보내게 되리라는 것을 이제 나는 안다.**

　〔……〕 이 시대는, 그리고 우리들은 정말 떳떳한가.

　그 질문에 대한 답을 명쾌하게 내릴 만한 권리도 자격도 실상 내겐 없다. 고백건대, 그 열흘 동안 나는 아무 일도 하지 못했다. **몇 개의 돌멩이를 던졌을 뿐, 개처럼 쫓겨다니거나, 겁에 질려 도시를 빠져나가려고 했거나, 마지막엔 이불을 뒤집어쓰고 떨기만 했을 뿐이다. 그 때문에 나는 5월을 생각할 때마다 내내 부끄러움과 죄책감에 짓눌려야 했고, 무엇보다 내 자신에게 '화해'도 '용서'도 해줄 수가 없었다.**

[……] 당시의 상황을 재현해내는 작업 자체가 참으로 고통스런 반복 체험에 다름아니었다. **지난 10년 동안 나는 내내 5월 그 열흘의 시간을 수없이 다시 체험해야만 했고, 수많은 원혼들과 함께 잠들고 먹고 지내야 했다.** 그러는 동안 가끔은 정서적으로나 정신적으로 몰라보게 피폐되어가는 듯한 내 자신을 깨닫고 깜짝깜짝 놀라기도 했다. 고통스런 기억의 반복 체험이란 것이 얼마나 사람을 소모시키는 것인지, 처음으로 알았다.[17]

빚진 게 없다고? 문득 소설을 쓰고 싶은 강렬한 충동에 휩싸여, 당신은 책상 앞에 앉았다. **쓰자. 써야 한다. 지옥의 시간에 결박당한 사람들의 이야기. 삶과 죽음을 한꺼번에 보듬고서 저주 같은 이 지상의 시간을 견뎌내야만 하는 사람들의 이야기를.** 당신은 숨을 몰아쉬었다. 그것은 **성욕처럼 격렬하고 절박한 욕구**였다. 환청이 들려온 것은 그때였다.

"시간이 없어! 시간이!"

임종에 이른 노인의 목구멍이 토해내는 듯한 다급하고도 절박한 음성. 하마터면 당신은 의자와 함께 나뒹굴 뻔했다.[18]

나는 마지막에 인용한 구절 속 저 커다란 환청의 기원을 알 것도 같다. 광주 망월동의 묘지, 사람들이 사라진 새벽 대구의 지하철역, 4월의 한라산, 그리고 바로 지금 우리 곁의 팽목항과 광화문……

---

17) 「책을 내면서」 부분 발췌(임철우, 『봄날』 1권, 문학과지성사, 1997).
18) 임철우, 『백년여관』, 한겨레신문사, 2004, pp. 22~23.

환청은 흔히 초자아의 명령이라 했으니, 임철우는 죽은 자들의 명령을 듣는 작가다. 주검과 함께 이승을 중음처럼 살면서 항상적인 애도 상태의 초인적인 긴장을 글쓰기에 대한 욕망으로 겨우겨우 견뎌내며 사는 작가다. 30년을 그는 그렇게 살고 있다.

10

한강의 『소년이 온다』는 명백히 5·18을 다시 트라우마화하려는 기획 속에서 씌어졌고, 실제로도 그 일에 성공하고 있다. 비유컨대 한강의 소설 속 소년 '강동호'의 다른 이름은, 아감벤이 거론한 예의 그 수용소 소년, '후르비네크'다.

항쟁 당시 총에 맞아 죽은 소년의 혼이 온다. 누구에게 오는가. 살아남은 모든 이들에게 온다. 34년의 망각 과정을 거슬러 악몽으로 오고, 죄책감으로 오고, 자살 충동과 함께 오고, 고문의 기억과 함께 온다. 작가 한강의 문장력을 아는 이라면 그 불편함이 어떠할지 미루어 짐작할 수 있을 텐데, 이 작품을 읽는 일은 그러므로 원하건 원하지 않건 그 많은 불유쾌한 기억들과 힘들게 다시 조우하고 대면하는 일 자체다. 특히 10장 동호 모친의 독백을 울지 않고 읽을 수는 없다. 그러나 프리모 레비와 파울 첼란이 봉착해야 했던 역설은 여전히 남는다. 작가 한강은 어떤 자격으로, 그리고 어떻게, 증언할 수 없는 죽은 자(동호는 소년인 채로 항쟁 마지막 날 죽었다)의 목소리로 증언할 수 있는가? 그런 의미에서 특별히 3장에 등장하는 연극 장면은 이 소설의 압권이다.

당국의 검열에 의해 군데군데 삭제되고 뭉개진 연극 대본이 있다. 5·18에 죽은 자들을 애도하는 연극이다. 검열은 항상 진실을 향해 있기 마련이므로, 실은 바로 그렇게 알아볼 수 없게 훼손되어버린 지면들에만 발설되어야 할 진실이 있을 것이다. 그런 의미에서 죽은 자들의 진짜 목소리는 오로지 그 텅 빈 지면으로부터만 발화될 수 있다. 검열당하고 삭제된 곳에 죽은 자들의 진실이 있다. 흥미로운 것은 그럼에도 불구하고 연출자가 공연을 강행한다는 점이다. 삭제되어버린 대본 그대로…… 그러자 이런 일이 발생한다.

> *당신이 죽은 뒤 장례식을 치르지 못해,*
> *내 삶이 장례식이 되었습니다.*
> 음성이 높아져야 할 부분에서 신음처럼 끼익, 끽 소리가 난다. 그 입술 모양도 그녀는 읽는다.
> *어이, 돌아오소.*
> *어어이, 내가 이름을 부르니 지금 돌아오소.*
> *더 늦으면 안되오. 지금 돌아오소.*
> 최초의 당혹한 웅성거림이 객석을 쓸고 지나간 뒤, 이제 관객들은 무서운 침묵과 집중력으로 배우들의 입술을 응시하고 있다.[19]

이탤릭체로 표시된 문장들은 실제로는 발화되지 않은 문장들이다. 삭제되었기 때문이다. 그러나 관객들은 발화되지 못한 채로 배우들의 '끼익 끽'거리는 소음으로만 존재하는 그 문장들을 '무서운

---

19) 한강, 같은 책, p. 100.

침묵과 집중력으로' 듣는다. 아마도 프리모 레비가 읽은 파울 첼란의 시들 속 '배경 소음'이 저와 같았을 것이고, 수용소의 소년 후르비네크의 어투가 저와 같았을 것이다. 그리고 의미가 사라진 '비언어'가 발화되는 바로 그 지점, 거기가 트라우마가 거처하는 장소일 것이다. 모든 언어와 이해가 소멸되는 지점, 그러나 바로 그 지독한 침묵으로 인해 우리 모두를 고통 속으로 빨아들이고, 종래에는 역설적으로 죽은 자들의 목소리를 듣게 하는 지점.

우리가 아직도 트라우마에 대해, 외상 후 스트레스 장애에 대해 뭔가 할 말이 남아 있다면, 저 이상한 침묵의 장소로 들어가야 한다. 무서운 침묵과 집중력으로 그들의 신음에 귀 기울여야 한다. 그래야 소년이 온다. 용산으로부터, 한라산으로부터, 관동이나 난징으로부터, 보스니아나 가자 지구로부터, 그리고 저 맹골수도 앞바다로부터 무수한 소년들이 온다.

그러니 이제 자문해보자. 자, 우리는 그 소년들의 귀환을 감당할 수 있을까?

문학과 증언
—세월호 이후의 한국 문학

> 상처를 받은 사람은
> 고통을 되풀이하지 않기 위해 그 기억을 지우려는 경향이 있다.
> 상처를 준 사람은 그 기억으로부터 해방되고
> 자신의 죄의식을 덜기 위해
> 마음 깊숙이 그 기억을 몰아내버린다.
> [……] 양자는 같은 덫에 걸려 있는 것이다.
> ── 프리모 레비[1]

1. 들어가며

1세기경, 티만테스의 원화(原畵)를 바탕으로 그렸다는 폼페이의 벽화 「이피게네이아의 희생」에는 정작 아가멤논의 얼굴이 묘사되어 있지 않다. 트로이로 출항하기 전, 바람을 부르는 희생 제의를 요청한 것은 아가멤논 본인이었다. 그리고 제비뽑기를 통해 희생양으로 선택된 것은 그의 딸 이피게네이아였다. 참척(慘慽)의 고통이 순식간에 아가멤논을 엄습한다. 건장한 사내들이 매정하게도 아비가 보는 앞에서 이피게네이아를 끌고 가고, 예언자는 한탄스런 표정으로 하늘만 쳐다본다. 그러나 정작 티만테스는 아가멤논의 표정

---

1) 프리모 레비, 『가라앉은 자와 구조된 자』, 이소영 옮김, 돌베개, 2014, p. 24.

만은 그리지 못한다. 대신 두건과 망토 속에 가려진 아가멤논의 얼굴을 검게 공백처럼 칠하고, 사태를 외면하려는 듯 얼굴 위로 쳐든 팔로 그 공백을 다시 한 번 더 가린다. 2000년 전부터 이미 예술적 재현이 불가능하다고 간주된 소재가 있었다는 사실은 흥미롭다. 티만테스는 자식을 잃은 부모의 이른바 단장지애(斷腸之哀)의 고통이란 재현이 불가능하다고 여겼던 듯하다. 그리고 그런 의미에서라면 아가멤논의 얼굴은 예술적 재현의 한계이자 무능력이었다.

물론 티만테스에게만 그런 일이 일어난 것은 아니다. 티만테스 이후 2000년 동안, 인류의 자격으로는 감당하기 힘든 '사건'[2]들(아우슈비츠, 광주, 오키나와, 9·11, 3·11 등등)이 유사한 방식으로 매번 예술을 무력화시키곤 했다. 이는 세월호 이후 한국 문학의 경우도 마찬가지다. 아들 건우를 잃은 노선자 씨의 고통을 흔히 시나 소설이라 불리는 장르 체계 속에 담는 일은 사실상 불가능해 보인다.

"누나 건우 안 봤으면 좋겠다." 동생이 통사정하길래 왜 그러냐고 그렇게 건우 모습이 이상하냐고 물으니까 동생이 그러더라구요. "누나, 실은 건우 머리카락을 만지니까 살갗이 다 떨어져나와. 안 되겠

---

2) 세월호 참사를 둘러싸고 '사고'와 '사건'이란 용어상의 공방이 있었다. 알다시피 정부는 이 사건을 단순한 '사고'로 봉합하려 했고, 유가족과 시민사회는 '사건'화하려고 했다(이에 대해서는 정정훈, 「4·16인권선언: 세월호라는 '사건을 다시 사건으로 만드는 권리」, 『진보평론』 2015년 겨울호 참조). 그러나 이 글에서는 이 용어를 바디우적인 의미에서, 그러나 다소 확대된 의미의 '사건'으로 사용한다. 세월호 참사는 한국의 정치, 경제, 사회, 문화, 교육, 언론 등 거의 모든 분야를 망라한 총체적 부실과 비리를 민낯 그대로 드러나게 했다는 점에서 실재의 노출이자 상징적 질서의 균열이었다. 그리고 그 이후를 주체로서 살고자 하는 이라면 삶 자체가 완전히 달라질 수밖에 없는 경험을 요청한다는 점에서 '사건'이기도 했다.

어. 누나 보면 안 되겠어. 건우 얼굴이 망가진 걸 누나가 보면 평생 살아가면서 못 견딜 거니까 보지 마." 저도 자신이 없었어요. 그리고 염할 때 또 못 보겠더라구요. 죽을힘을 다해 문을 열고 들어가고도 싶은데 발길이 안 떨어졌어요. 그래서 주저앉아 울다가 쓰러졌지요. 나 대신 이모(수녀인 건우 이모)가 들어가서 건우를 보고 나와서는, 누워 있는 내 손을 잡으며 '이건 건우 만진 손이야'하고, 이마에 입을 맞추며 '이건 건우 이마에 입 맞춘 입이야' 하면서 제게 건우의 온기를 전해주더라고요.

결국 못 봤어요. 그런데 그게 또 한이 맺혀요. 한데 본 사람들은 또 그게 자꾸 떠올라 힘들다고 하더라구요.[3]

인용하는 것 자체가 잔인하게 여겨지고, 정리된 인터뷰로조차 읽기 힘든 저와 같은 고통 앞에서 한국 문학은 1980년 5·18 이후 다시 한 번 '아우슈비츠 이후에도 서정시를 쓴다는 것이 가능한가'라는 아도르노의 질문을 정면으로 마주하고 있는 듯하다. 가령 작가 김애란이 "안산에서 이제는 말 몇 개가 아닌 문법 자체가 파괴됐다는 느낌을 받았다. 어떤 낱말이 가리키는 대상과 그 뜻이 일치하지 못하고 흔들리는 걸, 기의와 기표의 약속이 무참히 깨지는 걸 보았다"[4]라고 쓸 때, 그는 분명 사건 앞에서 문학의 무능력과 대면하고 있었다.

---

3) 416 세월호 참사 시민기록위원회 작가기록단, 「나, 백살까지 살려구요—2학년 4반 김건우 학생의 어머니 노선자 씨 이야기」(정주연 기록), 『금요일엔 돌아오렴』, 창비, 2015, p. 30.
4) 김애란 외, 「기우는 봄, 우리가 본 것」, 『눈먼 자들의 국가』, 문학동네, 2014, p. 14.

그러나 어찌 된 일인지 주위를 둘러보면 아이러니하게도 세월호 참사를 둘러싼 아주 많은 이야기와 글과 보고서 들이 발견된다. 각종 저널리즘이 말들을 쏟아냈고, 영상으로 제작된 다큐멘터리들, 사회과학적이거나 정치철학적인 논문들, 사건의 전말을 기록한 책자들도 적지 않다. 문학적 대응의 산물들[5]도 있었다.

그런데 달리 생각해보면, 기성 언어의 문법 자체가 파괴되었다는 무력감 이면에서 엄청나게 많은 말들이 생산되고 있다는 이 모순적인 상황이야말로 세월호의 '사건성'을 입증하고 있다고 할 수도 있겠다. 문법이 파괴되었단 말은 역으로 다양한 말들, 말 이전의 말들이 발화 가능하게 되었다는 의미이기도 하기 때문이다. "충격이 초래하는 언어도단, 경악이 낳은 형용 불가"[6]의 상황은 그런 의미에서 새로운 말들의 기원이자, 다른 문학의 기원이기도 하다. 이 글은 바로 그 '파괴되어버린 문법' 위로 쏟아진 말들이 세월호 참사 이후의 한국 문학에 던지는 몇 가지 중요한 질문들을 정리해보려는 소박한 의도에서 씌어진 것이다.

2. 팽목항, 한국의 그라운드 제로

참사 이후 2년이 다 되어가는 지금 시점에서 돌아볼 때, 팽목항이

---

5) 대표적으로 소설집 『우리는 행복할 수 있을까』(방민호 외, 예옥, 2015), 시집 『우리 모두가 세월호였다』(고은 외, 실천문학사, 2014), 『엄마. 나야.』(곽수인 외, 난다, 2015) 등을 거론할 수 있다.

6) 전규찬, 「영원한 재난상태: 세월호 이후의 시간은 없다」, 『눈먼 자들의 국가』, 같은 책, p. 157.

란 장소가 21세기 한국에서 차지하는 비중은 각별해 보인다. 이런 비유가 가능하다면 팽목항은 한국의 '그라운드 제로Ground Zero'와 같다. 물론 이 명칭은 9·11 이후 쌍둥이 빌딩이 서 있던 자리에 붙여진(실은 그보다 먼저 미국 언론에 의해 히로시마 핵 피폭 지역에 붙여진) 이름이다. 의미심장하게도 원래 피폭 지역이나 대재앙의 현장을 뜻하던 이 말에는 '근원적 시작점'이란 의미가 덧붙여졌다. 모든 것이 폐허가 되어버린 자리, 그래서 무엇이든 새로 시작할 수 있는 자리가 그라운드 제로다. 그러나 국가주의 이데올로기는 장소의 명칭을 둘러싼 상징 투쟁에서도 작동하기 마련이어서, 이제 테러 기념관이 들어선 그 자리는 미국의 국가주의를 재생산하는 장소로 포섭되어버렸다.

오히려 '그라운드 제로'라는 말에 대한 좀더 유의미한 해석 가능성은 일본의 비평가인 사사키 아타루의 다음과 같은 언급에서 발견할 수 있다.

근거라는 것은, 혹은 이성과 토대라는 것은 독일어로 '기초'입니다. 'Grund.' 영어에서 말하는 'ground'입니다. 즉 '대지' '토지'와 같은 말이군요. 다리가 발 딛는 이 대지가 근거이자 이유이며, 이성을 움직이는 무엇입니다.[7]

3·11을 염두에 두고 행한 강연록임을 감안해서 읽을 때, 아타루

---

7) 사사키 아타루 외, 「부서진 대지에, 하나의 장소를」, 『사상으로서의 3·11』, 윤여일 옮김, 그린비, 2012, p. 60.

가 굳이 하이데거의 「근거율」을 언급하며 '이성의 근거'란 '대지'와 '토지'의 다른 말이라는 사실을 확인하는 데에는 이유가 있어 보인다. 지진이란 대지가 흔들리는 일이고 만약 대지가 이성의 근거와 동일한 것이라면, 삼단논법에 의해 3·11 대지진은 이성의 근거가 무너지는 사건이었다는 말이 되기 때문이다. 따라서 인용한 문장들에 이어 그가 리스본 대지진과 하인리히 폰 클라이스트의 소설 「칠레의 지진」을 길게 언급한 후 다음과 같은 결론에 이르는 것도 작위적이지만은 않다.

그리하여 지진이란 기초의 동요이며, 근거의 동요이며, 거기서 법, 질서, 신앙이 무너지고 동일성이 붕괴하며, 클라이스트가 놀라운 필치로 묘사했듯이 무근거하여 처참할 만치 잔학하고 비도덕이고 구제할 도리가 없고 모럴이 없고, 거기서 우리를 사정없이 뿌리치는 벌거벗은 현실이 드러나는 사건입니다. 이 세상에 근거가 있다는 말은 거짓인지도 모릅니다. 하이데거가 말했듯이 모든 것에는 근거가 있다는 명제 자체에 근거가 없으니까 말이죠. 이 세상에 선이 있고, 도덕이 있고, 근거가 있고, 법이 있고, 이 세상에 신앙이 있다는 건 죄다 거짓말일지 모릅니다. 그것이 폭로된 순간, 진정한 부조(扶助)와 진정한 공동체가 출현했지만 가공할 학살의 가능성도 등장했습니다.[8]

유추해보면 이 강연록 제목의 '하나의 장소'를 '그라운드 제로'

---

8) 사사키 아타루, 같은 글, pp. 70~71.

라고 다시 번역한다고 해서 크게 문제가 되지는 않을 듯하다. 모든 근거들의 폐허, 그래서 그로부터 더 처참한 폭력과 무질서가 새로 시작할 수도 있고, 반대로 완전히 다른 법과 다른 공동체가 등장할 수도 있는 장소로서의 그라운드 제로, 말 그대로 모든 근거가 다 무효화되어버리는 지점이 3·11 이후의 후쿠시마(혹은 일본 전체)라고 아타루는 말한다.

여기서 세월호 참사는 선박 침몰 사건이었고 3·11은 대지진과 연이은 원전 폭발 사건이었다는 점, 그리고 사상자 수와 재산상 피해액의 규모가 달랐다는 점을 지적하면서 두 사건 사이의 이질성을 주장하는 것은 별로 의미가 없어 보인다. 세월호와 함께 대한민국도 '가라앉았'기 때문이다. 많은 사람들이 세월호의 침몰과 국가의 침몰을 동일시했는데 비유적으로 사용된 '가라앉다'라는 말 자체가 이미 그라운드의 붕괴를 지시하고 있다. 국가가 가라앉고 대한민국이 침몰한다는 비유에 내재된 의미는 자명하다. 일상적인 비유 속에서 가라앉는 것은 항상 근거이고 지반이고 대지이다. 세월호와 함께 근거들이 가라앉았던 것이다. 게다가 사건의 사건성은 양적인 규모로서 판단될 성질의 것이 아니라 그것이 몰고 온 충격과 실의의 크기, 상징 질서에 미친 파급력, 이후에 새롭게 등장한 주체들의 윤리(충실성), 그로부터 새로 출발한 어떤 공동체의 가능성으로 판단되는 것이라고 할 때, 팽목항은 아타루적인 의미에서 '그라운드 제로'였다.

문법이 파괴된 자리 위로 쏟아진 다음과 같은 말들은 세월호 참사가 어떤 방식으로 '근거들'을 무효화했는지를 보여준다.

'가만히 있으라'는 유령 방송은 우리의 일상 속에 울려 퍼지던 소리, 일상을 컨트롤하던 타워의 목소리, 우리가 호흡하던 공기, 우리의 내면을 누르고 있는 바위가 아니었던가. 일상의 흐름, 우리의 유사 평온, 가짜 평온은 그 목소리 아래에서 주어졌고 유지되었던 것은 아닌가. 문제가 없어서 문제없었던 것이 아니라, 문제가 없는 척했고, 문제를 대수롭지 않게 여겼고, 문제를 감췄거나 미뤘거나 포기했거나 망각했기에, 문제를 정상으로 오인하며 자욱한 안개 같은 문제들 속에 함께 어울려 살았기 때문에, 문제없이 오늘 하루의 무사함을 심드렁하게 영위할 수 있었던 게 아닌가. 혹시 끄덕끄덕 흘러가는 태평한 그날그날이 4월 15일의 세월호는 아닌가.[9]

국가는 과연 민주정치의 요구를 충족시키기에 적합한 형식인가. 국가의 권위는 과연 아무 특권 없는 사람들의 공생과 양립이 가능한가. 국가는 과연 다른 모든 유형의 공동체보다 높은 충성을 요구할 자격이 있는가.[10]

세월호 참사를 통해 우리는 자명한 것이라고 믿었던 국가가 사실은 너무나 허망한 어떤 것이라는 점을 깨닫게 되었다. 우리는 늘 그것이 우리 곁에 있다고 우리의 편이라고 막연히 생각해왔지만, 사실 그것은 커다란 공백이고 검은 구멍이었다.[11]

---

9) 김행숙, 「질문들」, 『눈먼 자들의 국가』, 앞의 책, pp. 24~25.

10) 황종연, 「국가재난시대의 민주적 상상력」, 같은 책, p. 129.

11) 진태원, 「세월호라는 이름이 뜻하는 것—폭력, 국가, 주체화」, 인문학협동조합 기획, 『팽목항에서 불어오는 바람』, 현실문화연구, 2015, p. 145.

국가의 국민 보호 기능이나 안전에 관한 법률을 수선하는 정도가 아니라 아예 국가 자체를 의심해야 한다는 황종연의 지적은 발본적이다. 국가를 공백이자 검은 구멍에 비유하는 진태원의 발언에서 소위 '실재'의 출현을 읽는 것도 가능하다. 그러나 김행숙의 글이 「질문들」이라는 제목을 달고 있다는 점, 인용한 문장들 모두가 (부정)의문문이라는 점도 주의를 요한다. 저 부정의문문들이야말로 그라운드, 곧 '근거'를 향해 있다. 그간 자명하고 평온하다고 믿어왔던 모든 일상과 법과 제도가 일순 낯설어지고 불안한 어떤 것이 되는 경험(매일매일이 4월 15일이다)은 바로 '근거의 무효화'가 팽목항에서 그리고 세월호 이후의 주체들에게서 일어나고 있다는 사실의 방증일 것이다. 이런 일이 물론 지식인이나 문인들에게서만 일어나는 것은 아니다.

이게 하나님의 뜻이다, 그렇게 말하는 사람도 있는데 난 절대로 그렇게 생각하지 않아요. 그래도 나는 기독교인이니까 우리 아들이 먼저 천국으로 간 상황에서 하나님하고 내가 풀어야 할 숙제가 있는 거지요. 제가 어떻게 살아야 해요? 도대체 저한테 어떻게 하라고 이러세요?[12]

유족들의 입에서 법과 국가와 대통령을 향해, 어떤 경우 위로하

---

12) 「맨날 잔소리해서 가깝게 못 지낸 게 제일 후회스럽지─2학년 5반 이창현 학생의 어머니 최순화 씨 이야기」(박희정 기록), 『금요일엔 돌아오렴』, 앞의 책, pp. 140~41.

는 이웃들과 치유를 돕는 상담 의사들을 향해, 그리고 심지어는 자기 자신을 향해서조차 발화되곤 하는 부정의문문의 예들을 찾기는 어렵지 않다. 기록된 유가족들의 인터뷰 대부분이 권위와 법에 도전하는 내용들을 포함하고 있다. 그러나 죽은 이창현 학생의 어머니 최순화 씨의 입에서 나온 "하나님하고 내가 풀어야 할 숙제가" 있다라는 말은 유독 충격적인데, 신앙인에게는 만물의 기원이자 섭리인 신마저도 팽목항에서는 '절대 근거'가 될 수 없음을 절감하게 되기 때문이다. 요컨대 자명하던 많은 근거들(대타자, 초자아, 법, 계율, 국가, 신)이 의문시되는 '검은 구멍'이 바로 팽목항이다.

그런데 아타루의 말처럼 그 장소는 (실재가 그렇듯이) 공포의 장소이기도 하다. 아무런 근거도 없는 세계란 주체로 하여금 자기동일성의 붕괴를 경험하도록 요청하기 때문이다.

그런데 밖에서 주어진 여권이나 ID 카드를 꺼내지 않으면, 관공서 글자가 새겨진 것을 내보이지 않으면 나는 나임을 인정받을 수 없습니다. 내가 나로서 존재하는 근거를 외부에 요구해야 합니다. 그러나 외부에 놓인 근거가 흔들리면 누가 누구인지 알 수 없게 됩니다. 자신이 자신임을 믿을 수 없게 되기도 합니다. 즉, 지진 재해를 전후로 해서 자신이 동일 인물임을 믿을 수가 없습니다. 기억이, 역사가 사라집니다. 클라이스트도 묘사했듯이 이전의 자신과 이후의 자신이 단절되어 버립니다.[13]

---

13) 사사키 아타루, 앞의 글, p. 69.

102

아타루의 말대로 자기동일성의 근거는 항상 외부에서 주어진다. 따라서 외부의 근거들이 모두 무효화된다는 말은 주체 또한 붕괴한다는 의미이기도 하다. 주체(바디우의 입장에서 이는 아직 주체가 아니다)로서는 견디기 힘든 이 공포를 상징적 죽음에 대한 공포라 불러도 좋을 것이다. 이때 일반적으로 주체가 발동시키는 것이 부인이나 망각 같은 방어 기제다. '검은 구멍'은 봉합되어야 하는 것이다.

아마도 세월호를 둘러싸고 한동안 나돌던 많은 음모론들은 충격에 빠진 주체들이 폐허화된 상징적 질서 내부에 논리적으로나마 그럴듯한 근거를 도입해 그 검은 구멍을 메워보려는 편집증적 시도의 일환이었을 것이다. 그리고 세월호 참사를 단순한 '교통사고'의 일종으로 폄하하면서 정부와 관련자들이 기를 쓰고 유지하고자 했던 것도 바로 그 견고한 자기동일성이었을 것이다. 유가족과 시민사회에 대해 뱉었던 많은 폭언들을 그들은 실제로 믿었던 것이고, 그 믿음을 통해 자신들이 '세계와 맺고 있는 상상적 관계'(알튀세르)를 온존시키고자 했던 것이다.

그러나 유가족들과 시민사회의 태도는 그와 달랐다. 일찍이 주디스 버틀러나 리베카 솔닛 등이 언급한 바 있는 '재난과 슬픔의 공동체'가 팽목항에서 생겨났다.

세월호 참사 이후 유가족 대책위원회를 중심으로 저와 유사한 공동체가 출범했음은 익히 아는 사실이다. 그 공동체가 차벽과 맞서고 대통령에게 삿대질하고 특별법 제정을 촉구하면서 보여줬던 용기보다 더 중요한 것은 그것이 자리 잡고 있는 위치이다. 마치 이 공동체는 국가와 법의 바깥에 있다는 듯 자율적이고 탈중심적이었으며 '법-창설적'[14]이었다. 그들은 '다른 주체'가 되었던 것이다.

바디우는 주체를 '사건에 대해 충실한 자'라 정의하곤 한다. 근거들이 모두 무너지는 사태하에서도 그것을 익숙한 상징 질서로 봉합하지 않는 충실성, 인식상의 검은 구멍을 편집증적 망상으로 메워버리지 않는 용기가 주체를 탄생하게 한다는 것이 주체성에 관해 바디우(또한 라캉과 지젝)가 말하는 요지다. 권력이 이 다른 주체들이 만들어낸 공동체를 눈엣가시처럼 여겼던 것도 실은 그들이 주장하는 내용보다는 탈정체화된 주체와 공동체의 이질성을 내심 두려워했기 때문이었을 것이다. 권력의 입장에서는 법 바깥에 있는 주체들이야말로 법을 어기는 주체들보다 더 낯설고 두렵기 마련이다.

요컨대, 여러 가지 의미로 팽목항은 21세기 한국의 그라운드 제로다. 국가와 법의 민낯이 드러난 곳, 그러나 새로운 주체와 공동체의 가능성을 보여주고 있는 곳, 아무런 근거도 없는 폐허에 세워진 '하나의 장소'가 바로 팽목항이다.

3. 아가멤논의 얼굴

문학도 예외는 아니다. 세월호 참사 이후의 한국 문학을 일별해보면 팽목항이 문학에 대해서도 그라운드 제로라는 사실에 공감할 수밖에 없게 된다. 세월호를 다룰 때, 언어는 시가 되지 못하고 소

---

14) 제정된 세월호 특별법이 국가 밖의 법인가에 대해서는 당연히 회의적이다. 그러나 특별법 제정을 촉구하고 그 법의 성격과 범위에 대해 유가족 대책위원회 등이 기여한 바를 고려하면 제정된 법 자체보다 제정 과정이 훨씬 중요하게 부각되어야 한다.

설은 차라리 혐오스러워지기까지 한다.

선원을 선원이라 부를 수 없게 되었다//선장을 선장이라 부를 수 없게 되었다//사장을 사장이라 부를 수 없게 되었다//해경을 해경이라 부를 수 없게 되었다/〔……〕/대통령을 대통령이라 부를 수 없게 되었다//대한민국을 대한민국이라 부를 수 없게 되었다/〔……〕/무엇보다, 너희들을//꽃 같은 너희들의 이름을 부를 수 없게 되었다[15]

잠시 후 노인은 생각을 돌이키듯 목소리가 달라졌다.
"「전도서」 1장 2절에, 솔로몬이 그랬지. 헛되고, 헛되며, 헛되고, 헛되나니, 세상 것은 모든 것이 다 헛되도다. 우리는 다들 바다로 가게 돼. 이르든 늦든. 중요한 것은 어떤 생각을 가지고 어떻게 사는가지."
"……"
"그리고 슬픈 사람끼리 서로 사랑하는 것밖에는 길이 없어요."
"……"
선재는 노인의 말을 묵묵히 들었다. 아직 자기는 그 사랑이 무엇인지 잘 알 수 없었다. 노인이 말하는 사랑은 너무 커서 자기 눈에는 아직 그 사랑의 일부분만 보이는 것 같았다.[16]

박찬세의 시에서 읽히는 것은 언어적 근거의 완전한 삭제, 혹은 김애란이 말한 기표와 기의의 완전한 불일치다. 그리고 죽은 자들

---

15) 박찬세, 「부를 수 없는 것들이 많아졌다──4월 16일 이후」, 『우리 모두가 세월호였다』, 앞의 책, pp. 77~78.
16) 방민호, 「서쪽으로 더 서쪽으로」, 『우리는 행복할 수 있을까』, 앞의 책, p. 314.

앞에서 명명할 수 없는 언어의 무능력이다. 시인은 언어를 다루는 자인데, 그런 시인이 말의 무능력 앞에서 한마디도 할 수 없다고 토로한다. 대표적인 예로 저 시를 인용했을 뿐, 추모시집 『우리 모두가 세월호였다』에 실린 모든 시들은 하나같이 말의 무능력에 대해 토로하고, 죄책감에 대해 한탄하고, 나라를 원망하고, 권력에 분노하고, 세월호와 관련된 비리와 부정을 고발한다. 어투는 날것 그대로여서 그간 '문학성' '시학' 등의 이름으로 불리던 언어적 미덕(?)을 찾기는 힘들다.

방민호의 단편은 소설이라는 장르가 사건의 한복판에 아무런 각오나 준비 없이 뛰어들었을 때, 어떤 식으로 참담한 실패를 겪게 되는가를 보여주는 좋은 예로 읽힌다. '삶은 헛되니 슬픈 사람끼리 사랑하며 살라'는 요지의 말을 남기고 '서쪽으로 서쪽으로' 떠나는 노현자의 메시지는, 지혜롭다기보다는 '사건'을 보편적으로 일어나는 생로병사들 중 하나로 중화시킴으로써 스스로에게 발행하는 자기 면죄부로 읽힌다. 역시 대표적인 예로 인용했을 뿐 추모소설집 『우리는 행복할 수 있을까』에 실린 대부분의 소설들은 감상과 자기 연민, 혹은 분노의 직접적 표출 이상의 미적 긴장(?)을 보여주지 못한다. 오히려 이 소설집에 묶이지 않았으되, 우회적이거나 간접적인 방식으로 세월호 참사를 다루고 있는 작품들에서 좀더 깊은 울림이 느껴지는데, 김애란의 「입동」(『창작과비평』 2014년 겨울호), 박민규의 「대면」(『문학동네』 2014년 겨울호), 황정은의 「웃는 남자」(『문학과사회』 2014년 가을호) 같은 작품들이 그렇다.[17] 그러나 이

---

17) 이외에도 이 유형에 속하는 작품들로는 최은영의 「미카엘라」(『실천문학』 2014년 겨

유형의 작품들에서 세월호 참사는 일종의 창작 모티프로서 기능할 뿐 직접적인 재현의 대상이 되지는 않는다.

작가들의 실명을 거론하고 말았지만, 세월호 참사와 같은 사건 앞에서 시와 소설이라는 (근대)문학의 양대 장르가 실패할 수밖에 없는 이유를 작가들의 역량 부족 탓으로 돌리는 것은 단순한 발상이다. 가령 이런 질문이 가능할 것이다. 우리가 현재 '문학'이라고 부르는 근대적 제도(시와 소설이라는 양대 장르를 중심으로 구성된) 자체가 일종의 자명한(혹은 자명한 것으로 받아들여지는) 근거들에 기반해 있고, 따라서 그 근거를 무효화시켜버리는 사건에 봉착할 때면 매번 일종의 무능력 상태에 빠지게 되는 것 아닐까? 예를 들어 앞서 인용한 유가족 최선자 씨의 절규 앞에서 '문학성' '시적 경험' '총체성' '구성' 같은 범주들은 모든 근거를 박탈당한다. 사건 앞에서 문학은 무능력한 것이다. 인류 역사를 돌이켜보면 실은 아우슈비츠 이후에도 그랬고, 9·11 이후에도 그랬고, 3·11 이후에도 그랬을 것이다. 특정 사회를 그라운드 제로 상태로 몰아가는 사건 앞에서 '문학' 역시 절대적 근거 같은 것은 가지고 있지 않다는 사실이 드러남은 어찌 보면 당연한 일이기조차 하다. 그런 사례는 한국 문학사에서도 종종 발견된다. 4·19 직후 박태순은 「무너진 극장」에서 이렇게 쓴다.

극장 안에 이루어져 있었던 여러 형상물들은 점점 망가져서 쓰레

울호), 정용준의 「6년」(『현대문학』 2014년 10월호), 김영하의 「아이를 찾습니다」(『문학동네』 2014년 겨울호) 등을 들 수 있다. 이 작품들에 대한 상세한 분석은 신샛별, 「최근 소설이 '세월호'를 사유하는 방식」(『창작과비평』 2015년 여름호) 참조.

기더미로 화하였다. 말하자면 추상물이 되어가고 있었다. 열을 지어 뻗어 있던 의지들은 사람들에 의하여 파괴되어 의자로서의 기능을 분개당했다. 의자는 다만 약간의 금속판과 나무의 합성 제품으로 구성된 것에 불과한 것이었다. 그것은 마치 괴팍한 화학자가 이 세상의 물질이 무엇으로 되어 있는가를 실험할 적에 내보이는 원소와 원자에의 회귀와도 같은 것인지도 모른다. 또는 사실화만 그리던 사람들이, 그런 객관의 질서를 무너뜨려서 추상화, 초현실화를 그리지 않을 수 없었던 때의 그 와해 감정과 같은 것인지도 모른다. 사람들은 관람석을 분해시켜 그곳의 효용 가치를 파괴시키는 무질서에의 작업을 열렬한 흥분 속에서 감행하고 있었다.[18]

바디우의 정의에 따라 사건을 "상황·의견 및 제도화된 지식과는 '다른 것'을 도래시키는 것"[19]이라고 정의할 때, 4·19가 가진 '사건성'의 의미를 위의 인용문보다 잘 보여주는 문장들은 없을 듯하다. 사건은 예컨대 사물(의자)에 대한 관습화된 인식을 깨뜨리고 우리를 그것이 "약간의 금속판과 나무의 합성 제품"에 불과하다는 충격 속에 빠뜨린다. 예술에 비유하자면 "사실화만 그리던 사람들이, 그런 객관의 질서를 무너뜨려서 추상화, 초현실화를 그리지 않을 수 없었던 때의 그 와해 감정" 같은 것이 바로 사건이 가져다주는 충격이다. 이런 예를 우리는 1980년 5월 이후 황지우에게서도("나는 말할 수 없음으로 양식을 파괴한다, 아니 파괴를 양식화한

18) 박태순, 「무너진 극장」, 『무너진 극장』, 책세상, 2007, pp. 303~04.
19) 알랭 바디우, 『윤리학』, 이종영 옮김, 동문선, 2001, p. 84.

다"), 임철우(『봄날』)와 최윤(「저기 소리 없이 한 점 꽃잎이 지고」), 그리고 한강(『소년이 온다』)에게서도 확인할 수 있다. 사건은 문학을 무능력과 직면하게 하고, 재현 불가능한 것을 국가나 법의 언어와는 전혀 다른 언어로 재현하라고 요청한다. 요컨대 사건 이후 작가들은 그라운드 제로에서 작업해야 하는 것이다.

혹자는 문학이란 바로 그 무근거성을 특징으로 하는 것이라고 말하고, 그래서 아타루 같은 이는 모든 근거가 사라진 장소가 바로 문학의 고향[20]이라고도 말하지만, 고향으로 돌아가거나 고향 없는 상태를 살아내기 위해서는 겪어야 할 고초가 있는 법이다. 간단히 말해 문학이 겪어야 할 그 고초란 '아가멤논의 고통에 어떻게 표정을 부여할 것인가'라는 질문에 답하는 것, 그것에 다름 아닐 것이다.[21] 이 질문에 대한 숙고 없이 사건을 소재로 삼는 문학은 실패할 수밖에 없다. 따라서 '긴 관점에서 보면' 세월호 참사는 아가멤논의 빈 얼굴에서부터 시작하는 '재현 불가능한 것들의 재현의 역사'에 편입되어야 할 사건이다.

---

20) "사카구치 안고의 「문학의 고향」은 유명한 에세이죠. 거기서 그는 말합니다. 즉 근거도 도덕도 선도 아무것도 없다. 도덕이 없다. 모럴이 없다. 우리를 매정하게 팽개치는 처참한 현실이 바로 '문학의 고향'이다. 그런데도 안고는 그 처참한 현실을 '고향'이라는 그리운 말로 붙잡았습니다"(사사키 아타루, 앞의 글, p. 71).

21) 이런 관점에서 세월호 참사 이후 한국 문학을 논한 글로는 이광호의 「남은 자의 침묵—세월호 이후에도 문학은 가능한가?」(『문학과사회』 2014년 겨울호)와 이 책에 수록된 「우리가 감당할 수 있을까?—트라우마와 문학」를 들 수 있다.

4. 나는 기꺼이 유령작가입니다

그러나 재현 불가능해 보이는 고통 앞에서 문학은 일종의 기억술이 되어야 한다는 말은, 한편으로 생각해보면 프리모 레비, 파울 첼란, 로베르 앙텔므, 클로드 란즈만, 테오도르 아도르노, 조르조 아감벤 같은 이름들만큼 익숙하다. 그러나 아우슈비츠와 세월호가 같은 사건일 수는 없다. 또 '재현 불가능한 것을 환기하는 언어'라는 문학에 대한 정의는 멀리 거슬러 올라가 상징주의 시학 이래 근대적 예술관 일반을 연상시키고, 게다가 임철우가 『봄날』을 써서 5·18이라는 사건에 응답한 것은 1997년, 그러니까 1980년으로부터 17년이나 지난 후였다. 시기를 놓친 아주 늦은 응답이었던 것이다.

결국 재현 불가능해 보이는 것들과 관련하여 문학을 일종의 '기억술'로 정의할 경우 사건에 대한 '현장 기록'은 항상 뒤늦을 뿐만 아니라, 자칫 상징주의 이후의 근대적 문학 제도를 견고히 하는 데 기여하게 된다는 결론에 이를 수도 있다. 이런 점들을 고려할 때, 최근 르포나 논픽션의 (재)등장 현상을 진단하는 글에서 천정환이 한국 문학에 대해 수행한 비판은 새겨들을 만하다.

그럼에도 '문학가'의 일이 '문학' 안에만 있다는 식으로 생각하는 관습이나 관념은, 시와 소설 중심으로 최대한 좁게 구획된 '문학' 장의 관습과 1980년대식 리얼리즘(론) 및 민중·민족 문학에 대한 반동 형성으로 확립된 개인주의·자유주의적 문학주의의 소치일 가능성이 높다.

오늘날, 심화된 양극화와 '이명박근혜' 정권 치하에서 '사실'의 압

도적인 힘이 한국 문학으로 하여금 새삼 '현실'이나 '정치'와 대면·
대결하게끔 하고 있다. 또 이왕의 주류 문단 바깥의 '작가'들도 적극
적으로 르포나 논픽션을 통해 문학적 실천에 나서고 있다.[22]

한국의 문학장이 "시와 소설 중심으로 최대한 좁게" 구획되어
있다는 지적, 그리고 최근 한국 사회의 변화가 "'사실'의 압도적인
힘"으로 "주류 문단 바깥"의 작가들로 하여금 르포나 논픽션을 통
해 문학적 실천에 나서도록 하고 있다는 말은 사실에 부합한다. 쌍
용자동차와 용산 사태, 그리고 몇 차례에 걸친 촛불 정국에서 적지
않은 르포물들과 인터뷰 기록, 그리고 새로운 형태의 작가 조직들
이 등장했다. 세월호 참사 이후에도 마찬가지인데 실제로 기존의
문학장에서 주류 장르였던 시와 소설이 참사 앞에서 실패를 맛보거
나 새로운 언어 형식을 찾아 암중모색하는 와중에, 독자들의 마음
을 크게 움직인 것은 오히려 기존 문학장에서는 주변적 장르에 속
해 있던 르포와 인터뷰, 그리고 '받아쓰기'였다.

대표적인 사례가, 법정 르포인 『세월호를 기록하다』,[23] 유가족과
의 인터뷰 기록물인 『금요일엔 돌아오렴』, 그리고 시인들이 죽은
학생들을 대신해서 쓴 생일 시집 『엄마. 나야.』다. 이 문서들은 세
월호 참사를 소재로 삼은 그 어떤 시작품이나 소설작품들보다 감
동적이다. 만약 '문학적 감동'을 '특정 텍스트를 읽으면서 지출하게
되는 감정의 양'으로 정의할 수 있다면 이 문서들은 사실상 끝까지

---

22) 천정환, 「'세월', '노동', 오늘의 '사실'과 정동을 다룰 때—논픽션과 르포의 부흥에
부쳐」, 『세계의문학』 2015년 봄호, p. 185.
23) 오준호, 『세월호를 기록하다』, 미지북스, 2015.

읽기가 불가능할 정도로 많은 감정의 지출을 요구한다. 장르의 위계가 바뀐 셈이다.

게다가 『금요일엔 돌아오렴』과 『엄마. 나야.』의 경우 기존의 문학장이 '작가'라는 직함에 부여했던 관행적인 의미를 파열시키는 측면마저 있다. 전자는 대부분 아마추어인 작가들이 자신의 목소리를 최대한 배제한 채 유가족의 육성을 정리하는 수준에서 개입하고 있으며, 저자 또한 개인이 아닌 집단으로 표기되어 있다. '416 세월호 참사 시민기록위원회 작가기록단'이 저자의 공식 명칭이다. 후자의 경우 한국 문학장에서 내로라하는 시인들이 대거 참여한 시집이지만 정작 시인 자신들의 언어와 이름은 후면으로 물러나고 죽은 학생들의 시선과 입장에서 가족에게 전하는 말들이 전면화된다. 일종의 '가상적 받아쓰기'라 불러도 좋을 이 작업에서 시인들은 기꺼이 유령작가ghost writer의 지위를 감수한다. 말하자면 기존 문학장에서 인정되기 힘들었던 집단적이고 익명적인 작가가 등장하고, 역시 기존 문학장에서 독자성을 부여받기 힘들었던 장르들의 부상과 통합이 이루어지고 있는 셈이다. 사건은 문학을 무능함과 직면하게 한다고 했거니와 천정환의 말처럼 협소하기 그지없었던 시·소설 중심의 한국 문학장이 현재 큰 몸살을 겪고 있음에는 틀림없어 보인다.

여러 이유로 의미심장한 변화다. '그라운드 제로'란 완전히 새로운 시작이기도 하다는 점에서 그렇다. 사건 이후에 르포나 수기 같은 환영받지 못했던 장르가 출현해 광범위한 독자들을 감동케 하는 일은 문학장 내에서 어떤 새로운 감성정치(랑시에르)가 발생하고 있다는 기대를 갖게 한다. 그러나 몇 가지 최소한의 유보 조항들은 필요해 보인다.

우선 르포나 논픽션이 세월호 이후 처음 등장한 장르가 아니라는 점은 지적할 필요가 있다. 1980년 5월 이후 가장 먼저 사건의 전모를 알린 주요 기록물이 황석영의 르포『죽음을 넘어 시대의 어둠을 넘어』(풀빛, 1985)라는 사실은 익히 알려져 있다. 더욱이 1980년대 후반 내내 노동자들의 비참한 삶을 기록하고 고발한 많은 양의 수기와 르포들이 쏟아져 나오기도 했다. 그러나 그렇다고 해서 임철우나 최윤이 속한 문학장이 르포와 양립할 수 없었던 것은 아니다. 황석영이 이후에도 줄곧 '소설가'였다는 사실도 덧붙일 수 있을 것이다. 따라서 우리 시대 르포의 등장을 기존 문학장과 적대적인 현상으로 이해하기 위해서는 좀더 복잡하고 세심한 매개가 필요해 보인다. 이런 가설도 가능할 것이다. 문학의 범주 내에는 층위가 다른 장르들이 있게 마련이고 르포도 그중 하나다. 다만 이 장르들 간에는 '본격/대중' '순문학/비문학'이라는 위계가 아니라 사건의 발생 이후 유효한 대응에 있어 속도 차가 있을 뿐이다.

이에 대해서는 부연할 필요가 있다. 두 작품을 인용해본다.

키가 자라고 싶었지.

팔굽혀펴기를 마흔 번 연달아 하고 싶었지.

언젠가 여자를 안아보고 싶었지. 나에게 처음으로 허락될 여자, 얼굴을 모르는 그 여자의 심장 언저리에 떨리는 손을 얹고 싶었지.

*

썩어가는 내 옆구리를 생각해./거길 관통한 총알을 생각해./처음엔 차디찬 몽둥이 같았던 그것,/순식간에 뱃속을 휘젓는 불덩어리가 된 그것,/그게 반대편 옆구리에 만들어놓은, 내 모든 따뜻한 피를 흘러나가게 한 구멍을 생각해./그걸 쏘아보낸 총구를 생각해./차디찬 방아쇠를 생각해.[24]

그래서 엄마, 아빠, 누나,/전 하늘나라에서 키가 크고 있어요/벌써 1센티미터 2센티미터, 말하는 동안에도 자라고 있어요/집에 있을 땐 161센티미터였지만/전 이렇게 하늘나라에서 나이를 먹어가며/180센티미터까지 자랄 거예요/엄마, 아빠, 누나,/우리 라익이가 중학교 1학년이 되면/전 이미 장가를 가서 큰 키로 우람한 팔뚝에 제 아이를 안고/라익이에게 보여줄 거예요//비록 라익이의 꿈속이라도/누나의 꿈속이라도/제 사진 앞에서 술을 드시다 깜빡 조는 아빠의 꿈속이라도[25]

첫번째 인용문은 『소년이 온다』의 한 구절이다. 만약 작가가 저 문장들로 세월호 참사에서 죽은 학생의 마음을 지시하고자 했다면 이렇게 쓸 수 없다. 아직 유가족의 애도도 채 끝나지 않은 현재 진행형의 사건 앞에서, '키가 자라고 싶고 팔굽혀펴기를 마흔 번쯤 하고 싶었던 아이', 언젠가는 처음 안아보는 여자의 심장 언저리에 떨리는 손을 얹어보기도 했어야 할 아이가, 옆구리에 썩어가는 총알

24) 한강, 『소년이 온다』, 창비, 2014, p. 57.
25) 그리운 목소리로 건우가 말하고, 시인 박형준이 받아 적다, 「사랑한다 온 마음 다해 사랑해」, 『엄마. 나야.』, 앞의 책, p. 48.

구멍이 난 채로 아직 원한에 사무쳐 구천을 떠돌고 있다고 쓰는 일은 지나치게 잔혹한 일이다. 상처를 덧나게 함으로써 애도를 지연시키고 말 것이기 때문이다. 천정환의 표현대로 '사실의 압도적인 힘'이 문학적 재현을 불가능한 것으로 만드는 셈이다. 그러나 저 문장들이 이제 30년도 더 지나 사적으로나 공적으로나 애도를 종결해가는 시점에, 문학의 기억술을 통해 5·18의 기억을 되불러내려는 시도에서 씌어진 것이라면 말이 다르다. 이때 독자들은 저 문장들이 지시하는바 사실의 정확성을 문제 삼지 않는다. 또 독자들의 감정은 기록된 사실에 대해서가 아니라 부호(*)에 의해 나뉜 위 문단의 서정적인 문체와 아래 문단의 참혹한 문체(이탤릭체는 이 문장들이 살아 있는 자의 입에서 발화된 것이 아님을 지시한다) 사이의 극단적인 대조에 의해 지출된다. 한강은 재현 불가능한 것을 재현하고자 언어의 형식을 '고안'했던 것이다.

두번째 인용문을 어떠한 문맥도 없이(가령 세월호 이후 한국 문학의 향방을 다루고 있는 이 지면이라는 문맥) 아무 백지 위에 인쇄된 채로 읽었다면, 그러니까 저 문장들이 어떤 사실을 지시하고 있는지 모르는 채로 읽었다면 독자가 지출할 감정의 양은 보잘것없을 것이다. 그러나 저 문장들이 세월호 참사 후에 '이웃'이라는 공동체를 만들어 유가족들의 외상 후 스트레스 장애를 치유하기 위해 헌신적인 노력을 기울이던 정신과 의사가, 죽은 단원고 학생들의 생일날 가족들에게 읽게 하려고 시인들에게 간곡한 청을 넣었고, 시인들이 이에 화답하여 며칠을 울어가며 죽은 학생들의 시점에서 쓴 글들 중 하나라는 '사실'을 알게 되면 사정은 달라진다. 그 압도적인 사실의 힘 앞에서, 천상에서도 지속되는 삶에 대한 믿음이란 상실감을 보상하려는 정신승리의 일종이라는 식의 비평적 잣대는 용납되지 않는다. 게다가 만약, 시인 박형준이 받아쓰긴 했으나 실은 저 목소리의 주인이 앞서의 그 단원고 학생, 차마 머리 피부가 벗겨질까 봐 어머니도 만져볼 수도 없었던 그 건우라면 저 글의 나머지를 읽기는 더욱더 힘들어진다.

요컨대 이런 말이 가능하겠다. 시와 소설이라는 장르가 일종의 문학적 '기억술'이라면, 르포와 논픽션은 문학적 '기록술'이다. 논픽션에서 정보상의 오류가 발견되는 경우 비난의 대상이 되지만 소설의 경우는 그렇지 않다는 사실, 반대로 소설이 지나치게 정보만 나열할 경우 비난의 대상이 되지만 논픽션의 경우 그렇지 않다는 사실은 이에 대한 방증일 것이다. 전자가 언어의 형식으로 애도의 종결을 지연시키려 한다면, 후자는 사실의 압도적인 힘에 의지해 사건을 기록한다. '르포·논픽션'과 '시·소설'이 같은 문학장 내에서 층위를 달리하는 하위 장르들이라는 말은 이런 의미다.

따라서 사건에 대한 문학적 증언은 이중적일 수밖에 없다. 문학은 사실의 언어로 사건을 '기록'해야 한다. 그리고 그 사건이 어느 시점 사건성을 상실하려 할 때, 불가능한 언어를 고안해 그것을 '기억'해내야 한다. 그럴 때 필요한 것은 장르들 간의 협업과 겸업이지 한 편의 개업과 다른 한 편의 폐업은 아닐 것이다.

5. 나오며

다른 책에서 사사키 아타루는 이렇게 말한 적이 있다.

아이를 낳아 기를 수 없는 국가의 형식이야말로 가장 먼저 없어져야 하고, 우리가 오랫동안 말해온 의미에서 '문학'의 혁명에 의해 전복되어야 할 것입니다.[26]

세월호 참사를 겪기 전에 쓴 글이지만 그의 말은 마치 이즈음의 한국 문학이 처한 상황을 예견이라도 한 것처럼 적절하다. 국가란 결국 인류라는 생명체가 자신들의 DNA를 후세까지 남기고자 이루어낸 기나긴 진화 과정의 산물에 다름 아닐 것이다. 그런 국가가 되레 아이를 낳아 기를 수 없는 최악의 제약으로 기능할 때, 황종연의 말마따나 그 통치 형식은 의심받아 마땅하다.

그러나 '문학의 혁명'이 그 국가라는 형식을 전복할 수 있을 것이라는 사사키 아타루의 말에서는 어딘가 허세가 느껴진다. 그가 평소 주장하는 대로 '문학'의 범주를 글쓰기 일반으로 확대한다고 하더라도, 그 자체로 사건이 되거나 사건을 만들어내기는커녕 일각에서는 사형선고까지 받고 있는 것이 오늘날의 문학이다. 게다가 재앙이 일상화되어가는 재난 자본주의 시대에 문학은 항상 사건 앞에서 재현 불가능성과 마주치게 되고, 그때마다 자신의 무능력을 절감하지 않을 도리가 없다. 그럴 때 "대통령과 5분간 통화했으나 이후로 헤아릴 수 없는 긴 고통"을 겪고 있는 문종택 씨의 (마치 재현 불가능한 것의 기호나 되는 것처럼 괄호 쳐진) '울음'을 기록하고, 사라진 지성이의 얼굴에 표정을 부여하고, 그럼으로써 이후로도 오랫

---

26) 사사키 아타루, 『잘라라, 기도하는 그 손을』, 송태욱 옮김, 자음과모음, 2012, p. 203.

동안 지금의 사건을 기억해내는 언어를 고안하는 것, 그것이 문학
에 주어진 몫일 것이다.

 ……닻줄을 건져올리는 과정에서 지성이가 걸린 거죠. 배에서 나
온 첫날부터 지성이가 그 닻줄에 걸리지는 않았을 거예요. 밀물 때
저쪽으로 갔다가 썰물 때 이쪽으로 갔다가 그렇게 돌아다니다가 용
케 그 닻줄에 걸린 거겠죠. 그래서 지성이가 얼굴이 없어요.(울음)[27]

27) 「대통령과의 5분간의 통화 그리고 헤아릴 수 없는 긴 고통──2학년 1반 문지성 학생
 의 아버지 문종택 씨 이야기」(김순천 기록), 『금요일엔 돌아오렴』, 앞의 책, p. 174.

2부 다시 쓰는 후일담

창형(娼型) 인간과 욕망의 삼각형

── 최인훈의 『웃음소리』에 대하여

1

「광장」 이후 반세기가 지나는 동안 최인훈 문학은 이미 하나의 장르가 되었다. 백여 편의 학위논문과 3백여 편의 평문들이 쏟아져 나왔고, 그것들은 일종의 '최인훈 담론 구성체'를 형성했다. 그러나 이처럼 최인훈 문학이 누린 호사에도 불구하고, 소설집 『웃음소리』[1]에 주어진 관심은 상대적으로 박했다. 왜 그랬을까? 왜 『웃음소리』는 최인훈 담론 구성체의 변방에 있었던 것일까? 이것이 이글의 첫번째 질문이다.

먼저 눈에 띄는 것은 정영훈의 다음과 같은 언급이다.

---

1) 최인훈, 『웃음소리』, 문학과지성사, 2009(초판: 1976). 초판 발간 시 제목은 『우상의 집』이다. 이하 인용된 최인훈의 작품은 모두 이 책에 수록되어 있다.

그런데 최인훈 소설의 경우 전체 작품을 한자리에서 논의하는 데
는 종종 특수한 어려움이 뒤따른다. 그것은 최인훈의 소설들이 하나
로 묶기 힘들 만큼 다양한 편차를 보이고 있기 때문이다. 최인훈 소
설에 관한 기존의 연구들 역시 이러한 특수성과 강하게 결부되어 있
다. 최인훈 소설은 한동안 사실적 계열의 소설과 비사실적 계열, 또
는 사실적 성격을 띠는 소설과 관념적 성격을 띠는 소설 등의 계열
로 대별되는 것으로 이해해왔다. 이것은 기존의 논의에서 최인훈 작
품 세계가 상반되는 계열의 공존으로 이루어져 있는 것으로 이해되
어왔음을 의미한다.[2]

최인훈의 소설 세계 자체가 워낙에 상반되는 계열들로 이루어져
있어 전체 작품을 한자리에서 논하기 어렵다는 얘기인데, 많은 연
구자들이 지적하듯이 최인훈 소설 세계에 대한 평가가 극단적으로
나뉘는 이유, 그리고 "최인훈의 소설을 완전히 장악하고 있는 해
석이 드물고 아직도 각각의 작품들의 관련성을 밝혀낸 연구물들이
부족"[3]한 이유도 여기에 있을 것이다. 평자가 이 상반된 계열들 중
어느 편에 동의하는가에 따라 분석 대상을 선별하고 작품의 질을
재는 척도 또한 달라졌을 것이 당연하기 때문이다.

문제는 『웃음소리』야말로 이와 같은 '상반되는 계열'에 속하는
열다섯 편의 작품들이 표면적으로는 별다른 일관성 없이 한군데 모
여 있는 기이한 형태의 작품집이란 점이다. 이런 식의 이분법적 분

---

2) 정영훈, 『최인훈 소설의 주체성과 글쓰기』, 태학사, 2008, p. 14.
3) 김인호, 「'최인훈 연구'의 현황과 향후 과제」, 『해체와 저항의 서사——최인훈과 그의
    문학』, 문학과지성사, 2004, p. 23.

류를 시도한 몇몇 논자들(유초선, 하동훈, 김미영, 김인호 등)의 견해를 종합하면 최인훈의 소설들은 다음과 같이 양분된다.

　사실주의 계열　「그레이Grey 구락부 전말기」「라울전」「9월의 달리아」「우상의 집」「수(囚)」「7월의 아이들」「크리스마스 캐럴 1, 2」「전사에서」「웃음소리」「크리스마스 캐럴 4」「국도의 끝」「정오」「공명」「무서움」「귀성」「만가(晚歌)」「달과 소년병」「광장」「두만강」「하늘의 다리」『소설가 구보씨의 일일』『회색인』『화두』등.
　반사실주의 계열　「열하일기」「놀부뎐」「총독의 소리」「주석의 소리」「춘향뎐」「금오신화」「크리스마스 캐럴 3, 5」「옹고집뎐」「가면고」「구운몽」「서유기」『태풍』등.[4]

　거론된 작품들 중『웃음소리』에 묶인 작품들을 다시 골라 배열해보면, 「그레이 구락부 전말기」「라울전」「9월의 달리아」「우상의 집」「수(囚)」「7월의 아이들」「웃음소리」「국도의 끝」「정오」「귀성」「만가」는 사실주의 계열의 작품에 속하고, 「열하일기」「놀부뎐」「춘향뎐」「금오신화」등 패러디소설들은 모두 반사실주의 계열에 속한다. 앞서 말한 '상반되는 두 계열'의 작품들이 나란히 맞서 있는 형국이다. 게다가 이 작품집을 읽어본 독자라면 수긍하겠지만, 실제로『웃음소리』에 실린 작품들은 그 분량, 문체, 형식, 주제, 완성도 등에 있어서도 단순히 상반되는 두 계열로 나누는 것조차 힘들 만큼 다양한 편차를 보인다. 연구자들의 입장에서 보면 대

---

4) 유초선, 「최인훈의 반사실주의 소설 연구」, 이화여대 석사학위논문, 1998, p. 8.

상 텍스트의 스타일 그리고 미학적 완성도의 일관성이야말로 연구의 전제에 해당하는바, 『웃음소리』의 이런 특징이야말로 그간 이 작품집이 최인훈 담론 구성체의 변방에 위치할 수밖에 없었던 가장 큰 이유일 것이다.

2

그러나, 과연 그럴까? 『웃음소리』(나아가 최인훈의 전체 작품 세계)는 상반되는 두 계열의 화해 불가능한 긴장으로 이루어져 있다는 말이 사실일까? 혹시 이 양자를 관통하여 두 계열을 하나의 계열 속에 통합하는 방법은 없는 것일까? 이것이 이 글의 두번째 질문이다.

향후 최인훈 소설의 총체적 연구에 관건이 될 수도 있을 이 질문에 답하기 위해서는 「그레이 구락부 전말기」의 그 유명한 '창형 인간론'을 우회하는 것이 필수적일 터이지만, 그 어떤 우회도 이 독창적인 인간론에 대해 오생근이 30여 년 전에 쓴 해설을 넘어설 수는 없을 것이다. 그런 이유로, 창형 인간론이 최인훈의 오래된 '화두'인 '밀실과 광장'의 주제, 그리고 세계에 대한 관념의 우위 성향 등과 어떤 관계에 있는 것인지에 대해서는 다음의 한 구절을 인용해 보자.[5]

---

5) 자세한 내용은 『웃음소리』에 수록된 오생근의 해설 「믿음의 세계와 창의 문학」을 참조.

창에서 이루어지는 바깥하고의 오가기는 오직 눈에 의해서만 이루어진다. 눈으로 하는 사귐은 떨어져 있고 번거로움이 없다.

(「그레이 구락부 전말기」, p. 22)

「그레이 구락부 전말기」의 주인공 현이 말하는 창 타입의 인간이란 "움직임의 손발을 갖지 못하고, 내다보는 창문만을 가진 인간형"이다. 말하자면 행동보다는 관찰과 사유의 우위에 기반한 인간형인데, 이 작품집을 통틀어 왜 그토록 '눈', 즉 시각에 대한 신뢰와 찬양이 자주 등장하는지가 이 부분을 통해 분명해진다. 인용문대로, 창형 인간은 시각을 특권화한다. 왜냐하면 창이란 무언가를 내다보거나 바라볼 수 있도록 고안된 구조물이고 항상 그 안쪽에 서 있는 자가 창형 인간이기 때문이다. 아니나 다를까, 「라울전」의 라울이 신앙의 전제로서 신에게 요구하는 것, 그것은 바로 시각적 증명이다. "영광 속에 세상을 다스리시는 나의 여호와여, 내 조상의 신이시여. 어리석은 자의 믿음을 굳건히 하시고자 그대의 큰 조화를 느끼게 하시고자, 인간에게 눈을 주신, 모두 아는 여호와시여. 이 어리석은 눈에 당신의 대답을 보여주시옵소서. 두 눈이 의심할 수 없는 증거를 보여주시옵소서"(「라울전」, p. 57). 유사하게 「수(囚)」의 정신분열증 환자(그 또한 하루 종일 창밖만 내다보는 창형 인간의 전형인데)는 폐쇄된 병실에 갇혀서도 자신으로 하여금 창밖을 내다볼 수 있게 해주는 눈을 찬양한다. "나는 눈을 가진 걸 감사한다. 내게 눈을 만들어준 하느님 만세를 부르고 싶어진다"(p. 127).

'보다'라는 말이 '알다'라는 말과 맺고 있는 의미론적 친연성, 그리고 근대 이후 과학적 이성이 오감 중에서도 특별히 시각에 특권을 부여하게 되는 과정 등에 대한 상론은 피하더라도, 최인훈에게 눈은 곧 세상으로 난 창이자, 세계 인식의 거의 유일한 수단처럼 보인다. 그의 주인공들은 끊임없이 '본다'. 그리고 보는 행위는 그들에게 곧 인식하고 사유하는 행위에 다름 아니기도 하다. 이로부터 최인훈 소설 특유의 관념성이 유래했다고 해도 무리는 아닐 것이다. 관념 소설이란 것이 현실에 대한 관념의 우위에 기반한 소설을 말하는 것이고, 그때의 관념이 대개 시각적 관찰을 통해 얻어지는 것임에 틀림없다면 말이다.

3

이 글의 논지와 관련하여 흥미로운 것은, 바로 창형 인간의 시각 우위 세계 인식이, 표면적으로는 '상반된 두 계열'의 이질적인 병치로 보이는 작품들을 일관된 하나의 계열로 파악하게 하는 데 중요한 실마리가 된다는 점이다. 가령 앞서 연구자들이 사실주의 계열의 작품들로 분류한 「9월의 달리아」「7월의 아이들」「정오」「국도의 끝」 같은 작품들에 나타난 문체상의 특징을 보라. 이 작품들은 마치 오로지 하나의 질문, '묘사문으로만 이루어진 소설은 가능한가'라는 질문에 답하기 위해 씌어지기라도 한 듯 철저하게 '시각적'이다. 즉, 눈에 의해 '보인' 시각적 이미지들을 문자화하는 데에만 관심을 둔다. 시제는 대부분 현재형이고, 서사는 오로지 묘사문들을 통해서만 사후적으로 재구성될 수 있을 뿐이다. 어떤 경우 완벽하게 구성된 미장센 속을 한 대의 카메라가 느리고 유려하게 움직이는 듯한 느낌마저 주는 그 묘사문들은, 사실주의적이라기보다는 차라리 '이미지즘적'이고 '영화적'인데, 시각을 특권화한 창형 인간에게 이보다 더 적합한 글쓰기 방식은 달리 없어 보인다.

이와 관련해, 깔끔한 소품 「정오」는 길게 거론할 만하다. 소설은 "펄쩍, 하고 물 튀기는 소리가 난다. 보초는 걸음을 멈춘다"(p. 305)라는 문장으로 시작한다. 그러자 마치 카메라가 이제야 그 보초를 발견하기라도 한 듯, 초병을 줌인하고, 이내 초병의 시점에서 어느 병영의 정오 풍경들이 묘사된다. 잠시 후 초병의 눈이 저 멀리 목공과 조수의 작업 광경에 머물자 이내 카메라는 초병을 내버려두고 그리로 이동한다. 두 사람의 작업이 잠시 묘사되고 나면, 이내 목공의 시야에 비친 취사장으로 카메라가 다시 이동한다. 그리고 다시 초병, 의무반의 환자, 목공의 조수, 취사장 등으로 초점 주체와 대상이 변화하고, 이에 따라 시각적 이미지의 교체가 연쇄적으로, 그러나 단절적으로 이루어진다. 서사도 없고, 주제도 없다. 서로 다른 초점 주체의 시야 이동에 따라 바뀌는 시각적 이미지들의 몽타주에 의해 어느 정오의 병영 풍경이 가지는 서정적이고 쓸쓸한 느낌만을 전달할 뿐이다. 작가가 영화에서의 카메라 이동 방식을 소설 쓰기에 도입해보려는 시도로 쓴 것은 아닐까 추측하게 만드는 작품인데, 그런 의미에서라면 이 작품은 결코 사실주의적이지 않다. 사실주의에서 디테일은 항상 전체와의 연관 속에서, 그리고 사회적 주제와의 관련 속에서만 의미를 갖는다. 반면, 이 작품에서 디테일들은 그 자체로 자율적이고 비유기적이다. 그렇다면 이 작품을 두고 그것이 대상을 객관적으로 묘사하고 있다는 이유만으로 사실주의 계열의 소설로 분류해서는 곤란하다. 이 작품은 의외로 비사실주의적이고 실험적이다.

실험적이라고 했거니와, 이 작품집에 실린 소위 '사실주의 계열'의 작품들 대부분이 실제에 있어서는 형식 실험의 의도 속에서 씌어진 것으로 읽힌다. 다음의 예들을 보자.

> 플라타너스는 가지와 줄기다. 줄기가 좋다. 보얗다. 분을 바른 것 같다. 내 아내가 아직 화장이 서툴던 시절 화장을 하고 나면 저랬다. 플라타너스는 백인종이다. 진짜 백인종은 그닥 좋아하지 않지만 플라타너스는 좋다. 껍질이 군데군데 벗겨졌으나 흉하지는 않다. 전에 동물원에서 낙타를 봤을 땐 아주 흉했다. 벌레 먹은 것처럼 털이 뭉떵뭉떵 떨어져서 가죽이 얼룩투성이이다. 플라타너스는 껍질 벗겨진 자리마저 즐겁다. 천사는 피부병을 앓아도 역시 이쁜 거나 마찬가지다. 천사는 그렇다.
>
> （「수(囚)」, p. 114）

> 그녀는 돌아서서 들꽃 속으로 걸어들어간다. 네 잎사귀의 클로버. 경망스런. 정말 경망스런 사랑의 장난. 한 푼짜리 사랑의 장난. 한 푼 두 푼 모아서 목돈을 만들려던 것일까. 손이 퍼렇게 되게 클로버를 따고. 그는 말짱한 손을 뒷짐 지고 웃는다. 보고만 있다. 나는 그의 머리며 가슴 호주머니며 단춧구멍에 꽂아주고. 저요? 제 행운은 당신이 맡아가지고 계시잖아요. 싫어. 생각하기 싫어. 생각하기 싫어. 생각하기. 깨끗한 손으로 물러설 궁리를 하고 있는 사람이 내 눈에는 보이지 않았지. 내 눈에는. 장님이 된 내 눈에는. 싫어. 싫어. 다. 모두. 그럴 수 없어. 그럴 리가 그럴 리가 없어. 거짓말이야. 거

짓말이야. 그녀는 클로버를 밟고 걸어간다. 끝이다. 내려가는 길이
보인다.

(「만가」, pp. 354~55)

「수(囚)」에서 발췌한 첫번째 인용문의 문장 진행 방식을 보자.
병동에 갇힌 정신분열자의 (비)언어를 어떻게 언어화할 것인가?
아마도 최인훈은 이 점(데리다가 푸코의 『광기의 역사』에 대한 언급
에서 던졌던 질문이기도 하다)을 고민하고 실험했던 것으로 보인다.
우선 창밖으로 보이는 플라타너스에 대한 문장이 제시된다. 이어
플라타너스 가지의 보얀 줄기로 시선이 이동하고, 그러자 '보얗다'
란 말이 즉각 아내의 분 바르기를 연상시킨다. 아내의 화장한 모습
은 다시 '백인'이란 어휘를 불러오고, 백인의 하얀 피부는 벗겨진
껍질을, 그것은 다시 낙타의 털 빠진 모습을 자동적으로 떠올리게
한다. 최종적으로 이 자유연상된 이미지들의 흐름은 피부병을 앓는
천사에까지 가닿는다. 우리는 이런 식의 연상법에 걸맞은 적절한
명칭을 알고 있다. 그것은 프로이트식으로는 '자유연상법'이고 초
현실주의식으로는 '자동기술법'이다.

「만가」에서 발췌한 두번째 인용문에서 실험되고 있는 것은 두 가
지로 보인다. 그 하나는 시점이다. 한 문단 안에서 1인칭과 3인칭
이 중첩되어 나타난다. 실연 후 자살을 결심한 여성 주인공은 3인
칭 관찰 대상이었다가 다시 1인칭 화자로 변하기도 하고 그 역도
가능하다. 나머지 하나는 시제다. 그녀가 "들꽃 속으로 걸어들어"
가는 시간은 서술 시 곧 현재다. 그러나 옛 연인이었던 '그'가 "말
짱한 손을 뒷짐 지고 웃"고 있는 시간은 과거, 곧 회상 시이다. 한

문단 안에 현재와 과거가 마구 뒤얽혀 있는 형국인데, 최인훈은 이 때 아마도 베르그송식으로 말해 시간이 어떻게 문장들 속에서 '지속'으로 현현할 수 있는가를 실험하고 있었던 것으로 보인다.

이외에도 「9월의 달리아」와 「7월의 아이들」(이미지즘적 소설 쓰기), 「국도의 끝」(시점의 영화적 전환) 같은 소위 '사실주의 계열'의 소설들은 어떤 방식으로건 이와 같은 실험과 연루되어 있다. 그리고 그 실험들은 모두 창형 인간이 대상 세계를 '바라보는 방식'과 관련된 실험이다. 그렇다면 이제 이런 말이 가능해진다. 선험적으로 주어진 '사실주의/비사실주의'의 이분 도식 속에서만 『웃음소리』에 실린 작품들은 상반된 두 계열로 양분된다. 그러나 창형 인간론의 관점에서(사실상 최인훈의 관점에서) 볼 때, 이 작품집의 작품들은 양분될 수 없다. 창형 인간은 시각을 특권화한 인간이고, 시각의 특권화는 필연적으로 대상 세계의 이미지즘적 묘사에 대한 끝없는 실험을 결과하는 한편, 현실에 대한 관념의 우위 또한 결과할 것이기 때문이다. 사람들은 전자를 그것이 대상 세계에 대한 묘사라는 표면적인 이유만으로 '사실주의 계열'의 소설로 분류했고, 후자를 그것이 관념 소설의 형태를 띤다는 이유만으로 '비사실주의 계열'의 소설로 분류했을 따름이다. 그러나 이상의 논의에 따른다면 『웃음소리』에 실린 두 부류의 작품들은 상반된 두 계열의 병치라기보다는 차라리 한 계열체의 두 가지 분기 방식이라고 보는 것이 타당할 것이다.

4

그간 연구자들은 「그레이 구락부 전말기」 「라울전」 「우상의 집」 「웃음소리」 역시 사실주의 계열의 작품들로 분류하곤 했다. 그러나 이 작품들이 보여주는 사변적이거나 알레고리적인 특징을 고려하면 과연 그런 분류가 타당한지는 의문이다. 게다가 그 완고한 '사실주의/비사실주의'의 이분법을 문제 삼기로 작정하고 씌어지는 이 글에서까지 그런 식의 단순한 분류를 따를 이유는 없어 보인다.

이 네 작품을 최인훈의 전체 작품 세계와의 일관된 맥락 속에서 고찰하기 위해서는 지라르가 말한 욕망의 삼각형을 거론하는 것이 훨씬 합당해 보인다. 사실 이 작품들은 노골적으로 지라르적인 데가 있다. 우선 이 작품들 모두에서 삼각형이 등장한다. 그중 「웃음소리」의 삼각형이 가장 선명하다.

그러한 K선생이, 그를 보자마자 강한 감정의 빛과 거의 허둥대는 걸음으로 그에게로 건너가서 팔을 끼고, 흥분에 가까운 태도로 열심히 이야기를 시작한 일이었다. 파격의 대우였다. 선생을 아는 나로서는 퍽이나 호기심을 끄는 일이었다.

대체 누구일까? 먹은 나이보다 숙성한 그러한 타입이었으나, 선생보다는 적어도 20년 또는 그보다 더 차이 있는 것을 알 수 있었고, 퍽 조심성 없는 것이 기이했으나, 그런대로 그의 선생을 대하는 태도에서 대등한 사이가 아닌 것이 분명했다. 그러나 그뿐, 아무런 그럴듯한 짐작도 내리지는 못하였다. 나는 공연히 궁금해져서 패들과 대강 말을 주고받으면서도 마음은 온통 그들의 자리 쪽으로 쏠려 있었다.

(「우상의 집」, p. 85)

　K선생은 문단에서 이미 확고한 지위를 누리고 있어서 화자인 '나'의 선망과 존경을 한 몸에 받고 있는 인물이다. 그런데 그런 K선생 앞에 한 사내가 나타난다. 그 사내는 K선생을 허둥대게 하고, 그 앞에서도 전혀 조심성 없이 행동한다. 바로 그런 점이 '나'의 마음을 자꾸 두 사람의 대화에 쏠리게 한다. K선생, 혹은 그가 표상하는 문단에서의 높은 지위를 욕망의 대상으로 하고, '그'를 중개자로 하되, '나'가 욕망의 주체가 되는 전형적인 '모방 욕망'의 삼각형이 그려진다. 이때부터 '나'의 마음속에서는 '그'에 대한 우상화 작업이 진행되기 시작하는데, 실제에 있어 그 우상화 작업은 전혀 그 인물의 됨됨이와는 무관하다. 즉, 아무런 객관적 근거도 없다. 소설의 말미 '그'는 편집증 환자임이 밝혀지거니와, 우상화는 오로지 K선생과 그와의 관계에 대한 모방 욕망에서 비롯된 것에 불과하다. 모든 욕망은 중개자를 거쳐 간접화된 욕망이라는 지라르의 말 그대로이다.

　이런 식의 삼각형은 나머지 작품들에서도 쉽사리 찾을 수 있다. 「그레이 구락부 전말기」의 키티를 대상으로 한 나와 K들의 삼각형 (K들은 지라르가 말한 모조 태양과 같아서 그들의 빛 아래서만 키티는 여신이 된다), 「라울전」의 예수를 대상으로 한 라울과 바울의 삼각형(바울을 중개자로 한 모방 욕망만이 라울로 하여금 예수를 믿게 한다), 「웃음소리」에서 죽은 남자를 대상으로 한 '나'와 죽은 여자의 삼각형(죽은 남자의 팔에 안겨 누워 있던 여자는 사실은 '나'가 욕망했던 상태에 다름 아니다)이 그것이다. 사실을 말하자면 이 작품들, 특히 「라울전」과 「우상의 집」은 전적으로 모방 욕망의 삼각형을 탐구하는 데 바쳐진 소설들이라 해도 과언이 아니다.

그렇다면 모방 욕망의 삼각형과 창형 인간의 세계 인식 사이에는 어떤 연관이 있는 것일까? 「라울전」이야말로 이러한 의문에 적절한 답을 제공한다. 우선 라울은 어떤 인간인가? 그는 예수라는 나사렛 사람의 풍문이 들려오자 "경전과 사료를 뒤져 꼼꼼한 계보학적인 검토를" 행한 후에야, 그가 "다윗 왕의 찬란한 족보 속에 뚜렷한 자리를 차지"(「라울전」, p. 56)하고 있는 인물임을 신뢰하는 유형의 인간이다. 또 신에게 "이 어리석은 눈에 당신의 대답을 보여주시옵소서. 두 눈이 의심할 수 없는 증거를 보여주시옵소서"(p. 57)라고 기도함으로써 신앙 이전에 시각적 증명을 요청하는 인간이기도 하다. 요컨대 시각에 특권을 부여하고, 종교적 믿음보다 이성적 사유에 우위를 두는 자, 즉 전형적인 창형 인간이다. 그런 그가 친구인 바울을 질투한다.

바울이 나사렛 사람을 전혀 따져볼 값도 없는 엉터리라고 나오자, 라울은 다르게 생각하고 싶은 마음이 더 굳어졌다. 학생 시절에, 바울이 넘겨짚어서 골라낸 구절을 오기로 건너뛰어버린 것과 똑같은 움직임이다. (바울이 아니라고 하니깐……) 나는 그렇다고 해야지, 그런 심사였다.

(「라울전」, p. 57)

바울은 학창 시절부터 라울과의 경쟁에서 별다른 노력 없이도 승리하는 행운을 항상 누려왔다. 그런데 이번에는 예수가 등장했고, 바울은 예수를 엉터리라고 매도한다. 그럴 때 라울의 태도는 앞의 인용문과 같다. 그는 예수를 자신의 신앙심의 발로에서가 아니라 중개자이자 경쟁자인 바울에 대한 질투에서 메시아로 인정하기로 맘먹는다. 그러나 작품의 결말은 라울의 기대를 배신한다. 내내 예수를 박해하고 매도하던 바울이 라울보다 먼저 예수의 사도가 된다. 라울은 고뇌에 빠진다. "신은, 왜 골라서, 사울 같은 불성실한 그리고 전혀 엉뚱한 자에게 나타났느냐? 이 물음을 뒤집어놓으면, 신은 왜 나에게, 주를 스스로의 힘으로 적어도 절반은 인식했던! 나에게, 나타나지를 아니하였는가?"(「라울전」, p. 78) 사실 이 문장을 곰곰이 되새겨보면 라울 역시 신이 자신을 버린 이유를 알고 있음이 확인된다. "주를 스스로의 힘으로 적어도 절반은 인식했던!"이라고 라울은 말한다. '인식했던'! 즉, 신을 믿고 그에게 행동으로서 다가간 것이 아니라 창형 인간 특유의 실증주의를 신에게마저 요구했던 죄, 신을 무조건적으로 환대한 것이 아니라 우선 이성을 통해 인식하려고 했던 죄, 그것이 라울의 죄다. 소설 말미 라울이 꾸는 꿈은 바로 이 점을 예시한다.

> 예수를 비롯하여 모든 사람이 한꺼번에 이쪽을 바라본다. 예수는 짜증난 듯한 목소리로 "여태 어디서 무얼 하고 있었나!" 이렇게 말하며, 손을 들어 가까이 오라는 표를 보이곤, 휙 돌아서서 네 사람은 집 밖으로 나간다. 라울은 뒤를 쫓으려 하지만 발이 떨어지지 않는다. 아, 빨리 따라가야겠는데.
>
> (「라울전」, pp. 79~80)

라울의 꿈속에서 예수가 말한다. "여태 어디서 무얼 하고 있었나!" 이 말을 다른 말로 바꾸면, '라울아, 너는 왜 행동하지 않았느냐' '라울아, 너는 왜 나를 증명하려고만 하였느냐'쯤 될 것이다. 이것이야말로 행동 없는 인간, 창형 인간의 비극이다. 앎과 행함을 일치시키지 못하는 인간의 비극. 왜 라울이 그토록 바울을 시기하고 질투하고, 또 모방 욕망의 중개자로 삼았는지도 이해가 간다. 그는 자신의 행동 없음을 바울 같은 행동주의자를 모방함으로써 보상받고자 했던 것이다. 요컨대 창형 인간의 욕망은 행동형 인간에 대한 모방 욕망이고, 바로 그 모방 욕망의 탐구에 바쳐진 작품들이 이 네 편의 작품들이다. 그리고 그 탐구는 실패하지 않았다.

지라르는 그 유명한 『낭만적 거짓과 소설적 진실』의 결말부에서 이런 말을 한다. "형이상학적 욕망에 대한 승리가 낭만적 작가를 진정한 소설가로 만든다."[6] 그런 의미에서라면 최인훈은 이 네 편의 작품을 통해 진정한 소설가의 반열에 오른 셈이다. 왜냐하면 이 네 작품의 결말은 지라르가 말한 그대로 형이상학적 욕망에 대한 주인공들의 승리를 극화하고 있기 때문이다. 「그레이 구락부 전말기」의 '현'은 창형 인간들의 연대 집단이었던 구락부가 허망하게 무너진 뒤 이렇게 말한다.

그의 마음은 잔잔했다. 잠에서 덜 깨어서 벙벙한 것인지, 그러나 그런 생리적인 것은 아닌 모양이다. 현은 키티의 그 잠든 얼굴에서

---

6) 르네 지라르, 『낭만적 거짓과 소설적 진실』, 김치수·송의경 옮김, 한길사, 2001, p. 397.

비로소 이성을 알아보고 있었다. 지금껏 현에게 있어서 키티는 이성이라느니보다 재주 있는 사람이었다. 그 재주가 키티의 끄는 힘이었다. 크리스마스 날 그녀와 입술을 맞추는 순간에도 마찬가지였다. 똑똑지 못한 여자와 어울리기는 어려운 일이었다. 그러나 지금, 현의 수에 골탕을 먹고 이렇게 남의 집 소파에서 잠든 키티는 그저 여자였다. 그리고 현 자신도 그저 남자인 것을, 그저 사람인 것을 느끼는 것이었다. 아름답고 신비하지만 그것만을 쓰고 있을 수 없는 탈을 인제는 벗어야 할 것이 아니냐, 현은 그렇게 생각하였다.

(「그레이 구락부 전말기」, p. 48)

탈을 벗겠다는 현의 결심은 모방 욕망이 만들어낸 우상으로부터 벗어나겠다는 의지의 표현에 틀림없다. 「우상의 집」의 '나'가 한때 자신의 우상이었던 '그'의 집이 정신병원이었다는 사실을 확인하고 느꼈던 자기 환멸도, 라울의 비참한 죽음으로 끝맺는 「라울전」의 결말도, 내내 귀에 들렸던 여자의 웃음소리가 바로 자신의 것에 불과했다는 사실 앞에서 황급히 되돌아서는 「웃음소리」의 여주인공이 깨달은 바도 이와 대동소이했을 것이다. 그들은 모두 모방 욕망의 허위를 깨달은 자들, 그리고 그것을 어렵게 극복해낸 자들이다. 그들의 승리가 바로 작가 최인훈이 진정한 작가라는 증거가 된다.

5

『웃음소리』에 실린 열다섯 편 중 나머지 네 편, 즉 패러디소설에 속하는 「열하일기」 「놀부뎐」 「춘향뎐」 「금오신화」에 대해서는 창형 인간론과의 관련하에서 어떤 해명이 가능할까?

아마도 이 소설들이 모두 반사실주의 소설의 계열, 혹은 관념소설의 계열로 분류되어왔다는 사실에서 그 첫번째 답을 찾는 것이 순서일 듯싶다. 고전소설의 형식을 빌리되, 사실주의적 기율에 충실하기보다는 관념 위주의 사변적 언술을 통해 한국적 모더니티의 이러저러한 측면을 고찰하고 있는 이 작품들은, 현실에 대한 관념의 우위라는 창형 인간의 세계 인식 방법과 적절하게 조응하는 데가 있다.

다른 한편, 패러디가 일종의 모방적 글쓰기라는 사실도 거론할 만하다. 창형 인간의 모방 욕망에 대한 내용 층위의 탐구가 지라르적인 주제를 결과했듯이, 창형 인간의 모방 욕망에 대한 형식 층위의 탐구는 최인훈의 글쓰기를 패러디 형식에 이르게 했으리라는 추론이 가능하다.

게다가 모방적 글쓰기로서의 패러디는 현실과의 일정한 거리 두기를 가능하게 한다. 「놀부뎐」 「춘향뎐」 「금오신화」 「열하일기」 모두 고전소설의 형식을 빌려온 탓에, 작가가 속한 현실과의 직접적인 접촉은 피하면서 1960년대 한국의 파행적 모더니티를 풍자적으로 그려낼 수 있을 만큼의 충분한 미적 거리를 확보한다. 그것은 마치 패러디 형식이 일종의 창이 되고, 창형 인간으로서의 작가는 그 창을 프레임으로 삼아 "번거로움이 없"이 현실의 이러저러한 모습을 조롱하고 비판할 수 있게 되는 형국이다. 「그레이 구락부 전말기」의 현이 창형 인간론에서 말한 '눈으로 하는 사귐'과 동일한 상황이 패러디 형식을 통해 마련된다.

요약해보자. 먼저, 창형 인간론 특유의 시각에 대한 특권화가 묘사 위주의 이미지즘적 소설들을 낳았다. 게다가 이 유형에 속한 작품들은 표피적인 분류법에서와는 달리 지극히 형식 실험적이기조차 했다. 그간 사실주의 계열의 소설이라고 알려져 있던 대부분의 작품이 이에 속한다. 둘째로, 창형 인간의 욕망에 대한 내용 층위의 탐구가 모방 욕망의 삼각형과 관련된 네 편의 소설들을 탄생하게 했다. 「그레이 구락부 전말기」 「라울전」 「우상의 집」 「웃음소리」가 그 작품들이다. 셋째로, 창형 인간의 욕망에 대한 형식 층위의 탐구는 나머지 네 편의 패러디 소설들을 결과했다. 모방적 글쓰기로서의 패러디는 일종의 창틀 구실을 하면서 창형 인간의 현실에 대한 관찰과 사유의 우위를 보장한다.

무슨 말인가. 알려진 바와 달리 『웃음소리』는 상반된 계열의 소설들이 병치되어 있어 다루기 힘든 최인훈 담론 구성체의 변방이 아니란 말을 하려는 것이다. 창형 인간론을 열쇠로 삼을 때, 이 작품집에 실린 열다섯 편의 작품들은 자못 유기적이다. 그것은 상반된 계열체들의 이질적인 조합이 아니라 동일한 하나의 계열체가 여러 가지로 분기하는 모습을 취하고 있다고 해야 맞다.

그러나 이러한 결론이 굳이 이 작품집 한 권에만 제한적으로 적용되어야 할 이유가 있을까? 최인훈 소설 세계 전체가, 이분하면 관념소설 계열과 사실주의 소설 계열로, 삼분하자면 거기에 패러디소설이 더해지는 방식으로 나뉘어 거론되어왔음은 주지의 사실이다. 그렇다면『웃음소리』를 상반된 계열들의 이질적 병치로 읽지 않고 동일한 계열체의 몇 가지 분기 방식으로 읽는 것이야말로, "최인훈의 소설을 완전히 장악하고 있는 해석이 드물고 아직도 각각의 작품들의 관련성을 밝혀낸 연구물들이 부족"한 작금의 상황에 대한 유효한 돌파구는 아닐까?『웃음소리』는 그런 점에서 최인훈 담론 구성체의 변방이라기보다는 최인훈 소설의 여러 갈래들이 이합집산하는 교차로이자 '사슬의 약한 고리'다.

지상에서 가장 생산적인 왕복운동

── 이청준의 『서편제』[1]에 대하여

1. 전짓불 재론

「소문의 벽」의 그 유명한 '전짓불' 장면이, 이청준의 소설 전체를 놓고 볼 때 가장 원초적인(그것이 작가가 기록한 체험들 중 가장 오래된 것이라는 의미에서뿐만 아니라 그의 소설 세계 전체를 일관되게 해명할 수 있게 해준다는 의미에서도) 장면이라는 점에 대해서는 모종의 합의가 이루어진 듯하다. 실제로 이 장면은 작가 이청준의 소설에서 즐겨 다루어진 많은 테마들의 기원이라 해도 무방할 만큼 암시적이고 함축적이며 또한 강렬하다. 주인의 존재는 드러내지 않은 채 양자택일적 상황을 강요하는 무소불위의 '응시'가 가져다주는 공포, 그것은 때로 이 작가 특유의 동상(우상)에 대한 주의 깊

---

1) 이청준, 『서편제』, 문학과지성사, 2013. 이하 이 책에 실린 작품을 언급할 때는 쪽수만 표기한다.

은 경계심의 형태로, 때로는 이데올로기적 맹목에 대한 경고의 형태로, 그리고 그보다 더 많은 경우 소설 쓰기의 운명(독자들의 응시 앞에서의 진술 공포)에 대한 자의식적 탐구의 형태로 변주된다. 이청준 소설의 굵직굵직한 주제들이 이 장면에 그 기원을 두고 있다는 말이 틀린 말은 아닌 셈이다.

그러나 좀더 면밀히 검토해볼 때, 이 장면을 이청준 소설의 가장 원초적인 장면으로 인정하기 위해서는 해결해야 할 한 가지 의문이 남아 있다. 그 의문은 이런 것이다.

"사람이 태어나 겪은 일 중 첫번째로 기억되고 있는 일이 하필 그 전짓불이라니 이상한 일이군요."
〔……〕 G는 신문관의 태도에 갑자기 다시 공포감이 일기 시작한다. 아닌 게 아니라 G 자신도 왜 하필 그런 이야기가 맨 첫번째 기억으로 간직되고 있었는지 스스로 의문스러워진다.[2]

G는 작중 소설가 박준의 분신이자 이청준 자신의 분신으로 보인다. 그가 신문관 앞에서 떠올리고 있는 의문은 왜 하필 그 전짓불에 대한 기억이 생애 최초의 기억이 되었느냐는 점이다. 이를 심리학적인 용어로 다시 번역해보자. '도대체 저 기억에 어떤 외상적 체험이 달라붙어 있어서 그토록 집요하게 박준을 괴롭히는가?' 실제로 작중 박준의 대학 시절, 그는 빈 강의실에 숨어들어 잠을 청하려 할 때마다 경비가 들고 다니는 전짓불 앞에서 필요 이상으로 과

---

2) 이청준, 「소문의 벽」, 『소문의 벽』, 문학과지성사, 2011, p. 232.

장된 불안과 공포를 경험하곤 했다. 작가가 된 이후로도 그 기억의 영향력은 여전해서 그는 마치 유년기의 그 전짓불이라도 되는 양 독자들의 시선 앞에서 주눅 든 채 소위 '진술 공포증'을 앓기까지 한다. 말하자면 그에게 전짓불 체험은 전 생애에 걸쳐 반복된 '외상적' 체험이었던 것이다.

물론 「소문의 벽」이 극화하고 있는바, 한국사 특유의 이데올로기적 대립 상황이(전짓불 너머의 그림자가 묻는다, 이쪽이냐 저쪽이냐!) 그 외상의 내용일 수는 없다. 외상적 체험은 항상 유년기의 오이디푸스적 상황으로부터 불안과 공포의 감정을 끌어올 뿐, 그보다 한참 후에 형성되기 마련인 관념이나 믿음의 체계에 기원을 두는 경우는 거의 없기 때문이다. 전짓불 체험이 만약 외상적이라면 그것은 분명 그 깊은 곳에 오이디푸스적 상황을 반복하는 어떤 억압된 요소의 흔적을 가지고 있을 것임에 틀림없다. 그리고 그 흔적은 실은 이청준의 등단작 「퇴원」에서 이미 아주 명백한 형태로 등장한 적이 있다.

소학교 3학년 때 가을. 나는 그즈음 남몰래 즐기고 있는 한 가지 비밀이 있었다. 광에 가득히 쌓아 올린 볏섬 사이에 내 몸이 들어가면 꼭 맞는 틈이 하나 나 있었다. 나는 거기다 몰래 어머니와 누이들의 속옷을 한 가지 두 가지씩 가져다 깔아놓고, 학교에서 돌아오면 그곳으로 기어들어 생쥐처럼 낮잠을 자곤 했다. 속옷은 하나같이 부드럽고 기분 좋은 향수 냄새가 났다. 장에는 그런 옷이 얼마든지 쌓여 있어 내가 한두 가지씩 덜어내도 어머니와 누이들은 알아내지를 못했다. 어두컴컴한 그 광 속 굴에 들어앉아 이것저것 부드러운 옷

자락을 만지작거리며 거기서 흘러나오는 냄새를 맡고 있노라면, 그보다 더 기분 좋은 일은 없었다. 그러다 나는 스르르 잠이 들고, 잠이 깨면 다시 생쥐처럼 몰래 그곳을 빠져나왔다. 그런데 어느 날은 거기서 너무 오래 잠이 들어 있다가 아버지가 비춘 전짓불빛을 받고서야 눈을 떴었다. 아버지는 아무 말도 하지 않고 그대로 광을 나가더니 나를 남겨둔 채 문에다 자물쇠를 채워버렸다. 그 문은 이틀 뒷날 저녁때 열렸다. 나는 광에다 나를 가두어놓은 동안 밖에서 일어난 일에 대해서는 아무것도 모른다. 그러나 문이 열렸을 때, 거기 있던 옷가지는 한 오라기도 성한 것이 없이 백 갈래 천 갈래로 찢겨 있었다.[3]

「소문의 벽」의 전짓불 장면과 비교해볼 때, 이 장면에서 도드라지는 것은 전형적으로 오이디푸스적인 상황이다. 화자의 기억 속에서 아버지는 근친상간의 금지자이자 팔루스의 도입자라는 아주 낯익은 심리학적 역할을 수행한다. 다른 말로 「소문의 벽」의 전짓불 장면이 상징계적이라면 「퇴원」의 그것은 상상계적이라고도 할 수 있겠다. 유년의 화자는 아마도 저 일이 일어났던 날 언어적 상징계에 최종적으로 편입되었을 것이다. 어머니와 누이에 대한 의사상상계적이고 도착적인 집착이 바로 그날 부성의 개입(아버지의 전짓불)에 의해 "백 갈래 천 갈래로 찢겨"버렸기 때문이다. 그렇게 읽을 때, 저 장면이 「소문의 벽」에서의 전짓불 체험보다 시기적으로 선행한다. 알다시피 상상계는 오이디푸스 단계 이전에 아이가 어머

3) 이청준, 「퇴원」, 『병신과 머저리』, 문학과지성사, 2010, pp. 17~18.

니와 맺는 이자적 관계를 지칭하므로 팔루스의 도입 이후에야 진입하게 마련인 상징계에 대해 선차적이다. 전짓불은 팔루스였던 셈이고 그런 의미에서 이청준이 겪은 최초의 외상적 체험 역시 오이디푸스 삼각형 내에 있었던 것이다.

2. 이청준식 '포르트-다 fort-da 놀이'

그렇다면 이제 우리는 인용한 「퇴원」의 전짓불 장면이야말로 이청준 소설에 등장하는 주인공들에게는 가장 원초적인 체험이라고 말할 수 있게 된 것일까? 아마도 「서편제—남도 사람 1」이 발표되지 않았다면 그럴 수도 있었을 듯싶다. 그러나 「서편제」에는 「퇴원」의 전짓불 체험보다 시기상 더 이른 것으로 짐작되는 이런 장면이 등장한다.

파도 비늘 반짝이는 바다가 내려다보이는 해변가 언덕밭의 한 모퉁이—그 언덕밭 한 모퉁이에 누군지 주인을 알 수 없는 해묵은 무덤이 하나 누워 있었고, 소년은 언제나 그 무덤가 잔디밭에 허리 고삐가 매여 놓고 있었다. 동백나무 숲가로 뻗어 나온 그 기다란 언덕밭은 소년의 죽은 아비가 그의 젊은 아낙에게 남기고 간 거의 유일한 유산이었다. 소년의 어미는 해마다 그 밭뙈기 농사를 거두는 일한 가지로 여름 한철을 고스란히 넘겨 보내곤 했다.
〔……〕 그러면서 이제나저제나 밭고랑 사이로 들어간 어미가 일을 끝내고 나오기를 기다렸다. 하지만 여름마다 콩이 아니면 콩과

수수를 함께 섞어 심은 밭고랑 사이를 타고 들어간 어미는 소년의
그런 기다림 따위는 아랑곳이 없었다. 물결 위를 떠도는 부표처럼
가물가물 콩밭 사이를 오락가락하면서 하루 종일 그 노랫소리도 같
고 울음소리도 같은 이상스런 콧소리 같은 것을 웅웅거리고 있었다.
어미의 웅웅거리는 노랫가락 소리만이 진종일 소년의 곁을 서서히
멀어져 갔다간 다시 가까워져 오고, 가까워졌다간 어느 틈엔가 다시
까마득하게 멀어져 가곤 할 뿐이었다.

그러던 어느 날.

하루는 그 바다가 내려다보이는 뙈기밭가로 해서 뒷산을 넘어가
는 고갯길 근처에서 이상스런 노랫가락 소리가 들려오기 시작했다.

(「서편제」, pp. 15~16)

「퇴원」과 「소문의 벽」의 유년기 화자가 초등학생이었음에 반해,
이 작품에서는 화자가 학교 입학 이전 상태, 더 멀리는 아직 제대
로 걷지도 못하는 상태에 있다. 그렇지 않고서야 밭을 매는 어머니
인근의 무덤가(아버지의 것으로 짐작되는)에 허리 고삐가 묶여 있을
리는 없기 때문이다. 그러나 화자의 나이보다 더 의미심장한 것은
저 언덕밭이 오이디푸스적 상황이 극화되는 무대가 된다는 점이다.
밭은 아버지의 유산이라고 했으니, 어린 화자는 저 당시 부권 부재
상황에 있다. 아버지가 죽은 자리, 팔루스의 위협이 사라진 바로
그 자리에서 어머니와의 이자적인 관계는 유지되거나 복원될 참이
다. 아니나 다를까 밭은 지금, 마치 무슨 심리적 열기와 긴장으로
들끓기라도 하는 듯, 여름날의 뜨거운 뙤약볕이 내리비쳐 숨이 막
힐 지경이다. 어머니가 부르는 노랫가락은 울음도 노래도 아닌 이

상한 콧소리에 가까운데, 한마디로 말해 관능적이다. 그 어머니가 밭고랑을 따라 화자에게 접근했다가 멀어지기를 반복한다. 이때 화자의 정서는 일종의 성적 안달과 유사해 보인다.

그러나 사태는 인용문의 마지막 문장에서 급변한다. 무언가가 어머니와 화자 둘만의 무대에 침입한 것이다. 바로 어머니의 것이 아닌 어떤 다른 이의 노랫소리가 그것인데, 소설의 이어지는 부분에서 그것은 후에 의붓아버지가 될 소리꾼의 것임이 밝혀진다. 그 소리의 등장과 함께 어머니가 변한다. 어느 날인가 "밭고랑만 들어서면 우우우 노랫소리도 같고 울음소리도 같던 어미의 그 이상스런 웅얼거림이" "그 산소리에 화답이라도 보내듯 더욱더 분명하고 극성스럽게 떠돌아 번지기 시작"한 것이다. "그리고 마침내 산봉우리 너머로 뉘엿뉘엿 햇덩이가 떨어지고, 거뭇한 저녁 어스름이 서서히 산기슭을 덮어 내려오기 시작하자, 진종일 녹음 속에 숨어 있던 노랫소리가 비로소 뱀처럼 은밀스럽게 산 어스름을 타고 내려"온다. "그리곤 그 뱀이 먹이를 덮치듯 아직도 가물가물 밭고랑 사이를 떠돌고 있던 소년의 어미를 후닥닥 덮쳐"(p. 17)버린다. 이후 〈남도 사람〉 연작 내내 소년이 찾아 헤매게 될 사내의 그 '소리'는 여기서 뱀으로 묘사된다. 팔루스다. 상상계적 공간으로서의 언덕밭이 일순 다시 위태로운 오이디푸스적 삼각형의 공간으로 변한다.

「서편제」의 이 장면을 두고 「퇴원」의 전짓불 장면보다 원초적이라고 말하는 것은 바로 이런 이유 때문인데, 「퇴원」의 경우에도 물론 오이디푸스적 삼각형은 건재했다. 어머니와 누이의 속옷 향유에 대한 아버지의 금지가 그렇다. 그러나 그 작품에서 소년의 '도착증'은 일종의 증상 형성 과정을 마친 오이디푸스 단계의 잔존물처럼 보이는 반면, 「서편제」의 저 장면은 마치 상상계의 최초 파열 장면을 극화해놓은 듯한 인상을 준다. 게다가 소년은 새로 도입된 아버지의 법(소리)에 쉽게 굴복하지 않을 뿐만 아니라 대타자 어머니에 대한 욕망도 쉽사리 포기하지 않는데, 이후 연작 내내 이어지게 될 소년의 상징적 부친 살해 시도들, 어머니의 대체물이자 '대상 a'로서의 누이 찾기 시도들은 모두 저 장면에 그 유래를 두고 있는 셈이다.

그리고 이제 살펴보게 되겠지만 저 장면은 또한 이청준 소설이 구축한 전체 세계(어떤 경우 서정/관념, 고향/도시, 부계/모계로 양분화되었다고 일컬어지기도 하는)를 일관되게 꿰뚫어 의미화할 수 있는 어떤 '누빔점'을 제공한다는 점에서도, 그리고 이 작가의 모든 작품 기저에서 서사를 추동하는 원동력으로 작용하고 있다는 점에서도 두루두루 '원초적'이다.

3. 왕복운동

수많은 이청준 연구자들이 틀림없이 눈여겨 읽었을 것임에도 불구하고, 저 장면에서 프로이트의 '포르트-다 놀이'를 연상해내지 못했다는 점은(그리고 덧붙여서, 「퇴원」의 전짓불 장면이 아버지는 산으로 도피해 있고 어머니와 한 이불 속에 누워 있던 소년에게 닥친 재앙이었단 사실을 연상해내지 못했단 점도) 의아스럽다. 프로이트가 설명하는 포르트-다 놀이란 이런 것이다.

프로이트의 손자가 어느 시점(서양 나이로 한 살 반쯤), 실이 감겨 있는 실패를 침대 밑에 던져 넣은 뒤 '오오오오'라고 소리친다. 그러고는 다시 실을 당겨 그것이 제 손에 도달하면 이번에는 'da(다)'라고 외친다. 프로이트는 전자의 '오' 발음을 독일어 'fort', 즉 '사라졌다'라는 의미로 해석한다. 그리고 후자의 'da'는 독일어 의미 그대로 '거기에'라는 의미로 해석한다. 그러고는 이렇게 덧붙인다. "그렇다면 그것은 사라짐과 돌아옴이라는 완벽한 놀이였다."[4] 이어지는 그의 해석에 따르면 이 놀이는 유아가 소위 '분리 불안separation anxiety'을 극복하기 위해 고안해낸 것이다. 즉 특정 시기 인간이라면 맞을 수밖에 없는 어머니와의 분리가 주는 불안, 그리고 상상적으로 실현된 어머니의 귀환이 주는 기쁨을 아이는 놀이를 통해 재현하고 있다. 그럼으로써 어머니와 분리될지도 모른다는 불안을 받아들이고 극복한다는 것이 프로이트가 해석한 바 이 놀이의 주제다.

공정을 기하기 위해서라도 이 놀이에 대한 다른 해석이 가능하다는 사실을 언급하고 넘어갈 필요는 있겠다. 라캉과 지젝은 저 놀이의 의미를 프로이트와는 다른 방식으로 해석한다. 그들이 보기에 저 놀이를 통해 아이가 극복하려고 하는 것은 분리에 대한 불안이 아니라 역으로 분리가 일어나지 않을지도 모른다는 불안이다. 즉, 어머니와의 분리를 통해 스스로를 자율적(이라고 상상된) 주체로 형성되지 못할 수도 있다는 불안, 대타자의 욕망의 대상의 지위(자신으로부터의 소외 상태)에서 영원히 벗어나지 못할 수도 있다는 불안이 그런 놀이를 고안하게 했다는 것이다. 알다시피 어머니와의 이자적 관계를 벗어나지 못할 경우 아이는 상징적 질서 내에 편

---

4) 지그문트 프로이트, 『쾌락원칙을 넘어서』, 박찬부 옮김, 열린책들, 1997, p. 21.

입되지 못하고, 따라서 주체화에 실패한다. 신화적 비유를 사용하자면 저 놀이는 '씹어 먹는 자궁vagina dentata'의 공포를 이겨내기 위해 남아가 고안한 놀이인 셈이다.

두 해석 중 어떤 해석이 옳은지에 대해서는 쉽게 말하기 힘들다. 왜냐하면 오이디푸스 단계에 진입한 이후(그리고 이를 겪은 후로도 줄곧), 어머니에 대해 남아가 지니게 되는 양가감정 중 어느 편이 더 근본적인지는 닭이 먼저인지 달걀이 먼저인지 묻는 것만큼이나 부질없어 보이기 때문이다. 다만 프로이트가 말한 구심력과 라캉이 말한 원심력 사이 어디쯤에서 평생 진자운동을 할 수밖에 없는 것이 대부분의 남성 주체에게 주어진 운명이란 사실만 강조하도록 하자.

다시 「서편제」 얘기로 돌아와서, 놀이의 도구와 규칙이 다소 바뀌었다고는 하나, 앞서 인용한 이청준의 유년기 밭 장면이 극화하고 있는 것, 그것이 바로 포르트-다 놀이다. 아이는 마치 실패라도 되는 듯 허리 고삐가 묶여 있다. 밭고랑이 프로이트 손자의 실을 대신한다. 그 실을 따라 어머니는 사라짐과 귀환의 되풀이를 반복한다. 그 왕복운동을 지켜보는 아이는 안달과 안심의 양가적인 감정 사이를 오락가락하며 그 더운 여름날들을 이겨낸다. 유년기에 작가 이청준은 분명히 밭고랑을 사이에 두고 어머니를 도구로 포르트-다 놀이를 한 적이 있었던 것이다. 「해변 아리랑」 『당신들의 천국』 「이어도」 「귀향 연습」 등 많은 작품에서 등장하는 저와 거의 동일하거나 유사한 장면들을 염두에 둔다면 이런 추론은 더더군다나 신빙성이 있어 보인다. 밭고랑에서의 포르트-다 놀이, 그것은 어머니가 사라질지도 모른다는 최초의 분리 불안과 관계된 것이므로 평생을 두고 그의 뇌리에 깊이 각인될 수밖에 없는 그런 놀이였다.

따라서 이청준이 어머니를 대상으로 한 저 왕복운동으로부터 얼마나 왕성한 창작의 에너지를 얻어냈는지를 살피는 일은 그의 전체 작품들을 두루 살펴야 하는 노고와 맞먹는다. 다소간의 과장을 보탠다면, 거론한 작품들만 아니라 그의 작품 세계 전체가 바로 저 유년기의 왕복운동으로부터 발생한 에너지에 빚지고 있다고 해도 무방할 정도다. 그러나 이 글이 이청준의 전체 작품 세계를 대상으로 하고 있지는 않으므로, 여기서는 주로 이 책에 실린 작품들을 이청준 문학 특유의 왕복운동과 관련하여 일별하기로 한다.

4. '연'과 '새'

우선 '연'의 이미지가 선명하다. 실패에 줄을 감아 그 끝에 가오리나 방패 모양의 얇은 종이 등속을 매단 후, 날아 올렸다 거둬들이기를 반복하는 놀이가 연놀이다. 그것이 날아오르는 원리는 바람의 원심력과 실패의 구심력이 바로 그 연의 표면에서 팽팽하게 맞서기 때문이다. 연놀이는 그러므로 그 원리에 있어 포르트-다 놀이와 다르지 않다. 어머니의 사라짐과 되돌아옴을 반복해서 극화함으로써 과도한 감정의 지출로부터 자신을 방어하던 바로 그 놀이. 연놀이가 주로 유년기에 행해지는 놀이인 이유도 그것일 듯한데, 연의 왕복운동을 통해 우리는 어머니와의 분리 불안 혹은 분리되지 못할지도 모른다는 불안을 이겨내곤 했던 것이다.

따라서 단편 「연」의 부제가 '새와 어머니를 위한 변주 1'이란 점은 의미심장하다. "봄이 되어 제 또래 아이들이 모두 읍내 상급 학교로 마을을 떠나가버린 다음에도"(p. 347) 어머니 주위를 맴돌며 연놀이에 빠져 지내는 아들과, 하늘에 뜬 연을 통해 아들의 존재와 부재를 가늠하는 어머니의 이야기인 이 작품은, 놀이의 규칙과 도구만 바뀐 포르트-다 놀이에 대한 소설이다.

이 책에 함께 실린 '새' 계열의 작품들(「새가 운들」「학」「빗새 이야기」)에 대해서도 유사한 해석이 가능하다. 이청준의 소설 속에서 '새'의 이미지는 바로 이 '연' 이미지의 파생물이거나 등가물인데, 이 계열의 작품들이 모두 떠났다 돌아오(지 않)는 아들(이청준의 아들들은 거의 예외 없이 귀향과 탈향을 반복한다. 즉 고향과 서울 사이를 왕복운동한다), 그리고 그를 기다리는 어머니에 대한 이야기란 점은 재차 강조해둘 필요가 있겠다. 귀향과 탈향의 반복은 아들의 원심력과 어머니의 구심력이 빚어낸 왕복운동의 결과다. 혹은 장흥과 서울 사이, 신화와 신경증 사이에서 행해진 왕복운동의 결과다. 그 종류를 불문하고 이청준의 소설 속에서 새들은 예외 없이 귀소성 동물들인 셈이다.

따라서 이청준의 소설들로서는 예외적으로 완성도가 떨어지고 그 분량도 단편에 채 미치지 않는다고는 하지만, 이 작품들이 단순히 소품에 불과한 것으로 치부되어서는 곤란하다. '새'와 연'은, 이청준의 전체 소설들을 이해하는 데 있어 '매'(「매잡이」: 사냥용 매는 살아 있는 연이다)나 '배'(「침몰선」「수상한 해협」: 이청준의 소년 주인공들은 떠났다 돌아오기를 반복하는 배를 하염없이 지켜보다가 문득 자란다) 못지않게 중요한 이미지들이다.

5. 누이와 아내, '오브제 프티 아'

이청준의 주인공들이 무의식중에 반복하는 변형된 포르트-다 놀이들이 항상 사물이나 동물만을 대상으로 행해지지는 않는다. 그 놀이는 더러 사람을 대상으로 행해지기도 한다. 라캉식으로 말해 대타자 어머니의 자리를 차지한 대상들('대상 a')로서의 '누이'와 '아내'가 바로 그들이다. 아래는 「별을 기르는 아이」의 한 장면이다.

그런데 그보다 더 뜻밖인 것은 녀석의 다음 행동이었다.

일껏 누나라는 소리까지 떠지르며 내달려 가던 녀석이 여자애가 정말로 자기를 알아보는 기미를 엿보이고 돌아서자 느닷없이 다시 발길을 멈칫 머물러 서버리는 것이었다. 그리고는 무엇인가 몹시 두려운 사람이라도 대하듯 그녀를 잠시 매섭게 쏘아보고 서 있더니 순간적으로 다시 몸을 획 돌이켜버리는 게 아닌가. (p. 271)

헤어지고 나서 단 한 번도 누나 찾기를 포기해본 적이 없는 진용이다. 그러고 보면 저 장면에서 진용이 보여주는 태도는 의아하기 그지없다. 그토록 애타게 찾던 누나(로 보이는 여자)와 대면하게 되자, 정작 그는 누나를 피한다. 그를 지켜보던 일인칭 화자는 오래지 않아 그 이유를 깨닫게 되는데, 사연인즉 이렇다. "녀석에겐 이제 누님이 없었다. 녀석도 이미 그것을 알고 있었다./녀석이 공장 앞에서 영숙을 쫓아갔다가 그길로 다시 몸을 되돌려 달아난 이유도 이미 그것을 알고 있었기 때문이었다. 녀석은 다만 아직도 그것을 믿고 싶지가 않은 것이었다. 녀석은 아직도 어디엔가 그의 누님이 살아 있기를 바라면서, 그 누님을 찾을 희망을 버리고 싶지가 않은 것이었다"(p. 276).

화자의 깨달음에 따르면 진용이 찾는다는 누나는 허상이다. 너무도 이상화되어 있어서 만약 실제로 발견되면 거대한 실의를 면치 못한다는 의미에서 그렇다. 대타자의 결여와 대면하기 두려운 주체가 상상적으로 만들어낸 것인 '대상 a'일진대, 그 대상에 결여란 없어야 한다. 그러나 도대체 결여 없는 대상이 어디에 있단 말인가? 라캉이 욕망의 대상은 외부의 실체가 아니라 욕망 그 자체라고 말할 때 지시하고자 한 바가 이것이다. 만약 정말로 누나를 발견할 경우 진용의 욕망은 정지될 위험에 처한다. 모든 대상은 결여투성이일 테니까. 그러느니 누나는 항상 '존재하면서 동시에 부재하는' '당신 안의 당신 이상의 것'이어야 한다. 라캉은 이런 대상을 '커튼 너머의 미녀'라는 탁월한 비유로 표현한다. 미녀가 미녀인 것은 그녀가 가려져 있을 때뿐이다. 차지해버린 미녀는 주체에게 결코 욕망의 대상이 되지 못한다. 결국 진용이가 끝없이 누나 찾기를 계속하는 상태를 유지하는 편이 낫다는 것이 화자가 내린 결론이다.

아마도 라캉의 '대상 a' 개념에 대한 이보다 더 정확한 소설적 주해를 찾기는 힘들어 보이는데, 그러나 이 글의 논지와 관련해서 더 중요한 것은 작가의 인간 심리에 대한 지혜로움의 깊이가 아니다. 여기서도 다시 예의 그 왕복운동이 발견된다는 점이 중요하다. 누나를 찾으려는 욕망의 구심력과, 그 욕망의 실현을 피하려는 원심력 사이에서 진용의 포르트-다 놀이는 끝날 줄을 모른다. 실은 그것이 바로 진용이가(그리고 「서편제」를 포함한 〈남도 사람〉 연작의 주인공이) 삶을 살아가는 동력이자 방법이었던 것이다.

유사한 사례가 「치자꽃 향기」에서도 발견된다. 이번에는 누나가 아니라 아내다.

지욱은 그날 밤 참으로 오랜만에 다시 아내의 알몸에서 그 냄새의 정처를 찾아 헤맸다. 하지만 아내의 몸에서는 역시 냄새의 정처를 찾을 수가 없었다. 당연한 일이었다. 여자의 냄새는 치자꽃 향기 속에 살아 있을 뿐이었다. 여자의 몸이 너무 가까우면 그 몸에서는 이미 여자의 냄새가 사라지게 마련이었다. 지욱이 아내의 몸에서마저 황홀한 냄새로 그를 취하게 하던 꽃향기를 잃게 된 것은 그녀가 너무 그의 곁에 가깝게 있기 시작한 때부터였다.
지욱은 이제 그것을 알고 있었다.
"아름다운 것은 아름답게 보이는 거리가 있는 법이지."
언젠가 친구 영진이 그에게 한 말이었다. (p. 282)

'성관계는 없다'라는 라캉의 명제를 저보다 더 명시적으로 예시하기는 힘들 듯하다. 지욱이 욕망하는 것은 대상으로서의 아내가 아니다. 치자꽃 향기라고 말하지만 실은 그것도 아니다. 그가 욕망하는 것은 스스로 상실했다고 상상하곤 하는 '향유', 그것을 가져다 줄 것이라고 여겨지는, 그러나 결코 그럴 수 없는 대상, 곧 '대상 a'다. 한때 그것은 아내인 것처럼 여겨졌으나 그녀에 대한 욕망이 실현된 지금은 아니다. 그런 의미에서 우리가 상상하는 성관계란 항상 대상 너머와의 관계이고, 내 안의 나 이상의 것과의 관계일 뿐이다. 성관계는 없다. 엄밀하게 말해 지상에는 자위행위만이 존재한다.

그런데 화자의 친구 영진이 참으로 지혜로운 것은 이 비극적인 양자택일의 상황을 버텨내는 방법을 그가 알고 있다는 점이다. "아름다운 것을 아름답게 보이는 거리"가 바로 그가 터득한 지혜다. 대상이 너무 멀어져서 아예 사라져버리는 것은 곤란하다. 욕망이 생기지 않을 테니까. 그러나 대상이 너무 가까워져서 그 치명적인 결여들을 드러내서는 곤란하다. 왜냐하면 역시 욕망이 생기지 않을 테니까. 욕망의 대상은 욕망 그 자체이니까. 그런데 욕망의 대상과 멀지도 가깝지도 않은 거리를 유지하는 방법, 그것이 저 유명한 왕복운동, 곧 포르트-다 놀이가 아니라면 무엇이란 말인가.

6. 균형

이청준 소설의 무대가 도시로 옮겨가고 그 주제가 형이상학적인 깊이에 이르더라도 저 왕복운동의 영향력은 사라지지 않는다. 그 영향력은 우선 이청준 특유의 '균형 감각'으로 나타난다.

가령 「자서전들 쓰십시다」의 경우, 언어의 양극단 사이에서 왕복운동하는 주인공이 눈에 띈다. 한편에는 기의로부터 해방되어버린 기표들의 난무가 있다. 실체와의 약속을 잊어버린 말들, 정처가 없는 말들, 해방됨으로써 실체에 대한 지배력을 상실해버린 말들, 곧 코미디언 피문오의 언어가 한쪽 극단을 이룬다. 다른 한쪽 극단에는 최상윤 선생의 언어가 있다. 그의 말은 집요하게 실체와의 완전한 합일을 꿈꾼다. 이해 이전의 믿음으로 충만한 그의 말들은 기의와 기표의 극단적인 일치를 주장하는 언어다.

흥미로운 점은 자서전 대필 작가 지욱이 이 양극단 사이에서 취하는 태도다. 그는 여기서도 역시 왕복운동의 운명을 받아들인다. 피문오의 언어가 실체로부터 완전히 벗어나버린 말의 원심력 세계라 불릴 만하다면, 최상윤의 언어는 언어가 실체와 완전히 동일해지려는 말의 구심력 세계라 불릴 만하다. 이를 전근대적 언어와 근대적 언어의 대립으로, 혹은 장흥의 언어와 서울의 언어의 대립으로, 혹은 상상계의 (전)언어와 상징계의 언어의 대립으로 읽어도 무방할 것이다. 그런데 지욱은 먼저 전자를, 이어서 후자를 부인한다. 정확히는 그 사이에서 왕복운동한다. 다소간의 도식화를 무릅쓰자면 이 두 언어 사이에서의 왕복운동으로부터 항상 극단을 피하고 동상과 우상을 경계하던 이청준 특유의 균형 감각과 합리주의가 탄생했을 것이다. 두 세계, 두 언어 사이에서도 그는 포르트-다 놀이를 계속했던 셈이다.

「지배와 해방」에 이르면 그의 포르트-다 놀이가 소설 쓰기 자체의 문제로 확장된다. 전형적으로 메타픽션인 이 작품은 직설 화법으로 쓰어진 이청준의 문학론에 해당한다. 이 작품에서 그는 작중 이정훈이란 작가의 입을 빌려 소설 쓰기를 '지배'와 '해방'이라는 두 개의 키워드로 요약한다. 긴 논의의 끝에 그가 소설 쓰기의 의의에 대해 내린 결론은 이렇다.

결국 작가는 자유의 질서로써 독자를 지배해나간다는 것입니다. 억압이나 구속이나 규제가 아닌 자유의 질서를 찾아 그것을 넓게 확대해나감으로써 이 세계를 지배해간다는 것입니다. 지배라는 말이 흔히 우리들에게 인상 지어주기 쉽듯이, 그는 우리의 삶을 그의 지배력으로 구속하고 규제하고 억압하는 것이 아니라 오히려 그것들로부터 우리의 삶을 해방시키고 그 본래의 자유롭고 화창한 삶의 모습으로 돌아가게 하려는 것일진대, 독자들도 그의 지배를 승인하고 스스로 그의 질서를 따르지 않을 수가 없을 것입니다.

그리고 작가 역시 그가 문 열어 보인 자유의 질서에 의해 독자들의 삶을 보다 넓고 자유로운 세계에로 해방시킴으로써 그 자신도 비로소 그의 지배욕과 복수심 그리고 그의 개인적인 삶의 모든 욕망들로부터 스스로를 해방시키고 그의 삶을 보다 깊이 사랑하고 보다 넓게 실현해나갈 수가 있게 될 것입니다. (p. 342)

논의의 심오함은 제쳐두더라도, 우선 눈에 띄는 것이 '억압/자유' '지배/해방' '구속/확대'와 같은 이항적 개념쌍들이다. 그가 보기에 문학이란 자유로써 구속하고, 지배를 통해 해방한다. 저런 결론에 이르기까지 그가 수행한 문학과 작가의 관계에 대한 치밀한 논의들은 여기서 요약할 계제는 아니다. 다만 저 개념쌍들이 각각 구심력과 원심력의 변증법적 대립을 구성하고 있다는 점은 강조할 필요가 있겠다. 지배하려는 욕망의 구심력과 해방되려는 작품의 원심력이 생산적으로 길항할 때 위대한 문학작품이 탄생한다는 그의 논지 저 깊은 곳에서, 언덕밭가에 허리 고삐가 채워진 채 밭고랑을 따라 사라졌다가 되돌아오기를 반복하는 어머니를 열에 들떠 바라보던 그 어린 소년의 모습을 감지해내는 일이 이제 그리 어렵거나 황당해 보이지는 않는다.

7. 지상에서 가장 생산적인 왕복운동

이청준의 수많은 신경증적 주인공들(가령 이 작품집에 실린 「황홀한 실종」의 윤일섭이나 「문패 도둑」의 임정태)이 보여주는 증상들 또한 위와 유사한 원리에 의해 발생했다는 사실을 다시 지적하는 것은 다만 사족에 불과할 것이다. 모든 신경증이 상충하는 두 욕망 사이의 타협형성물이라는 정신분석의 정설을 받아들일 때, 소속 욕망과 일탈 욕망 사이에서의 병적인 왕복운동이 바로 그들의 병인이자 증상 그 자체라는 사실만을 지적하는 것으로 중언부언을 피하고자 한다.

요컨대 아주 이른 시기 바닷가 언덕밭에서 시작된 저 기이한 왕복운동은 우리가 아는 한 한국 문학사에서 가장 생산성이 높다. 예외적으로 이 책에 실린 작품들이 그 생산성의 비밀을 비교적 온전히 가시화하고 있을 뿐, 이청준 소설 세계 전체를 통틀어 저 지칠 줄 모르는 왕복운동은 계속된다. 가령 그의 두 걸작 「눈길」과 『당신들의 천국』만 예로 들어도, 장흥(어머니가 계시던)의 구심력과 서울(상징적 질서들로 촘촘한)의 원심력, '사랑'(대타자에게로의 소외)의 구심력과 '자유'(대타자로부터의 분리)의 원심력이 길항하는 어떤 지점에서가 아니고서는 탄생하기 힘들었을 것이다.

이청준이 프로이트나 라캉을 읽었다는 증거는 아직 제출된 바 없으니, 그저 작가의 인간 심리에 대한 경험적 관찰의 깊이가 놀라울 따름이다. 그리고 이런 표현이 가능하다면, 다시 한 번 이청준의 거대한 소설 세계를 형성한 저 왕복운동의 생산력이 놀라울 따름이다. 이청준 소설에 대해 포르트-다 놀이가 수행한 역할은 마치 교통수단에 대해 증기기관이 수행한 역할과 같다. 게다가 공교롭게도 두 기관 모두 왕복운동을 통해 동력을 산출한다.

　작품집 『서편제』가 이청준의 전체 소설 세계를 일관되게 꿰뚫고 의미화하는 누빔점일 수밖에 없는 이유가 여기에 있다.

긴급조치 시대의 '웃음'
── 최인호의 단편에 대하여[1]

1

최인호가 작품 활동을 시작한 것은 『한국일보』 신춘문예에 단편 「벽구멍으로」가 당선되던 1963년이다. 당시 열아홉의 고등학생이었음을 감안한다면, 그가 소위 '천재'(낭만주의자들이 고육지책으로 고안해낸)까지는 아니더라도, 글쓰기에 관한 한 타고난 재능과 감각의 소유자였단 세간의 평에 이견을 제기하기는 힘들 듯하다. 실제로 그는 자신을 1970년대 한국의 가장 문제적인 작가 반열에 올려놓은 두 단편 「술꾼」과 「타인의 방」에 대해 중단편 소설전집(전 5권, 문학동네, 2002) '작가의 말'에서 이런 언급을 한 적이 있다. "내 기억이 정확하다면 「술꾼」은 두 시간에 걸쳐 단숨에 쓴 작품이

---

1) 이 글에서는 『견습환자』(최인호, 문학동네, 2014)에 수록된 작품들을 주요 논의 대상으로 삼는다. 이하 이 책에 실린 작품을 언급할 때는 작품명과 쪽수만 표기한다.

다", "「타인의 방」 역시 『문학과지성』 창간호에 의뢰를 받고 하룻밤 사이에 완성했던 단편소설이었다".

범인들이 들으면 시기와 질투를 부를 수도 있을 만큼 오만하고, 자신의 창작 과정을 숨기게 마련인 작가의 입장으로서는 지나치게 솔직한 말이다. 하지만 이후 그가 문단 안팎에서 보여준 놀랄 만한 생산력으로 미루어보건대 저 말은 과장이 아니다. 그는 작품 활동 초기에는 한국 문학사에서 유례를 찾아보기 힘들 정도로 다작이었던, 그러나 동시에 가장 많은 수작들을 써낸 단편 작가였다. 그리고 이후로는 수많은 장편 베스트셀러들(『별들의 고향』『내 마음의 풍차』『적도의 꽃』『잃어버린 왕국』『왕도의 비밀』『상도』 등등)을 출간해 한국 문학사상 독자들에게 가장 사랑받는 장편 작가들 중 하나가 되었다. 또한 그는 영화감독으로 활동한 적이 있을 뿐만 아니라 시나리오와 희곡 작가로도 활동했고, 그래서 그의 작품을 원작으로 한 영화나 TV드라마 들 또한 쉽게 헤아리기 힘들 정도로 많다. 게다가 그가 관여한 영화나 드라마 들은 대부분 상업적으로도 성공했다.

그러므로 그의 작가 경력 50년을 짧은 글 안에 일목요연하게 정리하기란 불가능하다. 다만 중단편소설(그리고 『별들의 고향』이나 『지구인』 같은 몇몇 장편들)에 국한할 경우, 도식적이나마 그의 문학 세계를 '한국적 모더니티의 탐구'라는 말로 정리하는 것은 가능하지 싶다. 그가 1970년대 한국의 가장 중요한 작가들 중 하나라는 평가를 받게 된 것도 이와 관련되는데, '도시화' '산업화' '소외' '물화' 같은 말들만큼 1970년대 한국을 적절하게 표현할 만한 단어들은 그다지 많지 않을 것이고, 또 바로 저 단어들이 줄곧 최인호를 따라다니던 키워드들이기도 했기 때문이다. 최인호는 1970년대 산업화 시기 한국의 도시 문화와 그 속에서 살아가는 인간 군상들의 '일상적이고 심리적인' 변화에 누구보다 민감했던 작가다.

그런데, 그가 주로 포착하고자 했던 것이 산업화 시대 한국인들의 '일상적이고 심리적인' 변화(집단적이고 사회적인 변화가 아니라)였다는 말에는 주의가 필요하다. 작가 최인호를 다른 1970년대 작가들과 구별하게 해주는 특징들이 바로 그것이기 때문이다. 1970년대는 카프KAPF 이후 그 맥이 끊겼던 소위 '민중문학'이 재등장한 시점으로 평가되는 것이 한국 문학사의 일반적인 관습이다. 전태일의 죽음, 그리고 유신 체제의 출범과 함께 시작되었던 이 시대를, 문학사는 황석영이 『객지』를 쓰고, 윤흥길이 『아홉 켤레의 구두로 남은 사내』를 쓰고, 조세희는 『난장이가 쏘아올린 작은 공』을 썼던 시대로 기록한다. 이 작품들이 보여준 문학적 성취나 사회적 파장을 염두에 둘 때 그와 같은 평가가 딱히 과장되었다고는 말하기는 힘들다. 1970년대는 아무래도 1980년대의 저항적이고 집단적인 주체들이 예비되는 시기였던 것이다. 최인호가 문학사에서 상대적으로 저평가되었다면 이런 이유가 컸다고 하겠다. 그의 소설들은 당시의 주류 소설들과는 달리, 한국적 모더니티를 개인 심리와 일상의 관점에서 다루고 있었던 것이다.

2

물론 그의 새로움을 일찍이 알아본 이들도 없지는 않았다. 초창기의 최인호는 김현 같은 염결한 문학주의자로부터도 많은 기대를 한 몸에 받았던(그러나 「황진이」 연작과 『바보들의 행진』 이후, 이 기대는 그리 오래가지 않았던 것으로 보인다) 작가로 알려져 있다. 그리고 그 근거가 된 작품이 바로 1971년 작 「타인의 방」이다. 산업화 시대의 병폐로 흔히 거론되곤 하는 '소외' 혹은 '물화'를 감각적인 문체로 적절하게 형상화했다는 이유 때문이다.

일종의 변신담인 이 작품은, 카프카의 「변신」이 그렇듯이 줄거리가 그리 복잡하지 않다. 얼마 동안의 출장으로부터 돌아온 사내가 있다. 정황상 (당시의 한국 자본주의처럼) 탐욕스러운 것으로 보이는 아내는 거짓 메모를 남기고 외출 중이다. 그사이 그가 별다른 이유 없이 사물로 변해간다는 것이 이야기의 전부다. 그러나 이 작품에는 이야기가 없는 대신 사물들이 많다. 욕조, 식탁, 수저, 소켓, 빵, 샤워기, 옷, 전등, 거울, 껌, 루즈 등등. 분량을 고려했을 때 이처럼 많은 일상의 사물들이 나열된 작품도 흔치 않을 것이다. 그런데 어느 순간 이 방의 모든 사물들이 살아나 사내에게 말을 걸어온다. 특이한 것은 더 많은 사물들이 활동할수록, 사내는 반대로 사물처럼 굳어간다는 점이다. 결국 소설 말미에 그는 하나의 사물로 전락한다. 아내가 돌아오지만 그녀가 발견한 것은 남편이 아니라 얼마간 가지고 놀다 다락방에 처박아버리게 될 이상한 물건뿐이다. 아내는 다시 외출한다. 요약하자니 앙상해지고 말았지만, 최인호가 그 사물들이 뿜어내는 매혹과 공포, 그리고 사내가 겪는 심리적 불안을 묘사하는 데 사용한 언어들은 1970년대 한국 소설에서는 드물게 감각적이고 현대적이다.

한국의 1970년대는 거대한 국가 폭력을 동반한 급격한 현대화가 진행되던 시기였다. 따라서 「타인의 방」의 그 '아파트'를 당대 한국의 알레고리로 읽는 것은 충분히 타당한 독법이다. 방의 주인이 바뀌었다. 사물들은 활기차고, 대신 인간은 사물이 되어간다. 즉, 이 방에서는 사물이 주인이고 인간이 그 타자다. 게다가 아내의 반복되는 외출은 이러한 상태가 영원히 순환할 것임을 암시한다. 소위 '인간 소외'나 '물화'라고 불리는 현대 특유의 문제적 상황이 한국에서 중요한 문학적 테마로 여겨지기 시작한 것도 이즈음일 것이다. 「타인의 방」은 그런 방식으로 작가 최인호가 1970년대 한국 사회의 변화에 아주 민감한 작가임을 알린 작품이고, 이 작품으로 인해 최인호는 1970년대 문학의 선두 주자들 중 하나로 한국 문학사에 자리매김했다.

그러나 「타인의 방」 이전에 최인호가 「견습환자」(1967)로 (재)등단했고, 「타인의 방」 이후에도 「즐거운 우리들의 천국」 「위대한 유산」 「깊고 푸른 밤」 같은 문제작을 썼다는 사실에 대해 문학사는 그리 큰 비중을 두고 기록하지 않는다. 이런 사정 이면에는 크게 두 가지 이유가 있었던 것으로 보인다. 첫째로, 그의 문학에 대한 어떤 광범위한 편견이 존재하고 있었던 듯싶다. 그의 장편소설들이 누린 대중적 인기(대중적 인기라는 기준이 작품의 낮은 질을 즉각 반영하는 것은 아니다) 탓에, 『별들의 고향』 이후의 최인호는 소위 '중간 소설'을 즐겨 쓰는 작가로 분류됨으로써 정전들의 문학사에서는 자주 배제되곤 했던 것이다(그러나 이제 와 생각해보면 '중간 소설'이라는 장르 명칭은 얼마나 엉뚱하고 모호한가). 둘째로, 당시 한국의 문학장은 그의 작품들이 선구적으로 제기하고 있는 문제들에 대해 적절히 대응할 만한 개념적 도구나 패러다임을 가지고 있지 못했던 것 같기도 하다. 즉, 주로 집단적 주체의 형성과 거대 권력에 대한 저항에 초점을 맞춘 비평 행위가 주류를 점하고 있는 상황에서, 황석영, 윤흥길, 조세희 등에 비해 상대적으로 최인호 특유의 심리주의적이고 미시적인 고현학은 어딘가 가치중립적이고 트리비얼리즘적인 데가 있어 보였던 것이다.

나로서는 후자의 이유가 더 본질적이었다고 보는 편인데, 한국 사회가 산업화 시대를 훌쩍 지나 전 지구적 신자유주의 체제에 거의 완전히 포섭되어버린 지금 시점에서 돌이켜보면, 그의 문학은 이채롭기 그지없다. 그는 너무 일찍 미시적이었고 유머러스했으며, 감각적인 데다 염세적이었다. 그런 의미에서 그는 채 그 의미를 다 인정받지 못했던 어떤 문학적 변이의 시작이었다. 이제 (이 글을 준비하는 동안) 그가 가버린 지금, 그 변이의 의미에 대해 묻는 것은 때늦기는 했으나 필요한 일인 듯싶다.

3

그가 누린 대중적 인기 탓에 종종 간과되곤 했지만, 우선은 최인호의 소설 세계가 한국 문학사에서는 이례적일 정도로 어둡고 절망적이이었단 사실(마치 IMF 이후의 한국 문학처럼)은 재삼 강조할 필요가 있다. 가령 초기작인 「위대한 유산」의 화자가 어떤 방식으로 현실을 인식하는지 보자.

아아, 어린 시절은 정말 좋았어.
그러나 나는 누구나 갖고 있는 닭털 침낭 같은 어린 시절을 떠올릴 재주가 없다. 나는 마치 어느 순간 기억상실증에 빠져버린 한 부분의 기억을 송두리째 잊어버린 환자처럼 어린 날의 추억을 전혀 기억하지 못하고 있다.

나는 어린 날을 회상하려면, 전쟁과 폭격과 거리에서 죽은 즐비한 시체와, 피와 아우성 소리, 그런 것부터 떠올리고, 굶주리고 헐벗고 증오와 적의에 차 있는 어린 시절이 부서진 파편처럼 떠올라 아직까지 그 처절하던 기억들이 내 영혼을 이리저리 난도질하고 상처를 입히는 끔찍한 상상을 우선 하곤 한다.

(「위대한 유산」, p. 302)

인용문으로 미루어보건대 화자가 강조하는 현실의 비극성은 철두철미하다. 그에게 현실은 시체, 피, 아우성, 굶주림, 헐벗음, 증오, 적의, 파편, 처절함, 난도질, 끔찍함 같은 어휘들로만 표현될 수 있다. 게다가 이 화자는 심지어 그와 같은 현실로부터 벗어나기 위해 우리가 종종 상상해내곤 하는 '아름다웠던 유년'이라는 신화마저도 부인하는데, 그 부인은 자못 악의적이어서 '상실된 것은 상실감의 결과일 뿐 그 역은 아니다'라는 지젝의 잔인한 전언이 연상될 정도다. 그에게 삶이란 기원에서부터 종말까지, 유년에서 노년까지, "지옥과 같은 곳"이다.

극도로 비극적인 현실 인식은 이 작품에서만 도드라지는 것이 아니다. 우찬제는 최인호 소설의 이와 같은 특징을 간략하게 "소망의 양태와 체험한 사태 사이의 극명한 대조"(전집 5권 해설)라고 요약하기도 하는데, 그와 같은 대조는 전체 작품에 두루 걸쳐 있다. 그가 무슨 말을 떠들고 다니건, 「술꾼」의 어린 주인공이 처한 절망적인 상황에 나은 미래가 있다고 말하기는 힘들다. 게다가 이 녀석은 그 어떠한 자구의 노력이나 의지도 없이 이른 나이에 알코올중독자가 되어 있다. 우리가 잃어버린 낙원으로 상상하곤 하는 유년기라도 결코 동화처럼 아름다운 적은 없었다는 사실은, 위악적이라고 할 수밖에 없는 성장소설 「처세술개론」에서도 거듭 변주되어 강조된다. 노숙자 주인공의 그보다 더 비참하려야 할 수 없는 죽음을 다룬 작품 「달콤한 인생」의 제목은 '결코 달콤해질 수 없는 인생'의 반어임에 틀림없고, 「깊고 푸른 밤」의 두 주인공이 제아무리 80마일의 속력으로 차를 달려도 캘리포니아는 그들 앞에 모습을 드러내지 않을 것이라는 사실 또한 독자들은 이미 알고 있다. 최인호의 주인공들은 하나같이 (작가가 누린 인기와는 무관하게) 빠져나갈 수 없는 어떤 악무한의 극악한 현실 속에 내던져진 존재들이다. 그들은 모두 선험적인 지옥을 산다. 무슨 연유일까?

물론 그와 같은 비극적 현실 인식이 최인호의 것만은 아니다. 동시대 작가들이었던 조세희나 황석영, 혹은 윤흥길의 세계가 최인호의 세계보다 견딜 만하다고 말하기는 힘들기 때문이다. 그들의 세계도 지옥이긴 마찬가지다. 그러나 다른 작가들과 당대 현실 인식에 있어서의 비극성을 공유함에도 불구하고, 그 비극성의 연원을 밝히는 방식에 있어 최인호는 1970년대의 주류 작가들과 사뭇 달랐다. 실은 독자와 평자 들이 간과했달 뿐 이미 「견습환자」에서부터 그 차이는 드러나고 있었던 것으로 보인다.

「견습환자」는 어떤 의미에서 「타인의 방」보다 훨씬 문제적으로 읽히는 작품이다. 무엇보다도 이 작품이 그리고 있는 지옥이 '노동의 지옥'이나 '가난의 지옥'이라기보다는 '일상의 지옥'이자 '신체의 지옥'이기 때문이다. 다른 작가들과 달리 최인호는 이 작품에서 '정치권력'이나 '계급권력'이 아니라 '생명권력'의 작동 방식을 문제 삼는다.

> 입원한 다음 날, 한 떼의 의사들이 병실로 몰려와, 겁에 질려 있는 나를 전범(戰犯) 다루듯 사납게 벽 쪽을 향하게 한 다음, 주삿바늘로 옆구리를 찔러 굉장한 양의 노르께한 액체를 빼내었고, 나는 집행을 기다리는 죄수처럼 유난히 하얀 병실 벽을 마주 바라보며 그들의 작업이 끝날 때까지 약간 울고 있었다.
>
> 그리고 작업을 끝마치고 사라져가는 그 집행인들의 흰 가운에서 병실 벽처럼 차디찬 체온을 절감했다.
>
> 나는 이렇게 입원생활을 시작했으며, 어느 틈엔가 아침이면 체온계를 입에 물고 사탕을 깨물세라 조심스럽게 녹이는 유아처럼 체온을 재는 모범환자가 되고 말았다.

(「견습환자」, p. 8)

이 작품의 무대는 병원이다. 화자는 습성늑막염으로 입원하게 되었는데, 인용문에서 벌어지는 저 일을 겪기 전까지 일상에 그다지 곤란을 느끼지는 않았던 상태다. 그렇다면 그가 병 때문에 병원을 찾았다기보다는 차라리 병원이 그를 환자로서 호출했다고 하는 편이 맞는 말이겠다. 그가 의사들의 시선에 노출되면서 사태는 더욱 급변한다. 의학적 시선 앞에서 그는 아감벤이 말한 소위 '벌거벗은 생명'의 지위로 전락하는데, 의학 권력은 그를 죄수나 전범 대하듯 취급하고, 지켜야 할 여러 규칙들에 순응해야만 하는 '모범 환자'로 만든다. 아감벤의 어법를 빌리자면, 그는 이제 '비오스bios'로서가 아니라 '조에zoe'로서 다루어진다.

병에 걸린 신체라는 사실 자체만으로 관찰과 구급의 대상이 되어야 하는 사태는, 푸코가 『임상의학의 탄생』과 『감시와 처벌』에서 밝힌 그대로 근대적 생명권력 출범 이후의 일이다. 아감벤은 푸코를 따라 권력이 작동하는 방식상의 그러한 변화가 1914년 1차 세계대전 이후 서구 세계에서부터 급격히 일반화되었으며, 이후로 근대 권력의 축도는 감옥이 아니라 병원이나 수용소가 되었다고 말한다. 물론 이때의 생명권력은 정치권력이나 계급권력과는 달리 공적인 영역과 사적인 영역을 구분하지 않는다(생명권력에 관한 한 이른 시기에 중요한 언급을 남긴 아렌트는 이 구분이 사라지는 것을 무척이나 염려했다). 고래로부터 사적인 영역에 속해 있던 양육과 번식과 삶과 죽음이 이제 일상적인 수준에서 관리와 규율의 대상이 된다. 즉, 정치의 대상이 된다. 그런 의미에서 최인호는 작품 활동 초입부터 한국의 모더니티를 다른 방식으로 이해하고 있었던 것으로 보이는데, 그에게 문제는 거시 권력이 아니라, 일상의 미세한 부분에까지 촘촘하게 작동하는 규율 권력, 곧 생명권력이었던 것이다.

1990년대에 이르러 한국 지성계에 푸코가 소개되고, 최근에는 아감벤의 저작들도 번역되어 생명권력에 대한 관심이 증폭되기 전까지(다른 말로 한국의 문학장이 생명권력의 문제를 다룰 만한 개념적 도구들을 충분히 갖추게 되기 전까지), 한국에서 권력의 문제는 항상 계급이나 정치와 연관되어 있었단 사실을 감안할 때, 「견습환자」는 선구적이고 문제적인 데가 있는 작품임에 틀림없다. 게다가 저 작품이 발표되고 얼마 되지 않아 유신헌법이 선포되었고, 이후 박정희가 죽기 전까지(실은 이후로도 오랫동안) 한국 사회는 줄곧 '긴급조치'와 '비상계엄' 상태를 유지했다는 사실은 충분히 강조되어야 한다. 긴급조치와 계엄이란 항상 주권 권력이 창출하는 '예외 상태'와 관련이 있고, 예외 상태 속에서 주체들은 법의 바깥에서 법에 매여 있는 존재, 그래서 '죽여도 죄가 되지 않는' 호모 사케르의 지위로 전락하기 때문이다.

푸코와 아감벤의 관점에서 볼 때, 한국의 1970년대는 그야말로 항상적인 예외 상태를 유지함으로써 생명권력이 그 지배를 철저하게 관철시킨 전형적인 사례로 거론될 만하다. 그리고 최인호의 「견습환자」가 예견하고 경고한 것이 바로 그와 같은 사태였다. 그의 비극적 세계 인식은 이제 권력이 공적인 영역만이 아니라 사적인 영역까지 관리하기 시작했다는 사실, 그리하여 권력의 바깥 같은 것은 그 어디에도 없다는 사실, 그로부터 비롯된다. 따라서 병원에 웃음을 도입하고, 그 견고한 시스템에 파열을 내려던 '나'의 시도가 실패로 돌아가는 것은 당연한 일이다. 생명권력의 바깥은 존재하지 않기 때문이다. 최인호의 비극적인 세계 인식의 기원이 바로 여기다.

4

최인호가 이른 시기부터 '생명권력'의 문제를 직관적으로 문제시하고 있었다는 사실은 그가 즐겨 등장시키는 인물들의 유형을 통해서도 확인이 가능하다. 이와 관련해서 눈여겨볼 작품이 바로 「즐거운 우리들의 천국」이다. 이 작품의 주인공이 전전한 직업들은 대략 이렇다. 종이봉투 만들기, 벽보 붙이기, 암표 팔이, 불붙은 구공탄 장사, 음화(포르노) 밀매, 이발소 보조, 세차장 차 닦이, 이삿짐 센터 직원, 고층 빌딩 유리창 청소부. 여기에 장편『지구인』의 차력사, 서커스 단원, 동성애자, 상이군인 등과『바보들의 행진』의 호스티스나 「술꾼」의 알코올중독자들, 「달콤한 인생」의 소매치기나 「깊고 푸른 밤」의 대마초에 중독된 전직 가수를 더할 수도 있을 것이다. 그러나 너무 다양해서 그 종류를 다 나열하기 힘든 저 인물군들에게도 공통점은 있다. 그들이 하나같이 비정규적이고 비정상적인 직업이나 취향을 가진 인물들이라는 점이다. 이 말을 마르크스식으로 번역해서 그들은 모두 '룸펜 프롤레타리아트'에 속한다고 말할 수도 있겠지만(이 이상한 계급 범주는 이제 어딘가 지나치게 체계적이고 철 지난 듯한 인상을 풍긴다), 여기서는 달리 아감벤식으로 번역해서 그들 모두가 '비식별역'에 속해 있다고 말해도 무방하다. 그들은 정상적인 사회에서 배제되어 있을 뿐만 아니라, 전통적인 계급 구분에서마저도 변두리나 경계에 속해 있다. 라캉의 '실재'가 그렇듯 상징적 질서에 난 구멍과 같아서, 어떤 경우 '남/여' 구분을 통해서도 식별되지 않고, '직업/범죄'의 구분을 통해서도 식별되지 않는다. 그런 의미에서라면 그들은 이 사회 안에 있지 않다. 그러나 그들은 또한 여전히 이 사회 안에 포함되어 있기도 한데, 그들의 비정상적인 추방 상태가 사회의 정상성에 대한 반증이 되기 때문이다.

아니나 다를까, 단편 「즐거운 우리들의 천국」에는 거대한 유리로 된 장벽의 형상이 등장한다.

유리 저편의 사람들은 아무도 나의 처절한 유리 닦기를 주의하지 않았다. 나는 그들을 들여다보고 있었지만 그들은 아무도 나를 의식하지 않았다.

나는 단지 창밖의 풍경에 불과했다. 마치 내가 한때 세차장에서 닦던 윈도 브러시처럼, 버튼을 누르면 자동적으로 빗물을 반원 부채 꼴로 밀어대는 윈도 브러시를 차 속의 사람들은 아무도 의식하지 않듯이 내가 닦아내는 유리창의 세척을 그들은 하나의 풍경으로서, 단순한 기계 동작처럼 느끼고 있을 뿐이었다. 〔……〕

그때 나는 내가 해왔던 모든 일이 그들에게는 단순한 풍경처럼 무관한 일에 불과하다는 사실을 발견했다.

그래. 나는 찔끔거리며 창밖에서 울었다. 그들이 볼 때는 창밖에서. 거리에서 보면 하늘 위에서. 아, 아, 하늘 위에서 본다면 허공에 매달려서.

(「즐거운 우리들의 천국」, pp. 285~86)

식별역에 대해 비식별역은 구성적이다. 그렇다면 비식별역의 창출이야말로 생명권력이 끊임없이 자신을 재생산하는 무대가 된다. 비식별역에서 주체는 벌거벗은 생명이 되고, 생명 정치의 대상이 되며, 그럼으로써 정상적인 '노모스'의 경계를 설립하고 생명 정치를 영속시키는 역설적 존재가 된다. 실은 배제되는 방식으로 포함되는 그들이 있음으로 인해, 법은 유지되고 정상성은 강화된다. 그들의 추방 상태가 항상적으로 유지되는 것, 그것이야말로 생명 정치에 있어서는 관건인 셈이다. 인용문에서 최인호가 묘사하고 있는 저 풍경이 드러내는 진실이 바로 그와 같다.

안에서 보면 창밖이고, 거리에서 보면 하늘 위이고, 하늘 위에서 보면 허공인 곳의 다른 이름은 비식별역이다. 유리창은 그와 정상적인 세계를 가로막는 거대한 장벽이지만, 그 장벽은 또한 투명해서 유리창 밖에 매달려 있는 그를 두고 우리는 장벽 밖에 있다고 말하기 힘들다. 그가 판 암표를 샀고, 그가 건네준 음화를 훔쳐보았고, 그가 닦은 차에 탄 적이 있으므로, 정상인들은 분명 그를 이 세계 내부에서 만난 적이 있다. 하지만 화자 자신은 결코 그런 것들을 누려보지 못했으므로 그는 또한 외부에 있다. 그런 방식으로 유리 벽 밖의 저 인물은 포함되면서 동시에 배제되는, 벌거벗은 생명에 대한 아주 적절한 상징이 된다.

이처럼 최인호의 인물들이 비식별역에 속해 있음에 특별히 주목하는 이유는, 우선 이른 시기에 최인호가 한국적 모더니티의 이면을 다른 방식으로 관찰하고 있었음을 다시 한 번 강조하기 위해서다. 그는 개발 독재가 실은 생명 정치의 다른 이름임을 일찌감치 알아차린 명민한 작가였던 것이다. 그러나 반드시 그 이유만은 아니기도 한데, 더 중요한 것은 이런 인물들이 20년 정도 세월을 격한 후에나(생명 정치적 현상이 지배적이게 되는 1990년대 이후에나) 우리 문학에서 각광받게 될 존재들의 선배 격이라는 사실이다. 그들이 의식했건 의식하지 않았건, 김영하의 양아치들, 성석제의 쌈마이들, 백민석의 하위문화적 아나키스트들은 그런 의미에서 최인호가 이른 시기에 그려낸 인물들의 형제이자 후배들이다. 다만 우리가 그 사실을 이제 알아보고 있을 뿐……

게다가 이와 같은 절망적 현실을 돌파하(려)는 방식에 있어서도 최인호의 인물들은 동시대 작가들보다는 이즈음의 작가들과 더 많은 친연성을 보여준다. 「즐거운 우리들의 천국」 마지막 장면은 다음과 같다.

그의 몸이 돌연 창문 아래로 굴러떨어졌다. 그러고는 우리 시야에서 사라져버렸다. 우리는 모두 황급히 창가로 뛰어가서 밖을 내다보았다.

밧줄에 녀석은 위태롭게 매달려 있었다. 그러고는 우리들을 올려다보았다. 그의 얼굴은 새파랗게 질려 있었다. 하지만 얼굴 전체에는 가득히 넘쳐흐르는 듯한 웃음이 충만되고 있었다.

"이봐. 이 자식들아. 핫하하. 네놈들은 왜 웃지 않니? 핫하하. 내가 이렇게 한다면 재미있을 거라고 하더니 왜 웃지 않니? 핫하하."

우리들은 그러나 아무도 웃지 않았다.

나는 황급히 밧줄을 끌어올리려고 손을 내밀어 밧줄을 쥐었다. 그리고 힘을 모아 그것을 끌어올리려는 순간 밧줄 저 끝에 가득했던 둔중한 무게가 홀연 사라진 느낌을 받았다.

(「즐거운 우리들의 천국」, pp. 299~300)

우리는 이미 「견습환자」의 주인공이 생명 정치의 장으로서의 병원에 무엇으로 저항하려 했는지에 대해 알고 있다. 그것은 '웃음'이었다. 그가 이해하지 못했던 것은 의학 권력은 왜 웃지 않는가 하는 점이었고, 그래서 그는 해괴한 행동들로 병원에 웃음을 퍼뜨리려고 시도했던 적이 있다. 인용문의 '녀석'도 마찬가지다. 그는 (틀림없이 자발적으로) 죽는 순간 만면에 웃음을 지어 보인다. 그럼으로써 유머 없는 세계에 죽음으로 저항한다. 물론 그의 시도는 우습

기보다는 그로테스크하고 비극적이며 한없이 허무하다. 비식별역과 노모스를 가르는 견고한 벽이 한 인간의 자발적 죽음으로 무너질 리도 없고, 고작 웃음 따위가 그 정교한 시스템에 균열을 가져올 리도 만무하기 때문이다.

그러나 1976년의 저 '녀석'이 죽어가면서도 몰랐던 것은, 그로부터 한 세대가 지나고 나면, 한국 문학에 자신과 동일한 방식으로 체계에 저항하는 주인공들(나는 지금 박민규와 윤성희와 김애란 같은 작가들의 그 철없고, 놀이에 능하고, 잘 웃는 주인공들을 염두에 두고 있다)이 즐비하게 될 것이라는 사실, 그래서 자신이 일으키고 있는 것이 일종의 문학적 변이의 기점에 해당한다는 사실이다.

5

어쩌면 작가 최인호가 끝내 몰랐던 것도 그와 같았을 것이다. 그는 자신도 모르는 채로, 한국 문학에 아주 많은 유산들을 남기고 갔다. 작가들에게는 훌륭한 문체와 수많은 인물들과 참조해야 할 여러 주제들을 남겼고, 문학사가들에게는 수많은 스캔들과 다시 배치해야 할 정전들을 남겼으며, 비평가들에게는 다시, 혹은 새롭게 해명해야 할 난제들을 남겼다. 게다가 독자들에게는 많은 읽을거리들을 남겼을 뿐만 아니라, 심지어 대중문화계 인사들에게마저 엄청난 양의 문화 컨텐츠를 남겼다. 그런 의미에서라면 모든 문제적인 작가들이 다 그렇듯이, 그 또한 생물학적 나이와 무관하게 너무 일찍, 요절한 작가다.

삼포(森浦) 가(지 못하)는 길[1]
― 문학과 제도 1

1. 문학은 제도다

문학을 일종의 '제도'라 정의하는 일은 그다지 어색하지 않다. 저자의 서명(텍스트에 고유성과 동일성을 부여하는)이 기입된 한 권의 책은 그 제도의 최소 단위를 이루고, 저자 이외에는 누구도 텍스트

---

[1] 1996년 혹은 1997년의 초여름쯤(반팔 셔츠를 입었던 기억이 난다), 나는 문청 특유의 치기에 들며 황석영의 「삼포 가는 길」을 '해체'해보겠다고 덤벼들었던 적이 있고, 그 결과를 모 학회(내내 '한국문학이론과비평학회'였다고 생각해왔는데 이제 자신할 수 없게 되었다)에서 발표한 적이 있다. 제목은 「「삼포 가는 길」의 해체론적 독해」였던 걸로 기억하고, 장소는 충남의 한 대학(충남대 혹은 한남대)이었다. 그때 나는 아직 박사과정에 재학 중(1996년이었다면)이었거나 갓 박사과정을 수료한 상태(1997년이었다면)였는데, 영문학에서 국문학으로 전공을 바꾼 지(실은 영문학과에 다녔달 뿐, 내가 영문학을 '전공'한 적은 없다고 해야 맞다) 오래되지 않았고, 또 배움도 그리 많지 않아 글의 깊이는 천박했고 문장은 난삽했다. 당시 데리다의 저작들은 한국에 제대로 번역되기 전이었고 그래서 그에 관해서는 풍문만 무성했으니, 발표문은 주로 데리다에 관한 2차 문헌들(부정확하고 단순화된)에 의존할 수밖에 없었다(나는 그때나 지금이나 프랑스어를 못한다). 그런데 기억 속에서 서서히 사라져가던 그 발표문이 우연히

를 수정하거나 그것에 대해 권리를 주장할 수 없다는 규칙이 이 문학 행위의 법적 지위를 보장해준다. 이때 처음 해당 문학장에 얼굴을 내민 텍스트에는 해석 불가능한 '특이성singularity'과 해석 가능

다시 의식의 표면으로 떠오른 것은 전혀 상이한 부류의 두 문서를 동시에 읽던 올여름의 일이다. 그중 하나는 데리다의 문학 관련 글들을 묶은 『문학의 행위』(자크 데리다, 데릭 애트리지 엮음, 정승훈·진주영 옮김, 문학과지성사, 2013)였고, 나머지 하나는 한기욱의 글 「우리 시대의 「객지」들」(『창작과비평』 2013년 여름호)이었다. 전자는 해체에 매혹되었던 젊은 날의 나를 떠오리게 했고, 후자는 황석영의 1970년대 작품들을 현재의 문학장 속으로 (의아하고 위험한 방식으로이긴 하지만) 재소환하고 있었다. 게을러서 문서 파일들을 잘 지워버리지 않는 터라 혹시나 싶어 오래된 폴더들을 뒤져보니 그때의 발표문은 최종 수정 날짜가 5년 전인 채로, (내 기억과는 달리) 「삼포 가는 길」의 해체적 읽기」라는 제목을 달고 다른 오래된 원고 파일들 틈에 섞여 저장되어 있었다. 그러니까 발표 후 최소한 10년이 지난 시점에 나는 그 원고를 어떤 방식으로건 열어보았던 모양이고, 제목과 이제는 내가 알 수 없게 된 어떤 부분들을 수정했던 셈이다. 어떤 지면에 발표했나 싶어 여러 경로(도서관과, 내 서재, 그리고 인터넷의 다양한 정보검색 서비스들)를 통해 게재 여부를 확인해보았으나, 이 제목으로 검색되는 논문은 전무했다. 저자 이름으로도 키워드로도 검색되지 않기는 마찬가지였다. 그러나 나는 몇 해 전 어떤 학회 뒤풀이 자리에서 평론가 B(그의 기억력은 가히 천재적인데)로부터 그때의 발표문에 대한(인사치레의 찬사였지만) 이야기를 들은 바 있었으므로, 그 글이 어딘가에 게재되어 누군가에게 읽혔다는 사실은 분명했다. 데리다와 한기욱 덕분에 내겐 그때의 원고를 보완하거나 수정해서 다시 한 번 황석영의 1970년대 소설을 오늘의 문학장 속에 재기입하고 싶은 욕심이 생겼으므로, 발표문이 게재되었던 출처는 밝히는 것이 옳았다. 그러나 내가 발표했던 학회라고 철석같이 믿고 있었던 '한국문학이론과비평학회'는 1996년에 창립되었고, 1호에도 2호에도 3호에도 4호에도 내 이름으로 게재된 「삼포 가는 길」 관련 논문은 존재하지 않았다. 결국 이틀간의 수소문에도 불구하고 「「삼포 가는 길」의 해체론적 독해」, 혹은 「「삼포 가는 길」의 해체적 읽기」가 어디에 게재되었는지는 밝혀낼 수 없었다. 그러나 나는 지금 다시 이 글, 그러니까 황석영의 「삼포 가는 길」을 '정통'적인 해석에 반하여, 그리고 데리다를 길잡이 삼아 읽는 글 하나를 다시 쓰고 있다. 그때의 발표문(그러나 틀림없이 어딘가 수정되어 있는 상태임에 분명한, 그래서 발표 당시의 원고 그대로는 아닌)이 지금 이 글을 쓰는 '창window' 뒤 또 다른 창에 겹쳐 열려 있다. 거기에 있는 문장들을 참조하기도 하고, 수정하기도 하고, 번복하거나 반복하기도 하면서, 마치 이미 어떤 문장들이 씌어진 셀로판지 위에 다시 다른 문장들을 재기입하기라도 하는 것처럼, 십수 년 전의 흔적을 지워가면서 동시에 유지하는 이상한 글쓰기를 나는 지금 하고 있다.

한 반복 가능성(이미 굳어지고 학습된 규칙이나 관습)이 동시에 포함되어 있게 마련인데, (누구도 아닌 바로) '이' 작가의 (다른 어떤 작품이 아닌 바로) '이' 작품은 아직 한 번도 있어본 적이 없는 어떤 '문학성'이나 '규칙'(이전의 규칙)을 해당 문학장에 도입할 수도 있고, 아니면 작가가 습득한 기존의 규칙에 거의 완전히 지배당할 수도 있기 때문이다. 그런 의미에서 모든 텍스트는 항상 '어느 정도 읽을 수 없으면서 동시에 읽을 수 있는' 텍스트이다.

특이성과 반복 가능성을 포함한 하나의 텍스트가 산출되고 나면, 이제 각종 매체들(잡지, 신문, 방송, 광고 등)이 '비평'이라 불리는 일련의 담론들을 통해 해당 텍스트의 '문학성'에 대한 해석상의 경합을 벌인다. 그리고 그 경합을 거쳐 (승리할 경우) '문학적인 것'으로 승인된 각종의 장치와 관습 들이 추출되고, 작품의 의미 역시 반복 가능한 형태로 (당분간) '고정'된다. 물론 그런 식으로 추출된 의미와 관습 들이 문학사가와 교재 집필자 들의 인준을 거쳐 여러 (준)교육제도들을 통해 독자들을 훈련시키거나 어떤 경우 새로운 독자를 '발명'하기도 하는 것은 정해진 수순이다. 마지막으로 그렇게 탄생한 독자들은 바로 그 반복 가능한 관습과 규칙에 따라 작품의 의미를 더욱더 견고한 형태로 봉인시켜 더 멀리 더 오래 유통시킨다. 그사이 작품이 애초에 가지고 있었던 특이성은 많은 경우 이해 가능하고 익숙한 형태로 완화되거나 중화되는 것이 상례다. 운이 좋아 얼마간의 세월이 지난 후, 어떤 예외적인 독자가 그 봉인을 풀고, 텍스트에서 실현되지 못했던 나머지 잠재성을 해방시키기 전에는 그렇다는 말이다.

가령, 1962년 봄 스무 살의 나이에 경복고를 자퇴하고 남도 지방을 방랑하다 10월에 돌아와 『사상계』 11월호에 「입석 부근」을 발표하며 등단한 신예 작가 황석영이, 한일회담 반대 시위로 영창 신세도 지고 전국 각지에서 일용직 노동자 생활도 하고 절에 들어가 행자 노릇도 하고 해병대에 입대하여 베트남전에도 참전하고 구로 공단에 취업하여 공장 노동자 생활까지 하다가, 급기야 1973년 『신동아』에 발표한 「삼포 가는 길」은 분명 '특이한' 텍스트다. 황석영이라는 고유명사에 귀속되는 이 텍스트에는 작가가 살아온 유일무이한 삶의 내력이 (노동 현장의 구체적이고 치밀한 묘사 속에, 그리고 민중언어의 정확하고도 아름다운 구사 속에) 켜켜이 쌓여 있고, 남성적이고 예리한 문체를 구사하면서도 서사의 구성에 아주 능한 작가 특유의 언어 감각(그 기원을 우리는 확정할 수 없겠지만)이 훌륭하게 녹아들어 있기 때문이다. 그것은 오로지 황석영이라는 작가에게서만 찾을 수 있는 유일무이한 특성이다. 그러나 우리는 한편으로 그와 같은 '특이성'에 반하여, 당연히 그의 텍스트를 '소설'로서, 그것도 '리얼리즘' 소설로서 식별할 수 있고, 또 그런 독법에 따라 읽게 되는데, 왜냐하면 황석영 역시 자신이 속해 있던 1960, 70년대 한국의 문학장 내에서 문학적 훈련을 거쳤고 관습을 전수받았을 것이기 때문이다. 「삼포 가는 길」 역시 다른 모든 텍스트들이 그렇듯이, 어느 정도 읽을 수 없으면서 동시에 읽을 수 있는, 관습적이면서 동시에 새로운 텍스트였을 것이다.

　「삼포 가는 길」이 하나의 '문제'('사건'이라고는 말하지 못하겠다)로서 문학장에 당도하자, 이제 당연히 그 텍스트를 둘러싼 의미화 과정이 시작된다. 때는 1970년대였고, 대부분의 역사가들이 기록하듯이 그 시기 한국은 '개발 독재, 대규모의 이산, 산업화, 인간 소외' 같은 어휘들로 요약 가능하다. 문학사적으로는 1920, 30년대 KAPF 이후 끊겼던 '민중문학'의 명맥이 다시 이어진 시기였고, 산업화 과정에서 소외된 주변부 사람들의 삶이 본격적으로 형상화되기 시작한 시기였고, 그리고 무엇보다도 「객지」와 「삼포 가는 길」과 「한씨연대기」가 열어젖힌 새로운 리얼리즘문학의 시기였다. 사소한 이견은 있었으나, 대체로 이 텍스트에 대한 해석상의 합의는 어렵지 않았던 것으로 보인다. 문학사가들은 그 해석들을 요약하여 다음과 같이 기록한다.

"「삼포 가는 길」은 농어촌의 해체와 농어민들의 유리, 그리고 노동자화라는 6, 70년대 근대화의 핵심 양상을 구조화한 작품이다."[2]

특이성과 관습성을 동시에 지닐 수밖에 없는 각각의 텍스트들을, 일련의 정전들로 이루어진 문학적 계보 속에 일관되게(대개 선조적 형태로) 편입시키거나 그 바깥으로 배제시키는 것(종종 어떤 특이한 텍스트들은 그러한 선별 작업의 기준 자체를 바꿔놓기도 한다)이 문학사가들의 역할이다. 그리고 그들이 기록한 문학사는 이제 교육을 통해 후대에 전수되는데, 한국의 문학장에 그 모습을 드러낸 지 40년이 지난 지금, 「삼포 가는 길」이라는 텍스트가 독자들을 호명하는 방식은 다음과 같다.

학습 활동 1. 다음은 산업화 시대에 소외된 이들의 삶을 다룬 소

---

2) 김윤식·정호웅, 『한국소설사』, 예하, 1993, p. 390.

설이다. 삼포의 의미에 유의하며 작품을 감상해보고, 1970년대 이후 소설의 경향을 이해해보자.[3]

학습 목표: '삼포 가는 길'은 1970년대 본격화된 산업화의 영향으로 급변하던 시대에, 뿌리 뽑힌 서민들의 삶의 애환과 그곳에서 싹트는 인간적 유대감을 실감 나게 담아낸 작품이다. 광복 이후 진행된 근대화에 대응하는 우리 소설 문학의 특징에 주목하여 작품을 감상해보자.[4]

'학습 활동' 혹은 '학습 목표'에 해당하는 저 문장들 안에서 이미 고정화되어 있는 텍스트의 의미를 발견하기는 어렵지 않다. 「삼포 가는 길」은 1970년대 이후 한국 소설의 새로운 경향을 연 작품이고, 본격화된 산업화의 영향 속에서 소외된 서민들의 삶과 애환을 다룬 작품이고, 그런 악조건 속에서도 인간적 유대감을 형성해가는 민중들의 이야기다. 물론 그렇게 읽은 후 다섯 개의 선택지를 가진 문제들을 통해 꼭 저 방식으로 작품을 읽어냈는지를 테스트하는 과정을 여러 차례 거치고 나면, 이제 한국의 문학장에서 통용되는 규칙을 훈련한(즉 학습 목표를 달성한) 독자가 탄생한다. 「삼포 가는 길」은 대개 저런 형태로 해석되었고, 한국의 문학사에 기입되었고, 그 의미가 고정되었다. 그리고 독자들은 이제 오로지 그런 방식으로'만' 「삼포 가는 길」을 읽도록 훈련되고 발명된다.

---

3) 이숭원 외, 『고등학교 문학 2』, 좋은책신사고, p. 247.
4) 권영민 외, 『고등학교 문학 2』, (주)지학사, p. 186.

물론 이와 같은 일련의 제도적 과정을 비판만 할 수는 없다. 왜냐하면 바로 그러한 방식으로 한 사회의 문학적 식별 체제가 수립되는 법이고, 만약 그와 같은 식별 체제가 존재하지 않는다면 문학을 문학으로 알아볼 수 있는 어떤 기준도 성립할 수 없기 때문이다. 어떤 텍스트의 의미가 최소한의 합의에 이르기 위해서는 어느 순간 의미의 무한한 '산종'은 포기되어야 하고, 합의 속에서 (당분간이라도) '고정'되어야 한다.

2. 그러나, 아주 약간 문학이 존재한다

데리다 역시 문학이 18세기와 19세기 사이 어디쯤 유럽에서 발생한 일종의 '제도'라는 사실에는 동의하는 것처럼 보인다. 가령 그가 "정의상 독자는 존재하지 않"는다고 전제한 후, "대학, 세미나, 콜로퀴움, 커리큘럼, 한 강좌 등"과 같은 여러 제도들이 독자를 "발명"[5]하는 법이라고 말할 때 특히 그렇다. 그러나 데리다는 단순히 문학이 하나의 제도라는 점을 지적하는 데서 멈추지 않는다. 그는 문학을, 제도는 제도이되 '이상한' 제도라고 부른다. 왜냐하면 이 제도는 기이하게도 그 스스로를 부인하거나 재구성하기도 하는 유일한 제도이기 때문이다.

"아주 약간 문학이 존재한다"라고 조금은 장난스럽게, 도발의 필

---

5) 「"문학이라 불리는 이상한 제도"(자크 데리다와의 인터뷰)」, 『문학의 행위』, p. 101.

요성을 느끼며 말한 맥락이 기억나지 않네요. [······] 차라리 **문학적 현실 그 자체의 존재**는 언제나 문제로 남는다는 사실을 강조하겠습니다. [······] 그 어떠한 **내부적** 평가기준도 이 필수적 텍스트의 "문학적인 것"을 보증할 수는 없습니다. 문학의 확실한 본질 또는 존재라는 것은 없으니까요. 한 문학작품의 모든 요소를 분석하고자 한다면 문학 그 자체는 놓친 채, 단지 그 작품이 나누거나 빌려오는, 다른 텍스트들에서도 발견할 수 있는 언어적, 의미적 또는 지시적 문제 ("주관적" 또는 "객관적") 따위의 어떤 경향들만 만나볼 수 있을 겁니다. 더구나 한 공동체 내에서 다양한 현상들의 문학적 지위를 결정하는 관습조차도 불확실하고 불안정하며 언제나 바뀔 여지가 있습니다.[6]

데리다가 위 인용문을 통해 주장하는 바는 '불가피하게' 승인되고 확정된 어떤 텍스트의 의미, 그리고 특정 시기 한 문학장 내에서 통용되는 문학적 관습과 규칙 들이 항상 유동적이라는 사실, 그래서 문학장의 조건과 사회적 정세 혹은 우발적인 해석상의 이의제기 등과 같은 돌발 상황하에서는 언제라도 변화 가능하다는 사실, 또한 개별 작품의 특이성은 어떤 식의 의미 고정화 시도에도 불구하고 일종의 잠재성이자 잉여로서 남는다는 사실 등등이다. 문학(이라는 고정된 실체)은 아주 약간만 존재하기 때문이다. 게다가 문학은 처음 출발할 때부터 "모든 것을 말할 권위", 즉 "가장 열린 의

---

6) 같은 글, p. 99, 강조는 원저자의 것.

미의 민주주의를 가능케 하는 것"[7]과 불가분의 관계를 맺고 있기
도 하다. 그런 의미에서 문학 텍스트는 스스로를 어떤 우세한 하나
의 의미로서 고정시킴과 동시에 그것을 스스로 무너뜨리기도 하는
이상한 제도에 속하는 셈이다.

　이제 「삼포 가는 길」이 산출된 지 40년이 지났다. 그사이 독자
들은 나이 들거나 새로 발명되었고, 강산도 세상도 여러 차례 변했
다. 물론 한국의 문학장에도 1970년대 이후의 문학사회학과는 상

---

7) 같은 글, p. 54. 이와 관련하여 데리다는 추가로 이런 언급을 한다. "사실 저는 작가가
　어느 정도 무책임을 요구할 필요도 있다고 생각하는 쪽입니다. 적어도 이데올로기적
　권력, 예를 들어 주다노프적으로 작가를 사회·정치적 또는 이데올로기적 기구에 속
　하게 만들어 극도로 규정된 임무를 감당하도록 시키는 상황 앞에서는 더욱더 그렇지
　요. 사상이나 글을 기성 권력에 부합하도록 하는 것을 거부한다는 측면에서 이러한 무
　책임의 의무는 가장 고양된 형태의 책임이라고 볼 수 있으니까요. 누구에게, 또 무엇
　을? 이것이 미래의 질문 또는 이러한 체험에 의해서 그리고 이를 위해서 약속된 사건,
　즉 제가 방금 언급한 다가올 민주주의의 온전한 질문입니다. 내일의 민주주의가 아닌,
　내일이면 있을 미래의 민주주의도 아닌, 개념상 앞으로-다가올à-venir 것과 연결되고
　예정된 약속의 체험으로, 영원한 약속으로 남는 그런 것"(같은 글, pp. 55~56).
　데리다처럼 작가를 두고 '무책임할 권리를 가진 자'라고 표현하는 것이 프랑스가 아닌
　한국 상황에서는 어떤 방식으로 이해될지 알 수 없으나, 그런 식의 표현이 문학적 '행
　위' 속에 잠재해 있는 무제한적 민주주의를 염두에 둔 말임은 강조해둘 필요가 있어 보
　인다. 문학이 근대적 제도들 중에서 거의 유일하게 스스로를 끊임없이 차연시키고 산
　종시키는 제도라고 생각하는 데리다의 입장은, 곧바로 문학에서 다가올 '공산주의'의
　모델(물론 현실사회주의와는 완전히 다른 공산주의, 어떤 기획도 과제도 내재적 유사
　성도 없이 '외존'하는 실존들 사이에서 성립되면서 동시에 해산되는 무위의 공동체)을
　보는 블랑쇼나 낭시의 관점과 연결된다. 그러나 이 글에서는 그보다 데리다의 이와 같
　은 관점이 랑시에르의 플로베르 해석과 상통하는 데가 있다는 점을 지적하는 것이 유
　익할 듯하다. 랑시에르가 그 어떤 정치적 행위에도 스스로를 연루시키지 않았던 플로
　베르를 '문학적 혁명가'라 불렀던 이유는, 그가 아리스토텔레스 이후 서구 예술을 지배
　해오던 소위 '재현적 체제'('데코럼'에 기반한)를 전복시켰기 때문이다. 랑시에르가 보
　기에 근대적 예술 체제, 즉 '미학적 체제'는 플로베르에 의해 탄생한다. 왜냐하면 그에
　이르러 문학은 이제 '다루지 못할 것이 아무것도 없는' 예술이 되기 때문이다.

이한 여러 해석 도구들이 유입되고 누적되고 탈각되거나 소멸했다. 어쩌면 「삼포 가는 길」을 둘러싼 그 이상한(스스로를 부정하는) 제도를 재가동시켜볼 때가 된 듯도 하다.

3. 삼포 가(지 못하)는 길

「삼포 가는 길」 첫 페이지를 열면 물론 제목이 있다. 제목은 본문보다는 조금 큰 글씨로, 문장을 이루지는 않은 채로, 본문과 몇 줄 떨어져서, 이것이 이제 읽게 될 많은 문장, 단락, 이미지, 행동과 대사 들에 유기적인 동일성을 부여하는 고유명사임을 주장하면서,

---

그런 의미에서 한기욱이 자신의 글 「우리 시대의 「객지」들」에서 「객지」를 재소환하는 방식은 이해하기 힘들 정도로 황당하다. 랑시에르를 이해하는 방식의 단순함은 차치하고라도, 플로베르가 19세기 초반의 작가이고 황석영이 20세기 후반의 작가라는 기본적인 사실마저 무시한 채 전개되는 그의 논지는 어느 지점에서는 따라잡기가 매우 불편(혹은 불가능)한데, 랑시에르가 플로베르를 상찬하는 이유가 19세기 이전의 재현적 식별 체제를 무너뜨렸다는 바로 그 이유란 점을 감안할 때 그렇다. 그는 플로베르가 무너뜨린 재현적 체제를 황석영이 한 번 더 무너뜨렸다고 말하고 싶었던 걸까? 아니면 플로베르가 프랑스에서 한 일을 황석영이 한국에서 했다고 말하고 싶었던 걸까? 전자의 경우라면 황석영은 우리가 '소설'이라고 말하는 글쓰기와는 전혀 다른 작업을 1970년의 한국에서 수행하고 있었다고 말해야 하고, 후자의 경우라면 이광수 이후(특히 최서해 등의 소위 '신경향파' 문학) 한국 소설은 전근대적인 예술 체제 내에서 작업하고 있었다고 말해야 한다. 내 경우 차라리 한국에서 플로베르의 시기와 유사한 예술 체제상의 변화가 있었다면 그것은 '문체 반정'(정조는 영민한 왕이어서 문체상의 변화가 감성적인 것의 지배적 분할에 미치는 영향의 심대함을 알았던 것이다)이 일어나고, 사설시조들이 마구 쓰여지던 영·정조 시대였다고 보는 편이 타당하다고 생각한다. 가령 그 시기 어떤 아낙은 이런 시조를 쏜다. "도련님 날 보려할 제 백번 넘게 달래기를/고대 광실 노비 전답 세간살이를 주마/단단히 맹세하며/대장부 설마 헛말 하랴 이리 저리 좇았더니/지금껏 삼 년이 다 가도록 하나도 해 주지 않고/밤마다 불러내

텍스트 내에 있다고도 밖에 있다고도 말하기 힘든 모양새로, 조금 높은 곳에서, 관할하듯이 떠 있다. 그러니 무심히 읽어서는 곤란하다. 다른 방식으로이긴 하지만 제목도 분명 문학에 속하기 때문이다. "제목이 문학에 속한다는 것은 제목이 법적 권위를 갖는 것을 막지는 못한다. 예를 들어, 책 한 권의 제목은 도서관에서의 분류, 저작권의 부여, 그 결과로 일어날 수 있는 소송과 판결 등을 가능하게"[8] 한다. 그런 의미에서 제목은 마치 '파레르곤parergon'과 같다. "에르곤, 즉 완성된 작품에 반대되며, 옆에 있으며, 동시에 부착되어 있지만 어느 한 쪽으로 완전히 기울어지지 않는 상태에서, 어느 정도 떨어져 작품 구성에 관여하고 작품의 구성요소로 작용"[9]

어 단잠만 깨이오니/지금부터는 가기는커녕/눈 샐쭉하게 뜨고 입을 삐쭉 하리라"(현대어역, 『육당본 청구영언』). 우아미와 비장미와 절제미가 강조되고, 작자의 신분과 시가의 형식이 엄밀한 데코럼을 이루던 시조 장르에 느닷없이 끼어든 저 아낙은, 문학이 잠자리 송사와 지참금과 시기 질투를 포함한 그 어떤 것도 다 다룰 수 있음을 선언한다. 그 시기에 감성적인 것의 분할 방식상 어떤 변화가 일어났던 것이다. 그렇다면 황석영의 「객지」는 그때 이미 일어난 어떤 예술 체제상 변화의 결과이지 원인일 수는 없고, 따라서 「객지」에서 기어이 랑시에르적 의미의 '문학의 민주주의'를 찾아내려는 한기욱의 시도는 마치 서울 사람들 사이에서 현생 인류의 기원을 찾는 일과 다를 바 없어 보인다. 내친김에 한마디 더 보태자면, 그가 「객지」를 재소환하는 방식 또한 그리 권장할 만해 보이지는 않는데, 글의 제목에서 보듯 그는 1970년대 초에 쓰여진 황석영의 「객지」를 오늘날의 작품들, 그것도 본인이 생각하기에 '사실주의적 기울'('보통의 사실주의'와도 다르고, '자연주의적 사실주의'와도 다르고, 따라서 김애란의 「물속 골리앗」은 그 안에 포함되지 않으며, 기존의 교조적인 전형성이나 총체성이라는 기준들과는 무관한, 그래서 참으로 모호하고 협소한 '기울')에 충실한 '리얼리즘' 작품들(만)을 평가하는 일종의 '척도'로 삼는다. 「객지」를 기준으로 그는 우리 시대의 '「객지」들'이라 불릴 만한 작품들의 서열을 정하고 싶은 듯한데, 그럴 때 1970년대 이후의 한국 문학사는 '객지' 이후(객지 2, 객지 3, 객지 4, 객지 5……)의 문학사가 된다. 나는 그보다 동일자적인 문학사를 알지 못한다.

8) 자크 데리다, 「법 앞에서」, 앞의 책, pp. 251~52.
9) 자크 데리다, 「파레르곤」, 『해체』, 김보현 옮김, 문예출판사, 1996, p. 444.

하는 것이 바로 제목이다.

'삼포(森浦) 가는 길'. 유독 한자 병기가 눈에 띄는 저 '삼포'는 지명임이 이내 밝혀진다. 거기로 가는 길에 대한 이야기일 테니까. 지도를 검색해볼 수도 있다. 검색해보면 삼포는 실제로는 존재하지 않는 지명이다. 설사 실제로 같은 지명의 포구(섬과 포구가 많은 나라이니)가 어딘가 존재한다 하더라도, 저 지명은 그곳을 지시하지 않는다. 선명한 저 한자 병기 때문인데, 森과 浦에서는 무심할 수 없을 만큼은 울창한 숲의 냄새와 지린 포구 냄새가 나서(언어는 그것이 상기시키는 감각들을 불러오는 힘이 있다), 스스로 상징임을 독자에게 과시한다. 울창한 숲과 바다의 풍요가 있는 곳, 그곳의 다른 이름은 '존재하지 않는 곳'이다. 제목은 그런 방식으로 이 이야기가 '존재하지 않는 곳으로 가는 길'에 관한 것임을 암시한다.

이야기는 영달의 등장과 함께 시작한다. 그는 "어디로 갈 것인가 궁리해보면서 잠깐 서 있"[10]다. 그러나 실은 영달보다 먼저, 매섭게 불어대는 겨울바람이 있었다. 영달은 그 바람 안으로 느닷없이 내던져졌을 뿐이다. 곧바로 이어지는 문장들에서 서술자는 태연하게 그가 내던져진 겨울날의 아침 풍경을 묘사한다. "밝아오는 아침 햇빛 아래 헐벗은 들판이 드러났고, 곳곳에 얼어붙은 시냇물이나 웅덩이가 반사되어 빛을 냈다. 바람소리가 먼데서부터 몰아쳐서 그가 섰는 창공을 베면서 지나갔다. 가지만 남은 나무들이 수십여 그루씩 들판가에서 바람에 흔들렸다"(p. 200). 이 바람은 가히 '선

---

10) 황석영, 「삼포 가는 길」, 『삼포 가는 길』, 창작과비평사, 2000, p. 200. 이하 본문에 이 작품을 인용할 경우 쪽수만 표기.

험적'인데, 영달의 등장 이전에 이미 텍스트 안에 마련되어 있던 바람이기 때문이다. 바람은 이야기가 진행되는 내내 인물들이 걷는 방향으로부터, 그들의 걸음을 방해하면서 불어올 것이다. 왜냐하면 그들의 삼포행은 존재하지 않는 곳으로 가는 여정(루카치식으로 말해 여행이 시작되자 이미 끝나버린 길)이고, 그곳이 실제로는 존재하지 않음을, 그래서 쉽사리 그곳에 도달하지 못할 것임을 예감케 하는 역할을 맡은 것이 바로 바람이기 때문이다. 한편 바람은 그들의 무의식에서 불어온다고도 할 수 있는데, 그들의 길을 막는 것은, '삼포'가 실은 부재의 다른 이름이라는 '실재'적 사실, 그 자체이기 때문이다. 기원은 비기원이고, 상실된 것은 상실감의 원인이 아니라 결과다. 바람은 실재와의 대면을 회피하기 위해, 그들의 무의식으로부터 불어온다. 그러니 바람은 날로 거세질 것이고 차가워질 것이고 이제 곧 함박눈이 내릴 것이다.

영달의 '무지향성'(그는 어디로 갈지 정하지 못한 상태다)은 정 씨의 등장과 함께 지향적으로 변한다. 정 씨는 바람의 밀어내는 힘, 곧 척력에 맞서는 인력(삼포가 당기는 힘)을 텍스트에 부여한다. 고향의 존재를 믿으므로(엄밀히 말해 상상적 대타자를 믿으므로) 정 씨는 "겨울 들판에 척 걸터앉아서도 만사 태평"(p. 203)이다. 그가 삼포를 "내 고향이오"(p. 203)라고 말할 때, 그의 어투에서는 항상 자부심과 묘한 막막함이 동시에 묻어난다. 영달과 정 씨는 줄곧 그런 방식으로 대조되는데, 정 씨가 정주형 인물이라면 영달은 노마드형 인물이다. 정 씨는 지향적이고 영달은 무지향적이다.

삼포에 관한 첫번째 정보는 정 씨에 의해 발설된다. "삼포가 여기서 몇 린 줄 아쇼? 좌우간 바닷가까지만도 몇백 리 길이오. 거기서 또 배를 타야 해요"(p. 204). 그런데 이제 거기에 가려는 자가, 가야할 길의 멂을 저리도 막막하게 강조하는 이유는 무엇인가. 게다가 떠난 지 10년이 넘어서, 아는 이도 남아 있지 않을 것임에 분명한(즉 '고향'의 고향됨이 많이 거세되어버린) 그 고향에 가려는 이유가 고작 "그냥…… 나이드니까, 가보구 싶어서"(p. 205)인 이유는 무엇인가. 삼포는 어느 쪽이냐는 영달의 질문에 '단호하게'나 '애타게'가 아니라 "막연하게"(p. 206), 남쪽 방향을 고작 "턱짓으로" 가리키고 마는 이유는 무엇인가. 결국에는 고향 삼포의 위치를 "남쪽 끝이오" "정말 아름다운 섬이오. 비옥한 땅은 남아돌아가구, 고기두 얼마든지 잡을 수 있구 말이지"(p. 207)라고 신비화함으로써, 그곳이 실재하는 곳인지 아닌지조차 모호하게 만들고 마는 이유는 무엇인가. 정 씨는, 아니 최소한 그의 무의식은 이미 그에 대한 답을 알고 있다. 그는 지금 두려워하고 있는 것이다. 백화의 경우도 사정은 마찬가지다. 집이 어디냐는 정 씨의 질문에 백화는 "저 남쪽이에요. 떠난 지 한 삼년 됐어요"(p. 215)라고 답한다. 사실을 말하자면 "떠난 지 한 삼년" 된 "저 남쪽" 고향이란, 루소의 남방만큼이나 멀다. 그러니까 신화적인 거리 너머에 백화의 고향이 있/없다. 그들은 기원은 항상 비기원이라는 '실재'적 사실을 애써 부인하지만, 무의식 속에서 바람은 선험적이고 항상적으로 불어온다. 바람의 척력과 삼포의 인력이 정 씨와 백화 안에서 길항한다.

인물들은 전진한다. 그러자 함박눈이 내리고 길은 두 갈래로 갈라져 그들을 방해한다. 갈림길에는 물론 이정표가 있게 마련이지만, 이정표는 "녹이 슬고 벗겨져 잘 알아볼 수도 없"(p. 212)다. 그래도 그들은 정 씨가 이끄는 대로 전진한다. 그러면 백화의 굽 높은 구두가 그들의 여정을 지연시킨다. 백화가 고향에 돌아가 농사나 지으며 살겠다고 말하자마자(인력의 대사다), 사방은 어두워지고 "어디에나 눈에 덮여 있어서 길을 잘 분간할 수가 없"(p. 221)게 된다(척력의 묘사문이다). 엎친 데 덮친 격으로 백화의 귀향에 관한 대화는 "눈 덮인 길의 고랑에 빠져" 발을 삔 백화의 신음 소리로 끝난다. 진실의 많은 부분이 의식이 아닌 무의식에 있다는 라캉의 말이 맞다면, 백화의 부상은 분명히 '미필적 고의'다. 게다가 그녀의 부상은 이중으로 이득이 되는데, 삔 발 덕분에 길은 다시 지연되고, 자신은 영달의 등에 업힐 수 있게 된다.

이야기의 결말은 이미 예비되어 있었던 그대로다. 실재의 삼포는 더 이상 상상의 삼포가 아니다.

"삼포라구 아십니까?"

"어 알지. 우리 아들놈이 거기서 도자를 끄는데……"

"삼포에서요? 거 어디 공사 벌일 데나 됩니까? 고작해야 고기잡이나 하구 감자나 매는데요."

"어허! 몇 년 만에 가는 거요?"

"십년."

노인은 그렇겠다며 고개를 끄덕였다.

"말두 말우, 거긴 지금 육지야. 바다에 방둑을 쌓아놓구, 추럭이 수십대씩 돌을 실어 나른다구."

"뭣 땜에요?"

"낸들 아나. 뭐 관광호텔을 여러 채 짓는담서, 복잡하기가 말할 수 없데."

190

"동네는 그대루 있을까요?"

"그대루가 뭐요. 맨 천지에 공사판 사람들에다 장까지 들어섰는 걸."

"그럼 나룻배도 없어졌겠네요."(pp. 224~25)

정 씨가 지금 마주하고 있는 삼포는 결국 결여 그 자체인 대타자이고, 오로지 지연과 연착 속에서만 현전할 수 있었던 기원이다. 그러므로, 이 텍스트는 길항하는 두 힘(기원과 비기원, 실재와 상상)에 관한 텍스트다. 두 힘의 길항 관계에서 비롯되는 지연과 연착이 '삼포'의 현전을 '대리보충'한다. 지연되는 한에서만 삼포는 현전하고, 도달하는 순간 삼포는 부재한다. 데리다는 이와 유사하게 루소가 그토록 욕망했던 '엄마'에 대해 이런 말을 한 적이 있다. "'**엄마**'라는 이름은 이미 대리보충의 하나를 가리킨다."[11] 그러고는 잔인하게도 이런 말도 덧붙인다. "이런 대리보충의 연속을 거쳐 하나의 필연성이 제시된다. 대리보충적 매개를 불가피하게 증식시키는 무한한 연쇄의 필연성. 그 대리보충적 매개는 그것이 지연시키는 것 자체의 의미를 생산한다. 즉 사물 자체, 직접적 현전, 독창적 지각의 환영이 그런 것들이다."[12]

데리다의 저 말들을 「삼포 가는 길」에 적용하여 다시 옮기면 아마 이렇게 말할 수 있을 것이다. '삼포'라는 이름은 이미 대리 보충의 하나를 가리킨다. 길항하는 두 힘들(기원과 비기원, 상상과 실재

---

11) 자크 데리다, 「이 위험한 대리보충」, 앞의 책, p. 133, 강조는 원저자의 것.
12) 같은 글, p. 134.

에서 작용하는 인력과 척력)이 끊임없이 지연시키는 여로를 거쳐 하나의 필연성이 제시된다. 대리보충적 지연의 여로는 그것이 지연시키는 것 자체의 의미를 생산한다. 즉, 울창한 숲, 풍요로운 논과 바다, 신화적 고향, 곧 삼포(森浦)의 환영이 그런 것들이다.

4. 닫히지 않는 문

한국의 문학 제도는 간략하게, 「삼포 가는 길」을 다음과 같이 '핵심 정리'해서 후대의 독자들에게 전수한다.

갈래: 단편소설
성격: 사실주의
배경: 1970년대 어느 시골 마을
시점: 3인칭 전지적 작가 시점
주제: 1) 급속한 산업화 속에서 고향을 상실하고 떠돌아다니는 뜨
　　　내기 인생의 애환.
　　2) 산업화로 인한 민중들의 궁핍한 삶, 따뜻한 인정과 연대
　　　의식

그러나 이렇게 핵심 정리된 내용들 중 내 눈에 자명해 보이는 것은 오로지 이 텍스트가 '단편소설'에 속한다는 점(원고의 양에 기반한 이런 식의 소설 유형 분류가 언제까지 타당할지도 알 수 없기는 하지만) 외에는 없다. 「삼포 가는 길」은 단연코 사실주의소설일까. 글

쎄다. 어쩌면 「삼포 가는 길」은 상상적 대타자의 결여를 대면할 수밖에 없게 된 인물들의 방어기제와 절망을 다룬 심리주의소설일 것도 같고, 기원이란 항상 대리보충을 통해서만 그 현전을 보장받는다는 사실을 드러내주는 해체주의적 소설일 것도 같다. 시점에 대해서도 나는 저 텍스트가 반드시 3인칭 전지적 작가 시점인지 확신하기 어려운데, 서술자가 등장인물들의 심리를 묘사할 때의 전지성이, 종종 날씨나 풍경을 묘사할 때의 관찰자 시점과 교차하는 경우를 어렵지 않게 찾아낼 수 있기 때문이다(이런 경향은 「객지」에서 더 완연하다). 더욱이 완전히 3인칭 전지적 작가 시점으로만 된 텍스트가 있을 수 있는지에 관해서도 따로 논의할 필요가 있을 것 같다. 배경으로 말하자면, (러시아 형식주의자들의 관례에 따라 텍스트가 산출된 시대와 텍스트 자체를 분리시켜 살펴볼 경우) 「삼포 가는 길」 안에는 그 어떤 시대적 표지도 없다는 사실을 첨언할 수도 있다. 불도저가 땅을 파고, 트럭이 돌을 실어 나르는 개척 공사는 지금도 항상적으로 (국토 전역에서) 벌어지고 있다. 게다가 주막이 있는 장터는 시골에서는 여전히 흔한 풍경이고, 그 안에서 끓고 있는 우거짓국도 그런 점에서는 시대적 표지가 되지 못한다. 그렇다면 이 텍스트에 고착된 가장 일반적인 해석, 즉 "1970년대의 급격한 산업화로 인해 소외당한 주변인들의 삶"이라는 주제는 실은 텍스트 내부에서가 아니라, 텍스트 외부에서 삽입된 셈이다. '의미의 중심은 항상 구조의 내부가 아니라 구조의 밖에 있다'라는 데리다의 말은 이 경우에도 충분히 타당해 보인다.

각설하고, 이제 40년 전으로부터 불러내 열었던 한 텍스트의 문을 닫을 시간이다. 그러나 엄밀히 말해 문은 닫힐 수 있을 것 같지 않다. 아니 실은 이전에도 닫힌 적이 없던 문이라고 해야 맞다. 데리다는 카프카의 「법 앞에서」라는 텍스트를 열었다 닫(지 않)으면서 이렇게 쓴다. "문을 닫으면서 그는 텍스트를 닫는다. 그러나 텍스트는 아무것에 대해서도 닫히지 않는다."[13] 데리다의 말대로, 모든 텍스트는 원칙적으로 결코 닫히지 않는다. 문학이라는 제도는 참으로 이상한 제도여서, 모든 것을 말할 수 있는 권리에 의해 뒷받침되어 있고(설사 그 권리가 권력이나 지배적 해석에 의해 침해당한다고 하더라도), 의미를 고정하려는 속성만큼이나 의미를 무한하게 산종시키려는 속성 또한 가지고 있기 때문이다. 따라서 이 글도 항상 열려 있었던 텍스트의 문을 닫을 수는 없다.

게다가 텍스트로 들어가는 문은 하나만이 아니어서, 나는 다음과 같은 지젝의 문장들로 시작되는 다른 문을 열 수도 있었다.

어떻게 주체는 상실의 경험 이전에는 잃어버린 실체적 내용이 없었는데도 갑자기 어떤 실체적 내용을 잃어버렸다는 환영에 빠지게 되는 걸까? 그 해답은 물론 뭔가를 "망각"(혹은 "상실")하기 위해 우리는 먼저 망각될 것은 없다는 사실을 망각해야 한다. 이런 망각이 애초에는 망각될 뭔가가 존재했다는 환영을 가능케 한 것이다. 다소 추상적으로 들리겠지만, 사실 이런 성찰은 이데올로기의 작동 방법에 직접 적용된다. 망실된 과거의 가치들에 대한 향수 어린 한탄은 이런 한탄이 있기 전까지 그런 가치들은 한번도 존재한 적이 없었다는 사실을—그런 가치상실에 대한 한탄이 문자 그대로 그것들을 발

13) 자크 데리다, 「법 앞에서」, 앞의 책, p. 278.

명해낸 것임을── 스스로 망각한다.[14]

  혹은 '영달의 관점에서' 열린 문을 열고 들어가, 그가 결코 기원의 부재를 서러워하거나 그것 때문에 고통스러워한 적이 없는(그는 단 한 번도 고향에 대해 말하지 않는다. 그런 의미에서 "그에게 기원은 없다. 다만 '지난해 겨울'의 영자만이 있을 뿐이다".[15] 게다가 그는 삼포의 결여 앞에서도 일자리가 생길지도 모른다는 기대감으로 기뻐할 뿐, 정 씨가 보여주는 것과 같은 허탈감에 빠지지 않는다) 노마드란 사실로부터 글을 시작할 수도 있었다. 그러니 한없이 이어지게 될 다른 문장들을, 오늘은 다만 말줄임표로 대신하자.
    ……

---

14) 슬라보예 지젝, 『그들은 자기가 하는 일을 알지 못하나이다』, 박정수 옮김, 인간사랑, 2004, p. 225.
15) 이제는 그 존재 여부를 확인하기 힘들어진 나의 글, 「「삼포 가는 길」의 해체론적 독해」에서 따온 문장이다.

'백지(白紙)'의 의미: 범대순의 '「 」'(1973)에 대하여
─ 문학과 제도 2

1. 백지의 행방

1973년 9월 중순 무렵, 한국에서는 상당히 유력한 시지(詩誌)인 『현대시학』10월호에 이상한 '시', 혹은 비시(非詩)나 반시(反詩) 한 작품이 실린다. 이른바 '백지시(白紙詩)'다. 아무런 어휘도 문장 도 없는 텅 빈 행간이 스스로를 시작품으로서 선언하며 지면에 출 현한다. 작자는 범대순, 8년 뒤인 1981년 미국 오하이오 주 데니슨 대학교에서 행한 그의 발언에 따르면, 그 시는 이런 시다.

……나는 1974[1]년 서울에서 월간 시지 『현대시학』(現代詩學)에 실렸던 내 자신의 시를 상기하였습니다. 그 시는 13개로 구성된 시

[1) 오기(誤記)로 보인다. 시인은 종종 이 백지시가 발표된 연대를 1973년이 아닌 1974년 으로 오기하곤 하는데, 이 기억의 혼란은 의미심장하다. 기억에서 사라질 때, 백지는 완벽한 백지가 될 것이다.

중의 하나였고 어느 다른 시들보다도 중요하게 생각하는 것을 보여
주기 위해 시리즈의 첫 장에 수록했었던 것입니다. 그 시는 백지 그
대로였습니다. 나의 백지시에 대한 판권을 주장하는 내 서명 외엔
타이틀도 문자들도 없으며 완전히 아무것도 없습니다.[2]

"서명 외엔 타이틀도 문자들도 없으며 완전히 아무것도 없"는 텍
스트. 당시 시인 범대순은 이 백지를 시로서 인정해달라고 주장했
던 셈이다. 그러나 스캔들이라면 스캔들일 수도 있었고, 시의 경계
와 한계에 관한 꽤나 진지한 논란을 불러일으킬 수도 있었을 법한
이 작품은 의외로 세간의 주목을 받지 못한다. 시인은 이 작품에
대한 당시의 반응을 이렇게 회고한다.

　　나의 백지시가 발표되었을 때 이 시는 신랄하게 비판받았었습니
다. 그러나 다행히도 이 시에 관심을 갖고 나에게 깊은 공감을 표현
한 몇몇 비평가들이 있었고 그들 중의 하나는 서울에서 유명한 일간
지 중의 하나인 『동아일보』에 논평을 했었습니다. 그는 소위 백지시
라 불리는 시의 순수성이 현대 세계의 독자에게 깊은 인상을 남긴다
고 말했었습니다.[3]

어떤 비평가들이 어떤 방식으로 백지시에 공감을 표현했는지는

---

2) 범대순, 「백지시에 대하여 II」, 『백지와 기계의 시학』, 사사연, 1987. (『범대순전집—
　　시론』, 전남대학교 출판부, 1994. p. 20. 이하 시작품과 시론은 모두 전집에서 인용하
　　고 『전집—시』, 『전집—시론』으로 표기한다.)
3) 같은 글, p. 23.

알 길이 없다. 실제로는 사적인 공감 표현 외에는 없었던 듯하다. 다만 백지시에 대한 공식적이고 비평적인 진술들 중 확인 가능한 것으로는 시인이 언급한 『동아일보』 1973년 9월 15일 자[4] 5면, 「문학월평」 칸에 실린 글이 유일해 보인다. 그 내용은 대체로 이랬다.

'藝術(끊임없는 자기 파괴 自己否定)의 本質的 精神을 詩로 表現'한 것이니 그것이 前衛性을 지닐 땐 白紙로 나타날 수가 있는 문제인 것이다. 그러나 나는 이 백지에서 거기 떠오르는 무수한 문자를 보게 된다. 백지긴 하지만 이것이 요컨대 詩論이며 藝術論인 까닭으로 해서 그 내부에 간직하고 있는 메시지, 그것을 보지 않을 수가 없는 탓일 것이다. 오히려 백지와 만나게 되는 것은 작품 「2」번인 「統一路終點」에서다.[5]

시인의 회고와 달리 저 기사의 저자는 비평가가 아니라 시인인 전봉건이었고, 백지시는 당월에 발표된 다른 시인들의 작품과 함께 언급되었다. 이 글에서 전봉건은 범대순의 백지시를 두고 예술의 본성인 자기부정 정신을 표현한 전위성이 인정된다고 말한다. 다만 마지막 문장의 뉘앙스로 미루어볼 때, 월평자인 전봉건이 정작 더 관심을 가지고 읽은 작품은 백지시 다음에 실린 「統一路終點」이었단 점, 그래서 "시의 순수성이 현대 세계의 독자에게 깊은 인상을 남긴다"는 평가는 백지시보다는 바로 이 작품을 두고 내린 것이었

---

4) 시인은 이 날짜를 9월 16일로 회고한다.
5) 전봉건, 「담담한 詩行 속의 鮮明한 意味」, 『동아일보』, 1973. 9. 15.

다는 점에 대해서는 지적해둘 필요가 있겠다.

　요컨대, 1973년 즈음 범대순의 백지시는 그것이 그 자체로 발산할 수도 있었을 파괴력, 불러일으킬 수도 있었을 논란 가능성 속에서 받아들여지지 않았다. 대신 저자 자신에 의해서만 두고두고 회고되고(때로는 정확하게 때로는 과장되거나 왜곡된 채로), 보충되고, 정리되기를 거듭한다. 그리고 그런 작업은 시인이 작고하게 될 때까지 줄곧 이어진다.

　사정이 그렇게 된 여러 가지 이유들을 추측해볼 수도 있을 것이다. 가령 그가 일찍이 조지훈의 추천을 받아 『문학예술』을 통해 등단했어야 하나 잡지가 종간되는 바람에 그렇게 되지 못했다는 점,[6] 그래서 유수의 문예지나 종합 일간지의 신춘문예를 통해 시끌벅적하게 등단한 시인이 아니었단 점, 한국 특유의 지역적 이분법에 따를 때 평생을 '중앙 문인'이 아니라 '지역 문인'으로 살았다는 점 등등. 그리고 물론 그의 백지시가 발표된 시점의 한국 문학장 내에, 그것을 문제적인 시로서 인지하고 그 파괴적인 논쟁 가능성을 담론화할 만한 비평적 안목과 이론적 도구들(가령 데리다의 이론이나 현대해석학의 개념들, 아서 단토류의 예술 제도론 등)이 충분히 마련되어 있지 않았다는 점도 추측 가능한 이유들 중 하나다.

　그런 의미에서 1973년에 등장해 그 어떤 주목도 받지 못한 채 시인 자신에 의해서만 언급되다가, 이제는 정작 그 행방조차 알 수

---

6) 시인은 이런 언급을 한 적이 있다. "『문학예술』지는 1958年 1월호부터 보이지 않았고 따라서 나의 기계를 주제로 했던 시 「불도우저」가 햇빛을 보기 위해선 훨씬 더 오래 기다리지 않으면 안되었다"(「기계(機械)가 한 편의 시가 되기까지—나의 시 「불도우저」를 중심으로」, 『전집—시론』, p. 27).

없게 된[7] 백지시 한 편의 행적을 밝히고자 쓰는 이 글은 아주 뒤늦은 글이다. 게다가 그것이 불러일으킬 수도 있었을 논점들을 오늘날의 시각에 비추어 좀더 요연하게 정리해보는 것이 유일한 목적이므로, 아주 소박한 글이기도 하다.

2. 백지가 시가 되는 사연

1973년 "어렸을 때부터 늘 前衛이고자 하였지만 한번도 前衛이지 못했"[8]다고 자술하던 시인 범대순이 백지를 한 편의 시로서 제출했을 때, 가장 먼저 제기될 수 있었던, 그리고 제기되어야 했던 질문은 당연히 '백지는 시가 될 수 있는가?'였을 것이다. 그것은 전위적인 문제 제기였고, 이어서 '한 장의 백지가 시작품이 될 수 있다면 그것은 어떤 방식으로 가능한가?' '시의 경계는 문자 너머까지 확장될 수 있는가?' '그렇다면 시를 시이게 하는 속성은 무엇인가?'와 같은 일련의 질문들이 뒤를 이을 수도 있었다. 그러나 상술(上述)한 바, 이에 대한 전봉건의 대답은 지극히 올바른 만큼 안이해 보이기조차 한다.

지극히 올바르다고 말하는 것은 '예술은 자기부정성을 본질로 갖는다'라는 말이 반박하기 힘들 정도로 상식적이기 때문이고, 안이하다고 말하는 것은 그런 식으로 쉽게 말해지곤 하는 '예술의 본질'

---

7) 방대한 양의 〈범대순전집〉 그 어디에도 이 작품은 실려 있지 않다. 다른 말로 완벽한 백지가 된 셈이다.

8) 범대순, 「詩作 노트」, 『현대시학』 1973년 10월호, p. 28.

이란 것이 실은 '근/현대' 예술(최소한 예술의 자율성을 확립했던 낭만주의 이후의 예술)에만 적용된다는 사실을 망각한 비역사적 발언이기 때문이다. 근대 이전의 그 어떤 예술(후에 그렇게 불리게 될 일련의 기예)도 자기 부정성을 본질로 가지지는 않았다. 뒤샹의 「샘」에 이르러서야 예술이 스스로를 부정함으로써 예술 자체의 경계를 묻고 확장하는 일을 업으로 삼게 된다는 것은 이제 예술사상의 상식에 속한다. 따라서 변기가 예술 작품이 되듯 백지가 시가 될 수 있다면, 그런 일이 가능하게 되는 메커니즘에 대해 묻고 답하는 편이 효율적이었을 것이다.

요컨대 '백지는 시가 될 수 있는가?' '그렇다면 어떻게 그러한가?'라는 질문에는 여전히 답이 필요해 보인다.

1) 식별 기호들

앞서 인용한 대로, 시인은 백지시에 대해 이렇게 회상했다. "그 시는 백지 그대로였습니다. 나의 백지시에 대한 판권을 주장하는 내 서명 외엔 타이틀도 문자들도 없으며 완전히 아무것도 없습니다." 그러나 상식적인 견지에서 완전한 백지가 시가 될 수 있다는 말을 곧이곧대로 받아들이기는 힘들다. 가령 지금 이 글을 쓰고 있는 책상 옆의 프린터에 장착되어 있는 꽤 많은 양의 A4 용지들, 아무 문구점에나 진열되어 있는 노트 속의 무수한 백지들, 익명의 서점 어딘가, 가령 낚시나 바둑에 대한 어떤 허름한 책의 한 페이지에 잘못 제본되어 있는 백지, 이런 것들에 대해 판권을 주장하며 그것은 내 시라고 말할 수 있는 이는 없다.

만약 백지가 시가 될 수 있다면, 그것은 최소한 이 백지가 여타의 흔한 백지들과는 다른 백지라는 사실, 시로 인지될 수 있는 조건과 문맥과 상황 속에 놓여 있다는 사실을 증명해야만 한다. 아마도 시인은 당시 '완전한' 백지시를, 그 어떤 기호도 거느리지 않은 공백의 시를 의도하기는 했을 것이다. 그러나 그런 일이 가능할 수는 없다. 원칙적으로 말해 모든 백지가 시가 될 수는 없다. 시란 언어 예술이고, 언어가 없다면 시가 아닐 테니까.

그런 의미에서 1985년 시인이 미국의 데니슨 대학에서 행한 강연에 대해 던져졌던 두번째 질문은 적절했던 것으로 보인다. "시와 시적 경험과는 분리되어야 한다고 생각하지 않는가?"[9] 완전한 백지를 의도했던 시인의 시적 경험과, 그 산출물로서의 백지시(「 」)는 분리되어야 했던 것이다. 따라서 앞서 백지시에 대한 시인의 회고에는 어딘가 (무의식적인) 왜곡이나 누락이 있었다고 말할 수밖에 없다. 백지시는 완전한 백지는 아니었던 것이다. 실제로 시인의 회상과 달리 백지시의 진짜 모습은 이랬다(그림 1).

보다시피 백지시(라 불리는) 작품이 실린 저 면은 전혀 백지가 아니었다. 우선

그림 1. 『현대시학』 1973년 10월호, 범대순 소시집 첫 면.

9) 범대순, 「「미국의 공동묘지」와 「白紙」」, 『전집—시론』, p. 467.

당시의 인쇄 관습에 따라 가장 먼저 읽어야 할 우측 상단의 정보는 '이달의 小詩集'이다. 유수의 시잡지를 읽는 정도의 문학적 교양을 갖춘 독자들에게(그들이 아니라면 누가 이 잡지를 읽었겠는가) 이 기호는 한국의 유력한 시지들 중 하나인 『현대시학』에서 해당 시기 주요 시인의 작품에 할애한 수록 지면을 의미한다. 거기에는 한 권의 완성된 시집(대략 40편 이상이 묶이는)이라고는 할 수 없지만, 일반적으로 한 시인의 작품을 잡지에 싣는 양(대개 두세 편)보다는 많은(해당 지면의 경우 열세 편이었다) 양의 작품을, '소시집'이란 명칭 아래에 게재한다는 정보도 담겨 있다. 이어지는 기호. 즉 좀더 큰 글씨로 씌어진 "范大錞詩集(13篇)" 역시 같은 기능을 하는 식별 기호다. 이 기호들에 의해 이제 이어지는 지면에 활자화되거나 활자화되지 않은 문장들은 시인 범대순이 이달에 발표하는 소시집에 속하는 시편들임이 식별된다.

요약하자면, 시인의 회고와는 달리 '그 시는 백지 그대로'가 아니었고, '타이틀도 문자들도 없으며 완전히 아무것도' 없지는 않았던 것이다. 오히려 이후에 백지가 지면에 등장하더라도 그것을 시로서 인지하지 못하는 것이 되레 이상할 만큼, 저 지면은 식별 기호들로 가득하다. 정확한 사태는 이랬던 것이다. 모든 백지가 다 시가 되는 것은 아니다. 그 백지가 속한 사회의 특정 문학장에서 작동하고 있는 이러저러한 제도적 절차와 인쇄 방식과 잡지 편집 체제와 문장 부호에 의해 각인되고 맥락화된 백지만이 '백지시'가 될 수 있다. 달리 말해 범대순의 백지시는 그것이 문자를 가지고 있지 않다는 것을 제외하고는, 다른 시들과 다를 바가 전혀 없었다. 1973년 한국의 문학장에서, 다른 시들과 동일한 제도와 출판 및 인쇄 방식에 따라 동일한 지면에 실린 백지는 시가 될 수 있다. 왜냐하면 그 문학장에 속한 채로 그 문학장의 이러저러한 의식적/무의식적 규약에 따라 그것을 읽게 되는 독자들에게 틀림없이 문장부호 '「　」'는 시작품을 지시하는 식별 기호이기 때문이다.[10]

2) 제목과 서명

1973년 당시 『현대시학』의 편집 방침에서 제목을 지시하는 문장부호는 「　」였던 것으로 보인다. 백지시 이후에 등장하는 다른 작품들의 제목에 일관되게 이 부호가 사용되고 있기 때문이다. 그렇다면 아무런 문장도 어휘도 기록되어 있지 않은 '「　」' 아래에 시가 있다는 사실을 눈치채지 못할 독자는 없다. 설사 포함하고 있는 것이 아무것도 없다 할지라도 낫표는 당시 한국 문학장의 관례상 그것이 시의 제목임을, 아무것도 담지 않은 시를 쓰겠다는 의지를 보여주면서 기존의 시와 스스로를 구별하고 있는 어떤 실험적인 시도의 장이 열리고 있음을 선언한다.

따라서 역설적이지만 이런 말도 가능해진다. 어떤 시를 시로서

---

10) 이로부터 아서 단토나 래리 쉬너류의 '예술 제도론'적 결론, 즉 '예술을 예술이게 하는 것은 예술 작품이 가지고 있는 어떤 본질이 아니라 그것을 예술로서 승인하는 제도이다'라는 결론으로 옮겨가기는 쉬운 일이다. 가령 아서 단토는 그의 유명한 책 『예술의 종말 이후』에서 이렇게 말한다. "좌파 비평가들은, 회화와 조각을 미술사의 발전을 이끄는 동력으로 가정하는 모더니즘이란 사실상, 회화와 조각이 전제하고 있는 제도들 ― 무엇보다 미술관(그리고 이것의 한 변종인 조각공원), 갤러리, 컬렉션, 화상, 경매장, 전문 감식가 등 ― 을 수호함으로써 특권을 보호하도록 계산된 이론에 불과하다는 견해를 가지게 되었다"(아서 단토, 『예술의 종말 이후』, 이성훈 · 김광우 옮김, 미술문화, 2004. p. 273). 그러나 이 글의 목표는 모더니즘 이후 예술과 제도 간의 기나긴 밀월 관계를 폭로하는 데 있지 않다.

'알아보게' 하는 것은 실은 작품에 사용된 언어나 기교가 아니라 그것을 하나의 작품 단위로 묶어주는 제목 때문이다. 당연한 말이지만 우리는 한 권의 시집, 혹은 소시집에서 한 작품과 다른 작품의 경계를 제목을 통해 구별한다. 제목은 그런 의미에서 여러 문장들을 하나의 작품으로 묶는 단위이자 가두리다. 그것 없이 한 편의 시작품은 시작하지도 끝나지도 않는다.

그러나 제목은 그보다 더 많은 기능을 한다. 하나의 작품을 묶는 단위이자 가두리로 작동하면서 동시에 어떤 작품에 법적 권리를 부여하고, 고유성을 부여하며, 이러저러한 방식의 분류와 구분을 가능하게 하는 것 또한 작품의 제목이다. 물론 서명도 마찬가지 역할을 한다. '범대순 소시집'이란 꼭지명은 실은 이제부터 실리게 될 열세 편의 작품은 전봉건이나 박남수 같은 여타의 시인이 아니라 고유하게 범대순이라는 시인에게만 속한 것이고, 설사 그것이 공백으로 이루어진 '「　」'에 의해 묶여 있는 백지라 할지라도 그 저작권은 바로 이 시인에게 있음을 공표한다. 이런 사태에 대해서는 데리다도 지적한 바 있다.

제목이 문학에 속한다는 것은 제목이 법적 권위를 갖는 것을 막지는 못한다. 예를 들어, 책 한 권의 제목은 도서관에서의 분류, 저작권의 부여, 그 결과로 일어날 수 있는 소송과 판결 등을 가능하게 한다.[11]

11) 자크 데리다, 『문학의 행위』, 데릭 애트리지 엮음, 정승훈·진주영 옮김, 문학과지성사, 2013. pp. 251~52.

제목은 작품의 내용을 요약하거나 강조함으로써 스스로도 문학에 속한다. 그러나 특별히 본문보다 몇 줄 위나 혹은 우측 상단에, 그리고 대개 본문보다 조금 더 크고 굵은 글씨체로 인쇄됨으로써 본문과는 구별되는 자리, 곧 문학의 바깥에 위치하기도 한다. 즉 문학 안이자 밖에 존재하(지 않으)면서 일련의 정보들을 한 단위로 묶어 한 편의 작품으로 분절하는 것이 바로 제목이다. 그것이 설사 '「 」'처럼 부재를 지시하면서 존재한다고 해서 그 자체가 부재한다고 말할 수는 없다.

1973년 『현대시학』에 발표된 범대순의 '「 」'는 따라서 명백히 시의 제목이고, 그 아래에 있는 얼마간의 공백을 한 편의 시로 묶는 단위이며, '범대순'이라는 서명과 함께 법적 권리를 주장 가능하게 하는 특권적 식별 기표로 작용한다. 시인이 백지시를 두고 저작권 운운했던 사정도 이로써 명백해진다.

3) 저작권

그런데 백지에 대해 저작권을 주장할 수 있을까? 시인은 실제로 이 문제를 진지하게 생각했던 듯하다. 여러 차례 이와 관련된 언급이 발견되기 때문이다.

그 시는 어느 다른 사람의 것이 아닙니다. 이 말은 이 시의 판권을 의미합니다. 누구나 백지시를 시도할 수는 있으나 그것은 모방이고 표절입니다. 어느 시도 그 자체의 저작자를 갖는 법입니다.[12]

---

12) 범대순, 「백지시에 대하여 II」, 앞의 책, p. 23.

나는 백지시에 대한 판권을 요구하였으며 어떤 모방도 그것은 표절이라고 주장하였습니다.[13]

판권 부분에 대해서 장난으로 생각하지 말기 바란다. 나는 이 문제를 심각하게 생각하고 있다.[14]

그러나 과연 백지시에 대한 저작권을 주장하는 것이 법적으로 뿐만 아니라 논리적으로나 문학적으로 가능한지는 미지수다. 왜냐하면 앞서 살펴본 것처럼 '특정한 맥락' 속에서만 백지가 시로서 출현하는 것이 가능하다면, 다른 맥락에서 다른 방식으로 출현하는 백지는 전혀 다른 백지일 것임에 분명하기 때문이다. 이를테면 1973년의 한국에서 『현대시학』에 출현한 백지와 1983년의 한 시집에서 "묵념, 5분 27초"라는 제목과 함께 출현한 백지의 의미가 같을 수는 없다. 설사 제목이 붙지 않은 '「 」'의 형태로 출현했다 하더라도 작품이 처한 사회적 상황과 시인의 의도, 그리고 평소 시인이 써온 다른 시들과의 상호 텍스트성 등을 고려할 경우 백지의 의미는 완전히 달라질 것이기 때문이다. 가령 "나는 말할 수 없음으로 양식을 파괴한다, 아니 파괴를 양식화한다"라고 말한 시인이 5·18이 지나자마자 쓴(?) 제목만 있는 백지가(그것도 제목에 사용된 숫자가 강력하게 5·18을 지시하고 있는), '자기부정'을 예술의 본

---

13) 범대순, 「도전과 한계의 경험」, 『전집—시』, p. 557.
14) 범대순, 「「미국의 공동묘지」와 「白紙」」, 앞의 책, p. 467.

질이라고 말하고 동양적 여백의 미를 숭배하는 시인의 백지와 같을
수는 없는 것이다. 사회적 백지와 동양적 백지는 전혀 같은 백지가
아니다. 비근한 예로 보르헤스의 「피에르 메나르, 『돈키호테』의 저
자」를 들 수도 있겠다. 토씨 하나까지 완전히 동일한 작품이라 할
지라도 세르반테스의 『돈키호테』와 피에르 메나르의 『돈키호테』
두 작품은 전혀 다른 작품일 수 있다는 것이 이 소설의 요지였다.

어쨌든 범대순 시인의 저작권 운운 발언은 그 어투의 심각함에도
불구하고 실제로 어떤 효력을 발휘하지는 않았다. 오히려 시인 스
스로가 백지에 대한 저작권을 포기했다고 보는 것이 맞을 텐데, 생
전에 1994년과 1999년 두 차례에 걸쳐 출간한 그의 전집 어디에서
도 그의 백지시는 찾을 수 없기 때문이다. 그는 백지 한 장을 전집
에 포함시키기를 포기함으로써, 백지에 대한 저작권을 포기했던 것
으로 보인다.

그러나 과연 그랬을까? 달리 생각하면, 그가 의도했던 백지란 완
벽한 공백이었고, 완벽한 공백을 책에 묶을 수는 없었을 것이다.
백지시는 어쩌면 그런 방식으로 태어난 지 20여 년 만에 스스로 사
라지면서 완성된 셈이었다고 해도 무방할 것이다.

3. 증식하는 백지

문학장 및 제도의 규약과 출판상의 관례, 서명과 제목 및 그에
따른 저작권을 두루 갖추었으므로 백지는 시가 되었다. 그러나 남
은 문제가 있다. 그렇다면 그 '시'의 의미는 어떻게 해석해야 하는

가? 우리는 백지에서 어떤 의미를 찾을 수 있을까?

범대순 시인이 백지시의 의미와 관련하여 종종 언급하곤 하던 아주 단순한 수학 공식 하나가 있다. 인용하자면 그 공식은 "$0 = \infty$, 零은 無限한 것과 一致한다"[15]라는 공식이다. 이 공식으로 미루어 보건대, 그는 아무것도 적혀 있지 않은 백지 안에 모든 의미를 담으려고 했던 것으로 추측된다. 논리적으로, 완전히 비어 있는 것은 항상 가능성으로 충만해 있다. 그 어떤 것으로도 그 공백을 채울 수 있기 때문이다.

그러나 저 공식이 뒤집어도 말이 되는 공식임을 지적하는 것이 궤변만은 아닐 것이다. 즉, 영이 무한한 만큼이나, '무한한 것은 영이다'. 그 어떤 가능성도 실현되지 않은 채 무한한 가능성만이 존재하는 곳에서는 아무 일도 일어나지 않는다. 어떤 사건이, 어떤 의미가 발생한다는 것은 무한한 가능태 중 하나의 실현태가 발생한다는 말이기 때문이다. 이 말을 시의 의미에 적용할 경우 어떤 시가 만약 모든 것을 의미한다면 그 시에 의미란 없다. 특정되지 못한 의미는 독자에게 그 무엇도 전달하지 못함으로써 일종의 의사소통으로서의 시적 과정을 완결하지 못하기 때문이다. 어떤 방식으로든 의미는 특정되어야 한다. 그래야 시는 '읽힐 수 있는 텍스트'가 된다.

그렇다면 이제 문제가 되는 것은 시인이 이 백지에, 어떤 의미를, 어떻게, 특정하여 부여했는가, 하는 점이다.

---

15) 범대순, 「詩作 노트」, 앞의 책, p. 36.

1) 1973년, 백지의 의미

1973년 『현대시학』 10월호 소시집 뒤에 부록처럼 딸린 「詩作 노트」는 데리다적인 의미에서 '파레르곤parergon'과 아주 유사해 보인다. 데리다는 파레르곤을 이런 식으로 정의한다.

파레르곤은 에르곤, 즉 완성된 작품에 반대되며, 옆에 있으며, 동시에 부착되어 있지만 어느 한쪽에 완전히 기울어지지 않는 상태에서, 어느 정도 떨어져 작품 구성에 관여하고 작품의 구성요소로 작용한다. 바깥도 아니고 안도 아닌 것. 경계의 변두리에서 맞대어 있을 때는 아주 유용한 나무로 된 장식품 같은 것. 이것은 무엇보다도 경계(가장자리)다.[16]

에르곤이 완성된 작품의 중심이라면 파레르곤은 그 가장자리, 곧 경계다. 가령 미술 작품을 테두리 지우고 있는 액자 같은 것이 파레르곤이다. 그것이 에르곤에 반대되는 이유는 그 존재 자체가 에르곤의 불완전성을 증언하기 때문이다. 액자는 작품과 무관하지만 바로 그 액자 없는 작품은 작품으로서 식별되기 힘들다. 그러니까 작품의 중심도 아닌 채로 가장자리에 바깥으로 존재하고 있는 것이 실은 작품의 구성에 관여한다. 이 경계가 없다면 작품은 작품으로서 식별되지 않는다. 작품으로서는 참으로 난감할 노릇인데, 아무것도 아닌 그 주변부적 존재에 의탁하지 않고서는 스스로를 예술작품으로 식별하게 할 수 없는 이 난국이 바로 작품의 운명이기 때

---

16) 자크 데리다. 「파레르곤」, 『해체』, 김보현 편역, 문예출판사, 1996, p. 444.

문이다. 일종의 '주변적인 것의 복권'을 데리다는 파레르곤이라는
개념을 통해 시도하고 있는 셈이다.

그와 유사한 일이 백지시에서도 일어난다. 공백으로 비어 있는
백지가 에르곤이다. 그 에르곤은 여러 문맥으로 인해 일단 시로
서 식별되었다고는 하지만 그 의미가 확정된 바 없다. 그러나 다행
히 열세 편으로 이루어진 소시집 말미에, 완성된 작품이 불완전함
을 증언하면서(반대되며), "옆에 있으며, 동시에 부착되어 있지만"
"어느 정도 떨어져 작품 구성에 관여하고 작품의 구성요소로 작용
하는" '시작 노트'가 있다. 소시집 말미에 붙은 '시작 노트'를 시의
중심이라고 말할 사람은 없다. 그러나 만약 이 노트가 백지시라는
에르곤의 유일한 의미론적 담보라면 상황이 달라진다. 백지시의 의
미는 정작 백지 내부가 아니라, 백지 바깥에, 마치 대수롭지 않은
읽을거리라도 되는 듯이, '노트'의 형태로, 존재한다. 그러나 그 노
트가 없다면 백지는 아무런 의미도 갖지 못한다. 왜냐하면 이 노트
가 백지의 의미를 이런 방식으로 특정하기 때문이다.

얼마 전부터 나는 自己를 파괴해버렸으면 하는 충동을 갖고 있다.
지금 가지고 있는 生命 뿐 아니라 살아온 온간 過去의 흔적을 一時
에 폭파해버렸으면 좋겠다고 생각한 것이다.……

나는 나 자신뿐 아니라 周圍의 모든 흔적을 淸算하고 否定하는데
서 나의 未盡된 慾求를 채우려 하려 했다. 이것은 나의 精神狀況 속
에서 부득이한 것이다. 생각하면 藝術이란 건 끊임없이 자기 파괴,
自己否定의 연속일른지 모른다. 이 藝術의 本質的 精神을 詩로 表現
하기 위해서 나는 고민하였다. 그 결과가 이 白紙의 詩다.

이 詩 속에서 나는 다음과 같이 質問한다. 詩는 文字로부터 絶對로 脫出하지 못하는 것인가? 萬一에 脫出하지 못한다면 詩는 기실 2000年來 詩人의 精神的 狀況의 반복에 불과하다. 萬一에 脫出이 可能하다면 詩에 있어서 그것은 文字의 發明에 못지않는 革命이 될 것임에 틀림없다. 詩는 古今 2000年 동안 文字의 奴隷의 身分을 固守하여 왔다. 이 文字의 拘束으로부터 解放됨으로써 詩는 藝術의 本質的發生의 터전으로 돌아갈 수 있는 것이다. 致命的인 限界를 벗어나 無限한 可能性을 가짐으로써 새로운 出發을 모색할 수 있는 것이다. 作者나 讀者의 創造力을 拘束함이 없이 정말로 强한 光線이 白色이듯이 정말로 强한 소리가 無聲이듯이, 이 白紙의 詩는 創造的 生命力으로 넘쳐흐를 것이다.[17]

시 작품 바깥에서, 시작 노트가 시의 의미를 규정한다. 이 시작 노트가 없었다면 백지시는 '의미 없는 시'의 다른 이름이 되고 말았을 것이다. 시적 의미의 중심은 시의 바깥, 곧 해석 행위에 있다는 이 역설을 백지시와 시작 노트는 여실히 보여주고야 마는데, 실은 현대 해석학의 가장 중요한 논지가 바로 이것이다. 시의 의미는 시인의 의도에 의해 '구축'되고 '완결'되는 것이 아니라 외부에서 이루어지는 해석에 의해 '누적'되고 '순환'된다. 그리고 저 시작 노트야말로 외부에서 백지시에 부여된 최초의 의미이다. 백지시는 실은 시작 노트에 의해 그 최초의 의미를 부여받고, 완성된 셈이다. 시작 노트가 시의 본질이었단 말인데, 그렇게 특정된 백지시의 의미

---

17) 범대순, 「詩作 노트」, 같은 책, pp. 35~36.

는 인용문에서 보는 바와 같다.

다소 긴 인용문을 요약하자면 백지시의 의미는 크게 두 가지다. 그 하나는 자기 파괴 욕구의 소산이란 것이고, 다른 하나는 언어를 포함한 모든 구속으로부터 시의 해방이다.

2) 증식하는 백지

의미가 '누적'된다라는 말의 의미는 해석 행위가 일회적으로 완결될 수 없음을 지시한다. 설사 그리 많은 독자를 가지지 못해서 거듭되는 해석 행위가 지속되지 않는다 할지라도 원리적으로 해석은 무한하다. 심지어 직접 작품을 쓴 시인 자신에 의해서도 해석은 번복되고, 보완되고, 정리되고, 누적되기 마련이다. 백지시도 그와 같았다. 게다가 스스로의 삶을 시와 일치시키기 위해 평생을 힘쓴 시인[18]이라면 저 무한한 백지의 가능성 앞에서 나날이 그 공허한 내부를 채울 도리를 고뇌하지 않을 수 없었을 것이다. 그러자 백지가 증식한다.

우선 1981년 데니슨 대학으로 떠나기 전 재직 중이던 대학 인문대 교수들과의 집담회에서 발언한 것으로 추측되는 강연록이 있다.

언어도단의 본래의 의미는 무엇인가요. 선종에서 말하는 불립문자(不立文字)라는 말은 무슨 뜻일까요. 언어의 공해에 대한 자각은, 그 자각을 표현하는 수단은 없는 것일까요. 또 언어의 제약, 가령 부조리나 비시적 혹은 시적 제약 때문에 표현이 억제된다면 그 시적

---

18) 이 말은 주관적으로밖에는 증명할 수 없다. 범대순은 그런 사람이었다.

경험은 영원히 말살되고 마는 것일까요.

  말살을 살릴 방안, 즉 시적 표현은 절대로 없는 것일까요. 말라르
메가 자기의 유명한 소네트를 말하는 가운데 백지의 상태가 시의 이
상적 상태라고 말하는 뜻은 무엇일까요.

  동양화 남화(南畵)의 여백(餘白)이 갖는 적극적 의미는 무엇일까
요. 서예에서 말하는 비백(飛白)의 뜻은 무엇일까요.[19]

  1973년 최초의 시작 노트에서 백지시에 부여되었던 '자기 파괴
충동'[20]과 관련된 의미소가 뒤로 물러나는 한편 '언어도단' '불립문
자' '말라르메' '여백' '비백' 같은 의미소들이 새롭게 등장한다. 이
제 백지시는 프랑스 상징주의를 시사(詩史)적 스승으로 삼게 되고,
노장을 비롯한 동양의 무위 사상으로 그 의미 영역을 확대한다. 그
러나 백지의 증식은 여기서 멈추지 않는다. 1981년 데니슨 대학
150주년 기념 백일장에서 당선한 뒤 발표한 수상 소감문에서 백지
는 다시 한 번 증식한다.

  이삼 주일 전에 나는 데니슨 대학 교수 학술발표회에 참가해서 물

---

19) 범대순, 「백지시에 대하여 I」, 『전집―시론』, p. 16.
20) 범대순에게 이 충동은 아주 강력한 것이었다. 초기 시편들, 특히 이른바 '기계시'들
    에서 '강하고 거대한 것'에 대한 도착적 매혹으로 나타났던 이 충동은, 그가 노장과
    동양 사상(기승전결)에 몰두하던 시절에 얼마간 지양된 것처럼 보였으나 『나는 디오
    니소스의 거시기(氣)다』(전남대학교 출판부, 2005)에서 돌연 재폭발한다. 심지어 노
    장에 경도되던 시절의 시작품들 속에서도 종종 이 충동은 자기 파괴적으로 돌출할
    때가 있다. 그러나 주로 범대순의 시론을 대상으로 삼은 이 글에서 범대순의 시 세계
    전체를 요약할 계제는 아니다. 이에 대해서는 추후의 논의를 기약할 수밖에 없다.

리학의 아주 재미있는 원리 실험들을 보았습니다. 내가 그때 가진 인상은 사물의 힘들은 거의 보이지 않고 들을 수도 없다 라는 것이었습니다. 힘이 나오는 가시적인 사물들은 더 이상 현대 물리학 연구의 분야가 아니며 가장 큰 소음은 들을 수 없으며 한 공간 안의 너무 많은 색깔들은 볼 수가 없다는 것은 누구나 다 알고 있습니다. 그 색깔들은 대신 하얗게 보인다는 것을 이 실험에서 나는 보았으며 나의 백지시가 현대 세계에 대한 아주 많은 흥미있는 감정과 복잡성을 포함하고 있는 단 하나의 표현이라는 것을 더욱 확신하게 되었습니다.

……계급도 없고 서열도 없고 특권 조건도 없이 모든 사람이 참가할 수 있는 새로운 출발점을 제시하고자 합니다.[21]

1981년이라는 사회적 정세 탓이었겠지만 이 강연록을 통해 "계급도 없고 서열도 없고 특권 조건도 없이 모든 사람이 참가할 수 있는"이라는 '사회적 의미'가 백지에 누적된다. 아울러 이국의 대학에서 경험한 물리학 실험의 도움으로 백지의 의미에 대한 '물리학적 근거'를 확보하는 데 성공하기도 한다. 그뿐만이 아니다. 1993년에 상재한 시집 『起承轉結』말미에는 시론 「기승전결에 대하여」[22]가 실려 있는데, 이 글에서 백지는 또 다른 의미로 확대된다.

그 백지시를 인식하는 통찰력이 기승전결의 정신이었고 그 백지를 표현하는 용기와 힘이 기승전결의 정신이었습니다. 만일 그 백지

---

21) 범대순, 「백지시에 대하여 II」, 앞의 책, pp. 21~22.
22) 시인의 말에 따르면 이 시론은 1989년 11월 아이오와 대학 국제 창작 프로그램에서 발표한 것이다.

시 속에 움직이는 느낌을 갖는다면 그는 기승전결의 일부를 느끼는 사람입니다. 왜냐하면 기승전결은 운동 그 자체 다시 말하면 에네르기이기 때문입니다.[23]

시인의 말에 따르면 1973년의 백지에는 1990년대 이후 자신이 몰두하게 될 '기승전결'의 세계가 이미 포함되어 있었다. 그런 방식으로 백지는 최소한 20여 년 동안을 계속해서 다시 씌어지고, 다시 읽히고, 재의미화되고, 보충되고, 정리되면서 그 의미를 누적해간다. 원리적으로 말해 백지시는 실제로 '0은 무한대'의 공식을 시적으로 입증해갔던 것이다.

4. 백지의 축복: 시인으로 살고 죽는다는 것

혹자는 아마도 저와 같은 백지의 증식을 두고 냉소할 수도 있겠다. 1990년경에 일어나게 될 시인의 정신적 변화 가능성이 1973년에 이미 백지 속에 각인되어 있었다는 말은 본말이 전도된 것임에 틀림없기 때문이다. 백지에 애초부터 그런 무한한 의미들이 담겨 있었다고 말하기보다는 시인이 세월의 흐름에 따라 사후적으로 의미들을 누적시켜갔던 것이고, 그런 의미상의 누적에는 시인의 사상적 문학적 변화가 반영되었다고 하는 것이 맞는 말일 것이다.

그러나 언젠가 시인은 "동양에서는 시를 쓰지 않아도 시인의 칭

---

23) 범대순, 「기승전결에 대하여」, 『전집—시』, pp. 432~33.

216

호로 일컬어지는 사람이 있습니다"[24)]라는 요지의 발언을 한 적이 있다. 시를 쓰지 않고도 시인의 칭호로 일컬어진다는 말에는 삶과 시가 일치할 수 있다는 것, 그것이 시인의 최고 영예이자 목적이라는 동양적 문학관이 깊이 스며들어 있는 것으로 읽힌다. 그런 의미에서라면 시인이란 시를 쓰는 사람이 아니라 시를 사는[生] 사람이다.

시인 범대순이 한국을 대표하는 유명한 시인이었다고는 말할 수 없다. 그러나 오로지 한 편의 백지시를 완성하기 위해, 삶을 바로 그 시에 따라 살았던 사람이었다는 말은 가능하고 또 참일 것이다. 앞서 살펴본 대로 그는 매번의 시적·정신적 변화를 모두 백지시에 반영했다. 그만큼 백지시는 날로 부피가 커지고 의미가 깊어졌다. 삶의 궤적에 따라 소급적으로 시는 점점 시인의 삶과 유사해졌다. 시인 범대순의 시와 삶이 일치했다는 말은 이런 의미다.

그러나 한 가지 수수께끼는 남는다. 말년의 시인은 왜 백지시를 자신의 전집에서 배제했던 것일까? 전집 그 어디에도 백지시는 없다. 평생을 붙들고 있었던 이 하얀 백지를 그는 정작 전집을 발간하면서는 누락시켰다.

그러나 이 기이한 사태가 실상 풀기 아주 어려운 수수께끼는 아니다. 아마도 그것은 시인이나 출판사의 실수가 아니었을 것이다. 완벽한 백지는 사람의 삶이 그러한 것처럼 완전히 사라질 때 완성되는 것일 테니까. 만약 그런 의도가 아니었다면 그가 마치 유언처럼 이런 문장을 전집 서문에 남기지는 않았으리라. 자신의 죽음 뒤에도 남을 전집 서문에 범대순은 이렇게 썼다.

---

24) 범대순, 「백지시에 대하여 Ⅱ」, 앞의 책, p. 20.

어느 날 누군가가 나의 墓碑를 세운다면 나는 그 碑銘에 다음과 같은 글을 원한다.

「잘 가거라 白紙여, 그리고 돌아보지 마라.」[25]

그는 자신의 소멸과 함께 백지시도 소멸시킴으로써, 평생에 걸친 둘 사이의 유대를 완성하고 싶었던 것이라고 생각하는 것은 일종의 믿음에 속한다.

---

25) 범대순, 全集 序, 「白紙」, 1994.

백 년 동안의 우울

─ 김원일의 『전갈』에 대하여

1

　『전갈』[1]은 고작 한 권 분량의 장편소설에 불과하지만 '대하소설'(이 장르 개념에는 이견이 있을 수 있다)을 능가하리만큼 거대한 스케일의 작품이다. 우선 작품이 다루고 있는 시간대가 3대의 1백 년에 걸친 가족사를 압축하고 있을 뿐만 아니라, 김원일 소설에서 자주 그렇듯이 그 가족사가 다시 한국 근현대사 전체를 작품과 매개한다. 개인의 이야기가 가족의 이야기로, 다시 가족 이야기가 한국 현대사 전체의 이야기로 확대되는 형국인데, 그러다 보니 한 권 분량의 장편에 담을 수 있는 평균치를 훌쩍 초과하는 어마어마한 양의 서사 소들이 촘촘하고 복잡하게 얽혀 읽는 이를 압도한다. 읽

---

1) 김원일, 『전갈』(김원일 소설전집 9), 강, 2014(초판: 실천문학, 2007). 이하 이 책을 인용할 때는 쪽수만 표기한다.

는 내내 독자를 사로잡는 감정은 여러 권으로 이루어진 대하소설을 읽고 있는 듯 묵직한 충격과 감동, 그리고 '장엄한 비애'다. 비애라고 했거니와 이 감정은 대체로 '이 나라 사람들이 이런 어마어마한 날들을 살아냈구나'라는 말로밖에는 차마 달리 표현할 수 없는 성질의 것이다.

그런데 김원일은 어떻게 저 많은 이야기 소들(얼추 가늠해도 이 작품에 등장하는 다양한 에피소드들은 식민지 시기 간도 고려인 이주로부터 재중(소) 독립운동, 밀양과 울산 지역 도시 형성사, 일본군 731부대의 마루타 실험, 거제도 포로수용소 사건, 한국전쟁 직전의 빨치산 운동, 그리고 1970년대 개발독재에서 2000년대 중반 '바다이야기'에 이르는 풍속들의 변천까지를 두루 아우른다)을 고작 한 권 분량의 작품 안에 담아낼 수 있었던 것일까? 그 비밀을 푸는 열쇠는 1차적으로 작가가 오랜 숙고 끝에 고안해낸 것임에 분명한 작품의 '구성 방식'에 있는 것으로 보인다. 일단 『전갈』의 전체 서사를 화자, 혹은 시점에 따라 구분해보면 크게 다음의 세 부분으로 나뉜다.

1) 주인공 강재필이 1인칭 화자 '나'로 등장해 자신의 연대기를 서술하는 부분,
2) 3인칭 전지적 시점의 서술자가 강재필의 아비 강천동의 삶을 서술하는 부분,
3) 강재필이 초고를 작성하고 작중 소설가 지망생 허문정이 퇴고한 강치무의 액자 속 일대기, 이때 화자는 강재필을 대칭하는 '필자'다.

1)의 서사를 통해서는 1970년대 이후부터 최근까지의 한국 사회

변동의 추이가, 2)의 서사를 통해서는 전후부터 1970년대까지, 개발독재 치하 한국의 근대화 과정 이면이 제시된다. 그리고 3)을 통해서는 식민지 시대부터 한국전쟁까지의 비극적 근대사가 강치무의 삶을 중심으로 요약된다. 특히 1)의 서사 안에서 액자 형식을 취하고 있는 3)은 주목을 요하는데, 강재필에 의해 재구성된 조부 강치무의 일대기는 다양한 사료들(역사적 사료들, 문학적 사료들, 그리고 어떤 경우 허구적으로 창작된 사료들까지를 포함한)과 여러 증언들(다종의 여행기들, 작중 허구적 인물들의 증언), 그리고 문학작품이나 보도 기사들을 자유자재로 콜라주함으로써 엄청난 양의 역사적 정보들을 고도로 압축된 형태로 제시한다.

이와 같은 구성에서 흥미로운 점은 조부 강치무의 삶을 복원해가는 작중 강재필이란 인물이 전문적인 작가나 역사가가 아니라는 점이다. 그는 교도소에서 우연한 기회에 할아버지의 삶에 관심을 갖게 된 아마추어 향토 사가다. 따라서 그가 수집한 강치무와 그의 시대에 관한 자료들이 미학적 규제나 역사학적 엄밀성 없이 자유롭게 나열되더라도 전체 작품의 일관성에는 하등의 손상이 가지 않는다. 개연성을 해치지 않으면서도 그토록 많은 서사 소들이 한 권 분량의 작품 안에 자연스럽게 포괄될 수 있었던 비밀이 여기에 있다. 아마 작가로서도 엄청난 양의 서사 소들을 제한된 분량의 지면에 담아내기 위해 이보다 더 적절한 구성을 찾기는 힘들었을 터인데, 『전갈』의 방대한 정보량과 육중한 감동은 이와 같은 구성상의 이점에서 비롯된다.

이처럼 절묘하게 고안된 구성상의 치밀함과 자유로움 속에서 안수길 이후 한국 문학사에서는 이례적으로 연해주 지역 고려인들의 역사가 복원되고, 재중(소) 독립운동사가 빛을 보게 되며, 무엇보다도 731부대의 행적에 대한 상세하고도 박진감 넘치는 고발이 가능해진다. 특히 731부대에 대한 소설적 형상화 시도는 그 희소성 측면에서나 시의성(이즈음 문단과 학계 초미의 관심사인 '생명정치'의 문제 틀 속에서 바라볼 때) 측면에서나 이후 한국 문학에 막대한 과제 하나를 던져주고 있는 것으로 보이는데, 아마도 이에 대해서는 별도의 논의가 필요해 보인다.

2

물론 이처럼 구분 가능한 세 개의 독립적 서사 단위들 간에 인과관계가 없는 것은 아니다. 인과관계는 주로 주인공인 강재필이 자신의 아비 강천동, 그리고 조부 강치무에 대해 품고 있는 감정의 거리에서 기인한다. 강재필은 자신의 생물학적 부친인 강천동을 단 한 번도 아비로 인정하지 않은 채, 끝까지 증오로 일관한다. 가령 강재필이 기억하는 유년기 강천동의 이미지들을 상기해보는 것도 좋겠다. 그의 기억 속 가장 오래된 곳에서 아비는 "얼굴만 아니라 눈동자와 대문니만 빼고 새까맣지 않은 데가 없었다"(p. 134). 게다가 항상 몸에서 수채 구멍의 "악취"를 풍기고 다녔으며(p. 56), 한밤 공동묘지에 자신을 보초 세우거나 자랑스러운 듯 면전에서 개를 몽둥이로 패 죽이기도 했다. 강재필에게 강천동은 시각적으로는 어둠, 청각적으로는 비명, 후각적으로는 악취의 영역에 속해 있다.

반면 그가 할아버지 강치무에 대해 취하는 입장은 사뭇 다르다.

강재필이 최초로 할아버지의 존재를 인지한 것은 집안 관혼상제 때 "어쩌다 찍은" 사진 속에서이다. 이상하게도 생전에 뵌 적조차 없는 "수수께끼 같은 인물"인 할아버지, 그 실체에 의문을 품기 시작했던 시기도 이미 이때부터였다. 말하자면 할아버지의 삶에 대해 그가 보이는 집착적인 관심에는 필연적인 이유나 근거가 없었던 셈이다. 그럼에도 강재필은 고백한다. "마약 중독에서 헤매던 때부터였을 것이다. 더 윗대까지는 따지지 않더라도 할아버지 그분을 알게 되면 나라는 실체도 알 것 같았다"(p. 19). "할아버지 족적을 따라가자 차츰 내 마음이 변해갔다. 내가 변하고 있음을, 나는 그 변화를 감지했다. 출감하면 어머니 무덤과 밀양을 둘러보기로 마음먹었다"(p. 20). 출소하자마자 강재필이 역겨운 수채 냄새로만 기억되는 고향 밀양에 다시 발을 들여놓는 것도 이런 이유 때문이다. '그분(그는 강천동을 두고는 단 한 번도 존칭을 쓰지 않는다)'의 삶을 재구성해내는 일, 그 일이 그에게는 자신을 사로잡고 놓아주지 않는 광기와 우울증에서 벗어날 수 있는 유일한 방책인 것처럼 여겨졌던 것이다. 만약 자신이 그토록 혐오해마지않던 '가족'을 복원하고, 스스로 가장(종호의 아버지)의 책임을 떠맡을 수 있게 된다면, 그 출발점 또한 바로 거기이리라.

두 사람에 대한 강재필의 이처럼 상반된 태도가 극명하게 드러나는 장면이 하나 있다. 여기 두 개의 묘비 앞에 강재필이 서 있다.

항일전선 독립군 전사 강치무 묘(1900년 생, 1958년 몰)
울산공단 건설 노동자 강천동 묘(1936년 생, 1994년 몰)

(p. 156)

독자들도 이미 알다시피 저 묘비명들의 내용은 둘 다 부분적으로만 사실이다. 할아버지 강치무는 물론 독립군 전사였지만, 일본군 731부대 초소 보조원이기도 했고, 충동적으로 입산한 빨치산이기도 했으며, 보도연맹에 가입해 겨우 연명했고, 생애 후반부에는 넋나간 산송장의 삶을 살았다. 아버지 강천동 역시 물론 한때 조국 근대화의 기수 울산공단 건설 노동자였지만, 팔을 잃은 이후 굴뚝 청소부였고, 개백정이었으며, 생애 후반부에는 그냥 '개'였다. 그러나 저 공히 왜곡된 두 묘비명 앞에서 강재필은 지극히 편파적인 모습을 보인다. 할아버지 묘 앞에서 그는 "절을 하며, 할아버지 생애를 간략하게나마 정리해보겠다고 입속말로 읊"는다. 그러나 "아비 묘가 할아버지 묘 옆에 있지만 찾지 않"는다. "아비는 묘를 남기지 않았어야 옳았다"(p. 157)고 그는 생각한다.

다소 에둘러 온 듯하지만 탁월한 역사소설로서의 『전갈』이 그 이면에 '가족소설'의 구조 또한 감추고 있었음이 드러나는 지점이 여기다. 그리고 이때의 '가족소설'이란 말은 상식적인 수준에서 『전갈』이 가족사를 소재로 하고 있다는 사실만을 지시하지 않는다. 엄밀하게 말해 프로이트가 '가족소설'에서 추출해낸 서사 구조가 『전갈』의 이면에 숨어 있다.

3

일찍이(1989년) 김현은 김원일의 몇 작품을 로베르의 『소설의 기원, 기원의 소설』에 비춰 분석하면서 이런 말을 한 적이 있다.

　　그런 프로이트의 설명은 김원일의 다섯 편의 소설이, 가족 소설의
소설적 변용이라는 것을 타당성 있게 받아들이게 한다. 아버지는 범
법자이지만, 운동가이기도 하며, 어머니는 거칠지만 자상하기도 하
다(부모를 낮추면서도 높이고 싶은 욕망). 나는 집안의 기둥이다라는
자부심·부담(위대해지고 싶은 욕망). 아버지가 없으니, 어머니와 여
탕에 들어갈 수밖에 없다. 깨끗하게 몸을 씻으려는 욕망은 더러운
마음을 감추려는 욕망이다(근친상간을 피해가는 시도). 막내에게 어
머니를 빼앗긴 뒤의 부아 끓음(형제간의 경쟁). 김원일의 소설에는
프로이트가 든 거의 모든 동기가 산적해 있다. 그는 그 어떤 동기에
의해서이건, 가짜 아버지에 대한 이야기를 계속 꺼낸다.[2]

　　김현의 저와 같은 언급에 따라 『전갈』을 읽어보면, 김원일의 많
은 작품들이 그랬듯이 이 작품의 기원에도 프로이트가 말한 '가족
소설'의 구조가 숨어 있음을 감지하기는 어렵지 않다. 아버지(개 같
은 아비 강천동)는 내 친아버지가 아니라는 부인 의식, 그래서 친아
버지(독립 운동가였던 할아버지 강치무)를 찾아 여정에 오르는 문제
적 주인공, 그리고 그 아비 찾기의 과정이 곧 스스로 아비 되기(강
종호의 아버지인 나 강재필)의 과정이 되는 아이러니, 그 와중에 발
생하는 어머니에 대한 양가감정(내게 정신병을 물려준, 그러나 아비

---

2) 김현, 「이야기의 뿌리, 뿌리의 이야기」, 『김원일 깊이 읽기』, 권오룡 엮음, 문학과지성
　　사, 2002, pp. 234~35.

의 박해로 죽어간 이필순)과 누이(또 다른 어머니였으나 YH 사건으로 다리를 절게 된 명희)에 대한 동정과 연민, 이 모든 인물과 사건 들이야말로 바로 프로이트가 말한 '가족소설'의 구성 요소들에 다름 아니기 때문이다.

앞서 『전갈』의 전체 서사를 이루는 부분 서사들의 인과관계가 주로 주인공 강재필의 아비와 할아버지에 대한 감정의 거리에서 기인한다고 말했던 이유도 여기에 있다. 강재필의 심리를 중심으로 놓고 볼 때, 2)의 서사는 부인하고픈 의부의 행적에 해당하고, 3)의 서사는 새로이 찾아 나선 친부의 행적에 해당한다. 그리고 알다시피 '가족소설'에서 부인하고픈 의부(실은 친부)의 행적은 폄하되기 마련이고 찾아 나선 친부(실은 의부이거나 부재하는 부친)의 행적은 과장되고 이상화되기 마련이다. 저 두 묘비 앞에서 강재필이 보였던 편파적인 태도의 이유, 그리고 (예비 소설가 허문정과의 협의하에) 조부의 삶을 미화하기까지 했던 그의 기이한 행동은 이렇게 설명 가능해진다. 강재필에게는 조부 강치무가 강천동을 대신할 새로운 아비였던 것이다.

4

그런데 여기서 한 가지 주의를 요하는 점이 있다. 강재필의 우울증이 그것인데, 그에게는 새로운 아비 강치무의 삶을 추적하고 복원해나가는 과정(가족소설의 서사)이 곧 자신의 우울증을 치유해나가는 과정이기도 하다. 『전갈』은 이렇게 읽을 때 한 우울증자의 자기 치유 과정을 서사화한 심리소설로도 읽힌다. 오랜 세월 우울증 자였던 강재필은 말한다.

지난 세월 동안 우울증 치료는 운동밖에 없다며 기를 쓰고 매달려 왔다. 이제는 할아버지 생애 정리가 운동을 대신하게 된 셈이다.

(p. 173)

내 병의 원인을 규명하자니 할아버지의 하얼빈 시절 유전자 뿌리에 우울증 박테리아가 기생을 시작하지 않았을까란 의심이 들었다. 울산에서 보낸 아비와 얽힌 기억이 내 병의 시원이라고 생각해온 진단에 수정이 필요했다. 할아버지는 그 시절부터 스트레스성 우울증에 시달렸을 것이다. (p. 235)

물론 두번째로 인용된 강재필의 말은 과학적으로 맞는 말이 아니다. 획득형질(강치무의 우울증은 선천적인 것이 아니라 일제 강점기의 가혹한 경험을 통해 획득된 것이다)은 유전하지 않고, 더욱이 박테리아는 전염될 수는 있을지언정 대를 거듭해 물려받는 것이 아니기 때문이다. 그러나 저 말들은 '심리적으로는' 사실(프로이트는 종종 객관적 사실보다 심리적 사실을 우선시한다. 설사 그것이 실제로 일어난 일이 아니었다 할지라도)에 가까운데, 그는 자신의 기원을 단연코 개백정 강천동이 아닌 독립운동가 강치무에게서 찾고 싶기 때문이다.

첫번째 인용문의 경우도 과학적으로는 맞는 말이 아니다. 정신분석학적인 견지에서 보아 우울증은 운동을 통해 그 증상이 잠시 완화될 수는 있을지언정 완쾌될 수는 없고, 또 상상적으로 복원된 새로운 부친에 대해 자신의 감정을 '전이'할 수도 없는 '정신증' 혹은 '나르시시즘적 신경증'들 중 하나이다. 프로이트에 따르면 우울증적 주체는 자신의 리비도를 '자기성애기' 곧 자신의 신체(그것도 분절되지 않은 채로) 외에는 타자를 인지할 수조차 없는 단계로 퇴행시킨다. 타자와 완전히 차단되어 영원한 고립 속에 존재할 위기에 처한 존재, 그가 바로 우울증자다. 타자에 대한 감정의 전이가 불가능하므로 그는 상담 자체가 불가능하고 치료도 되지 않는다. 따라서 할아버지의 생애를 복원하는 작업 속에서 자신의 우울증이 치유되고 있음을 감지하는 강재필의 생각은 틀렸다. 결국 만약 그가 밀양에서 강치무의 삶을 복원하는 와중에 우울증을 털어내고 있다면 그 이유는 다른 데서 찾아야 하는 셈이다.

이 지점에서 역사소설이자 가족소설이고, 동시에 심리소설이기도 한 『전갈』에 또 다른 숨은 차원 하나가 다시 열린다. 글쓰기에 관한 소설, 곧 '메타소설'로서의 『전갈』이 그것이다. 강재필이 치유되어가는 이유는 그가 독립운동가 강치무를 자신의 새로운 대타자로 구성해내는 데 성공했기 때문이 아니다. 그가 '글쓰기'의 주체였기 때문에, 그는 서서히 치유된다.

5

『전갈』의 서사를 다른 방식으로, 이를테면 '글쓰기'를 중심으로 요약하는 것도 가능하다. 그럴 때 이 작품은 파란만장한 한국의 현대사를 온몸으로 겪어내며 살았던 강치무라는 사내의 연대기가 완성되어가는 과정에 대한 이야기가 된다. 물론 그 연대기를 완성해가는 자는 그의 손자이자 우울증자인 강재필이다. 그리고 그가 글 한 편을 완성해가는 과정은 그대로 그의 우울증을 치유해가는 과정과 완전히 겹친다. 그런데 어떻게 그런 일이 가능할까? 만약 우울증이 타자에 대한 전이가 불가능해서 치유도 불가능한 정신증이라면 말이다.

그러나, '글쓰기'라면 가능하다.『전갈』에서 잘 드러나고 있는바, 글쓰기야말로 고립된 동일자에게 타자들과의 관계를 도입하는 가장 위력적인 절차, 바로 그것이기 때문이다. 실은 강재필은 혼자서 할아버지의 일대기를 완성하지 않았다. 우선은 도서관에서 근무하는 친구 영배가 있었고, 영배가 소개해 육체 관계까지 맺은(소설 말미에서는 아들 종호를 돌봐주고 있는 것으로 암시된) 사려 깊은 여성 최 주임이 있었다. 게다가 글재주 없는 자신의 초고를 매끄럽게 완성한 것은 예비 소설가 허문정이었고, 퇴고된 글의 진위를 감수해준 것은 퇴직 사학자 안병직 교수였다. 그는 할아버지의 일대기를 혼자서 쓴 것이 아니라, 여러 타인들과 함께, 일종의 글쓰기의 공동체를 이루면서 썼다.

그뿐만이 아니다. 글의 내용을 채워나가는 데 있어서도 그는 이루 셀 수 없이 많은 타인들과 연루된다. 할머니 김덕순과 누이 강명희의 증언, 강치무의 빨치산 동지 정두삼의 아들 정한기 씨와 정세병 씨,『청산리의 혼』을 저술한 것으로 되어 있는 허구 속의 소설가 김동심, 강치무의 은인 윤창하의 아들 윤순욱 씨, 독립군 동지 박문일의 아들 박한수 씨, 그리고 심지어 강재필에게 당시의 소련과 중국 사정을 알게 해준 실존 소설가 나혜석과 현경준, 함대훈 등등…… 따라서 강재필이 본인의 말대로 서서히 우울증에서 벗어난 것이 사실이라면, 그것은 그가 친부를 부인하고 다른 상징적 대타자를 아버지로서 세우는 데 성공했기 때문이 아니다. 그것은 그가 글쓰기를 통해 무수히 많은 타인들과 연루되고, 그들에 의해 도움과 배려를 받고, 그들과 함께 만든 일종의 공동체에 노출될 수 있었기 때문이다.

그렇게 읽을 때, 소설 『전갈』은 지상에 더 이상 어떠한 공동체도 존립 불가능할 것 같은 오늘날, '글쓰기'라는 사업이 여전히 어떤 공동체적인 이상과 필연적으로 연루될 수밖에 없음을 여실히 보여주는 '지극히 윤리적인 메타소설'이 된다. 그리고 아마도 이 지점이 대작가 김원일이 작품 『전갈』에서 최종적으로 우리에게 제안하는, 한국 현대사 그 '백 년 동안의 우울'에 대한 가장 적절한 문학적 애도 방식일 것이다.

20년 뒤에 쓰는 후일담

─1990년대 한국 문학 재론

1

『문학예술운동 1: 전환기의 민족문학』(황석영 외, 풀빛, 1988)이란 책이 있었다. 그 책은 여름에 나왔으나, 정작 내가 거기 실린 글한 편을 읽고 며칠을 끙끙 앓다가 한 선배를 찾아간 것은 가을도한참 깊어진 뒤였다. 봄과 여름 내내 엄청난 일들을 경험했던(그래서 마치 무슨 조울증을 앓듯 마음이 하루가 다르게 요동치곤 했던) 1987년이었고, 사유의 객관성, 폭, 깊이 모든 면에서 모자라고 성글고 조급하기 그지없던 스무 살 시절이었다. 그날 나는 쓸데없이비장했는데, 이제 곧 소설 쓰기를 포기할 참이었던 것이다. 선배와몇 병의 낮술을 마셨고, 그로부터 '우리는 어쩌면 가교(架橋)이거나가교(假橋)일 거야' 따위의 말을 들었고, 나는 그날 실제로 소설 쓰기를 포기했다. 저 책에 실려 있던 김명인의 글 「지식인문학의 위기와 새로운 민족문학의 구상」을 읽은 뒷날의 이야기다. 그 글의 요지는 아는 바와 같다. '국가 독점자본주의의 진척에 따라 한국의 소시민 계급에게 부여되었던 역사적 임무는 거의 시효가 만료되었다. 문학도 마찬가지여서 『문학과지성』이나 『창작과비평』이 주도하던 지식인문학은 이미 위기를 맞았고, 이제 역사의 새로운 주인이 될 민중 계급이 문학에서도 주인이다. 그것이 역사의 필연이다. 돌이킬 수 없다.'

한 편의 글이 한 사람의 운명을 단박에 바꿔놓을 수 있다고는 믿지 않는다. 그러니 김명인에게는 죄가 없고, 내 마음속에도 원한은 없다(생각해보면 그도 그 시기에 고작 스물아홉의 청년이었다). 그 글은 내게 어떤 계기 혹은 핑계를 제공했을 뿐, 아마도 나는 그 즈음 이미 스스로 재주 없음을 감지하고 있었을 것이고, 시대가 요구하는 어떤 책무 같은 것을 끙끙 버거워하고 있었을 것이고, 공장에 들어갈 용기도 사회운동에 투신할 뚝심도 없었을 것이다. 게다가 김명인의 글만 저런 이야기들을 하고 있던 시절도 아니었다.

앞서거니 뒤서거니 조정환이 '노동해방문학론'을 주장하면 박노해가 시를 쓰고, 백진기가 '민족해방문학론'을 주장하면 정도상이 소설을 쓰던 시절이었다. 그들은 한국 문학의 주체와 방법을 두고 격렬한 논쟁('민족문학 주체 논쟁')을 벌였으나, 그 이견의 폭은 내게 그다지 크지 않아 보였다. '누가(노동자, 민중, 지식인)', '무엇을(노동 현실, 민중 현실, 식민지 현실)', '어떻게(리얼리즘, 모더니즘, 혁명적 낭만주의, 사회주의 리얼리즘)' 쓸 것인가를 두고는 말들이 많았으나, 문학의 주체는 계급과 무관하지 않고, 문학에는 필시 정치적 용도가 있으며, 문학의 내용은 현실 그 자체여야 한다는 사실에 대해서는 확고한 합의가 존재했다. 당시 내가 그런 논의들을 비판적으로 읽었거나 회의적으로 한탄하며 읽었다고 생각되지는 않는다. 이견들에도 불구하고 그들은 옳았고, 문학은 그러해야 한다고 생각했고, 그럴수록 나는 주눅 들었고, 문학에 이제 내 자리는 없다고 생각했다. 휴학했고, 빈둥거리다 군대에 갔다. 1989년의 일이다. 그리고 이제 다 아는 사실이지만, 역사는 그때부터 전혀 예상치 못한 사건들을 준비하고 있었다.

내가 제대하기 전까지, 고작 3년 사이에 현실사회주의권이 무너졌고, 강경대가 죽었고, 분신 정국이 이어졌고, 김지하와 박홍이 망발을 서슴지 않았고, 정주영이 정계에 입문했고, 오렌지족이 출현했고, 사람들은 책보다는 「여명의 눈동자」와 최진실을 즐겨 봤고, 할리우드 영화가 직배되기 시작했고, 마이카와 신용카드와 PC통신의 시대가 시작되었다. 그리고 문학과 관련해 말하자면, 내가 제대하던 1991~92년 무렵은 실로 마광수의 시대였다. 『즐거운 사라』가 문학계 최대의 이슈였고, 그는 자신의 작품 세계에 스스로 이런 의미를 부여했다.

"문학은 무식한 백성들을 훈도하여 순치시키는 도덕교과서가 돼서는 절대로 안 된다. 문학이 근엄하고 결백한 교사의 역할, 또는 사상가의 역할까지 짊어져야 한다면 문학적 상상력과 표현의 자율성은 질식되고 만다. 문학의 참된 목적은 지배 이데올로기로부터의 탈출이요, 창조적 일탈인 것이다."[1]

---

1) 강준만, 『한국 현대사 산책─1990년대편 1권』, 인물과사상사, 2006, p. 186.

그런 식으로, 제대와 동시에 나는 내가 완전히 다른 세계에 들어와 있다는 사실을 발견해야 했다. 정말이지 그것은 완전히 다른 세계였다.

2

'민중과 역사'가 주인 되는 문학에서 '욕망과 일탈'이 주인 되는 문학으로의 저 놀라울 정도로 빠르고 대대적인 이행(거의 둔갑에 가까운)은 여전히 기이할 정도지만, 이제 그로부터 20년이 지났고, 최근 우리는 랑시에르의 세례를 받기도 했으니 저 사태를 기존과 다른 용어들을 사용해 해석해볼 수도 있겠다. 가령 이런 가설도 가능할 텐데, 1990년 즈음 한국 문학에는 어떤 '식별 체제'상의 변화가 있었던 것이 아닐까? 그러니까 박노해와 백무산과 방현석 등을 문학적 우점종의 자리에서 밀어내고, 먼저는 마광수, 장정일, 박일문, 하일지 등을, 이후로는 윤대녕, 김영하, 신경숙, 은희경 등을 (진화론적인 용어를 사용하자면) '선택'하고 '적응'하게 한 문학적 '환경' 변화가 그 즈음에 일어났던 것은 아닐까?

범박하게 말해, 특정 작품(비-작품)을 '예술(혹은 '비-예술')'로서 식별 (불)가능하게 하는 감각과 언어에 관한 담론들의 장이 '식별 체제'다. 그리고 랑시에르에 따르면 그간 세계(실은 서구) 예술사에 등장한 식별 체제는 세 종류인데, 플라톤으로부터 시작된 '윤리적 체제régime éthique', 아리스토텔레스로부터 시작된 '재현적

(시학적) 체제régime représentatif', 그리고 플로베르로부터 시작된 '미학적 체제régime esthétique'[2]가 그것들이다. 윤리적 체제의 핵심에 문학의 정치적·종교적·교육적 효용성에 대한 강조가 있다면 (플라톤의 『국가』는 그 대표적인 예다), 재현적 체제의 핵심에는 '데코럼', 곧 재현 대상에 따른 재현 방식의 위계적 규범화(부알로N. Boileau의 『시작법』이 그 좋은 예다)가 있다. 그리고 이 양자의 이중 구속으로부터의 해방, 거기서부터 근대의 미학적 체제가 등장한다. 그 해방의 내용은 이렇다.

그렇다면 소설의 리얼리즘이란 무엇인가? 그것은 재현으로부터 유사성의 해방이며, 재현적인 비례와 어울림의 상실이다. 플로베르의 당대 비평가들이 리얼리즘이라는 제목 아래에서 비난했던 것이 바로 이런 뒤엎기였다. 이제부터 위대한 것도 왜소한 것도, 중대한 사건도 변변찮은 에피소드도, 인간도 사물도, 모든 것이 똑같은 차원에 있다. 모든 것은 평등하며, 동등하게 재현 가능하다. 그리고 이 '동등하게 재현 가능하다'는 것은 재현적 시스템의 붕괴를 뜻한다. 말(하기)의 가시성이라는 재현적 무대와 대립되는 것은 담론을 침략하고 행위를 마비시키는 '볼 수 있는 것'의 평등이다.[3]

플로베르 이후, 예술은 완전히 평등해진다. "중대한 사건도 변변찮은 에피소드도, 인간도, 사물도, 모든 것이 똑같은 차원"에서 미

---

2) 이 세 가지 식별 체제에 대한 랑시에르의 좀더 자세한 구분은 『감성의 분할』(자크 랑시에르, 오윤성 옮김, 도서출판 b, 2008), pp. 25~30 참조.

3) 자크 랑시에르, 『이미지의 운명』, 김상운 옮김, 현실문화, 2014, p. 214.

학적으로 재현 가능해지는 어떤 '표면'[4]이 열린다. 재현은 이제 비례와 어울림을 고려할 필요가 없고, 하나의 표면 위에서 모든 이질적인 대상들이 동등하게 묘사 가능해지며, 예술인 것과 예술 아닌 것의 구분마저 모호해진다. 랑시에르에 따르면 이는 당연히 재현적 체제의 '붕괴'를 뜻한다. 모든 것이 재현 가능해진다는 말은 곧 재현적 체제가 무효화된다는 의미이기도 한 것이다. 왜냐하면 '재현 가능성'은 항상 '재현 불가능한 것들'을 전제로 할 수밖에 없기 때문이다. 말하자면 미학적 체제의 등장은 예술에 대해 일종의 해방 (위험한 표현이지만)이었고, 그 선봉에는 물론 소설이 있었다.

그런데, 랑시에르의 '재현적 체제의 붕괴'라는 표현에는 자칫 오해의 소지가 있어 보인다. 가령 이런 물음이 가능할 듯하다. 재현적 체제가 출범하면 윤리적 체제는 붕괴하는가? 혹은 미학적 체제가 출범하면 재현적 체제는 저절로 소멸하는가? 그렇지 않은 듯하다. 가령 '사회주의 리얼리즘'은 예술적 식별 체제들의 생성과 붕괴로 이루어진 선조적 예술사에 대해 의문을 제기해보게 만드는 훌륭한 사례가 될 만하다.

우리는 소위 '사회주의 리얼리즘'이 어떤 방식으로 윤리적 체제와 재현적 체제를 재전유했는지에 대해 유추해볼 수 있다. 알다시피 사회주의 리얼리즘은 확연히 윤리적 체제에 속하는 측면이 있었

---

4) 랑시에르는 로이 풀러의 춤이나 로드첸코의 포스터에서 이런 '표면'을 본다. 그가 보기에 표면 위에서는, 그래픽적인 것과 조형적인 것이 등가적으로 결합하고, 기호와 형태와 행위 또한 동등해진다. 아울러 예술과 오브제와 이미지가 통일되는 것도 바로 이 표면 위에서이다. 말하자면 이 표면은 새로운 식별 체제가 모든 재료들을 예술화할 수 있게 하는 일종의 용광로다(자크 랑시에르, 「'디자인'의 표면」, 같은 책 참조).

다. 문학을 사회 변혁을 위한 효용의 측면에서 사고했다는 점에서 그렇다. 또한 그것은 재현적 체제에 속하는 측면도 가지고 있었는데, '누가' '무엇을' '어떻게' 쓸 것인가에 대한 '기율(지금도 이 단어를 '리얼리즘적 기율' 같은 용례로 사용하는 이들이 있다)'을 애써 고안하고 선포했던 즈다노프A. Zhdanov의 사례는 악명 높다. 요컨대 사회주의 리얼리즘은 플로베르보다 한참 이후에 등장했음에도 불구하고 윤리적 체제와 재현적 체제가 강고하게 결합한 형태로 존재했고, 미학적 체제를 비활성화시켰다. 그리고 그렇게 함으로써 한번 등장한 식별 체제는 일종의 '침전sedimentation'[5] 혹은 '물려받은 형식'[6]의 자격으로 이후의 식별 체제와 경합하기도 하고 착종되기도 하면서 잔존한다는 사실을 훌륭하게 예시했다. 종종 어떤 논자들이 사회주의 리얼리즘으로부터 미학적 '퇴행'의 징후가 보인다고 말하곤 했던 데에도 이유는 있었던 셈이다.

사설이 길었다. 실은 1980년대 중·후반의 한국 문학에 대한 이야기를 하려다 너무 먼 길을 돌았다. 각설하고, 나는 1987년 늦은 가을의 어느 날 나를 엄습해서는 소설 쓰기를 포기하게 했던 김명인의 한국 문학과, 1992년 군에서 돌아와 아무 준비 없이 맞닥뜨려야 했던 마광수의 한국 문학이 실은 전혀 다른 성질의 것은 아니었는지 의심하고 있다. 전자가 1980년대 한국의 예외적인 정치 상황이 착종시킨 '윤리적/재현적' 체제의 산물에 가까웠다면, 후자는 문학에게 부여된 윤리와 재현의 규범으로부터 어처구니없을 만큼

---

5) 프레드릭 제임슨, 『정치적 무의식』, 이경덕·서강목 옮김, 민음사, 2015, p. 180.
6) 프랑코 모레티, 『근대의 서사시』, 조형준 옮김, 새물결, 2001, pp. 68~69.

자유로워져버린(혹은 자유로워지고 싶었던) 다른 식별 체제(그것이 미학적 체제가 아니라면 무엇이겠는가)의 산물은 아니었을지 하는 의심 말이다.

물론 당시의 김명인을 두고 사회주의 리얼리스트였다고 말할 수는 없겠다. 그러나 이제 와 다시 읽은 그의 글에서는 어딘가 당위와 엄포의 분위기가 역력하다. 조정환의 노동해방문학(민주주의 민족문학)론도, 백진기의 민족해방문학론도 마찬가지다. 그리고 설사 많은 매개에서 멀어진 시야를 고민하고 있었다 하더라도, 백낙청 등의 '민족문학론' 역시 크게 다르지 않았다고 생각한다. 내가 알기로 리얼리즘적 '기율'이란 말은 그들도 즐겨 사용하던 말이었다. 랑시에르와는 달리 그들에게는 리얼리즘이 기율로부터의 해방이 아니라 지켜야 할 기율이었던 것으로 보인다.

역으로 마광수를 두고 새로운 미학적 체제의 설립자라고 말하고 싶은 생각 역시 내게는 없다. 그 업적은, 랑시에르의 말을 믿어보자면, 플로베르(한국의 경우 이광수나 김동인)의 것이고, 우연히도 단지 그 시기 즈음에 동구의 현실사회주의 국가들이 느닷없이 몽땅 무너졌고, 대타자의 소멸은 주체들을 얼마 동안 일종의 '과잉행동장애'와 유사한 상태로 몰고 가는 것이 상례인바, 그들은 그들의 자유가 일종의 재앙이기도 하다는 사실에 대해서는 지나치게 둔감했다.

3

혹자는 황지우 등의 예를 들어 1980년대에도 미학적 체제는 작동하고 있었다고 말하기도 한다. 예를 들어 이런 시가 있었다.

　길중은 밤늦게 돌아온 숙자에게 핀잔을 주는데, 숙자는 하루종일
고생한 수고도 몰라주는 남편이 야속해 화가 났다. 혜옥은 조카 창
연이 은미를 따르는 것을 보고 명섭과 자연스럽게 이야기를 나누게
된다. 이모는 명섭과 은미의 초라한 생활이 안쓰러워……

　어느 날 나는 친구집엘 놀러 갔는데 친구는 없고 친구 누나가 낮
잠을 자고 있었다. 친구 누나의 벌어진 가랑이를 보자 나는 자지가
꼴렸다.
　그래서 나는……[7]

　공중화장실의 음란한 낙서와 신문 문화면에 실린 TV 드라마 줄
거리가 동일한 표면에 등재되어 한 편의 시로서 식별될 수 있다면,
도대체 시어가 되지 못할 언어란 존재하지 않는다. 게다가 "자지"
라니! "누나의 벌어진 가랑이"라니! 마치 '본격'이나 '순수'란 말을
비웃기라도 하듯 장르의 불문율을 깨는 저 저속한 언어의 남용은,
데코럼을 의도적으로 파괴함으로써 '문학적 평등'을 실현하겠다는
의지의 표명, 곧 미학적 체제의 산물이라고밖에는 달리 설명하기
힘들어 보인다.
　그러나 당시 우리는 저 시를 그렇게 읽지 않았다. "나는 말할 수
없음으로 양식을 파괴한다, 아니 파괴를 양식화한다"라는 황지우

---

7) 황지우, 「숙자는 남편이 야속해」, 『새들도 세상을 뜨는구나』, 문학과지성사, 1983, p. 88.

의 선언은, 그 '말할 수 없는' 상태를 항상 당대 정치 현실과의 관련 속에서 읽게 했다. 그것은, 언어 너머의 것을 언어로서 환기하겠다던 상징주의자들의 시론보다는 아무래도 정치적 아방가르드의 시론에 가까웠다. 그 시대에 문학적 실험은 항상 정치적 실험이었던 것이다. '장르 해체'나 '집단 창작' 같은 1980년대 특유의 현상들에 대해서도 이와 유사한 해석이 가능할 줄 안다. 위계적 장르 질서가 파괴되고(장르의 해체와 통합), 천재로서의 작가에 대한 낭만적 신비주의가 공격당하고(집단 창작과 수기), 삶과 예술의 경계가 무너졌지만(각종의 민중예술들),[8] 그 이유는 항상 정치적인 것이었지 문학적인 것은 아니었다. 좀더 엄밀하게 말해 '정치의 예술'이었지 (랑시에르적인 의미에서) '예술의 정치'는 아니었던 것이다. 아마도 우리는 그에 대한 적절한 증거자료로 이인성의 「낯선 시간 속으로」가 발표되었을 당시 가해진 범민족문학 진영의 의사 히스테리적인 비난들을 예로 들 수도 있을 것이다. 당시의 문학장에서 「낯선 시간 속으로」는 실험적이되, 전혀 '정치적으로'는 실험적이지 않아 보였던 것이다.

나는 지금 1980년대에는 미학적 체제가 존재하지 않았고, 한국문학의 경우 1990년대에 들어와서야 이 체제가 등장했다고 말하려는 것이 아니다. 근대 예술 전체(특히 소설)가 '미학적 체제'의 산물이자 동시에 그 기원인 한, 무한 재현 가능성은 근대문학의 상수다. 랑시에르는 그런 의미에서 심지어 아우슈비츠 문학을 두고도

---

8) 1980년대 특유의 '장르 해체'와 '집단 창작' 현상에 대한 랑시에르적인 재해석은 좀더 긴 논의를 필요로 할 것이다. 이에 대한 간략한 시론적 논의는 졸고, 「한국문학의 미래와 문학의 민주주의」(『살아 있는 시체들의 밤』, 문학과지성사, 2013)를 참조.

'재현 불가능한 것은 없다'[9]라고 말한다. 앞서 말했듯, 재현 불가능한 것은 필연코 재현적 체제의 산물이기 때문이다. 미학적 체제가 등장한 이상 재현 불가능한 것은 없다. 심지어 사람들이 그토록 '형언할 수 없다'고 말하는 아우슈비츠 체험이라도 미학적 체제는 그것을 어떻게든 재현 가능한 것으로 만든다.[10]

내가 식별 체제들의 '대체'나 '붕괴'가 아니라, '경합'에 대해 말했던 것도 이와 같은 이유에서다. 근대 이후, 예술의 정치란 엄밀히 말해 예술 작품에 담긴 정치적 내용에서 발생하는 것이 아니라(정치적 예술), 상이한 세 식별 체제들 간의 경합에서 발생한다(예술의 정치)고도 말하고 싶은데, 그러나 1980년대 한국 문학에서 그 경합은 주로 윤리적 체제와 재현적 체제의 연합군이 미학적 체제를 비활성화시키는 방식으로 이루어졌다.

4

어쨌든 그 뜨거웠던 1980년대 후반의 몇 년이 가고, 1990년대는 시작되었다. 사회주의권이 무너졌고 '정치적인 것'은 당분간 실종되었다. 이에 대해서라면 많은 논자들이, 다시 거론하는 것 자체가 쑥스러울 정도로 무수하게 반복해서 언급했던바, 하릴없는 병장 시절, 내무반에서 TV로 레닌의 동상에 오랏줄이 걸리는 걸 보았던 게

---

9) 자크 랑시에르, 『이미지의 운명』, 앞의 책, p. 235.
10) 영화 「쇼아」의 '헬름노 숲속 빈터 장면'에 대한 랑시에르의 분석 참조. 같은 책, pp. 222~23.

전부였던 나로서는 그저 리영희 선생의 말을 길게 인용하는 것으로 그 시절을 요약할까 한다.

"자본주의는 사회보장, 복지국가 지향을 계속적으로 이어오고 있다. 무엇이 영향을 미쳤는가. (변증법적인 자기지양의 노력이다). [……] 사회주의에 대한 전면적 규정은 곤란하지만, 자본주의에 흡수되고 있는 것으로 보이며, 사회주의 역할은 이제 자본주의 내에서 하위변수로서 개방작업을 계속하는 데 있는 것으로 보인다. 이처럼 지난 시기 우리의 유일한 대안이었던 마르크스주의의 진로가 어디로 향하고 있는 것인가에 대한 불확실성이 우리 지식인의 고뇌이다."

"사회주의적 인간관은 인간을 도덕적으로 완전히 개조하는 것이 가능하다고 보았으며, 바로 그러한 것이 사회주의의 실패의 원인이라고 할 수 있다. 오히려 자본주의가 소유 및 사유재산(시장경제)을 통해 인간의 이러한 생물학의 특성들을 조장하는 데 성공한 것 같다. 우리는 세계가 30% 정도의 타락과 60%의 도덕성·인간성을 유지하면 성공이라고 보아야 하며, 이러한 타협을 이루어내는 것을 목표로 삼아야 할지도 모른다. 이것은 현실과 이상이 조화되는 안정된 사회이며 '존재를 위한 체념'이라고 부를 수도 있다."[11]

자본주의 이후의 사회를 전혀 전망하지 않는다는 점에서 후쿠야

---

11) 리영희, 「특별기획/분단시대와 지식인: 리영희 교수와 전환시대의 고뇌」, 『말』, 1991년 3월호, pp. 177~78; 강준만, 앞의 책, pp. 106~07에서 재인용.

마의 '역사의 종언' 테제와도 유사해 보이는 리영희 선생의 저 말들은, 이제 되짚어보면 반쯤은 맞고 반쯤은 틀린 예견들을 포함하고 있었다. 자본주의가 인간의 "생물학적 특성들을 조장하는 데 성공"했다는 말은 맞았다. 왜냐하면, 그로부터 24년이 지난 지금 우리는 코제브가 예견하고 아즈마 히로키가 진단한바, '동물화하는 포스트모던' 사회에 살고 있음에 틀림없기 때문이다. 공적 영역의 소멸이네, '생명정치'네 하는 말들도 다 그와 같은 사태를 지시하는 것이라고 나는 이해한다. 그러나 "30% 정도의 타락과 60%의 도덕성·인간성"으로 유지되는 사회 운운은 확실히 틀린 말이었는데, 이후 사회주의라는 맞수를 제거한 자본주의는 신자유주의적 무한 경쟁을 세계적인 차원에서 조장했고, 그 결과 리영희 선생이 기대했던 30퍼센트 수준의 인간성이나 도덕성마저 일종의 '통치' 대상으로 전락했기 때문이다.

그렇다면 문학의 경우는 어떠했을까? 리영희의 저런 발언이 있고 몇 해 되지 않아 『새의 선물』과 함께 한국 문단에 혜성처럼 등장했던 은희경은, 이런 말을 한 적이 있다.

지금이 80년대였다면 나는 소설을 쓰지 못한다. 특이한 체험이나 역사적이든 개인사적이든 강렬한 고통이 없는 사람이, 인간이란 어떻게 살아야 하는지 이미 결정이 나 있는 세상에서 무엇을 말할 수 있겠는가. 나 같은 자의 사소한 삶 속에서도 인생의 의미를 찾을 수 있다는 암묵적 동의가 있는 90년대이기에 나는 쓰고 있는 것이다.[12]

---

12) 은희경, 「나의 문학적 자서전」, 『아내의 상자──1988년 제22회 이상문학상 수상작

똑같은 구절을 두고 김명인처럼 "90년대의 소설들은 잘게 부서진 삶의 파편들이 무한히 널려 있는 무변의 광야를 그저 지향없이 떠돈 것에 불과하지 않은가"[13]라고 토로할 수도 있겠으나, 나로서는 그런 가치 평가에 앞서 한국 문학의 지반에 일어난 구조상의 변화를 먼저 알아보는 것이 중요하다고 생각한다. 1990년대 초반 한국 문학에 어떤 새로운 지반이 형성되었고, 은희경은 지금 자신이 그 지반 위에서 작업할 수 있게 되었다는 사실에 안도하고 있지 않은가. 물론 그 지반은 "나 같은 자의 사소한 삶 속에서도 인생의 의미를 찾을 수 있다는 암묵적 동의" 덕분에 열린 '표면'이다. '암묵적 동의'라고 했거니와 이전에는 문학적인 것으로 식별되지 못했던 어떤 언어들(사소한 삶의 언어)을 이제 문학적인 것으로 식별할 수 있게 해주는 '암묵적 동의', 그것의 다른 이름이 '식별 체제'가 아니라면 무엇일까? 그리고 거대한 당위와 기율이 아니라 일상의 아주 자질구레한 것들까지도 문학적인 것으로 식별해주는 체제라면, 그것이 '미학적 체제'가 아니고 무엇일 수 있을까?

물론 그 표면은 은희경 본인이 열었던 것이 아니다. 저 어투는 용감하게 표면을 열려는 자의 말투가 아니라, 이미 만들어진 어떤 지반에 안착할 수 있게 된 자가 그 사실에 안도하는 말투다. 그런 의미에서라면 은희경도, 신경숙도, 윤대녕도, 김영하도 그 표면의 창설자들은 아니다. 내가 보기에 1990년대 한국 문학은 전혀 동질

품집』, 문학사상사, 1998, pp. 401~02.
13) 김명인, 「비극적 세계인식의 회복을 위하여」, 『자명한 것들과의 결별』, 창비, 2004, p. 99.

적이지 않은데(미학적 체제란 그런 것이다), 특히 마광수와 장정일이 대표하는 초기 세대와 중후반 이후 성가를 올린 저 작가들 간의 차이는 특히 중요하다고 생각하는 편이다.

마르크스주의와 현실사회주의는 1980년대의 한국 지식인들에게 확고한 상징적 대타자였다. 그리고 그 대타자의 그늘 아래서 윤리적 체제와 재현적 체제는 공고하게 착종될 수 있었고, 그렇게 착종된 윤리/재현적 체제는 다시 작가들에게 동일한 대타자의 역할을 수행했다. 따라서 모든 것이 다 재현 가능해질 수는 없었고, 재현은 또한 특정한 방식들로만 이루어져야 했다. 그러나 현실사회주의권이 무너지자 두 체제는 급속하게 그 영향력을 상실한다. 리영희가 읽었던 사태가 그와 같다. 그러자 대타자가 사라진 바로 그 자리에서 격앙되고 분방해진 작가들의 '과잉행동장애'가 시작된다.

물론 그 반대의 경우도 있었을 것이다. 가령 '후일담소설'은 흔쾌히 아버지를 떠나보내지 못한 아들들의 지체된 애도와 유사해 보인다. 그러나 대세는 이미 기울어 있었다. 애도는 끝나게 되어 있고, 그렇게 홀가분하게 아버지를 떠나보낸 아들들의 대표자가 바로 마광수와 장정일 들이었다. 가령, 마광수는 기다렸다는 듯이 아버지들이 가장 싫어하는 '핥았다' '빨았다'라는 말들을 서슴없이 쏟아냈고, 비난이 쏟아지자 한국 문화의 보수성을 질타하며 그런 표현들이 '의도된 천박함'이었다고 말한다. 그는 외설과 예술의 경계가 모호해지는 어떤 지반의 변화를 무의식적으로 실감하고 있었던 것이다. 장정일은 여러 면에서 그보다 더 나아갔는데, 포르노그래피적인 성 묘사는 말할 것도 없고, '재즈적 글쓰기' '캠프적 상상력' '메타픽션' '상호 텍스트성'처럼, 이후 한국 소설이 얼마간 휩

쓸리게 될 온갖 소설적 기법들을 다 실험했다. 그에게 소설에서 할 수 없는 일 따위는 없어 보였다. 요컨대, (이런 비유가 가능하다면) 1990년대 초반 한국의 문학장은 마치 스티븐 제이 굴드가 그린 '파동 곡선'의 정점에 위치해 있었던 것도 같다.

진화론을 문학사에 적용하려고 시도한 모레티는, 자신이 '세계 텍스트'라 부른 일련의 작품들에서 나타나는 '다성성'의 시간적 변화 양상을 굴드의 진화 파동 곡선에 따라 이렇게 설명한다.

분명 계속 상승하는 일직선은 아니었다. 데카르트적인 축선(軸線)들에 기반해—Y축은 이 장치의 두드러짐을 측정하고 X축은 시간의 경과를 가리킨다—다성성의 역사를 상상해본다면 『파우스트』의 경우 다소 높은 값을 곧바로 얻어낼 것이다. 하지만 이후 하강 곡선을 그리기 시작해(『모비 딕』), 계속 아래로 내려가다가(『풀잎』), 거의 0까지 도달하게 된다(『부바르와 페퀴셰』). 거의 그러한 상태를 계속 유지하다가 제1차 세계대전 시기에 이르면 갑자기 위로 상승하기 시작한다. 이것은 파동 곡선을 그린다. 따라서 불연속적인 역사로서 높이 치솟다가 다시 거꾸러진다. 전체적으로 볼 때 이것은 굴드와 엘드리지가 '중단된 균형들'이라는 이론과 함께 제시한 개념과 비슷하다.[14]

내 생각에, 1990년대 초반 한국 문학에서도 바로 저와 같은 일들이 일어났다. 윤리/재현적 체제는 필연적으로 다성성을 억압한다. 그러나 미학적 체제는 모든 것을 허용한다. 그것이 외설이 되었건,

---

14) 프랑코 모레티, 『근대의 서사시』, 앞의 책, p. 127.

현란하기 그지없는 포스트모던 기법들이 되었건, '내면'이 되었건, '여성성'이 되었건, '하위문화'가 되었건, 동일한 표면 내에서 공존하지 못할 것은 아무것도 없다. 상대적으로 오래 지속되던 균형이 중단되는 시점이 온 것이다. 생물 종들의 진화가 그렇듯이, 하나의 우점종이 지배하는 상대적으로 긴 안정기 후에, 환경의 단절적인 변화에 따라 다양한 변종들이 급격히 증가하는 폭발기가 도래한다. 그리고 그것들 중 몇몇 변종들만이 살아남아 다음 시기의 우점종이 된다. 아마도 신경숙과 윤대녕의 '내면', 전경린과 공지영의 '여성', 백민석과 김영하의 '하위문화' 같은 것들이, 그렇게 선택과 적응의 과정을 거쳐 살아남은 1990년대 변종들의 목록일 것이다.

물론 장정일과 마광수의 텍스트들 상당수가 '금서'로 낙인찍히게 된 사정 또한 이로부터 연역 가능하다. 문학적 진화의 폭발기는 상대적으로 짧게 마련이고, 안정기에 접어들기 위해서는 반드시 선택이 이루어져야 한다. 짐작건대 그들의 텍스트 목록에 유독 '금서' 딱지가 많이 붙은 것도 이런 이유 때문 아니었을까? 지젝의 표현을 빌려, 그들은 아무래도 '사라진 매개자'였던 것이다. 모든 것이 동등하게 등재 가능한 어떤 표면을 열었으나, 그들은 정작 자신들이 무엇을 하고 있는지 몰랐고, 결국 그 표면 위에서 한국 문학사에 오래 오르내릴 작품을 써낸 것은 다른 이들이었다.

5

또 사설이 길어지고 말았으니, 이제 작품들 얘기를 해야 할 차례

이지 싶다. 몇 가지 전형적인 사례만 들어보자. 나로서는 '미학적 체제의 쿠데타'라고 부르고 싶기도 한 저와 같은 사태가 얼마간 진척된 후, 그러니까 '사라지는 매개자들'이 정말로 사라지기 시작했을 때, 김영하는 이런 문장들을 쓴다.

그날 아침, 그 남자는 느지막하게 일어났다. 12시가 되어서야 침대를 벗어난 그는 엘지 죽염 치약으로 이빨을 닦고 아이보리 비누로 세수를 했다. 존슨즈 베이비 로션을 바른 후에 아래층으로 내려와 홍차의 꿈, 실론 티를 마셨다. 실론 티를 든 채로 소파에 앉아 천천히 신문을 읽기 시작했다. 한겨레신문의 주주인 그는 그 신문이 창간된 후부터 지금까지 하루도 빠짐없이 그 신문을 보아왔지만, '균형을 유지하기 위해' 조선일보도 함께 보고 있었다. 한데 조선일보 지국에서는 스포츠조선을 끼워 넣어주었으므로 그는 하루에 세 종의 신문을 보는 셈이 되었다. 일면 톱 기사로는 민주자유당의 김영삼 총재가 강삼재 사무총장을 불러 점심을 함께하면서 5·18 특별법을 제정하라고 지시했다는 이야기가 실려 있었다.[15]

나는 저 문장들이 인쇄된 종이의 표면 위에서 '오돌의 포스터'에서 일어난 일과 동일한 일이 일어나고 있음을 본다. 온갖 상품 기호들이 정치판의 일화나 심지어 5·18과도 등가화되어 나란히 놓이는 표면이 바로 저기다. 이 시기 한국 영화의 단골 주인공들이 된 속칭 '양아치'들을 주인공으로 등장시켜, 온갖 비어와 속어와 은어

15) 김영하, 「전태일과 쇼걸」, 『호출』, 문학동네, 1996, p. 201.

가 난무하는 소설(「비상구」)을 쓴 것도 김영하다. 컴퓨터 전략 시뮬레이션 게임의 캐릭터들과 서사를 가져와 한 직장인의 남루한 삶을 덮어 쓴 것도 그였다(「삼국지라는 이름의 천국」).

그러나 김영하의 문장들에서만 저런 표면이 발견되는 것은 아니다. 가령 윤대녕을 단번에 1990년대 한국 문학의 풍향계로 만들어놓은 『은어낚시통신』(문학동네, 1994)이란 소설집의 다소 기이한 구성에 대해서도 나는 같은 해석이 가능하다고 본다. 유심히 읽은 이라면 알겠지만 『은어낚시통신』은 알려진 바와 달리 결코 동질적인 작품들로 이루어진 소설집이 아니다. 한 권의 책 안에서, 심지어 한 작품 안에서도, 서정주(「은어」 「불귀」 「국화 옆에서」)와 김승옥(「January 9, 1993. 미아리통신」 「그를 만나는 깊은 봄날 저녁」 「눈과 화살」)과 카프카(「눈과 화살」 「그를 만나는 깊은 봄날 저녁」)와 푸코(「눈과 화살」)가 이질적으로 경합하는 텍스트가 바로 『은어낚시통신』이다.[16] 그런 의미에서 이 책 전체가 미학적 체제가 산출한 표면이었다고도 할 수 있는데, 다만 평론가 남진우의 해설이 그중 서정주의 경향을 특권화하여 '존재의 시원을 찾는 여행'이란 멋진 이름을 붙여주었고, 이후 윤대녕은 정말로 존재의 시원을 찾아 떠나기는 했지만 말이다(선택은 이런 식으로 이루어지는 법이다).

아마도 초기 김경욱의 영화적 인유들, 성석제의 '쌈마이' 인물들, 하성란의 마이크로 묘사, 백민석의 서브컬처 아나키즘 등에 대해서도 우리는 유사한 말을 할 수 있을 것이다. 심지어 신경숙의 『외딴

---

16) 이에 대한 구체적인 논의는 졸고, 「가지 않은 길—윤대녕의 초기 소설들에 대해」(『켄타우로스의 비평』, 문학동네, 2004)를 참조.

방』(문학동네, 1999)에서도 그런 현상은 나타나는데, 이 작품에서 '노동소설'의 형식(침전물, 혹은 물려받은 형식)과 '메타소설'의 형식(미학적 체제 특유의 자기 반영성)이 경합한 흔적들을 찾는 일은 그리 어려운 일도 아니다.[17] 이후로, 성향을 완전히 달리하는 작가들(가령 백민석과 윤대녕의 세계는 얼마나 다른가)이 두루 상찬받고, 이전 시대의 식별 체제에서라면 이인성의 「낯선 시간 속으로」에 쏟아졌던 것만큼이나 많은 비난들을 자초했을 언어들이, 전혀 서로를 간섭하지 않는 채로, 상대주의적이고 위계 없이, 동등하게 평가받고 대우받는 시절이 이어졌다. 요컨대, 우리가 지금 1990년대 문학이라 부르는 문학사적 집적물들은 거개가 다 저 표면 위에서 탄생했거나, 거기에 빚지고 있다.

6

그로부터 20년이 지난 지금, 우리는 이제 저 시기에 발생한 돌발적인 표면 위에서 얼마나 많은 일들이 일어났는지를 알고 있다. 주위를 둘러보면 이제 한국 소설이 포괄하지 못하는 영역은 없는 듯하다. 정영문의 부조리하고 요설적인 언어들이 그 표면에 등재되었고, 배수아의 에세이적 글쓰기도 등재되었다. 최제훈을 위시한 소

---

17) 최근 예외적으로 한국 문학을 초미의 관심사로 만든 신경숙의 '부분 표절작' 「전설」 또한 1990년대산 작품이라는 점을 여기 부기해둔다. 이 글의 논지에서 보면 '표절'이란 원본과 사본, 즉 위계적이고 이질적인 두 텍스트가 하나의 표면에서 슬며시 등가화되는 사태를 지시하는 것이 아닐까?

위 '정보 조합형 글쓰기' 장치들도 등재되었고, 박형서와 이기호와 천명관과 조하형과 윤이형의 기상천외한 '말짱 허구'들도 거기 등재되었다. 윤성희와 김애란과 박민규의 유머도, 황정은과 김사과의 새로운 '경향파' 소설들도 마찬가지다. 그러나 그런 공적들만을 근거로 들어, 1990년대 초반의 상황을 랑시에르의 주장을 좇아 일종의 미학적 혁명이었다고 말해도 되는 것일까? 저 '사라지는 매개자'들을 혁명가였다고 말할 수 있는 것일까? 아마 아닐 것이다.

물론 랑시에르는 미학적 체제의 출범을 일종의 혁명이자 해방으로 이해하는 경향이 있다. '계쟁'을 민주주의의 핵심으로 보는 그의 입장에서는 그럴 수 있을 것이다. 미학적 체제의 표면 위에서는 그 어떤 것도 재현 가능하게 되므로, 그간 감성적인 것들의 지배적인 분배에 따라 비가시적일 수밖에 없었던 다종 다기한 '말'들이 계쟁을 유발할 수 있기 때문이다. 그러나 아이러니하게도 그가 예로 든 '오돌의 포스터' 사례에서 보듯 미학적 체제가 출현시키는 동등성의 표면은 실로 양가적이어서, 그 표면에 '몫이 없는 자들(프롤레타리아)'의 목소리가 등재될 수도 있지만 동시에 그 표면 전체가 독점 자본의 목소리에 의해 점유당할 수도 있다. 나로서는 후자의 가능성이 훨씬 더 크다고 생각하는 편인데, 1990년대 초반의 한국 문학이 보지 못했던 것이 바로 그 점이다. 역사적 흐름의 이면에는 항상 '부재 원인(알튀세르, 제임슨)'이 놓여 있어서, 한 시대의 주체들은 흔히 자신들이 하고 있는 일의 역사적 의미를 잘 모르는 법임을 인정한다 하더라도, 그들에게는 자의식이 너무 없었다. 하긴 그들이, 자신들이 열어놓은 표면 위에서 이후 한국 문학이 어떤 운명을 맞을지를 성찰하고 있었다 하더라도, 그들이 도대체 무엇을 할 수 있었겠는가? 적이 세계 전체였는데, 세계 전체가 적이었는데.

어쨌거나, 그 어떤 것도 문학으로서 식별 가능하게 되는 기적의 마술이 그들이 열었던 그 표면 위에서 일어났다 치자. 그러자 뒤따라 이런 사태도 발생했다는 사실에 눈감을 수는 없다.

그러나 전장이 사라지면 1980년대식의 대안문화는 존립할 수가 없다. 해체되어 시장의 질서 속으로 편입되거나, 문화적 담론의 수면 밑에 있는 박물관으로 들어가 근근도생하거나, 양자택일이 있을 뿐이다. 그렇게 1990년대식 시장은 1980년대가 지니고 있었던 문화적 가치의 위계를 폭파해버렸다. 그럼으로써 극단적인 취향의 상대주의가 이루어진다. 누구도 취향의 서열을 매길 수는 없다. 단지 서로 다른 취향들이 있을 뿐이다. 무협지와 추리소설과 본격소설이 나란히 놓이는 것은 예술영화와 공포영화와 액션영화 사이에서 서열을 논할 수 없는 것과 같은 이치다. 단지 취향의 차이를 말할 수 있을 뿐이며, 가치의 서열은 취향의 물질적 형태인 장르 내부로 옮겨지는 것이다. 당대 최고의 무협지가 있고 최고의 예술영화가 있을 뿐이라는 것이다. 그리고 그런 판단들은 해당 장르의 오피니언 리더들에 의해 내려지고 시장 속의 구매자들에 의해 검증되고 추인될 것이다.[18]

물론 저와 같은 일들의 배후에는 동구 사회주의권의 몰락 이후 세계적 차원에서 급격히 확산된 신자유주의적 질서, 그리고 그로 인해

---

18) 서영채, 「냉소주의, 죽음, 마조히즘—1990년대 소설에 대한 한 성찰」, 『문학의 윤리』, 문학동네, 2005, p. 106.

촉발된 소비사회로의 이행 같은 굵은 원인들이 놓여 있다는 사실을 거론하지 않는다면, 공평하지 못한 처사일 것이다. 게다가 '사라지는 매개자들'이란 명칭의 의미에는 '자신이 하는 일의 의미를 알지 못하고 하는 자'라는 의미도 들어 있다. 그들은 어쩌면 역사라고 불리는 '주체 없는 과정'에서 일종의 '기능'이기도 했을 것이다.

사태는 이랬다. 대타자의 붕괴와 함께 '공통 감각'이 사라진다. 실상 공통 감각이란 공적 영역이 건재할 때만 발생하거나 유지될 수 있다. 그러나 신자유주의는 새로운 통치성을 개발하는데 그 통치성하에서 공적 영역은 완전히 경제에 종속당한다. 아렌트의 '오이코스Oikos에 의한 폴리스Polis의 병합'이란 말이 지칭하는 것도 그런 현상일 것이고, 푸코의 '생명정치' 개념도, 바우만의 '액체 근대' 개념도 공히 이런 현상과 직간접적으로 관련이 있을 것이다. 그러자 공적 영역이 사라진 자리에 (사적) 취향의 상대주의가 헤게모니를 장악한다. 알다시피 칸트 이후로 많은 이들이 고심했던 것이 바로 그 취향의 상대성이기도 한데, 취향이 제기하는 문제는 이렇다. '모든 것이 인정받을 만하(지 않)다면, 실은 그 어떤 것도 인정받을 수 없(있)다'. 가령, 취향의 상대주의하에서는 김경욱을 좋아하는 독자가 신경숙의 독자를 비판할 수 없다. 심지어 한 독자가 공선옥과 백민석과 윤대녕을 동시에 좋아한다 하더라도 문제될 것은 없다(내가 그렇다). 좀 독특하긴 하지만 취향이니까. 1990년대 초반의 한국 문학이 예견하지 못했던 것이 바로 이런 사태다.

이 시기에, '문지/창비'의 경쟁적 공존 체제가 한국 문학에 발휘하던 긍정적 영향력을 서서히 잃어가게 된 것도 이런 사정과 무관하지 않아 보인다. 윤리적/재현적 체제에서 벗어나서 보자니, 세상에는 리얼리즘과 모더니즘만 존재하는 것이 아니었으니까. 미학적 체제에는, 심지어 스스로마저도 유일한 체제가 아니라 여러 체제들 중 하나로 상대화하면서, 문학으로서 식별할 수 있는 것들의 범위를 무한대로 넓혀놓는 속성이 있다. 그리하여 새로운 문학주의가 탄생하는데, 이때의 문학주의는 말하자면 특정한 이념이라기보다는 '훌륭한 취향의 기준'에 가깝다. 아마도 포스트 '문지/창비' 시대의 출범과 함께 이제 한국 문학에서 가장 영향력 있는 매체가 될 잡지 『문학동네』의 창간(1994)은 그런 상황의 강제하에서 이루어졌다고 봐야 할 것이다. 아래는 『문학동네』 창간사에서 따온 두 구절이다.

　　동구와 소련에서의 현실사회주의정권의 몰락이 초래한 이념적 진공상태는 천민자본주의가 발호할 수 있는 절호의 토양이 되어주고 있으며 무분별한 상업주의의 유혹은 우리의 인내력을 시험하는 단계를 넘어 거의 고문하는 경지에 이르고 있는 것처럼 보인다는 점을 명기해두기로 하자.
　　[……] 『문학동네』는 어떤 새로운 문학적 이념이나 논리를 표방하지는 않으려고 한다. 대신 현존하는 여러 갈래의 문학적 입장들 사이의 소통을 촉진하고, 특정한 이념에 구애됨이 없이 문학의 다양성이 충분히 존중되는 공간이 되고자 한다.[19]

앞의 인용문은 문학적 '환경 변화'에 대한 『문학동네』의 정세 판

---

19) 「계간 『문학동네』를 창간하며」, 『문학동네』 1994년 겨울호.

단에 해당하겠다. 그리고 뒤의 인용문에서, 나는 그와 같은 변화에 따라, 1990년대 이후 한국 문학이 어떤 방식으로 '적응'을 시도했는지를 읽는다. 이제 전선은 이념과 이념 간에서 형성되지 않는다. 혹은 지배와 저항 사이에서 형성되지도 않는다. 『문학동네』에 저항의 이념 같은 것은 없었다. 천민자본주의의 발호와 상업주의의 유혹이라는 환경 변화에서 한국 문학이 살아남을 수 있는 길로 『문학동네』가 제시한 것은 넓은 의미에서의 문학주의, 그러니까 "새로운 문학적 이념이나 논리를 표방하지 않"고 "현존하는 여러 갈래의 문학적 입장들 사이의 소통을 촉진하고" "문학의 다양성이 충분히 존중되는 공간"을 마련하겠다는 의지다.

이 말은, '훌륭한' 문학이라면 그것이 어떤 이념적 연원을 가지든 개의치 않겠다는 말이기도 한데 문제는, 이념이 없으므로 그 '훌륭함'의 기준이란 게 결국 취향 이상의 것이 되기 어렵다는 점이다. 실제로 그랬다. 전선은 '값싸고 천박한' 대중문화와 그로부터 격리된 최소한의 진지로서의 '문학' 사이에서 형성되었다. 즉, 저급한 취향과 고급한 취향 사이에서 형성되었다. 바로 이렇게 스스로 문학적 체제의 작은 진지가 됨으로써 거대한 소비자본주의의 공격에 맞서려던 것이 『문학동네』의 전략이라면 전략이었다.

진지전이 시작되었던 것이다. 아니 더 정확하게 말해서 최후의 보루에서 고작 살아남는 것이 유일한 목적인 전투가 시작되었던 것이다. 물론 그 전투에서는 '문학'이라는 대의에만 동의한다면 누구나 다 아군이 될 수 있었지만, 그렇다고 승리는 전혀 보장할 수 없는 전투였다. 다시 말하지만, 그 시절 이후로는, 세계 전체가 문학에 대해 적대적이었기 때문이다.

7

결론을 짓자. 그러자면, 그 시절로부터 20년도 넘는 시간이 흘렀으니 이제 그사이 뭔가 달라진 게 없는지도 살펴야 하고, 무엇보다 전망을 제시해야 한다. 그러나 나는 못한다.

우선은 현재의 한국 문학이 처해 있는 상황이 도저히 낙관을 허락하지 않기 때문이다. 독자는 급속도로 줄고, 걸작은 나오지 않고, 문학장은 상업주의에 물들어 돈과 권력만 탐한다는 소문이 무성하다. 독자들의 '취향'도 그리 훌륭해 보이지는 않는다. 심지어 얼마 전에는 이웃 나라의 유명한 비평가로부터 한국 문학 역시 종언을 고했다는 판결문[20]이 나오는 상황마저 지켜본 바 있다. 그래도 뭔가 대안 비슷한 거라도 제시해야 할 텐데, 그러자니 아즈마 히로키란 자의 별로 대단할 것도 없는 이런 문장이 낙관적인 언사를 자꾸 방해하는 건 무슨 심사일까?

---

20) 랑시에르의 논지에 따라 가라타니 고진의 한국 문학 종언론을 재고해볼 필요는 있어 보인다. 아무래도 그는 윤리적/재현적 체제에 대한 애정이 필요 이상으로 강했던 비평가였던 듯하다. 그의 근대문학 종언 테제는 한 식별 체제의 쇠퇴를 문학 자체의 종언으로 확대 해석한 경향이 농후하다. 한국 문학을 포함한 근대문학의 종언을 선언할 때, 그는 실은 윤리적/재현적 체제의 편에서 미학적 체제에 대한 불평을 늘어놓고 있었던 셈이다. 그러나 근대문학이야말로 바로 그가 실망해마지않는 미학적 체제를 등장시킨 장본인이라는 사실을 염두에 둘 때, 근대문학의 이름으로 그것이 탄생시킨 식별 체제를 비판하는 그의 주장은 참 아이러니한 상황에 빠지고 만다.

70년대에는 커다란 이야기를 잃어버렸고, 80년대에는 그 잃어버린 커다란 이야기를 날조하는 단계(이야기 소비)에 이르렀으며, 계속되는 90년대에는 그 날조의 필요성조차 폐기하고 단순히 데이터베이스를 욕망하는 단계(데이터베이스 소비)를 맞이했다.[21]

일본의 오타쿠 문화를 두고 한 얘기에 불과하다는 것은 알지만, 그리고 '한국의 지적 상황은 항상 일본의 20~30년 전을 좇아간다' 따위의 지적 식민주의 담론에도 동조하지 않지만, 나는 저 말이 자꾸 거슬린다. 그래서 마음속에서 저 말을 자꾸 한국 상황에 대입해 번안해보게 되는데, 옮겨보면 이렇다. "1990년대에는 커다란 이야기를 잃어버렸고, 2000년대에는 그 잃어버린 커다란 이야기를 날조하는 단계에 이르렀으며, 2010년대에는 그 날조의 필요성조차 폐기하고 단순히 데이터베이스를 욕망하는 단계를 맞이했다." 물론 이따위 한 문장의 단순한 점강법으로 한국 문학의 지난 30년을 세밀하게 포괄하지는 못하리라. 그러나 그 대강에 있어서는 한국 문학의 상황이 저와 아주 흡사하다는 사실에 동의하게 되는 것이 비단 나뿐일까? 오늘은 이쯤에서 입을 다문다.

---

21) 아즈마 히로키, 『동물화하는 포스트모던』, 이은미 옮김, 문학동네, 2007, p. 97.

3부 징후

무표정하게 타오르는 혀

— 백민석의 『혀끝의 남자』에 대하여

1

꽤 오래전 일이다. 백민석이 충남 어딘가(서산이나 태안)에 칩거 중이란 말을 들었고, 이제는 기억나지 않는 어떤 경로를 통해 전화 번호도 얻을 수 있었다. 휴대전화 번호는 아니었고 일반 전화번호 였는데 당연히 그 숫자들에서는 세계에 등을 돌려버린 자에게 속 한 것들 특유의 완고함이 느껴졌다. 깊은 잠을 자청한 자를 깨워보 려는 심사였으니 어떤 각오나 결심 같은 것이 필요했던 것도 같다. 그래서 손가락이 약간 떨렸지만 마음에 동요는 없었다. 나는 그 숫 자들을 마치 이번만은 절대 실수하지 않으려는 사람처럼 길게 또박 또박 눌렀다. 사석에서는 단 한 번, 그것도 잠깐 동안 몇 마디 말을 섞은 적이 있을 뿐이지만, 전화를 받는 목소리는 낯설지 않았다. 퉁명스럽게 돌아온 말은 대강 이랬다. "소설가가 사표 써야 소설가 그만두는 것도 아닐 텐데, 왜 자꾸 이러시나요? 다시는 이런 일로 전화하지 마세요!"

뭐, 괜찮았다. 첫째로 이미 예상한 반응이었기 때문이다. 작가 백민석을 구성하는 여러 요소들 중 하나가 바로 그 까칠함과 거침없음이란 걸 모르는 바도 아니었고, 그의 작품들로 미루어 보건대 그가 뭔가를 결심했다면 그것은 쉽사리 깨지지 않을 거라는 사실도 알고 있었다. 게다가 내가 읽기로 그의 절필과 잠적 또한 그의 문학에 속해 있었다. 나는 '엄살'이나 '전략'이 아닌, 작가가 스스로를 상징적 죽음의 처지로 몰아넣는 '절실한' 절필의 사례를 오랜만에 그를 통해 목도하고 있었고, 그것은 그대로 백민석의 문학과 다르지 않다는 생각을 하고 있었다. 둘째로, 나는 그때 내 임무를 다했다고 생각했다. 그의 말대로 소설가가 사표를 써야 소설 쓰기를 그만두는 것은 아니다. 그러나 설사 사표를 썼다고 하더라도 소설이 소설가를(그가 진정한 소설가라면) 그냥 놔주는 것도 아니다. 그는 천생 소설가 말고 달리 어울리는 일이 있어 보이지 않았고, 그래서 나는 그가 어디 충남의 바닷가에서 여전히 뭔가 쓰고 있을 거라고 생각했다(이 생각은 틀렸다). 또 그가 분명 다시 돌아올 거라고도 생각했다(이 생각은 맞았다). 그래서 다만 나는 그에게 내가, 우리가, 한국 문학이 댁을 잊지 않고 있음을, 댁은 댁이 아는 것보다 훨씬 많이 한국 문학에 '필수적인 성분'임을 전했다는 사실만으로 족했다. 물어보지는 않았지만, 아마 나 말고도 더 많은 사람들이 그에게 전화했으리라. 필경 나와 같은 마음으로…… 사실인지 확인해보지 않았으나, 그런 타전들이 그를 돌아오게 한 것이라고 생각하면 기분이 좋아진다.

2

그가 한국 문학에 '필수적인 성분'이라는 말에는 얼마간의 부연 설명이 필요하다. 그리고 실은 얼마간의 분노도 필요하다. 나는 지금 '분노'라는 말을, (백민석 소설의 '지나친 폭력성'을 과하게 염려했던 적대자들의 온건하고 고상한 어법에 분노한 채로) 다음과 같은 지젝의 용법으로 사용하고 있다.

전지구적 분노의 잠재력이 고갈된 우리 시대에는 이제 두 가지 형태의 가장 주된 분노만이 남아 있다. 이슬람(자본주의적 세계화가 낳은 희생자들의 분노)과 '비합리적인' 청년들이 폭발시키는 분노가 그것이다.[1]

현실사회주의권이 붕괴하고 신자유주의 체제가 전 지구적 지배를 확고히 한 이후, 소위 '분노–자본'이 사라져버린 것은 한국 사회에서도 마찬가지였다. 어떤 뜨거운 변혁 이론도 어떤 완벽한 사회 모델도, 그리고 어떤 그럴듯한 문학 이념도, '분노'라는 자본 없이는 한갓 종잇장 위에 그려진 설계도에 불과하다. 분노는 설사 그것이 폭력적이라 할지라도, 아니 실은 폭력적이기 때문에 더더욱, 변혁과 갱신에 있어서는 중요한 에너지가 된다. 한국 문학도 그랬다. 내가 알기로 1990년대 후반과 2000년대 초반(그가 절필하기 직

---

1) 슬라보예 지젝 외, 『민주주의는 죽었는가?』, 김상운 외 옮김, 난장, 2010, pp. 181~82.

전)까지 한국 문학에서는 오로지 '비합리적인 청년' 백민석이 폭발시키는 분노 정도가 '유일하게' (분노 자체와 분노의 제스처들은 구분되어야 하므로) 남아 있는 분노자본이었다(굳이 누군가를 더 꼽아야 한다면 최인석을 꼽을 수는 있을 것이다).

물론 그 분노는 (진짜 분노가 항상 그렇듯이) 종종 공감의 범위를 넘어설 만큼 폭력적이었다. 그의 주인공들은 아주 무표정한 모습으로(훗날 작가 자신이 「사랑과 증오의 이모티콘」[2]에서 기본형 ··이라 부르게 될 바로 그 표정이다) 불만스러운 것은 죽이거나 유기했고(『목화밭 엽기전』, 문학동네, 2000), 하고 싶은 것은 설사 남의 목숨을 빼앗는 일일지라도 했다(『헤이, 우리 소풍 간다』, 문학과지성사, 1995). 도덕이나 청결함에 신경 쓰지 않았고, '너흰창녀보지만제일인줄알지'나 '삶은콩방귀포대' 같은 음란하고 추잡한 퍼포먼스도 마다하지 않았다. 고상하게 진보적인 척하는 것들, 가령 부르주아 생태주의자들이나 어설픈 록 스피릿으로 저항을 대신하는 밴드들은 즐겨 조롱의 대상이 되었고, 심지어 인류 문명의 근간이라는 근친상간 금기도 적잖이 파기되었다(이상 『16믿거나말거나박물지』, 문학과지성사, 1997). 그래서 어떤 평론가는 그의 문학에 대해 이런 우려를 표한 적도 있다.

하지만 그의 그런 파격성·과격성──시쳇말로는 탈주의 욕망──을 도덕의식·현실개념의 서슴없는 파괴나 육두문자가 난무하는 외

---

2) 백민석, 『혀끝의 남자』, 문학과지성사, 2013. 이하 이 책에 실린 작품을 언급할 때는 작품명과 쪽수만 표기한다.

설 또는 전략적 허무주의, 아방가르드적 글쓰기 등으로만 규정할 일
은 아니다. 사실 90년대 들어 문학의 새로움을 논하는 데 입버릇처
럼 들이댄 잣대가 그런 식의 대책 없는 기준이 아니었던가. 〔……〕
필자로서는 이 작가의 일탈 자체에는 별 흥미가 없다. 방황과 일탈
로서의 실험은 장정일의 '비극' 하나로 충분하겠고, 서구문학을 뒤
져보면 그보다 고급한 일탈도 종종 볼 수 있기 때문이다.[3]

더불어 이런 말도 서슴지 않았다.

　그렇게 온전치 못하고 '뛰는' 감수성일수록 상품가치가 높아지는
것이 현대 예술의 반인간적 대세인데, 알게 모르게 젊은 작가들의
의식 세계를 그런 대세가 장악하고 있는 것이다.[4]

가감 없이 말해 나는 저와 같은 문장들을 읽을 때면 저절로 입꼬
리가 올라가는 걸 느끼곤 한다. 그럴 때 나는 내가 짓고 있는 잔인
한 표정과, 내 안에 차오르는 분노를 감지하게 된다. 허물어져가는
무허가 판자촌에서 태어나 일찍 부모를 잃고, 또 오랜 시간 동안
조모가 누워 있는 병실에서 홀로 글을 쓰다가, 결국 우울증을 얻
게 된 한 소년(이것이 실제 체험이라면 절대로 '신파'라고 말할 수 없
다), 황폐한 절골을 유일한 놀이터 삼고, 누릴 만한 '문화'라곤 TV
와 B급 대중음악, 그리고 공짜로 책을 빌려주던 공립 도서관밖에는

---

3) 유희석, 「작품, 진영, 문학운동」, 『창작과비평』 1998년 겨울호, p. 269.
4) 유희석, 같은 글, p. 271.

없어서, 스스로를 '우울한 도서관 소년'이었다고 회상하는 어떤 사내의 이미지가, 그 반대의 이미지와 자꾸 겹쳐서다. 그 반대의 이미지란 지금 이 글을 쓰는 나, 혹은 저 글을 쓴 평론가의 이미지다. 좋은 교육을 받았고 좋은 것들을 읽었으니, 그런 이들이 말하길, 과격함은 예술적으로 다스려져야 하고, 육두문자는 아방가르드가 아니며, 일탈은 고급스러워야 하는데(그러나 도대체 어떻게 일탈이 고급스러워질 수 있으며, 고급스러운 것은 또 어떻게 일탈이 된다는 걸까), 그 고급스러운 일탈은 서구 문학을 잘 뒤져보면 찾을 수 있고, 분노는 가급적 리얼리즘적으로 표출되어야 하는 법인데, 그와 달리 과도하게 무정부적인 감수성은 결국 책의 상품 가치를 높이기 위한 전략으로 전락할 수도 있다고 말하는 이 고상한 화술!(그러나 내가 알기로 적당하고 합법적인 분노는 소위 '정의'의 이름으로 '도가니'탕처럼 팔려나가지만, 통제할 수 없는 분노는 2쇄도 찍기 힘들다). 아마도 지젝의 말처럼 분노자본이 고사하고 있다면, 한국 문학의 경우 대개 그 고사의 책임은 저 유용하고도 숭고한 분노자본을 자꾸 어떤 체계(특히 '보통의 사실주의와 구별되는 리얼리즘'이라는 텅 빈 기표로 이루어진 체계일 경우가 많았다) 속으로 집어넣지 못해 안달했던 이들의 탓이 크다.

그런 의미에서 나는 그가 절필하기 전 평론가들과 나누었던 몇몇 대담이 그의 작품들만큼이나 흥미롭고 유익하다고 여기는 편인데, 여기 그중 한 장면이 있다. 평론가 장은수가 먼저 그의 소설에서 흔히 드러나는 비선형적이고 파편화된 서사의 한계에 대해 지적한다. 그러자 백민석이 답한다.

266

내가 그런 방식으로 쓰는 것은 세상에 대한 분노나 증오의 감정이 나를 충동질하기 때문일 것이다. 그러한 감정들은 끊임없이 나를 따라다니면서 얌전하게 쓰는, 그러니까 언어의 광기로 빠져들지 않도록 하는 장치들을 스스로 제거해버리거나 그러한 장치들을 소설 안에 심지 않도록 만드는 것 같다. 오히려 나는 그 감정들이 없어지지 않았으면 좋겠다고 생각한다. 그 감정들은 일상에서는 무의미하고 무익한 것이겠지만 문학에서는 필수적이고 중요한 것이다. 또 그것이 나를 문학으로 이끈 원동력이었다. 오히려 내가 불안해하는 것은 비선형적인 내 소설이 광기 속으로 미끄러져 들어가지나 않을까 하는 것이 아니라 계속해서 이렇게 쓰다 보면 내 책을 내줄 출판사가 없지 않을까 하는 것이다.[5]

한 부분을 더 인용해보자. 대담 말미에 다시 장은수가 소설의 '소통 가능한 형태'를 주문하자, 백민석이 답한다.

당신 말대로 나의 분노는 문화적인 분노는 아니다. 오히려 그것은 생활의 분노이다. 내가 자라난 무허가촌이라는 곳은 그 자체로 법으로부터 먼 곳이었다. 따라서 나의 분노는 곧 법에 대한 분노이기도 하고, 그것이 지탱하는 사회 체계에 대한 분노이기도 하다. 그러나 당신이 의사 소통 가능한 분노를 이야기하는 데는 동의할 수 없다. 왜냐하면 분노란 의사 소통 가능한 것을 파괴하는 것이기 때문이다.

---

5) 「인공 현실과 비선형 서사의 출현」(장은수·백민석 대담), 『문학과사회』 1997년 가을호, p. 1136.

〔……〕 사람이 화가 나면 일시적으로 머리가 돌아버리며, 그러고 나면 말이 씹히게 된다. 그 씹히는 소리가 내 소설을 비선형적으로 만드는 것이다. 〔……〕 문단 안으로 편입되어 세 권쯤 소설을 내면서 내 스스로 만족스러워하는 부분이 나도 모르게 생긴 것 같다. 그것은 아마 바보 같은 짓일 것이다.[6]

대담에서 그는 문학 일반의 기원이 어디에 있는지를 말한다. 그에 따르면 분노야말로 문학의 기원이자 일용할 양식이다. 그는 특별히 자신의 문학적 기원에 대해서도 말한다. 그곳은 법으로부터 아주 먼 곳, 요즘 말로 하자면 '호모 사케르'들의 비식별역, 곧 '무허가 판자촌'이다. 또 그는 자신이 1990년대의 다른 작가들과 구별되는 지점이 어디인지에 대해서도 말한다. 자신의 분노는 '문화적'인 것이 아니라 '생활적'인 것이다. 물론 그는 자신이 '어떻게' 쓰고 있는지에 대해서도 말한다. 분노가 말을 씹히게 하고, 그 씹히는 소리를 기록하는 것이 자신이 글을 쓰는 방식이다. 게다가 그는 자신의 책이 많이 팔리기를 바라는 것이 아니라 책을 내줄 출판사가 사라질 것을 우려하고, 문단으로 '편입'되어 스스로 자족하게 될 것을 우려하기까지 한다. 말하자면 그는 자신의 문학 행위 전반에 대해 잘도 '반성적으로' '의식'하고 있다. 그는 종종 평론가들의 고담준론을 무색하게 만들 만큼 아주 지적이고 이성적인 작가이기도 했고, 그런 점에서 그의 소설에 대해 충동적이라거나 무분별하다고 했던 평가들은 실은 기우에 불과했거나, 해석적 무능력 상태의 자

---

6) 같은 글, p. 1137.

백이었다고 해야 맞을 것이다.

그가 한국 문학에 '필수적인 성분'이라고 말했던 이유가 이것이다. 백민석, 그는 그 존재 자체로, 한국 문학의 많은 고상한 문학 담론들을 추문으로 만들고, 많은 엇비슷한 탈주들을 제스처로 만들고, 많은 실험들을 기교상의 놀이로 만들었다. 게다가 점잖은 평론가들이 우려했던 바와 달리 그런 일들을 대책 없이 우발적으로 해냈던 것도 아니었다. 그는 그토록 한국 문학에 필요한 존재였던 것이다.

3

그러던 그가 정확히 10년 전, 돌연 사라졌다. 사라지는 척한 것이 아니라, 진짜로 사라졌다. 나처럼 그를 잊지 못하는 사람들이 몇 번 타전을 보내기도 했겠지만, 소문만 무성했고 행적은 묘연했다. 마케팅을 몰랐고 사교를 몰랐던 그였으므로, 그의 실종은 단호했고 정직했다. 아주 그다운 절필이었다.

아쉬웠던 것은 그가 없는 사이, 본인만 모르는 채로, 백민석이라는 아이콘은 한국 문학에서 일어난(혹은 일어나고 있는) 어떤 변이의 '기점종'이 되었다는 점이다. 먼저 편혜영과 백가흠이 낯설다 싶을 만큼 그로테스크한 세계를 우리들에게 보여주었다. 그들의 작품에 편만한 폭력과 분노와 우울과 처참함을 읽어내는 법을 나는 먼저 백민석의 작품들에서 배웠다고 생각했다. 박민규가 등장했다. 관점을 달리해서 보면 박민규와 백민석은 랑시에르적인 의미에서

'데코럼의 붕괴'에 가담한 동맹자들이라고 생각했다. 소설이 얼마만큼 이질 혼종적인 장르인지를 여실히 보여주는 두 작가가 함께 활동했다면 참 가관이었겠구나 싶었다. 조금 늦게 황정은이 나타났고, 약간의 시차를 두고 김사과와 박솔뫼도 출현했다. 나는 그들이 백민석을 읽었는지 알 수 없다. 그러나 다행히도 한국 문학의 유전자에 분노자본이란 것이 아직 남아 있어 이런 방식으로 격세유전하는 걸지도 모른다는 생각에 들뜨기는 했다. 황정은에겐 계급과 무표정이 있었고, 박솔뫼는 아방가르드란 명칭이 이제 영영 사라져도 되는 화석 같은 존재만은 아니란 사실을 증명했다. 그리고 김사과의 파괴력은 통쾌했다.

그러나 이런 일들이 일어나고 있는 사이, 정작 백민석 자신은(흔히 자발적 실종자는 누군가 찾기를 바라는 마음에 흔적을 남기는 것이 상례인데도) 본인을 추적해낼 만한 어떤 흔적도 남기지 않았다. 끝내 그는 자신이 사라진 곳에서 자신에게 일어난 변화를 모르고 있었던 것이다. 우리도 마찬가지였다. 그가 완전히 침묵했으므로, 우리는 10년 동안 그가 어디서 뭘 했는지 들은 바가 별로 없다. 그러니 이제 돌아오면서 그가 우리에게 일종의 사유서나 되는 것처럼 불쑥 내민 두 편의 문서들(「사랑과 증오의 이모티콘」 「시속 팔백 킬로미터」)을 통해 그 사연을 추측해볼 수 있을 뿐이다.

이 문서들은 어떤 과장이나 수사도 없는 정직한 고백의 문장들로 이루어져 있으므로, 그에 대한 별다른 설명은 불필요할 듯하다. 미루어 보건대 고갈 의식과 우울증, 아마도 이 두 가지 이유가 그를 한국 문학에서 벗어나게 했던 것으로 보인다. 나로서는 그가 느꼈던 '막연한 불안'과 '세계의 무의미성'에 대한 그 고뇌의 치열함을 독자들이 제대로 알아봐주기를 기대할 뿐이다. 한국 문학사는 자신의 이력에서 작가라는 직함을 완전히 오려내버린 채로, 무려 10년을 무명의 기술직 노동자로 살며, 스스로를 상징적 죽음의 상태로 몰아간 작가의 사례를 가지고 있지 않았다. 오로지 글을 쓰지 '않기' 위해서만 10년을 산, 그러니까 자신을 생물학적으로 살리기 위해 10년간 글쓰기를 포기하지 않을 수 없었던 한 우울증자가, 기나긴 시간 동안 자기 자신을 다스리고 분석하느라 들인 노고의 기록도 별반 가지고 있지 않다. 그런 의미에서 나는 그의 실종이 그 자체로 이미 백민석 문학의 일부를 이룬다고 말했던 것이다. 그가 비록 무표정하게 말한다 하더라도 나는 독자들이 무표정 너머 그의 말들로부터 완전히 무의미한 세계에 내던져진 자가 겪어야 했던 절체절명의 사투를 읽어주길 기대한다.

　다만 한 가지, 짧은 고백 말미에 그가 아직 이렇게 말하고 있다는 점은 강조해두어야겠다. "십 년이라는 긴 세월이 지났어도 내 표정은 아직도 기본형 ‥이다. 그리고 여전히 내 삶과 세계의 많은 것들이 의미 없게 느껴진다. 내가 ‥의 표정에서 벗어날 때가 오겠는가"(「사랑과 증오의 이모티콘」, p. 229). "아무 감정도 담겨 있지 않은, 아무 의미도 없으며 심지어는 아무 가치도 없는. 그리고 이제 내가 그 표정으로 내 앞에 던져진 세계를 바라보고 있다"(p. 230). 저 말들 속에서 나는 그가 진정으로 우울했음을 감지한다. 우울증은 '신경증'과는 달라서 치료되지 않는 '정신증'에 속한다는 프로이트의 분류를 확인할 수 있어서만은 아니다. 그가 글을 쓰면서 어쩌면 다시 고통스러워질 수도 있음을 몰라서는 더더욱 아니다. 오로지 그의 여전한 무표정이야말로 그가 아직 세계에 대한 분노와 증오를 포기하지 않았다는 증거이고, 따라서 한국 문학에 대해서도 작가 자신의 글쓰기에 대해서도 아직 유용한 자본일 것이란 사실 때문이다. 이즈음의 한국 문학에는 표정이 너무 많다. 진정한 분노에는 표정이 없는 법인데도 말이다.

4

　그리고 2013년, 그가 돌아왔다. 체중도 줄고, 더 많은 책을 읽었고, 무엇보다 무표정 속에 차마 말 못 할 수많은 경험과 상념 들을 묻히고 돌아왔으니, 나는 그의 소설이 이전의 소설과 같을 거라고 기대하지는 않았다. 다만 그가 무엇을 가지고 돌아올 것인지는 궁금했다. 신작 두 편과, 기발표작 일곱 편. 이것이 그가 가지고 돌아온 것들의 목록이다. 구작들의 경우 그가 절필하기 전 발표하고 책으로는 묶지 않았던 것들을 대폭 수정한 것들이다. 신작 두 편 중 한 편은 이미 살펴본 대로 일종의 잠적 사유서에 해당하는 「사랑과 증오의 이모티콘」이니, 완결성을 갖춘 작품은 「혀끝의 남자」가 유일하다. 그렇다면 「혀끝의 남자」야말로 백민석의 변화를 가늠하기에 가장 적합한 작품이다. 그러나 순서상 기발표작들을 먼저 살펴야겠다. 작가는 그것들을 어떻게 수정하고 다시 썼는가?
　일별해보니, 기발표작들에서 사라진 것, 그것은 '믿거나말거나박물지사'다. 가령 작품 「신데렐라 게임을 아세요?」는 발표 당시 「믿거나말거나박물지 둘」(『작가세계』 2003년 가을호)이란 제목의 연작에 포함된 두 에피소드 중 첫번째 에피소드였다. 두번째 에피소드는 '진실된 거짓 도시'라는 제목을 달고 있었는데, 소설집 『혀끝의 남자』에서는 빠지고 이 작품 속 이야기의 후일담이라 할 만한 「연옥 일기」가 대신 실려 있다. 두 에피소드 모두에서 사건의 배후를 '믿거나말거나박물지사'의 음모로 거론하는 부분들은 삭제되어 있다. 「항구적이고 정당하고 포괄적인 평화」 역시 '믿거나말거나박물지 둘'이란 제목으로 발표된 다른 작품(『문학과사회』 2001년 겨울호)의 일부분이다(나머지 부분인 '음악을 먹는 사람들' 역시 『혀끝의 남자』에 실리지 않았다). 역시 믿거나말거나박물지사의 음모를 연상시키는 부분은 삭제되었다. 요컨대 사건들은 이제 이 회사와 무관하게 일어난다.

그런데 백민석의 독자라면 다들 알겠지만 이 회사는 화랑, 다이어트 상담소, 음악인 협동조합, 박물관, 공장, 이벤트 회사, 병원, 방송국 등을 두루 소유하고 있는 무소불위의 다국적 기업이었다. 그리고 백민석의 소설 세계에서 일어나는 일어날 법하지 않은 일들의 대부분은 이 거대한 시스템의 체계적인 음모에서 기인했다. 이 회사는 지상에 존재하는 그 어떤 것들도, 심지어는 시스템에 대한 극렬한 저항까지도 시스템화하는 세계의 다른 이름이었다. 다른 말로 백민석의 세계가 곧 이 회사의 세계였다. 그런데 그 회사가 사라졌다. 단절적이고 몽타주적인 이야기들을 엮어주던 소위 '누빔점'이 사라진 것이다. 그렇다면 백민석은 자신이 그간 구축했던, 혹은 구축하려고 했던 세계 전체를 포기한 것은 아닌가.

요컨대 그는 무엇인가를 가지고 돌아오기 전에, 무엇인가 자신의 소설을 떠받치고 있던 아주 거대한 지주를 버리고 돌아온 셈이다. 아니나 다를까, 백민석은 문단 복귀와 함께 『문학과사회』에서 마련한 좌담 중 이런 말을 했다.

초기 시절로는 못 돌아가겠다. 10년 전에 발표했던 단편들이 원래 '믿거나말거나박물지' 연작이었는데 이번에 소설집을 준비하면서 그 연작을 다 깨버리고 신작이나 다름없게 다시 썼다. 연작 콘셉트를 다 버렸다. 내게는 더 이상 90년대의 그 뾰쪽뾰쪽했던 게 남아 있지 않다. 다 구부러져버렸다. 10년 전에 마지막으로 썼던 연작소설은 실패한 것이었다. 어쩌면 그래서 내가 절필을 했는지도 모른다. 그 실패감 때문에.[7]

미루어 보건대 그는 믿거나말거나박물지사를 버림으로써, 자신의 이전 작업과 완전히 결별하고 싶었던 듯하다. 자신의 기발표 연작들을 총체적인 실패로 규정하면서, 그는 이제 다시 시작될 자신의 글쓰기는 이전 작업과 완전히 무관함을 강조한다. 그것들은 대폭 수정되었고 거의 다시 쓴 작품들이다. 그의 표현에 따르자면 "그 연작을 다 깨버리고 신작이나 다름없게 다시" 쓴 작품들이다. 그는 지난날의 백민석을 '버리고 돌아온' 백민석이다. 아마도 우리는 그의 작품들을 그렇게 읽어주어야 할 듯하다. 『혀끝의 남자』의 작품들은 따라서 모두 신작이다. 그것들은 이 작품들이 발표되던 당시에 속해 있지 않다. 이 작품들은 지금 우리에게 속해 있다. 따라서 문제는 이제 오로지 그것들이 바로 지금의 한국 문학에 무엇

7) 「헤이, 백민석이 돌아왔다」, 이수형·백민석·권여선·정용준 좌담, 『문학과사회』 2013년 겨울호.

을 (재)도입하고 있는가 하는 점이겠다.

5

그는 우선 '재채기'와 함께 귀환한다. 그런데 고작 재채기라니, 하찮은가? 그렇지 않다. 잠시 앓다 지나가는 감기와는 완전히 무관하고, 일종의 획득형질이지만 심지어 대를 이어 유전까지 되는 재채기다. 다른 말로 이 재채기는 '계급적' 재채기인데, 가장 원시적인 감각이라는 후각 저 깊은 곳에 각인되어 있다가, 어떤 조건하에서는 필연코 재발하는 재채기다. 예컨대 재채기는 주로 이런 상황에서 발생한다. 철거 예정 주택에서 부모도 없이 혼자 "건반이 여럿 빠지고 헐거워져 제 구실을 하고 있지 못했고 뚜껑도 뜯겨 한쪽 귀퉁이로 부러진 팔처럼 늘어"진 피아노를 마치 "성난 강아지"(「재채기」, p. 173)처럼 연주하는 가난한 아이(나는 그에게서 백민석의 유년을 본다)와 "궂은 데 하나 없이 청결하고 화창한 날씨 같"(p. 172)은 원피스를 입고, "편의점보다 화랑이 더 익숙한 사람들 틈에서 자랐"(p. 178)다고 말하는 가슴이 얇은(그래서 그 가슴으로 어떤 불행을 감당할 수 있을까 싶은) 여자 사이에서…… 게다가 이 재채기는 아주 예민하고 무의식적이기까지 해서, 지금 눈앞에 앉아 있는 여자의 아버지가 20여 년 전에 시위 진압 지휘를 하다 묻혀온 최루가스까지 지각한다. 그러니까 이 재채기는 도저히 넘으려야 넘을 수 없는 '계급적 감수성' 앞에서라면 항상 발생한다. "채무자에게, 당신이 궁지에 빠졌음을 알리는 일종의 벽을 제시하는 것"이 직업인 화자는 제아무리 옷을 바꿔 입고 화랑에 드나들고 차를 마시며 황혼을 구경해도, 결코 부촌 아틀리에의 여자를 사랑할 수 없다. 둘 사이에는 "귀도 붙어 있지 않고 눈도 달려 있지 않고 타고 넘을 수도 없는"(p. 180) 그런 벽이 가로놓여 있기 때문이다. 재채기는 그러므로 '계급적 차이'다. 「재채기」와 함께 '계급적 차이'에 대한 단호한 자각이 한국 문학에 재도입되는 셈인데, 이 자각은 『장원의 심부름꾼 소년』(문학동네, 2001) 이후 한국 문학에서 찾아보기 힘들다가 최근 황정은의 근작들과 김애란의 『비행운』(문학과지성사, 2012)에 와서야 가까스로 되찾고 있는 것이기도 하다.

그가 귀환하자, 또한 안온했던 산책로에서 이상한 것들이 스멀스멀 불거져 나오기도 한다. 녹슨 버스 표지판으로 시작해, 오래된 나무 전봇대, 불에 탄 경찰병력 수송용 대형버스, 1980년대풍의 노숙자 살림, 노동자들의 것으로 보이는 족구장, 불을 지르려던 폐유 웅덩이와 어린 환자를 실어 날랐던 피 묻은 들것, 그리고 마지막으로 바리케이드가 등장해서는 하천 변 산책로를 이상한 풍경으로 뒤덮는다. 심지어는 바리케이드 너머에서 함성 소리마저 들리는데, 그 소리는 "무언가 할 말을 품고 있"음에 틀림없다. "내게, 아니면 다른 산책자들에게, 그도 아니면 이 세상에." 다만 "때가 되지 않았거나 내 귀가 아직 완전히 틔지 않아"(「일천구백팔십 년대식 바리케이드」, p. 143) 알아듣기 힘들 뿐…… 그렇다면 그의 귀환 이후로 이제 우리는 전 국토에 유행처럼 번진 저녁 산책(이 건강한 무책임과 망각의 걸음걸이)을 조심해야 하는데, 왜냐하면 바로 그렇게 재개발된 산책로(대개 공장 지대였다) 틈에서, 언제 어떤 방식으로 계급 적대가, 노동자들의 피가, 함성과 바리케이드가, 그러니까

1980년대가 돌출할지 알 수 없기 때문이다.

발랄하고 건강한 2010년대식 상징적 질서 틈에서 그 모습을 드러내는 것들은 1980년대식 바리케이드만은 아닌데, 그가 귀환하자 한국 문학에 '실재'를 보는 눈도 도입된다. 절골에서 발견된 굴은 폭력의 기원(「폭력의 기원」)이다. 그 이상한 '틈'이 드러나자, 이 세계 전체의 상징 질서가 실은 은폐된 폭력의 온상이었단 사실도 함께 드러난다. 아이들은 세계가 은폐한 '세계의 비참'을 먹고 자라고, 전쟁을 배우고, 살의를 느낀다. 지구를 "하나의 거대한 하트 모양으로 만드는 프로젝트"(「연옥 일기」, p. 90) 정도로는 그 실재의 틈을 메울 수 없다. 왜냐하면 모든 차이와 적대를 녹이는 "사랑의 기운"(오늘날 민주주의자나 보수주의자, 종교인, 영성주의자 들 모두 한입을 모아 주장하고 동의하는 이 숭고한 이데올로기! '차이는 없다, 차이를 소멸하라!')이 이 세계를 감싸 안게 되면, 세계에서 차이와 경계는 사라지고 따라서 모든 의미와 정체성의 기원도 사라지기 때문이다. 차이들의 체계(이것이 구조이고, 상징적 질서다)가 없는 곳에서 의미는 항상 무의미와 같아진다. 그곳은 실재의 사막이다. '하트 모양의 지구'란 그런 의미에서 완결된 신자유주의 세계 정부의 다른 말일 수도 있는데, 화폐야말로 지상에 존재하는 모든 차이 나는 것들을 등가 교환이 가능한 수치들로 환원할 능력을 가진 유일신이기 때문이다.

요약해본다. 백민석은 다시 계급과 적대를, 연옥 같은 세계와 함성을 데리고 돌아왔다. 그러나 아직 끝나지 않았다. 그가 데리고 돌아온 것은 더 있다.

6

　마지막으로, 그는 1억의 신과 함께, 그중에서도 특별히 머리에 불을 이고 혀끝을 걸어가는 신과 함께, 그것도 한국 문학의 식별 체계를 초과하면서, 강렬하게 귀환한다. 한 편의 '세계의 비참'이 지나가는 삽화처럼 무표정하게 제시된다. 어떤 소년의 이미지 하나면 족하다. '과장만이 진리다'라는 아도르노의 격언이 맞다면 우리는 인도에 당도한 화자가 처음 본 '구겨진 소년'의 이미지만으로도 세계의 비참을 충분히 가늠할 수 있다.

　　그런데 모양이 이상했다. 한쪽 다리는 땅을 짚고 있지만 다른 한쪽은 뒤로 꺾여서 두 다리가 직각을 이루고 있고 등은 척추가 부러진 사람처럼 굽었는데 팔 하나는 휘어져 하늘을 향해 똑바로 뻗쳐 있었다. 소년은 성한 팔 하나로 지팡이를 짚고 동냥그릇을 흔들고 있었다.
　　나는 어떤 알 수 없는 거대한 손아귀가 소년을 덮쳐 거칠게 쥐고 있다가 장바닥에 내던져버린 것만 같다고 말했다.
　　"구겨진 검은 소년, 그게 이 나라에 대한 내 첫인상이었다니까."
　　　　　　　　　　　　　　　　　　　　　　(「혀끝의 남자」, pp. 11~12)

　"어떤 알 수 없는 거대한 손아귀"에 의해 내던져진 세계의 비참 사이로 신들이 등장한다(그럴 수밖에. 신들이란 비참의 결과이므로). 자이나교의 신, 이슬람의 신, 불교의 신, 가톨릭의 신, 그리고 힌

두교의 1억의 신, 심지어는 바하이 사원의 허공까지…… 그렇다면 '여자'가 부적처럼 들고 다니는 카메라도, '남자'가 마냥 입에 물고 다니는 이상한 담배도 신이 아닐 수는 없다. 세계의 비참을 살아가는데 "신 없이 살아간다는 게 어디 가능한 일이겠는가". 이제 "누군가 신을 죽였다면 오늘 누군가 새 신을 만들 것이다. 그렇게 해서 우리에겐 서로 다른 이름을 지닌 신이 일억이나 된다"(p. 48).

운명적으로 자질구레하고 비참한 신들. 데카르트에게서처럼 (고상하게도) 인식론적인 이유로 요청되는 신이 아니라, 비참한 이승의 삶을 살기 위해 누구에게서나 가까스로 요청되는 신들. 그러니 지금 머리에 불을 이고 화자의 혀끝을 걷는 저 남자도 신이고, 그 이름은 '해시시'다.

나는 혀끝의 남자를 보았다. 남자는 머리에 불을 붙인 채 혀끝을 걷고 있었다.
남자와 시선이 마주쳤다는 느낌이 들지는 않았다. 하지만 남자는 내게 묻고 있는 듯했다. 신 없이 산다는 게 어디 가능하기나 하냐고.
(p. 49)

세계의 비참을 홀로 견뎌내기라도 하려는 듯, 머리에 불을 붙인 채 혀끝을 걷는 남자, 저 담배신(불타는 담배는 왜 신이어서는 안 된다는 말인가). 몽롱해서 마주치기 힘든 시선을 하고, 신 없이 산다는 게 가능하기나 하냐고 묻는 저 해시시. 어쩌면 그때 백민석은 "혀끝의 신을 본 것일 수도 있다". 방금 그의 "혀끝에서 태어난 신". 그래서 그는 다시 소설을 쓰기로 작정한 것일 수도 있다. 그러니 아래의 말은 허투루 들어서는 안 된다.

혀끝에서 태어난 신일 수도 있다. 일억이나 되는 신이 마음에 들지 않아 오 분 전에 내가 새로 구워낸 신일 수도 있다. 신이라면 나도 만들 수 있는 것이다. 내 혀끝이 종교의 발상지가 될 수도 있는 것이다.
그러니 나의 종교는 여기서부터 시작되었다고 할 수 있다. 그러므로 이제 모든 것은 다시 씌어져야 한다. (p. 49)

해시시가 타들어가는 혀끝은 종교의 발상지다. 그런데 만약 소설가에게도 종교가 있어야 한다면(왜냐하면 그 역시 세계의 비참을 살고 있으므로), 그것이 그의 혀끝 말고 (그는 말하는 자이니) 또 어디에서 탄생할 수 있을까? 그렇다면 이제 그 혀끝에서 모든 것이 다시 씌어져야 한다. 무표정한 얼굴로 혀끝에서 타오르는 신, 아니 불붙은 채 이제 다시 말을 시작하는 저 혀를 가진 사내, 그가 아주 무감한 기본형의 표정으로 모든 것을 다시 쓰려 한다. 완전히 무의미한 세계의 비참이 지금 그 앞에 내던져져 있다. 뭔가 큰일이 곧 일어날 참이다. 왜냐하면 진정한 분노에는 표정이 없는 법이기 때문이다.

'탈승화' 혹은 원한의 글쓰기

—박솔뫼, 김사과, 황정은의 소설에 대하여

1

프로이트 이후로 우리는 '누가, 왜 글을 쓰는가'라는 질문에 가장 합당해 보이는 답 하나를 공유하고 있다. '승화sublimation' 이론이 그것이다. 이 이론의 골자는 간단히 '좌절set back된 리비도 에너지의 탈성화(脫性化) 작업'으로 요약될 수 있다. 애초에 성적인 성질이 농후했던 리비도 에너지가 어떤 이유로든 외부 대상을 통해 소모되기 힘들어졌을 때(즉 욕망의 성취가 불가능해졌을 때), 주체 내부로 '퇴행'한다. 물론 그것이 퇴행하여 고착하려는 지점은 유년기의 특정 시점들(자가성애기, 구순기, 항문기)이다. 그런 흐름이 저지되지 않는다면 신경증(구순기, 항문기 고착)과 정신증(자가성애기 고착)의 증상이 형성되기 시작한다. 그러나 다행인 것은 예술가(가 될 자질이 있는) 주체의 경우, 퇴행하여 고착하려는 리비도 에너지를 전혀 성적이지 않은 (척하는) 방식으로 소모할 수 있다는 점이다. 그런 식으로 예술이, 아니 문명 일반이 탄생한다. 문명이란 어쩔 수 없이 불만을 수반한다는 말도 그로부터 유추가 가능한데, 승화는 성적인 방식의 리비도 에너지 소모에 비하면 훨씬 비효율적이고 간접적이기 때문이다. 낭만주의 이후 자리 잡은 선병질적이고 기행을 일삼는 '천재' 예술가에 대한 통념에 정신분석학이 공조하는 지점도 여기다. 승화 이론에 따르면 예술가란 신경증 발병 직전에 가까스로 현실로 되돌아간 (완전히는 아니지만) 유사 신경증자와 같기 때문이다.

그런데, 정작 승화는 어떤 방식으로, 혹은 어떤 단계를 거쳐 이루어지는가? 우리의 관심사로 대상을 좁혀서, 현실에서 거절당한 리비도 에너지는 어떻게 오롯한 한 편의 소설작품으로 우리 앞에 출현하는가? 이 문제와 관련해서라면 이제 거의 상식 수준으로 전락해버린 승화 이론에 대해서라도 아직 할 말이 조금은 남아 있을 듯싶다.

2

신경증 형성 과정과 '승화'의 유사점에 대해 언급한 후, 프로이트는 승화가 이루어지는 몇 단계의 과정을 다음과 같이 설명한다.

그러나 예술가들이 현실로 되돌아가는 방식은 다음과 같습니다. 〔……〕 그는 첫째로, 자신의 백일몽의 내용 가운데 다른 사람들이 이해할 수 없는 모든 개인적인 것들을 걸러내고, 다른 사람들도 함

게 즐길 수 있는 형태로 가공하는 법을 알고 있습니다. 또한 예술가
는 백일몽이 경멸스러운 원천들에서 연유했다는 사실이 쉽게 드러
나지 않을 때까지, 그 내용을 완화시켜 표현할 줄도 압니다. 나아가
서 그는 특정한 소재를 자신이 상상한 표상에 그대로 부합되는 형상
을 갖출 때까지 가공할 수 있는 신비스러운 능력을 지니고 있습니
다. 또 그는 자신의 무의식적 상상의 표현을 통해서 큰 기쁨을 느낍
니다. 그래서 그런 예술적 표현들은 최소한 일시적이나마 억압들을
능가하고 지양합니다. 그가 이 모든 일들을 해낼 수 있다면, 그는 다
른 사람들도 자신이 접근도 할 수 없게 된 무의식이라는 쾌락의 원
천에서 다시 위로와 위안을 이끌어낼 수 있게 만들어줍니다. 이렇게
해서 예술가는 다른 사람들의 감사와 경탄을 불러일으킵니다. 그리
고 자신의 상상을 통해서 처음에는 오로지 상상 속에서만 달성할 수
있었던 것에 도달합니다.[1]

군이 프로이트를 언급할 것도 없이 예술가들(이제 이 말을 소설가
에 국한하기로 한다) 역시 신경증자들과 마찬가지로 현실에서 좌절
을 겪은 이들이다. '시대와 불화에 빠진 자' '환멸을 먹고 사는 자'
등의 흔한 수사들은 정신분석학의 지혜를 빌리지 않고도 일반적으
로 우리가 소설가의 기원에 대해 직관적으로 이해하고 있음을 보
여준다. 소설가는 승화, 곧 창작 활동을 통해 신경증과 현실 사이
의 두 갈래 길에서 후자를 택할 수 있게 된 자다. 반면 신경증 환자

---

1) 지그문트 프로이트, 『정신분석 강의(하)』, 임홍빈·홍혜경 옮김, 열린책들, 1997, pp.
  533~34.

들은 환상이 내어준 통로를 따라 유아기의 기억 속으로 회귀한다. 즉, 증상 속으로 도피한다.

그런데 인용문을 자세히 읽어보면 프로이트가 소설가의 승화 작업에 몇 가지 단계를 설정하고 있음을 확인할 수 있다. 그 첫째가, "자신의 백일몽의 내용 가운데 다른 사람들이 이해할 수 없는 모든 개인적인 것들을 걸러내고, 다른 사람들도 함께 즐길 수 있는 형태로 가공하는" 단계다. 이를 간단히 '개인적 환상의 보편화 작업'이라고 부를 수 있겠다. 환상이 완전히 개인적이라면 그것은 타인들에게 공감을 불러일으키기 힘들다. 그리고 프로이트가 보기에 타인에게 공감을 불러일으킬 만한 보편성을 결여한 어떤 것을 소설작품이라고 할 수는 없었던 모양이다.

둘째는, "백일몽이 경멸스러운 원천들에서 연유했다는 사실이 쉽게 드러나지 않을 때까지, 그 내용을 완화시켜 표현"하는 단계다. '성적 환상의 탈성화 작업'이라고 불릴 수 있을 이 단계에서 소설가는 욕망의 더러운 출처를 위장하고 은폐한다. 프로이트가 보기에 리비도 에너지는 그 성적이거나eros 파괴적인thanatos 본성을 감추고 문명인의 태도에 걸맞은 옷과 언변을 갖추었을 때만 소설작품으로 환생할 수 있다.

세번째 단계는 '망상적 환상의 예술적 가공 작업'이라 부를 만하다. 프로이트가 "특정한 소재를 자신이 상상한 표상에 그대로 부합되는 형상을 갖출 때까지 가공할 수 있는 신비스러운 능력"이라고 명명한 것이 이것인데, 앞의 두 단계가 주로 작품의 내용과 관련된 것이었다면 이 단계는 작품의 기교, 즉 미적 형식과 관련된 것으로 보인다. 우리가 작품에 대해 요구하곤 하는 '미적 가치'는 이 단계

에서 부여될 것이다. 프로이트에게 어떤 문장의 더미가 소설 '작품'
이 될 수 있으려면 그것이 어떤 소재를 다루고 있건 오롯한 형식을
갖추었기 때문이다.

　마지막으로 신경증 직전의 주체가 이 모든 단계들을 성공적으로
경과하게 되면 그는 신경증을 면하고 소설가가 된다. 승화 작업의
마지막 완성인 이 단계에서 주체는 이제 현실에서 좌절당했던 욕
망의 충족을 작품을 통해 실현할 수 있게 된다. 철회되었던 리비도
에너지는 창작 과정에서 효과적으로 소모되고, 그렇게 얻어진 작품
은 그에게 다시 애초에 그가 욕망했던 것, 즉 부와 (육체적) 사랑을
되돌려준다. 강조하고 싶은 것은 프로이트가 승화 과정을 애초에
주체가 욕망했던 부와 사랑의 우회적 획득 방식으로 설명하고 있다
는 점이다. 승화란 후대에 우리가 배운 것과는 달리 그다지 고상한
메커니즘에 대한 설명이 아니었을 수도 있다. 쾌락원칙의 우회적
실현, 그것이 승화이기 때문이다.

3

　승화 과정이 실은 몇 단계로 나뉘어 있고, 또 프로이트 이후 널
리 알려진 바와 달리 세속적인 메커니즘일 수도 있다는 사실은 상
당히 흥미롭다. 그러나 그보다 더 흥미로운 것은 실상 승화의 세
부적인 네 단계 과정에 대한 설명 그 자체보다 그것들을 설명하
는 데 암묵적인 전제로 작용하는 프로이트의 예술관이다. 첫 단계
에 대한 설명에서 프로이트에게 '공감'은 예술에 대해 본질 구성적

constitutive이다. 작품은 어떤 경우에도 보편적인 주제를 다루어야지 개인적인 망상이나 몽상을 다루어서는 안 된다. 두번째 단계에 대한 설명에서 프로이트는 예술이 성적이거나 파괴적인 욕망을 직접 실현해서는 곤란하다고 말하고, 이어지는 세번째 단계에 대한 설명에서 예술은 적절한 기교와 장치 들로 가공되어야 한다고 말한다. 그리고 마지막 단계에 대한 그의 설명에 따르면 최종적으로 예술작품은 심리적으로나 사회·경제적으로 작가에게 '쾌'를 가져다준다. 부와 성을, 만족과 명성을······

바로 이것들이 프로이트가 승화 이론을 구성할 때 의식적으로건 무의식적으로건 전제하던 예술관의 전모다. 좋은 문학작품은 개인적인 욕망이나 원한보다 사회 전체, 인류 보편의 문제를 다루어야 하고, 그럼으로써 독자와의 공감을 불러일으켜야 하며, 적절한 기교와 장치 들을 통해 오롯한 형식으로 가공되어야 한다. 이 말들을 종합해서 다소 냉소적인 우리 시대의 어법으로 번안해보자. 프로이트는 말한다. 설사 현실적 좌절에서 기인한 원한과 복수심으로 시작했다 하더라도, '고전적인 예술이야말로 진정한 예술이다!'.

프로이트도 어쩔 수 없는 근대인이었고 시대의 제약 안에 있었으며, 문학적 교양이 굉장했다지만 결국엔 서구인이었다. 그래서 예술이 개인의 창작물이 아니었던 고대나, 더 이상 예술에서 승화가 중요한 고려 대상이 아니게 될지도 모르는 미래에 대해서는 아는 바가 거의 없었던 것이다.

4

사실 한국 소설사에서, 문학작품이 '사회적 사명감' 같은 대의가
아니라, 현실에서 욕망 실현을 좌절당한 개인의 원한과 복수심(데
스트루도로 전환한 리비도의 다른 이름일 것이다)에 의해 씌어진다는
것을 가장 먼저, 그것도 온전히 감지했던 이는 이청준[2]이었다. 그
러나 그 사실을 알았음에도 이청준 자신은 '승화' 이외의 글쓰기 방
식을 고안하지는 못했던 데다(그는 항상 균형 잡힌 이성의 소유자였
고, 시대는 그의 편이 아니었다), 저 글을 쓰고(1977년) 얼마 지나지

---

[2] 「지배와 해방—언어사회학서설 ③」(『자서전들 쓰십시다』, 열림원, 2000)에서 '이청
준'의 분신으로 보이는 소설가 '이정훈'은 이런 말들을 한다. "현실의 질서에는 자신
이 굴복하고 실패할 수밖에 없으므로 이번에는 그 세계가 거꾸로 자신에게 굴하여 좇
을 수밖에 없도록, 그 세계 자체를 아예 자기 식으로 뒤바꿔놓을 수 있을 어떤 새로
운 질서를 꿈꾸기 시작한단 말입니다. 좀더 문학적인 표현을 빌려 말한다면, 자기 삶
의 근거를 마련하려는 일종의 복수심이지요. 그리고 그 일기 쓰기나 편지질을 좋아하
는 사람들이란 결국은 이 세계의 현실 질서 속에서 감수하기 어려운 자기 패배를 자주
경험해 왔거나, 적어도 빈번히 패배를 당하기 쉬운 심성의 복수심 많은 내향적 성격
의 소유자들이기가 쉽다는 것이 지금까지 말씀드린 제 이야기의 요지인 것입니다"(p.
112). 이정훈의 이 말들을 '좌절'에 따른 리비도 에너지의 철회와 신경증적 소질을 소
유한 예술가적 주체에 대한 이야기로 읽지 않기는 힘들어 보인다. 게다가 이정훈은
이런 말도 한다. "그는 그의 복수를 위해 끊임없이, 그리고 보다 더 완벽하게 그의 세
계 질서를 꾸미고 수정해나가면서 그것을 또 끊임없이 글로 표현해 내고 싶어 합니
다…… 그러면서 그의 글이, 그의 세계 인식이나 표현이 다른 이웃들에게도 공감되기
를 기대합니다. 그의 세계가 자신 속에만 감금되어 있지 않고 글로써나마 다른 동시대
사람들의 자발적인 동의와 넓은 공감을 얻게 되기를 기대합니다. 자기 복수심을 이념
화시키고 그것을 다시 보편적인 인간 정신의 질서로까지 확대시켜나감으로써 자신의
삶을 넓게 해방시켜나갈 수 있게 되기를 소망합니다. 한 사람의 작가가 되기를 기대하
게 된다는 말입니다"(같은 책, p. 113). 이 말을 프로이트의 '승화' 과정에 대한 아주
세밀한 소설론 판본으로 읽지 않는 것 역시 힘들어 보인다.

않아 사명감으로 글을 쓰는 작가들의 시대가 왔다. 한동안 한국 문학에서 작가 개인의 욕망은 대부분 추방당했다. 몇몇 예외를 제외하면 욕망은 항상 사회·정치적 형태로만 표출되고 감지될 수 있을 뿐이었다.

여러 가지 격변이 이어졌고, 그러던 어느 시점 한국 문학과 '승화'가 삐걱거리기 시작했음을 지적한 이는 황종연이었다. 때는 2001년. 그에 따르면 (이전 시대 한국 문학에서 압도적인 주류를 형성했던) 리얼리즘 소설의 융성을 가져온 강력한 동력 중 하나는 바로 "삶의 특수한 경험을 상세하게 밝히려는 열정이었"다. 그리고 바로 그 열정으로 인해 재현 대상의 세목은 "재현의 고전적 규범에 합당한 경우, 그 자체로 생생함·풍부함·박진감을 가지는 동시에 그 대상의 유기적 전체성 속으로 지양된다". 또 "그렇게 일종의 제유적 원리에 따라 세목을 연결하고 통합하는 공정을 거친 결과 그 세목은 사소하고 하찮은 것이기를 그치고 대상에 잠재되어 있는 최고의 형태를 실현시키는 어떤 것이 된다. 한마디로 말해서 숭고한 것the sublime이 된다". 따라서 "리얼리즘은 인간 경험의 세목을 정확하게 기록하려는 열정일 뿐만 아니라 세목의 승화sublimation를 달성하려는 노력이기도 하다"[3]는 것이 리얼리즘과 승화에 대한 당시 그의 입장이었다.

그런데 그가 보기에 이러한 승화 메커니즘에 어떤 균열이 생긴 것이 1990년대 문학, 특히 여성 작가들(그는 신경숙과 하성란을 거론한다)의 소설에서고, 그 균열이 본격화되어 승화보다는 '탈승화'

---

3) 황종연, 「탈승화의 리얼리즘」, 『탕아를 위한 비평』, 문학동네, 2012, p. 223.

란 말에 적합할 수준에 이른 것이 2000년대 문학에서다. 그는 특별히 윤성희와 천운영의 소설들을 그 사례로 제시하는데, 천운영의 잔인할 정도로 세밀한 육식성 묘사문들, 윤성희의 탈중심화된 서사소들의 유머러스한 해찰은 이후 두고두고 거론될 2000년대 한국 소설의 문체 표지들이 된다. 그러니까, 2000년대 한국 소설은 그가 예견한 바대로 흘러갔다. 2000년대 이후 한국 문학에서 유기적 전체성, 총체성, 조화, 균형 같은 말들은 구식의 언어에 속하는 처지를 면하지 못했던 것이다. 황종연은 2000년대 문학에 관한 한 가장 이른 시기에 혜안을 과시한 비평가란 사실에 틀림없다.

그러나 소급해서 생각해보면 그가 사용한 '승화' 혹은 '탈승화'의 개념이 엄밀하게 프로이트적이었는지(꼭 그래야 할 이유는 없지만), 그리고 작금의 한국 문학에도 여전히 유효한 범주인지에 대해서는 논란의 여지가 있어 보인다. 그가 사용한 승화 개념이 엄밀하게 프로이트적이지 않았다고 하는 것은, 그가 현실로부터 좌절을 겪은 한 주체(소설가)의 리비도 에너지가 작품 창작을 통해 탈성화되는 과정을 지시하는 '정신분석학적 승화 개념'과, 유기적 전체에 의해 세목들의 특이성이 지양되는 텍스트 내적 과정으로서의 '수사학적 승화 개념'을 구분하지 않았음을 지적하기 위한 말이다. 가령 전자의 어법으로 어떤 소설 텍스트가 탈승화되었다고 한다면, 그 말은 앞서 살펴본 것처럼 욕망의 주체로서 작가의 리비도 에너지가 별다른 가공이나 위장 없이, 그리고 타인의 공감이나 사회적 사후 보상에 대한 기대도 없이, 텍스트 내에서 직접 방출되고 있음을 의미한다. 반면 후자의 어법으로 어떤 소설 텍스트가 탈승화되었다고 한다면, 그것은 여담이나 열린 동기들의 증가라는 현대 소설 일반의 수사학적 경향이, 한국의 2000년대 소설에서 눈에 띄게 두드러지기 시작했음을 지적하는 정도에 머물게 된다. 황종연의 어법은 분명 후자에 가까웠고, 그것은 2000년대 작가들에게는 지극히 적합한 어법이었다. 그러나 징후적이긴 하나 분명히 2000년대적 감수성과는 다른 지점에 위치해 있는 것으로 보이는 2010년대 작가들(이 글에서는 박솔뫼, 김사과, 황정은)의 작품에 적합한 어법은 아니었다.

5

황종연이 「탈승화의 리얼리즘」을 쓰던 2001년으로부터 16년이 경과한 지금, 2000년대 문학이 무엇이었던가를 잠시 회고라도 해볼라치면 저절로 떠오르는 익숙한 용어들이 몇 있다. 여러 평자들에 의해 상식적으로 혹은 엄밀하게 두루 사용되었던 그 용어들 중에는 루쉰과 도스토옙스키에서 기원한 '정신 승리법'이란 말도 있었고, 정신분석학에 연원을 둔 '편집증'이나 '판타지' '망상' 같은 말들도 있었다. 수사학에 기반을 두었으나 후에 정신분석학적으로 전용된 '유머'란 개념도 이루 셀 수 없을 만큼 자주 동원되었고, 하반기에는 험했던 시류에 따라 '재난' '묵시록' 같은 용어들도 흔히 눈에 띄었다. 그러나 그 포괄성에 있어 그 어떤 용어도 '감정 지출의 경제'란 말을 넘어서기는 힘들었던 것으로 보인다. 애초에 프로이트의 발명품이었던 이 용어는, 김영찬이 윤성희의 작품들을 논하는 자리에서 처음 사용됐고, 이후 2000년대 한국 문학을 조망하는

데 가장 의미심장한 해석 틀을 제공했다. 실상 앞서 거론한 다른 용어들은 대부분 이 용어의 하위 범주로 분류 가능하다.

프로이트식으로 말해, 여기 외상적 사건이 있다. 혹은 라캉이나 지젝식으로 말해 여기 상징적 질서로는 도저히 감당할 수 없는 '실재'가 귀환한다. 다시 일상적인 어법으로 말해 여기 도저히 견디기 힘들 만큼 고통스런 현실이 주체 앞에 가로놓여 있다. 그럴 때 주체는 어떻게 행동하는가? 쾌락원칙에 따라 당연히 주체는 그 상황을 회피하려 할 것이다. 쾌락원칙이란 쾌를 추구하는 원칙이기보다는 불쾌를 피하려는 원칙에 가깝기 때문이다. 이처럼 말할 수 없이 고통스런 사건이나 현실 앞에서 거기에 투자되어야 할 감정의 지출을 피하거나 줄이려고 시도하는 것, 그것이 소위 감정 지출의 경제다.

초라한 실체가 드러나버린 대타자의 결여, 그것이 주는 불안을 이기기 위해 상상된 대타자로 그 결여를 메우는 것, 그것이 편집증과 망상이라면 이는 분명 감정 지출의 경제에 속한다. 더 이상 아무런 기대도 전망도 불가능할 것 같은 지상의 삶을 떠나 무중력 공간에 새로운 세계 하나를 건설하는 것이 판타지의 몫이라면 그 또한 감정 지출의 경제다. 지상에서 새로운 세계를 추구하는 일이 더는 가망 없어 보이면 보일수록, 모두가 한꺼번에 필연코 멸망할 것이라는 묵시록을 믿음으로써 감정의 과도한 지출을 피하는 것 또한 참 경제적이다. 유머도 마찬가지인데, 프로이트식으로 말해 유머란 곤란에 처한 자아가 슬쩍 초자아의 자리에 올라서서는 이 정도 일은 아무것도 아니라고 웃어넘기는 심리적 메커니즘, 곧 감정의 쾌락원칙을 의미하기 때문이다. 유머는 그런 의미에서 '아Q'가 가장 잘 구사했던 정신 승리법들 중 하나다.

그렇다면 '승화'는 어떤가? 역시 감정 지출의 경제가 아닐 수 없다. 승화가 좌절된 만족의 텍스트 내 실현이자 리비도 에너지의 우회적인 소모고, 현실에서 불가능해진 쾌락원칙의 상징적 관철임에 틀림없다면 말이다. 더 나아가 예술에 국한해서 말할 경우 승화는 감정 지출의 경제 그 자체라고도 말할 수 있는데, 오로지 저 다양한 경제적 감정 지출 방식들을 통해서만 텍스트는 승화 메커니즘을 작동시키고 성공시킬 수 있기 때문이다. 승화 이론의 관점에서 볼 때, 유머나 정신 승리법이 결국 철회된 리비도 에너지의 탈성화 장치이자 가공 장치가 아니라면 도대체 무엇일 수 있을까? 요컨대 2000년대 한국 소설은 저 다양한 감정 지출의 경제들을 통해, 개선의 여지라고는 없어 보이는 현실에서 거두어들인 리비도 에너지를 승화시키고 있었던 셈이다. 떠오르는 작가들이 많다. 김애란·박민규·윤성희·이기호의 유머, 박민규·박형서·서준환·조하형·천명관 등의 편집증, 강영숙·김유진·박민규·편혜영 등의 묵시록, 정영문의 정신 승리법, 김태용·한유주 등의 무위(리비도 방출의 포기)적 글쓰기……

훨씬 더 길게 이어질 수도 있는 이 목록이 초라했다고는 절대 말 못한다. 저 작가들이 있어 2000년대 내내 우리는 전례 없이 암울하기만 했던 현실의 고통에서 스스로를 보호했고, 위안받았고, 종종 따뜻하거나 통쾌하게 웃었고, 그 도저한 절망에 동참했고, 타인의 고통에 대해 고민했고, 혹시 혹시나 혹시라도, 이외에 다른 방법은 없을지 타진해보기도 했다. 그러나 그렇다고 해서 한국의 문학적 2000년대가 '수사학적 탈승화'의 시대였고, 역설적이지만 그런 방식으로 여전히 승화는 작동하고 있었다는 사실을 부인할 수는 없다. 황종연이 말한 '탈승화'는 그런 의미에서 제한적 탈승화였고, 비유로서의 탈승화였으며, 실은 승화의 다른 방식이었고, 그렇기에 2000년대적이었으나 2010년대적이지는 않았다.

6

'승화'에 대해 말할 때, 프로이트는 2010년대의 한국에서 다음과 같은 소설이 출현할 것이라고는 상상하지 못했음에 틀림없다.

남자는 아무 말 없이 내 왼손을 붙잡아 자신의 성기를 감싸게 했고 나 역시 질문도 없이 익숙하게 손을 움직였다. 남자는 무대감독이 무전기와 함께 가져다준 박카스 병을 따더니 한 모금 마시고 한 모금은 내 손에 붓는다. 나는 박카스에 젖은 채로 손을 움직이고 남자는 다시 내 귀 뒤를 핥는다. 무대에 올라간 왜소한 등은 붉은 옷의 배우의 어깨를 붙잡은 채로 한참을 가만히 있는다. 어깨를 붙잡은 손은 부들부들 떨리는데 거기에는 납득할 수 없는 분노가 있다. 납득할 수 없는,이라기보다는 납득해서는 안 되는,에 가까우려나. 그때 남자애가 갑자기 내 목을 세게 깨물었고 나는 아야 하고 소리를 질렀는데 너 왜 그래 원래 안 그러잖아! 움직이던 손이 잠시 멈추었고 객석에서는 D열에 앉아 있던 다른 관객이 무대 위로 올라와 트로피 같아 보이는 물건으로 붉은 옷을 입은 배우의 머리를 내리쳤다.[4]

---

4) 박솔뫼, 「너무의 극장」, 『문학과사회』 2011년 겨울호, p. 157.

여기는 박솔뫼가 마련한 '너무의 극장'이다. 조정실에는 '너무' 외설적인 에로스가 있고 무대에는 '너무' 폭력적인 타나토스가 있다. 이 두 충동들은 훗날을 기대하며 자신을 그럴듯한 언어로 위장하지 않는다. 소설이 끝나기 전에 어서 제 욕심을 다 채워야겠다는 듯, 숨은 가쁘고 행동은 느닷없다. 문장들은 적절한 기교에 의해 조탁되기는커녕 구어와 문어가 마구 섞인 채 함부로 뱉어지고, 과도한 흥분에 빠진 화자와 인물들의 가빠진 호흡으로 어디서 어떻게 끊어 읽어야 할지조차 알 수 없다(그러나 비문은 없다). 박솔뫼가 고안한 문체는 탈승화의 어조에 아주 적합해 보인다. 물론 프로이트가 강조했던 인류 보편의 문제도 문장들 사이 어디엔가 있기야 있겠지만(작금의 세계는 저 극장처럼 항상적이고 이유 없는 폭력으로 매일매일 들끓고 있지 않은가) 우선은 진동하는 피냄새와 땀냄새와 체액냄새를 견뎌야 한다. 게다가 저런 문장들이, 극소수가 아니라면 어떤 독자들에게 어떤 교감을 불러일으켜서, 작가 박솔뫼에게 부와 남성(혹은 여성이라도)과 명성을 가져다줄 것인가? 그러니까 저기 어디에 날것, 아니 '너무'한 것 그대로의 욕망과 분노 말고, '승화'가 있는가?

쉼 없이 떠벌리는 작가 역을 맡은 나는 말하고 또 말한다. 개는 녹색이고 녹색은 개라고 말하라고! 고양이한테 달러를 꿨다고 말하라니까요! 개와 고양이는 털이 달린 따뜻하고 네 발 달린 동물! 내가 더 좋아하는 건 개! 개가 더 좋아하는 건 고양이! 고양이를 더 좋아하는 건 나! 내뱉기 싫은 말을 내뱉어야 하는 감정을 온몸으로 느끼세요. 긴장감을 느껴보라구요. 내뱉어야 하는 말이 점점 무거워져 입안에서 턱을 누르는 무게감을 느껴보라고. 쉬지 않고 떠들어댄다. 말하라고요! 말한다고 녹색이 개가 되거나 개가 녹색이 되는 건 아니잖아요? 저는 녹색이 개든 개가 녹색이든 아무런 관심이 없습니다. 얼마나 관심이 없냐면 대체 어떤 고양이가 돈을 꿔주었나 돈을 꿔준 고양이가 달러를 줬는지 엔화를 줬는지 유로화를 줬는지가 가물가물한 정도인데다가 결국엔 그 모든 외화들이 위조지폐였다는 사실을 알고 있지만 알고 있다는 사실을 까먹을 정도로 관심이 없습니다.[5]

여기는 다시 박솔뫼가 마련한 다른 무대 '부산'이다. 화자는 얼마 전 출판사로부터 부당하게(화자는 그렇게 생각한다) 계약 위반과 그에 따른 법적 조치를 공지하는 '내용증명'을 받았고, 그로 인해 분노에 사로잡혀 부산으로 여행을 왔다. 자전적인 소재로 보인다.

가령 이청준 같은 작가라면 이런 상황에서 '작가가 글을 쓴다는 것의 의미' '출판사와 비평가와 작가의 관계' '내용증명의 법적 언어와 소설이 추구하는 진정한 언어의 차이' 같은 큼직한 테마를 다룬 메타소설을 썼을 것이다. 그렇게 함으로써 개인의 원한과 복수심을 글쓰기 일반에 관한 보편적 주제로 발전시키고, 이를 통해 자의식적이고 지적인 작가라는 명성도 얻고, 오래 팔리는 스테디셀러도 한 권쯤 더 가지게 되었을 것이다. 바로 〈언어사회학서설〉 연작들이 그러했듯이……

---

5) 박솔뫼, 「부산에 가면 알게 될 거야」, 『문학들』 2012년 봄호, p. 164.

그러나 제아무리 이청준이라도 가장 전형적으로 2010년대적인 (우리 시대는 얼마나 승화를 모르는 시대인지!) 작가 박솔뫼를 말리기는 힘들었을 듯 보인다. 화자는 출판사 관계자들을 향해 쉴 새 없이 온갖 요설과 독설을 퍼부어 복수하는 자신을 상상한다. "개는 녹색이고 녹색은 개라고 말하라고! 고양이한테 달러를 꿨다고 말하라니까요!" 이 말은 당신들의 말이 얼마나 부조리한지 당신들도 겪고 당해보라는 직접적인 항변이다.

게다가 애초에 격한 감정 때문에 토해내는 게 독설이라지만 독설에 독설이 더해지면 이번에는 되레 그것이 역으로 격한 감정을 불러일으키고 조장하기도 하는 법이니, 어느 순간 화자는 스스로의 말을 통제하지 못한다. 아니 정확히는 통제하지 않는다. 인용문에 이어지는 장면은 화자가 환상 속에서 피를 철철 흘리며 부서지고 으깨지는 '내용증명의 말'을 보게 되는 장면이다.[6]

다시 한 번 이 작품이 자전적인 작품임을 전제할 때, 인용문에서 '작가 역을 맡은 나'는 실상 작가 박솔뫼 자신이다. 즉 화자인 '나'가 상상 속에서 작가 역을 맡은 것이 아니라 바로 작가 자신이 화자를 통해 자신의 분노를 토해낸다. 저것은 이를테면 말의 폭주,

---

6) "비쩍 마른 흰 얼굴의 '있다고 할 것입니다'는 울고 있던 또 다른 '있다고 할 것입니다'의 목을 졸랐다. 두 손이 빨개질 때까지 힘을 줘 목을 조르고 다시 그 손으로 목을 뜯어 버렸다. 피가 흐르고 우는 목소리는 사라졌다. 이빨로 배를 물어뜯었다. 페인트처럼 끈적끈적한 것이 새어나왔다 배로부터. 울고 있던 '있다고 할 것입니다'는 손을 더듬어 이미 사라져버린 머리를 찾으려 했다. 간신히 손에 머리가 닿자 자신의 귀를 코를 뜯어내고 눈을 뽑아 던졌다. 손에 힘이 없어 그것들은 멀리 가지 못했다. 비쩍 마른 흰 얼굴의 '있다고 할 것입니다'는 이건 내가 아니야 내가 아니야 고개를 세차게 저었다"(앞의 글, p. 172).

296

어느 순간 말을 통제하지 않기로 작정한 작가의 분노, 문장에 가해진 혹은 전혀 아무것도 가해지지 않은 '탈승화' 작업의 표본이다. 여기 어디에 원한과 복수심의 직접적인 충족 말고 '승화'가 있는가?

모래바람이불어오고있다멀리서어멀리서아직은아주멀다하지만곧 다가와아주 가까워져어여기로 온다 우리모두를 우리의머리위로 쏟아져 내린다아무도벗어날수없어 끝없이몰려온다그게모두를죽일거 다죽는다죽는다아무도 살아남지못한다끝이다끝끝끝끝 끝끝끝끝어 세계가끝이 납니다 조심하시오피할수없다멸 망멸망멸망파괴 파괴 파괴파괴하는방법은 없다아무것도없다그러니 조심하시오 무진장 조심하시오 방법은없다피하시오깊은 곳으로 피하시오더깊은 곳으로 가시오 피하시오 더 깊은곳으로깊은곳으로 깊이아주 깊이아주깊이 더더더더 더[7]

여기는 또다른 2010년대 작가 김사과가 마련한 묵시록적 환각의 세계다. 자주 지적되듯이 김사과의 소설은 항상 통제 불능의 폭주 아니면 분열증적 환각으로 끝난다. 가까스로 심리적 긴장 상태를 유지하던 전반부가 지나고 어느 지점에 이르면 주인공은 더 이상 견딜 수 없다는 듯 폭발한다. 『풀이 눕는다』[8]에서도 그랬고, 『미나』[9]에서도 그랬고, 심지어 청소년들에게 읽힐 용도로 씌어진 『나

---

7) 김사과, 『테러의 시』, 민음사, 2012, p. 140.
8) 김사과, 『풀이 눕는다』, 문학동네, 2009.
9) 김사과, 『미나』, 창비, 2008.

b책』[10]에서도 그랬다. 근작 『테러의 시』에서도 마찬가지다.[11] 분열증 상태 속에서 치러지는 제니와 리의 방화·살인·자학은 심지어 그것이 실제 일어난 일인지 아닌지조차 짐작할 수 없도록 모호하게 처리된다. 예술적 장치 때문이 아니라, 논리적 세계 너머의 일이기 때문이다. 저 '문장 이전'의 절규이자 신음 혹은 저주들을 정상적인 문장으로 바꾸면 아마도 이쯤 될 것이다.

'다 멸망해버려라 XX!, 랄랄라!'

분노가 되었건 성욕이 되었건, 그것이 문학작품 속에서 승화되어야 한다면 우선은 문장의 형태를 띠어야 한다. 작가는 욕망의 더러운 기원을 은폐하고 위장하기 위해서라도 객관성을 가장해야 하고 사건의 전말을 독자에게 납득시켜야 하는데, 그런 일은 잘 고안된 문장들이 하기 때문이다. 그러나 저 문장들에서 그런 의도나 의욕은 전혀 느껴지지 않는다. 맞춤법은 의도적으로 무시되고, 글 쓰는 행위는 일종의 우발적 행위 예술이 된다. 게다가 저 문장들에서는 작중 인물 제니의 가쁜 숨소리만 느껴지는 것이 아니다. 어느 순간 미친 듯이 타이핑을 하고 있는 작가의 손가락과 승화와는 무관하다고 할 수밖에 없는 어떤 카타르시스에 내맡겨진 격한 심장 박동이

---

10) 김사과, 『나b책』, 창비, 2011.

11) 혹자는 제니라는 인물의 백치적인 특성과 폭력이 아닌 (약을 통한) 환각으로 끝나는 결말을 근거로 들어 이전의 작품들과 『테러의 시』가 구분될 수 있다고 말한다(황예인, 「언인스톨의 주문을 푸는 두 번째 실패」, 『문학동네』 2011년 겨울호). 그러나 필자의 경우 폭주가 되었건 환각이 되었건 그것이 논리적인 세계를 넘어서 있고, 작가의 의도적인 통제 불능 상태이기는 마찬가지라는 점에서 유의미한 차이를 찾기는 힘들다고 생각한다. 폭력과 죽음과 성과 환각은 최소한 승화와 무관하다는 점에서만큼은 질적으로 유사하다. 설사 그 환각이 이른바 '배드 트립'을 유발했다고 해도 그렇다. 꿈을 통한 자기 징벌도 실은 쾌락원칙의 소산이다.

느껴진다. 저 문장들을 쓰면서 세계에 대한 작가의 분노가 인물의 분노와 겹치지 않았다고 보기는 힘들 듯하다.

이 작가들에게서 특히 유념해서 봐야 할 문체 표지는 소위 디에게시스diegesis적 발화와 미메시스mimesis적 발화의 구분이 사라진다는 점이다. 가령 인용문에서 첫 문장은 '불어오고 있다'는 객관적 정황의 진술로 끝난다. 그러나 문장들이 누적되면서 화자(와 작가)의 감정이 격해지자 "끝끝끝끝 끝끝끝끝"이라는 발악이 문장의 호흡을 끊으며 돌출하고, 바로 저주인지 보고인지 경고인지 모를 '어, 세계가 끝이 납니다'라는 존칭 어미 문장이 이어진다. 독자에게 존칭 어미를 사용하는 화자와 그렇지 않은 화자의 어조가 한 문단 내에 섞여 있고, 그 사이에 화자의 것인지 작가의 것인지 모를 발작적 고함이 또 끼어들어 있는 형국이다. 그런 탓에 소설은 정신착란에 빠진 화자의 독백으로도 읽히다가, 순식간에 내포 독자를 염두에 둔 방백으로도 읽힌다. 전자가 미메시스적 발화라면 후자는 디에게시스적 발화다. 김사과의 소설 속에서 아리스토텔레스 이래 모든 서사 양식의 두 축이라고 여겨졌던 이 두 가지 발화 방식은 어느 시점에 구분 불가능한 지점에까지 이른다.

게다가 '세계가 끝이 납니다'라는 문자 앞의 이상한 감탄사 "어" (김사과의 문장들에서 자주 돌출하는)는 무엇인가? 채 말할 준비가 되지 않았거나, 또 말하는 도중 급작스럽게 떠오른 다른 생각이 있을 경우 우리는 저 어눌한 감탄사를 사용하곤 한다. 혹은 어떤 강렬한 감정이 말문을 막을 때도 우리는 저 감탄사를 사용한다. '세계가 끝난다'와 '……어, 세계가 끝난다'의 차이는 그러므로 충분히 숙고된 문장과 우발적으로 급조된 문장의 차이다. 다른 말로 하자면 문장으로 충분히 승화된 정념과 문장에 의해 전혀 승화되지 못한 정념의 차이이자, 전통적 소설관에 기댈 경우 소설 이전의 발화와 소설적 발화의 차이다. 왜냐하면 디에게시스적 발화와 미메시스적 발화가 구분되지 않는 한, 어떤 형식의 서사 장르도 존립할 수 없다는 것이 그간의 상식이기 때문이다. 김사과의 발화 방식은 그런 의미에서 어쩌면 소설 이후의 것인지도 모른다.

이런 현상은 박솔뫼의 소설에서 더 도드라진다.

남자는 작아졌고 작아진 남자는 어느 정도냐 하면 집에서 키우는 강아지의 절반 크기야. 강아지는 많은 종류가 있지만 머릿속에 강아지를 떠올려봐 그때 떠오르는 강아지의 절반 크기로 남자는 작아졌고 그러니까 남자는 내 두 손안에 들어온다. 이제는 내 어깨 위에 앉아 있을 수도 있어. 그때는 강아지처럼은 아니고 새나 다람쥐처럼. 몸이 작아지기 전에도 남자는 커다랗지도 힘이 세지도 않아서 내가 장난을 칠 생각으로 어깨를 잡고 흔들면 앞뒤로 흔들거렸다. 혹은 죽은 척해주었다.[12]

화자의 어조에서 보이는 저 오락가락 상태를 우리는 어떻게 해석해야 할까? 마치 곁에 있는 매우 친근한 누군가에게 말이라도 거는 것처럼 "집에서 키우는 강아지의 절반 크기야"라고 말하던 사적이고 주관적인 화자가 바로 다음 문장에서 "앞뒤로 흔들거렸다"라며 갑자기 객관적이고 공적인 화자로 돌변한다. 작가의 문장력을

---

12) 박솔뫼, 「우리는 매일 오후에」, 『현대문학』 2012년 8월호, p. 104.

탓해야 할까? 그러자니 박솔뫼는 「해만」[13]과 「그럼 무얼 부르지」[14]의 작가다. 다소의 과장을 덧붙여 이 두 작품에서 박솔뫼의 문체는 초기 김승옥을 방불케 했었다. 이유는 그렇다면 다른 데 있을 듯하다. 저 화자는 정념에 지배당하는 화자다. 객관적 발화 도중에 어떤 정념에 사로잡히면 독백을 일삼고 아무 데로나 화제를 돌리기도 하고 발작이나 발악도 마다하지 않는 화자다. 그러니까 문장을 통해 욕망이나 분노를 승화시키기를 거부한 화자고, 소설적 발화 방식을 거부한 채 서사에 지극히 주관적이고 감정적으로 개입하는 화자며, 소설을 통해 정념의 배출 외에 아무것도 기대하지 않는 화자다.

그런 의미에서라면 김사과나 박솔뫼의 소설을 두고 '문장이 안 된다'라고 말하는 일각의 비판은 반쯤 옳다. 왜냐하면 승화되지 않는 원한은 문장 이전의 절규에 가깝고 문어 이전의 구어에 가깝고 사유 이전의 배설에 가까울 수밖에 없기 때문이다. 정확하게 말해 이들 작가들이 우리 시대(다시 한 번 도처에 살인과 방화와 음해와 욕설이 난무하는 우리 시대는 승화와는 얼마나 거리가 먼 시대인가!) 특유의 탈승화적 감수성에 따라 고안한 문장, 그것이 바로 '문장이 안 되는 문장'이다.

자, 여기 어디에 감정 지출의 경제가 있는가? 어디에 사후적으로 주어질 부와 명성을 위해 즉각적인 리비도 소모를 유예하는 끈기와 장인 정신이 있는가? 그러니까 여기 어디에 '승화'의 메커니즘이 작동하고 있는가?

---

13) 박솔뫼, 「해만」, 『그럼 무얼 부르지』, 자음과모음, 2014.
14) 박솔뫼, 「그럼 무얼 부르지」, 같은 책.

이들은 도대체 왜 이러는 걸까? 이들의 탈승화적 감수성은 어디에 연원을 두는 것일까? 무엇보다도 이들이 공유하고 있는 '영원히 지속될 것 같은 추락'의 감각 때문으로 보인다. 박솔뫼의 「차가운 혀」는 "결국엔 모든 것이 같다. 추운 겨울이든 따뜻한 봄이든 결국에는 말이다. [……] 누구든 알아야 했다. 봄이 되어도 바뀌는 것은 없다는 것을 말이다"[15]라는 문장들로 시작해서 "여전히 나는 모든 게 같다고 생각해. 시간은 천천히 흐르지만 하는 일은 없다. 다른 사람들은 시간이 빠르다고 해. 그리고 그 사람들은 많은 것들을 한다. 언젠가부터 시간은 천천히 흘렀다. 나는 내 시작이 그랬던 것 같다. 시간이 빨리 흐른 적이 없었다. 늘 하루가 길기만 하다. 태어날 때부터 지루하고 이미 늙은 사람 같다"[16]라는 문장들로 끝난다. 이 영원히 지속될 것 같은 낙오 상태에 대한 감수성은 이 작가의 작품을 지배하는 가장 주된 정조들 중 하나이다. 그런 정조는 김사과의 작품들 또한 지배하고 있어서, 소위 '청소년소설'인 『나b책』의 주인공은 자주 "겁이 난다./사실 많이. 어, 많이. 그리고 그것도 어제와 똑같다. 겁이 나는 것도, 머리카락에서 점심때 먹은 것의 냄새가 나는 것도. 이게 언제까지 계속되는 거지? 난 언제까지 이렇게 나쁘게 똑같은 날을 겪어야 하는 거지?/어쩌면 영원

15) 박솔뫼 외, 「차가운 혀」, 『여신과의 산책』, 레디셋고, 2012, p. 301.
16) 박솔뫼, 같은 글, p. 325.

히"[17]라고 푸념한다.

결코 끝나지 않을 것 같은 낙오 상태에 대한 공포는 이 두 작가의 동료이자 다소 선배 격인 황정은의 「낙하하다」란 작품에서 유례없이 전율할 만한 방식으로 표현된다. 이 소설의 화자는 "개수구멍도 없고 문도 없고 아마도 시계도 없는 듯한 옳지 않고 이상한 방"[18], 그러나 우주처럼 넓고 암흑천지인 공간을 한 3년 동안(말이 그렇지 영원히!) 떨어져 내리기만 한다. 심지어 아무것에나 충돌해서 하강 운동이 폭력적으로 종결되기를 바랄 정도로 추락은 끝없다. 그것은 이 정도로 "지옥적"이다.

> 원자 양자 원자 양자적으로 나는 조그맣다. 조그만 것으로 떨어져 내린다. 어쩌면 이 조그만 것 옆으로 다른 조그만 것이 떨어져내리고 있을지도 모르겠다. 함께 떨어져내리고 있을지도 모르겠다. 양자적으로 조그만 몸의 감각으로는 옆이라는 것도 지나치게 멀어서 함께 떨어져내리고 있는데도 감각하지 못하는 것일 수도 있겠다. 이봐요 이봐요 나는 여기서 떨어지고 있어요 거기는 괜찮은가요 괜찮게 떨어지고 있나요.[19]

이 구절이 안쓰러움을 넘어서 '지옥적'으로 읽히는 것은, 원자처럼 조그만 빗방울들의 저 끝없는 추락이 그 어떤 '사소한 편위clinamen'에 의해서도 그 고립적 하강 운동을 멈출 수 없다는 점

---

17) 김사과, 『나b책』, p. 43.
18) 황정은, 「낙하하다」, 『파씨의 입문』, 창비, 2012, p. 69.
19) 같은 책, p. 76.

때문이다. 마르크스주의와 결별한 후, 말년의 알튀세르가 결국 마지막 기대를 걸었던 것, 그것은 무수하게 추락하는 원자들의 하강 운동과 거기에 가해지는 아주 사소한 위치 이동은 반드시 있게 마련이고, 그런 마주침들이 누적되어 뭔가 더 큰 어떤 것을 빚어낼 것이라는 믿음이었다. 그 우발적인 조우들의 누적이 없다면, 세계에는 아무것도 없었을 것이고, 또 종래 아무것도 없을 것이다.

그런데 황정은의 세계가 그렇다. 이 작가의 세계에서 원자들은 끝없이 수직 낙하 중에 있지만, 그것들을 충돌하게 할 그 어떤 사소한 편위는 영영 도래하지 않는다. 우리 모두는 다 원자처럼 작아서 누구나 언제나 어디서나 추락하는 중인데, 그 추락하는 것들끼리 충돌할 가능성은 제로에 가깝다. 원자들은 끝내 외로움을 면치 못하고 그래서 하강 운동은 완전히 무의미하다. 그런 세계가 '지옥적'인 세계다. 지옥이란 끔찍한 일이 일어나는 곳이 아니라, 아무런 일도 일어나지 않고 또 앞으로도 일어나지 않을 것 같은 장소의 다른 이름인데, 황정은과 박솔뫼와 김사과의 소설 속에서는 바로 2010년대 한국 사회가 그 모양이다.

아마도 이런 정념을 환멸이라고 불러도 좋고, 프로이트를 따라 '좌절'이라고 불러도 좋을 것이다. 명칭이야 무엇이 되었건 그 정념이 결국은 그들의 원한적 글쓰기에 있어 연원이자 동력이란 사실에는 변함이 없다. 어떤 이는 그것이 그리 새로운 정념이 아니라고 말할 수도 있겠다. 맞는 말이다. 편혜영의 세계도, 강영숙의 세계도, 박민규의 세계도, 김애란의 세계도, 윤성희의 세계도 모두 다 그와 유사한 환멸의 정서에 기반하고 있었으니까. 그들도 세계에 대해 바라는 것 기대하는 것이라곤 없었으니까.

그러나 다른 점이 있다. 이제 2010년대 소설의 주인공들에게, 박민규의 소설에서처럼 끝없는 추락으로부터 그들을 구출해 바나나맨의 판타지 속으로 데려갈 영웅 따위는 존재하지 않는다. 김애란 소설에서처럼 야광 팬티를 입고 밤의 공원을 달리는 아버지의 유머도 없고, 윤성희의 소설들에서처럼 추락하다 우연히 사소한 편위에 의해 해후하게 될 의사 가족들도 없다. 말하자면 감정 지출의 경제는 없다. 게다가 그들이 그런 걸 바라는 것 같지도 않다. 유머도 판타지도 없이 그들은 이제 이 지옥적인 세계에 오로지 분노와 원한과 문장 이전의 문장들로 맞설 작정인 모양이다.

8

승화도 통제도 불가능해 보이는 그들의 저 불같은 정념이 아렌트가 말한 '폭민'의 정서와 유사하다는 사실, 그리고 그것이 무모한 전체주의의 기원이었단 사실에 대해서는 눈감지 말아야 할 것이다. 승화가 이루어지지 않은 언어의 더미와 소설적 발화가 어떤 차이를 가질 수 있는지, 소설적 언어와 소설 외적 언어는 또 어떤 방식으로 구분이 가능한지에 대한 고뇌도 그들의 몫이다. 그러나 작금의 세계자본주의 체제에서 날로 고갈되어가는 분노자본의 상태를 개탄해마지않았던 지젝 같은 이들에게는 전할 말이 생겼다.

여기 아직 분노자본이 있다. 정확히 무엇인지는 모르겠지만, 2010년대 한국 소설에서 승화시키기 힘들 만큼 강력하고 새로운 어떤 것이 분명히 발생하고 있다.

김솔표 소설 공방

— 김솔의 『암스테르담 가라지세일 두번째』에 대하여

1. 장인의 출사표

비유컨대 작가 김솔은, 알 수 없는 어딘가에서 이미 오랜 견습 생활을 마친 후(사람이었건 책이었건 그의 스승들은 훌륭했으리라), 낯설지만 볼수록 정밀하고 세련된 세공품 몇 개를 들고 소설 업계에 혜성처럼 등장한 신성 '장인'(특히 조형을 주종으로 삼은 장인)과 같다. 그리고 그가 들고 와 느닷없이 우리 앞에 내던진 '물건들'(우리는 아주 흉한 것들뿐만 아니라 자주, 아주 훌륭한 것들에게도 이런 표현을 쓴다)로 보건대, 이 장인은 신념과 자부심에 있어서는 아주 꼬장꼬장하고 기예에 있어서는 이례적일 정도로 출중한 자임에 틀림없어 보인다.

이런 비유로 작가 김솔을 맞이하는 것은, 그가 신인이라고는 믿기지 않을 만큼 정교한 구성력을 가지고 있고, 동서고금의 정전들과 학문에 대한 지식도 해박하며, 이질적인 기원을 가진 다종의 문장들을 자유자재로 구사한다는 이유 때문만은 아니다. 문단 입성의 출사표이자 작가 자신이 쓴 소설론으로 읽히기도 하는 「잠정적 과오」[1]로 미루어 보건대, 실제로 그는 소설 쓰기를 일종의 '브리콜라주(손재주)'로 이해한다. 그에게는 소설 쓰기 역시, 몇 가지 도구들을 사용하여 한정된 재료들을 이리저리 붙이고 덧대어 뭔가 그럴듯한 것을 만들어내는 일종의 '짜깁기 공법'과 같다. 그의 소설 쓰기는, 우리 시대의 소설작품이 오래전 사람인 누군가의 비유와는 달리, 내부에 진기한 지혜와 신비한 영감을 가득 담은 '잘 빚어진 항아리'일 수 없다는 사실을 글쓰기의 선험적 제한 조건으로 받아들임으로써 시작한다.

오류나 오독 없이 누구에게나 똑같은 이야기를 할 수 있는 책이라곤 오로지 각국의 국어사전밖에 없다는 생각을 수긍하기까지 그에겐 많은 불면의 밤과 향이 필요했다.

그래서 그는 훗날 『모비 딕』의 편집자가 개정판을 준비하게 될 때 조금이나마 도움을 줄 목적으로 『고래 사전』의 원고를 직접 쓰기 시작했다. 그 사전이 『모비 딕』을 독해하기 위한 가이드북은 결코 아니고, 고래라는 생물과 그것에 연관된 인간의 문화를 설명하는 데 필요한 단어들을 국어사전에서 골라내어 가나다 순서대로 정리해놓은 것에 불과하기 때문에, 가령 고래 탐사 관광을 준비하고 있는 사람

---

1) 김솔, 『암스테르담 가라지세일 두번째』, 문학과지성사, 2014. 이하 작품을 인용할 경우 제목과 쪽수만 표기한다.

들이나 또는 해안을 산책하다가 고래의 시체를 발견한 자들에게 필요할 것이다. 그렇다고 백과사전처럼 다양한 정보를 제공하는 것도 아니다. 다만 고래와 관련된 문헌들 속에서 찾아낸 문장들로 단어의 용례를 덧붙여 독자들의 이해를 도우려고 노력했다.

(「감정적 과오」, pp. 230~31)

인용문의 화자는 지문이 닳도록 도장 파는 기술만 연마하며(정체성을 보장하는 물건을 만들다가 스스로 정체성의 표지를 상실한다는 이 고도의 아이러니!) 평생을 보낸 장인이다. (어머니의 간계로) 말더듬이를 얻은 대신 국어사전의 세계로 도피한 그는 일종의 편집증자인데, "책에서 오탈자나 비문이 발견되는 즉시 독서는 멈추고 알레르기 반응처럼 그 책을 두 번 다시 독파할 수 없게"(「잠정적 과오」, p. 248) 되는 것이 그의 증상이다. 몰두가 심하고 자부심이 강한 장인들이 자신이 만드는 공예품에 대해 흔히 그런 태도를 취한다는 사실을 염두에 둔다면, 그가 도장 파는 일(일찍이 어머니 가슴의 금계랍이 깨우쳐준, 사라져가는 진정함과 정확함을 새기고 보존하는 작업)을 직업으로 삼은 것도 어느 정도 이해가 된다. 도장이야말로 어떤 서류나 사물이 원본임을 확인하거나, 어떤 계약에 부정이 없음을 보장하거나, 내 마음에 변함이 없을 것임을 약속하는 데 사용되는 물건이기 때문이다.

오류와 거짓이 없는 책에 대한 집착은 크지만, 여러 차례의 독서 경험은 그를 항상 좌절로 이끈다. 결국 그는 모든 책에는 어떤 방식으로든 오류가 끼어들게 마련이라는 사실, 그래서 항상 수정되는 과정에 있을 수밖에 없다는 사실을 인정하게 되는데, 이런 사태를 지칭하는 말이 바로 '잠정적 과오'다. 그리고 바로 그 과오를 바로 잡기 위해 그가 택한 것이 '사전 제작'이다. 그런데 흥미로운 것은 그가 사전을 직접 쓰는 것은 아니라는 사실이다. 그가 기획한 '고래 사전'은 전혀 자신의 창작물이나 이론적 저술이 아니다. 마치 브리 콜뢰르가 한정된 재료들을 여기저기서 수집하여 손작업을 하듯이, 그 역시 국어사전이나 고래와 관련된 여러 문헌들의 문장들을 수합 하여 그것들을 재배치하고 재구성할 따름이다. 그렇다면 그는 브리 콜뢰르, 곧 장인이 맞다.

그런데 만약 우리가 저 기지 넘치는 우화 속에서 '국어사전'이나 '고래 관련 문헌들'이 실은 동서고금의 정전들(이나 그냥 보통의 책 들)에 대한 비유임을 인정한다면, 인용한 구절은 그대로 작가 김 솔의 '소설 작법'이 된다. 그는 자신이 하는 일이 이미 어떤 선험 적 '한계' 속에서 시작될 수밖에 없다는 사실을 피할 생각이 없다. 완벽한 책, 유례없이 잘 빚어진 항아리 같은 것은 없다. 사태를 완 벽하게 지시하는 절대 언어 같은 것도 없다. 다만 유한하게 주어진 재료들만이 있을 뿐이다. 소설을 '쓴다'(그러나 이 '쓰다'라는 말의 용례 또한 이 소설의 구성이 보여주는 것처럼 최소한 일곱 가지는 넘 는다. 돈도 쓰고, 힘도 쓰고, 마음도 쓴다)는 것은 다만 용례들이 너 무 많아 모호하기 그지없는 이차 언어에 불과한 문자들을 가지고, 또 하나의 이차적 가공물을 '만들어내는' 일이다.

게다가 우리는 이론적으로도 문학사적으로도 이미 그가 받아들 인 이와 같은 한계가 거스르기 힘든 성질의 것이란 사실도 알고 있 다. 그러니까 작가 김솔은 1950년대의 소위 '언어적 전회'가 소설 에 부여한 한계(언어는 결코 대상 세계를 정확하게 지시하지 못한

다), 데리다의 '차연'이란 개념이 언어에 대해 부여한 한계(화자가
경험한 사전 속 말들의 미끄러짐, 그것을 이론적으로 지시하는 용어가
'차연'이다), 제임스 조이스와 프란츠 카프카 이후로 깨진 항아리들
의 부속들만으로 작업할 수밖에 없었던 무수한 작가들이 인정한 한
계(모레티는 그들의 소설을 정확히 '브리콜라주'라고 부른 적이 있다)
속에서 작업할 수밖에 없는 자신의 위치에 대해 철저히 고민한 후
에, '그럼에도 불구하고' 조각도를 든 장인이다. 그런 점에서 소설
속 도장 파는 화자의 마지막 몇 마디는 장엄할 뿐만 아니라 믿을
만한 데가 있다. 그의 말이 아름다워 길게 적는다.

　　그는 가장 단단한 연필을 고르고 그보다 더 단단한 문구용 칼로
깎아 흑연심을 똑바르게 돋아 세우면서, 더 이상 사람들이 명확한
이유도 없이 부조리한 상황에 갑작스레 내몰리게 되지 않길 바라며,
특히 연애 감정과도 같은 질병 때문에 상처받지 않기를 기원한다.
중세 시대의 필경사처럼, 원문에 충실할 것이며 악마에 의해 길이나
빛을 잃지 않게 해달라는 기도를 덧붙인 다음 그는 단두대 같은 흑
연심 끝에 단어들을 하나씩 세운다. 오뚝이처럼 균형을 잡는 것들을
원고지 위에 살며시 내려놓고 그것이 스며들 때까지 숨을 참는다.
그래봤자 하루에 서너 장을 완성하는 게 고작이겠지만, 세월이 쌓이
지 않으면 사전도 완성되지 않을 것이다. 처음엔 너무 지겨워져서,
나중에 그 지겨움이 오탈자를 만들어낼지도 모른다는 두려움 때문
에, 그는 같은 사전을 열 권 이상 만들지 않을 것이다. 그것들이 가
장 필요한 사람에게 가장 손쉽게 해독될 수 있도록, 그리고 쓸모가
사라진 다음엔 가장 빠르게 사라질 수 있도록, 특별한 종이나 잉크

를 사용하여 그것들의 가치를 높이려는 어리석음도 경계하리라.

어쨌든 도장을 만드는 공방이 사전을 만들기에도 적합한 공간인 것만은 그에게 분명했다.

(「잠정적 과오」, pp. 255~56)

2. 재료들

도장을 만드는 공방이 사전을 만들기에도 적합한 공간이라고 소설 속 화자도 말했거니와, 「잠정적 과오」의 도장 파는 장인은 여러 권의 사전들(그중 마지막 사전의 제목이 가장 문학적인데, 그것은 '죽은 단어들의 무덤 사전'이다)을 기획한 바 있다. 기왕에 장인을 소설가의 비유로 읽었으니 이제 그 사전들이 소설 텍스트라는 사실까지도 받아들일 수밖에 없을 듯하다. 죽은 단어들의 무덤이 텍스트가 아닐 수는 없을 것이다. 그렇다면 남은 것은 그 사전들을 이루게 될 문장들, 그러니까 재료들이 무엇인가 하는 점이다. 그 재료들의 방대함에서도 작가 김솔은 일반적인 신인의 울타리를 훌쩍 뛰어넘는다.

우선 정전으로는 카프카가 있다(「변신」). 보르헤스도 등장하고 (「소설 작법」), 미시마 유키오(「은각사(隱刻寺)」)도 등장하고, 멜빌 (「잠정적인 과오」)과 생텍쥐페리(「소행성 A927」)도 등장한다. 구전된 것으로는 피그말리온 신화와 백설공주 이야기가 나오는가 하면 (「피그말리온 살인 사건」), 확인되지 않은 유적 속 오누이 근친 결혼 설화(「주석본: 아주 오래된 여자」)도 등장한다. 그러나 차용된 것이

'이야기들'뿐이라면 우리가 소위 '패러디'라 부르곤 하는 기법을 즐겨 사용하는 이즈음의 다른 작가들과 김솔을 차별화하기는 힘들 것이다. 그러나 그에게는 해박한 지식도 있다.

인류학(「주석본 : 아주 오래된 여자」)과 천문학(「소행성 A927」)과 생물학(「2003년 줄리엣 세인트 표류기」)과 지역학(「은각사」의 일본, 「암스테르담 가라지세일 두번째」의 네덜란드)과 문헌학(「은각사」)과 미학(「소설 작법」)과 향장학(「피그말리온 살인 사건」)과 심리학(「잠정적인 과오」) 등등. 그리고 거기에 각주를 단 채로, 혹은 달지 않은 채로 등장하는 무수한 인용들: 밀란 쿤데라, 장자, 라이프니츠, 한나 아렌트, 니체, 에드거 앨런 포, 빅뱅이론, 모차르트, 카를로스 푸엔테스, 도슨, 진시황 전설, 수호지, 다종의 무협지, 네덜란드와 인도와 스페인의 풍속지, 인터넷 관련 정보들, 각종의 신화들……

그러나 브리콜뢰르의 자질은 물론 그가 차용해온 원재료의 우수성에 의해서가 아니라, 그것들을 재구성해 새로운 생산품으로 만들어내는 그의 기예에 의해 판별될 일이다(게다가 최근 한국 문학은 소위 '정보조합형 소설'이라 불러도 좋을 어떤 '장르' 하나를 개척해놓고 있기도 하다). 그러나 이 점에 있어서도 김솔의 텍스트들은 탁월하다 할 만한데, 가령 그의 「변신」은 체코발 카프카의 「변신」을 뛰어넘는다고 말하기는 힘들겠지만(뛰어넘지 못해서가 아니라 정전을 받드는 이들의 반발이 두려워서) 한국적으로, 그리고 정신병리학적으로 변형시키는 데에 완벽하게 성공한다. 물론 그런 성공적인 변형에는 재료의 출중함보다 작가가 발휘한 기예의 출중함이 더 크게 작용했다. 이를테면, 지적인 이들이 주로 걸린다는 편집증 장애를 앓고 있는 환자의 의식 상태를 표현하기 위해 그는 모국어 문장을 이렇게 다듬는다. 그의 말이 (러시아 형식주의자들의 문학에 대한 정의만큼이나) 낯설어 길게 적는다.

　내 몸속에서 겨울을 지낸 씨앗들은 점점 더 검고 단단해져서 발굴되었다. 봄이 오면 그것들을 옥탑방 주위에다 심을 것이다. 국적 없는 생화학 무기가 최소한의 인류애마저 말살시킨 뒤부터 집 밖에다 닭을 키우기 시작한 쿠르드족처럼, 나도 매일 아침 옥탑방의 유리창을 통해 세상이 여전히 나무에게 안전한지 확인할 것이다. 도시의 섬과 같은 이곳에서 어떤 나무들이 태어나고 서로 어떠한 식생을 이루게 될지 몹시 궁금하다. 생선가게에서 얻어 온 하얀 스티로폼 상자의 바닥을 뚫고 아래층 신혼부부의 꽃잠까지 뿌리를 뻗어, 결혼은 연애의 마지막 단계가 아니라 사랑이 길을 잃은 상태라는 사실을 가르쳐줄지도 모른다. 그리고 그들의 절망감을 영양분 삼아 바벨탑처럼 자라나서는 비행기의 항로마저 수정하게 만들 수도 있다. 탄생에 필요한 난수표를 해독하기 위해 나는 헌책방에 들러 목침만큼이나 두꺼운 식물도감을 샀다. 식물적 삶을 이해하지 못한다면, 마치 외국어로 적힌 경전을 읽을 때처럼, 구원은 결코 기대할 수 없다. 그리고 종국엔 구원의 환상마저도 버릴 수 있어야 비로소 순환적 시간으로부터 해방되어 한자리에서 한 세기를 버텨낼 수 있게 되리라.

(「변신」, pp. 208~09)

　관념적이고 사변적인 어휘들, 원관념과 보조관념의 거리가 아주 먼 비유들, 그러면서도 자조적이고 웅대한 어조 탓에 "외국어로 적힌 경전을 읽을 때처럼" 낯선 저 문장들은, 지극히 효과적으로 지

김솔표 소설 공방　313

적이면서도 동시에 과대망상적이어서, 먼 데 있는 전혀 이질적인 것들 사이에까지 현실 적부심을 통과하지 못한 인과적 그물망을 부여하는 편집증자의 의식 자체를 재현한다. 아니 정확하게는 '재현'하는 것이 아니라 '모사'한다. 인물이 편집증적일 뿐만 아니라 작품 자체가, 문장과 어휘 자체가 편집증의 증상으로 변한다. 우리는 이 작품을 통해 편집증자의 의식 세계를 관찰하는 것이 아니라, 편집증을 '경험'하게 되는 셈이다.

그러는 와중에 한편으로 병인으로서의 한국적 모더니티가 얼마나 각박하고 기괴한지가 예리하게 드러난다. 말하자면 고도로 계산된 세태소설 한 편이 탄생한다. 그리고 이런 일은, 김솔의 소설들 중 '세태소설'의 경향을 보이는 작품들에서 매번 일어난다. 피그말리온 신화와 백설공주의 거울 모티프를 패러디해서 한국의 외모지상주의와 대중문화의 외설성을 통쾌하게 폭로하는 「피그말리온 살인 사건」, 보르헤스의 「끝없이 두 갈래로 갈라지는 소설」이라는 가상의 작품을 패러디해서 한국의 출판계와 독서 시장을 풍자하는 「소설 작법」, 그리고 육체와 관능에 대한 과도한 관심으로 특징 지을 수 있을 한국 사회의 '생명정치화' 경향에 대한 경고로 읽어도 좋을 「2003년 줄리엣 세인트 표류기」 등이 그런 계열에 속한다. 이 작품들은 공히 원재료의 출처를 밝히되, 작가의 기예를 유감없이 발휘하여 그것들을 한국의 상황 속에 적절하게 변형·삽입한다. 물론 그럴 때 그의 문장들은 무슨 천변만화의 도술을 연마하기라도 했다는 듯이, 병리적이었다가 풍자적이었다가 지적이었다가 노골적으로 상스러워진다.

3. 그의 기예

행여 '해설'이라는 글쓰기의 특성상 과찬을 의심하는 독자가 있을 듯도 하여, 여기 김솔의 '문학적 언어'에 대한 고도의 자의식을 웅변적으로 보여주는 작품 하나를 인용해본다. 그의 말이 정밀하여 다시 길게 적는다.

사적 기록은 풍문처럼 휘발하고
뼈에 새겨지는 건 사람의 공적 정보일 뿐
중앙 분석실에서 발송된 팩스에는
'DNA검사' '모계 혈통이 같은' '단순 화재로' '오누이 추정'
형광 밑줄을 따라 정맥까지 흘러드는 허탈감
'인신공양으로'라든지 '부부'라는 단어가 발견되었던들
오후쯤 박물관장은 중간 보고서를 읽었을 것이고
금줄 두른 초산리엔 상서로운 울음소리와 꼬리 긴 춤사위가 그득
했을 텐데
낙심한 자의 담배 연기는 강철그물처럼 급히 가라앉고
그의 성급한 확신이 시대의 풍속을 앞선다는 건 인정하더라도
분석실 연구원의 소견에도 물질적 증거는 부족하여
"아직 녹지 않은 살을 찾아오겠어."
'진실의 순간The moment of truth'을 준비하는 투우사처럼
절치부심 벼린 삽으로 오후의 심장을 겨누며
자코메티의 작업실을 나서는 206개의 단단한 뼈들
　　　　　　　　　　(「주석본: 아주 오래된 여자」, pp. 268~69)

이 정체불명의 문장들은 시인가? 아니면 꿈을 문자로 기록한 것인가? 이미 작품을 읽은 독자들은 알고 있겠지만 언뜻 난해해 보이는 저 문장들은 해독 불가능하지 않다. 왜냐하면 작가가 저 시도 같고 꿈도 같은 문장들 바로 아래에 '주석'을 달아놓았기 때문이다. 주석에 따르면 사정은 이렇다.

초산리에서 발굴한 남녀의 유골에 대해 동료인 '윤 형'은 DNA 분석 결과('뼈에 새겨진 사람의 공적 정보')가 나오기도 전에 중간 보고서를 작성한다. 그 보고서에 따르면 두 구의 시신은 인신공희로 희생된 남매 근친혼 관계의 부부였다(윤 형이 왜 이토록 두 사람의 사적 관계에 집착하는지에 대해서는 소설 말미에 그 해답의 실마리가 주어진다. 죽은 여자, 곧 화자의 옛 애인이자 일곱번째 남자가 윤 형이고, 윤 형은 그녀의 오빠다. 참으로 절묘한 구성이다). 중간 보고서를 작성한 후에 팩스를 통해 분석 결과가 당도하자 윤 형은 자신의 중간 보고와 일치하는지의 여부를 확인하기 위해 그것을 형광펜으로 밑줄까지 그어가며 꼼꼼하게 읽는다. 그러나 거기엔 자신의 보고와는 달리 근친상간과 인신공양 추정은 빠진 채로 '단순 화재로'라는 말만 씌어져 있다("사적 기록은 풍문처럼 휘발하고" "단순 화재로"). 만약 윤형의 추정이 맞았다면 박물관은 환호성으로 난리가 났을 것이지만("'인신공양으로'라든지 '부부'라는 단어가 발견되었던들/오후쯤 박물관장은 중간 보고서를 읽었을 것이고/금줄 두른 초산리엔 상서로운 울음소리와 꼬리 긴 춤사위가 그득했을 텐데") 학예사들은 그런 추정이 시대의 풍속과 맞지 않았다고 판단했던 것이다. 낙심한 채 연거푸 담배를 피우던 윤 형("밑줄을 따라 정맥까지 흘러드는 허탈감" "낙심한 자의 담배 연기는 강철그물처럼 급히 가라 앉고")은 마른세수를 한 후 "아직 녹지 않은 살을 찾아오겠어"라고 말하며 유적지로 표표히 떠나는데, 화자의 눈에는 그것이 마치 칼 잡이(조각가!) 자코메티가 트렌치코트의 깃을 세운 채 오후의 횡단 보도를 서둘러 건너가는 모습처럼 단호하게 보인다(" '진실의 순간 The moment of truth'을 준비하는 투우사처럼/절치부심 벼린 삽으로 오후의 심장을 겨누며/자코메티의 작업실을 나서는 206개의 단단한 뼈들").

말하자면 우리는 이 작품을 읽으면서 주석에서 보고하고 있는 실제 사건이 작가의 기예를 통해 어떤 방식으로 '문학적 가공'을 겪는지를 추체험하게 된다. 과감한 생략과 적절한 비유, 잦은 행갈이와 주관적인 기억의 삽입을 통해, 문장들은 시처럼 변한다. 물론 이를 프로이트의 꿈의 형성 논리에 따라 잠재몽과 외현몽의 차이라 불러도 무방하겠다. 그리고 프로이트 또한 그 차이를 장인의 기예에 비유하면서 '가공 작업'이라 불렀다는 사실도 거론할 수 있겠다. 요컨대 나는 저토록 정밀하고 자의식적으로 자신의 가공 작업을 관찰하고 누설하는 언어의 장인을 최근 만나본 적이 별로 없다.

예를 들자니 이 작품이었지만 「소설 작법」에서도 「잠정적 과오」에서도 (그리고 다음 장에서 살펴보게 될 다른 작품들에서도) 그의 기예는 스스로를 드러내면서 빛난다. 소설이 만들어지는 과정을 고스란히 보여주면서, '포스트 전태일' 시대에 관한 소설 한 편을 탄생시키는 작품이 바로 「소설 작법」이다. 완전한 책의 불가능성에 대해 말하면서, '쓰다'라는 말의 느슨한 용례에 따라 스스로 일곱 번을 미끄러지는 텍스트가 바로 「잠정적 과오」다. 그러나 작가 김솔을 그저 '기예에 능한' 장인이라고만 부를 수 있을까? 그럴 수 없다. 만약 이 작가가 푸코의 '저자의 죽음'에 대해 몰랐다면 쓸 수 없었을 작품이 또한 「소설 작법」이다. 소설의 말미는 다음과 같다.

작가 지망생들이 떠나고 종이 상자에 남은 책들을 챙겨 사무실로 돌아와서야 비로소 나는 내 첫번째 소설책을 살펴볼 수 있었다. 그런데 그 책을 쓴 작가의 이름이 마사오가 아니라 노병규가 아닌가. 그것이 로버트 뱅크스를 음차(音借)한 이름이란 걸 단번에 알아차릴 수 있었다. 마사오 역시 내 본명은 아니지만, 노병규라는 이름으로는 이곳에서 석 달 동안 지켜왔던 나의 정체성과 역사를 전혀 설명할 수 없었다. 그것은 차라리 도메크에게 어울리는 것 같았다. 노인을 만난 그가 구술한 이야기를 나는 대필 작가처럼 받아 적었을 따름이므로.

(「소설 작법」, pp. 73~74)

마찬가지로 만약 이 작가가 데리다의 '차연'이나 '산종' 같은 개념들이 지시하는 바를 의식하지 않았다면 쓸 수 없었을 작품이 또한 「잠정적 과오」다. 이 소설의 한가운데에 다음과 같은 구절이 있었음을 우리는 기억한다.

여전히 그는 한 번 읽은 책의 내용은 거의 완벽하게 기억할 수 있었지만, 사전을 만들고 있는 이상 자신의 기억이 맞는지 반드시 확인해야 했으므로 책들을 곧바로 반납할 수 없었다. 그는 각각의 책을 각각의 단어로 정의한 뒤 가나다 순서대로 쌓아놓았기 때문에 도리아

식 기둥의 중간 석재를 뽑아내어 건물 전체의 안전을 위협하는 일 없
이 그저 위아래로 누르고 있는 책들의 제목과 내용을 떠올리는 것만
으로도 그 사이에 놓인 책의 내용을 충분히 기억해낼 수 있었다.

(「잠정적 과오」, p. 237)

  정확한 언어란 없다. 다만 누적되는 문자들만이 있다. 데리다의
'차연' 개념에 대한 가장 적절한 조형물을 나는 저 책 더미 형상에
서 보는데, 작가 김솔이 그저 기예에만 능한 소설가는 아니라는 점
은 다시 강조하고 싶다. 그는 스스로를 언어를 재료처럼 다루는 장
인으로 여기고 있음에 틀림없지만, 또한 그는 충분히 고심한 끝에
장인이 되기를 결심한 장인이고, 그런 이유로 아주 지적이고 자의
식적인 장인이기도 하다.

4. 언어적 조형술의 탄생

  풀어가다 보면 소설 읽기가 흥미로워지는 수수께끼들을 많이 담
고 있는(앞서 언급한 윤 형과 자살해버린 여자와의 관계도 그중 하나
다) 작품 「주석본: 아주 오래된 여자」에 대해서는 한 가지 할 얘기
가 더 남아 있다. 작가는 왜 소설을 그런 방식으로, 그러니까 수수
께끼 같은 시문들이 앞서 있고, 그 뒤에 주석을 다는 형태로 주조
한 것일까? 주석 달기란 이미 존재하는 문장에서 누락되었거나 잊
힌 부분을 복원하고 다시 채우는 일이다. 그리고 보면 윤 형이 하
고 있는 작업, 즉 유적에서 당대의 상황과 사건을 유추해내는 일이

또한 바로 그런 일이다. 윤 형은 두 구의 시신에 주석을 달고 싶다. 그런데 또 한편으로 생각해보면 화자 자신이 하고 있는 작업 또한 여기서 그리 멀지 않다. 그가 주석을 달고 있는 텍스트는 '아주 오래된 여자'(와의 연애)다. 오래전 사랑했던 여자로부터 날아온 유서, 그것에 주석을 닮음으로써 그는 이 작품의 주제에 대한 세번째의 변주를 완성한다. 물론 완벽한 주석은 허구에 불과하다. 여자의 옛 애인들이 일곱번째 남자에 대해 모르듯이, 윤 형이 유적을 가공함으로써 자신의 욕망을 해석에 덧입히듯이…… 그런 의미에서라면 이 작품은 '해석학적 순환'을 주제로 하고 있다고 볼 수도 있다.

그런데 흥미로운 사실은 이 작품의 주제와 형태가 완벽하게 일치한다는 점이다. 인물들은 주석을 달고, 그들의 이야기를 담은 소설은 주석의 형태로 주조되어 있다. 말하자면 이것은 조형술이다. 주석에 '대해' 이야기하거나, 주석을 다는 사람들을 '묘사'하는 것보다 더 나아가 아예 스스로가 주석의 형태로 '되기', 이것은 확실히 언어 예술보다는 조형 예술의 논리에 가깝다. 내내 작가 김솔의 기예가 놀랍다는 말을 해왔지만 실은 앞서의 말들은 어쩌면 그 기예의 양적인 탁월함에 대한 이야기에 불과했는지도 모른다. 그러나 이 작품을 포함하여 상세한 이야기를 미뤄둔 「은각사」 「암스테르담 가라지세일 두번째」 「피그말리온 살인 사건」에 대해서라면 그렇게 말하기 힘들다. 이 작품들에서 그는 한국 문학(최소한 소설 장르)에서는 그 유례를 찾아보기 힘든 어떤 실험을 행한다. 그것을 다소 무모하게 '언어 예술의 조형 예술화'라고 불러도 무방할 듯하다. 가령 이런 식으로 말할 수도 있겠다. '「은각사」는 벚꽃처럼 생겼다.' '「암스테르담 가라지세일 두번째」는 네덜란드다.' '「피그말리온 살

인 사건」은 보톡스 주사를 맞은 아이돌 가수의 얼굴이다.' 이 말들
은 '「은각사」라는 작품은 벚꽃 피는 일본을 무대로 삼았다'라거나
'「암스테르담 가라지세일 두번째」란 작품은 네덜란드인들의 생활
풍속을 정밀하게 묘사하고 있다'라거나 '「피그말리온 살인 사건」은
외모지상주의에 빠진 한국인들의 왜곡된 욕망을 폭로하고 있다'는
식의 말들과는 완전히 다르다.

  작품을 이미 읽은 독자들은 알고 있겠지만 「은각사」는 여러 개의
단장들로 이루어진 작품이다. 그리고 매 장은 "하지만 그보다 앞
서"라는 어사와 함께 끝난다. 뒤의 장에서 일어난 사건이 앞의 장
에서 일어나는 사건보다 선행하는 역순의 구성이다. 즉, 이 소설은
정확히 가장 마지막에 있는 단장에서 역순으로 읽어야 한다. 따라
서 우리는 (보통의 순서대로 순차적으로 읽을 경우) 일어난 사건의
결말, 그러니까 충동적으로 집을 나와 젊은 적군파들이나 된 것처
럼 '금각사'(미시마 유키오의 원작에서와 달리 절이 아니라 고작 소설
책)에 불을 붙여 방화 사건을 일으키려다 실패하는 다섯 소녀 소년
들의 아름답고도 용감한 해프닝이 졸렬한 결말을 맞는다는 사실을
이미 알면서 독서 행위를 이어가게 된다. 그러니 벚꽃이 흐드러지
게 날리는 날, 벚꽃처럼 피어난 이 아름다운 반항이, 종래에는 벚
꽃처럼 허무한 결말을 맞을 줄을 우리는 안다. 그것은 마치 채 봄
이 다 가기도 전에 저 눈부신 벚꽃들이 어쩔 수 없이 지고 만다는
사실을 알면서 보는 꽃구경과 유사하다. 게다가 이 벚꽃의 모양을
닮은 소설 안에는 벚꽃과 조응하는 이미지 계열체들이 마치 꽃잎들
처럼 마구 날린다. 불꽃, 젊음, 어리숙한 성, 적군파, 실패한 혁명,
그리고 무모한 소녀 소년들의 자기 파괴 열망 같은 것들…… 심지

어 그 안에서는 모든 것들이 벚꽃 주위로 모이고 벚꽃의 원인이나 결과가 되고, 벚꽃 그 자체가 된다. 여기 그 벚꽃 이파리들이 있다.

우리는 철학의 길 위를 어슬렁거리면서 교토의 모든 범죄가 벚꽃 때문에 우발적으로 일어난다는 범죄학자들의 주장에 동조하지 않을 수 없었다. 벚꽃의 개화로 촉발된 상실감은 결코 자기 파괴의 열정만 으로는 극복되지 않는다. 교토의 벚꽃이 사흘을 넘기지 못한다는 믿음은, 벚꽃이 사람들 마음속에 남기는 화인(花印) 또는 화인(火印)의 유효기간을 고려하지 않은 편견에 불과하다. 철학의 길을 걸었던 사카모토 료마(坂本龍馬)나 도조 히데키(東條英機), 니시다 기타로(西田幾多郎), 미시마 유키오, 시오미 다카야(鹽見孝也)의 영혼 속에 주기적으로 역사적 책무감을 주입하던 이론가들도 벚꽃이었을 것이다.

(「은각사」, p. 99)

유사하게 「암스테르담 가라지세일 두번째」는 오로지 이 작품이 다루고 있는 네덜란드인들의 세밀한 생활상(이 작품은 마치 지역학적 지식을 소설화하기라도 한 것처럼 그들의 식습관, 유럽식 유머, 칼뱅주의적 윤리, 얄미운 더치페이, 동성애에 대한 관용, 이웃에 대한 무관심, 금기 없는 개인의 자유, 세금 제도의 냉혹함, 코카인에 대한 관대함, 변덕이 심한 날씨 등등을 차례차례 묘사한다) 때문에 네덜란드적인 것은 아니다. 이 작품의 특이한 점은 아예 소설 자체가 네덜란드어로 쓰여진 후에 한국어로 번역한 듯한 형태의 몸피를 입고 있다는 사실에 있다. 가령 아래의 구절은 한국어인가 네덜란드어인가?

그들은 마치 밀항선을 타고 그날 밤 암스테르담에 도착한 사람들처럼 잔뜩 긴장한 채 대화도 없이 게걸스레 음식을 삼켰기 때문에 옆자리 손님들과 종업원의 의심 어린 시선을 번갈아 받았다. Y가 맥주 한 병을 더 주문할 때 G는 감자커틀릿 두 개를 주문하였는데, 그들은 자신들의 식탁 위에 더 이상 먹어 치울 음식이 남아 있지 않는 순간 영원히 작별해야 한다는 사실을 잘 알고 있었기 때문에, 상대가 근사한 작별 인사를 준비할 수 있도록 시간을 벌어주려는 목적도 있었다. 하지만 그들이 둘 중 누가 유다에 가까운지 가늠하지 못한 채 계산대 앞에서 키스 대신 포옹을 나눌 때까지도 맥주와 감자커틀릿을 들고 종업원이 나타나지 않았기 때문에, 아까운 돈을 허투루 썼다는 생각이 그들의 작별을 더욱 비참하게 만들었다.

(「암스테르담 가라지세일 두번째」, pp. 150~51)

한국어에서는 잘 사용하지 않는 많은 절들과 순수 우리말이라고는 찾아볼 수 없는 개념어들, 그리고 마치 번역하기 힘든 것을 어쩔 수 없이 늘여서 우리말로 옮겼다는 듯이 길어지는 문장, 성경에서 차용한 비유, 이별하는 와중에도 음식 값을 걱정하는 칼뱅주의적 깍쟁이들의 감수성, 말하자면 지금 저 식당은 네덜란드다.

게다가 위의 경우와는 반대로, 설사 국어사전에서 공들여 찾아낸 순수 우리말들이 텍스트 곳곳에 널려 있다고 해서 그것이 꼭 '언어 예술의 조형 예술화'라는 김솔식 소설 공방의 모토에 위배되는 것 같지도 않다. 「피그말리온 살인 사건」은 순우리말이 '토속적 감성의 표현'이나 '자연스러움' '개연성' 등의 효과와는 완전히 무관하게 사용될 수도 있다는 사실, 심지어는 잘못 시술된 성형수술 후의 안면에 남아 있는 보톡스의 흔적처럼 사용될 수도 있다는 사실을 여실히 보여준다.

감각기관들이 잘려나간 고깃덩어리를 이젤 위에 걸어놓고 그는 시망스럽게 '십자가'라는 제목을 붙였더군요. 원장선생님의 그림이 생각나서, 한때는 성우 씨라고 불렀지만, 서점에 진열된 화첩에서 몰래 몇 장을 찢어와 그에게 보여주었죠. 제가 저지른 죄는 미워해도 그 그림만큼은 좋아할 줄 알았는데, 성우 씨는 눈을 곤추뜨더니 손바닥으로, 마치 영혼 속의 내용물을 확인하려는 듯, 제 등을 내리치기 시작했어요. 에부수수한 상아 조각들이 비늘처럼 쏟아져 내리는데도, 그가 공들여 세운 코끝이나 이마는 오히려 더욱 도도록해졌어요. 소파 위로 널브러진 저를 왁달박달 파헤치며 텅 빈 중심 속으로 파고 들어오는 그에게 고해성사를 하듯 한참 동안 중얼거렸던 것 같아요.

(「피그말리온 살인 사건」, pp. 119~20)

작중 성우 씨는 성형외과 의사이자 연예 기획사 사장이다. 화자는 그의 피그말리온, 그러니까 수차례의 성형수술로 얼굴이 많이 변했을 아이돌 가수다. 그러나 굳이 그 얼굴을 묘사하지 않아도 될 것이, 지금 저 문장들이야말로 화자의 얼굴 그대로이기 때문이다. 그 자체로는 생생하고 팔팔 뛰고 희귀한 고유어들(시망스럽다, 곤추뜨다, 에부수수하다, 도도록하다, 왁달박달)이 표면에 부상하자 문장들은 오히려 읽기 힘든 난문이 되고, 비례가 맞지 않는 조각상처럼 변한다. 우리는 종종 성형 부작용에 시달리는 연예인들의 얼굴에서 저런 문장을 읽을 때와 유사한 감정을 느끼곤 하는데, 보톡스를 맞은 부위와 그렇지 않은 부위의 부조화, 그 일그러지고 그로테스크한 욕망의 민얼굴 같은 저 문장들은 언어 예술이 아니라 조형 예술의 논리에 따라 표현되는 것 같다.

요컨대 작가 김솔은 언어를 재료로 다루되 조형 예술의 논리에 따라 다룬다. 그리고 이런 식의 기예는 그간 많은 이들이 금과옥조로 여겨온 '내용과 형식의 조화', 그 식상한 유기체론의 '진화'가 아니다. 그것은 일종의 '변이'(진화란 항상 변이의 산물이다)에 가깝다. 왜냐하면 소설이라는 장르가 또 한 번 (인접해 있지도 않은 장르와 조우함으로써) 변태를 일으키려는 장면을 우리는 지금 목도하고 있기 때문이다.

이 공방의 소식이 마치 무슨 경고문이나 선언문처럼 여러 공방에 순식간에, 널리, 감탄과 논란을 (시기와 질투도) 불러일으키며, 파다해졌으면 좋겠다.

개와 돼지와 비둘기의 세계에서

── 김엄지의 『미래를 도모하는 방식 가운데』에 대하여

1

김엄지의 소설[1] 속 인물들은 뭐랄까……, 동물들 같다. 개 같고, 돼지 같고, 생선 같고, 비둘기 같다. 비하하거나 과장하려는 의도로 하는 말이 아니고, 비유적으로 하는 말도 아니다. 이 작가는 마치 자신의 소설 속 인물들이 행여라도 사람처럼 보일까 봐 두렵기라도 하다는 듯, 혼신의 노력과 정성을 다해 그들을 동물처럼 묘사하고, 동물처럼 행동하게 하고, 그러고 나서는 실제로 동물 취급한다. 그들은 동물 '같은' 것이 아니라 '거의' 동물인데, 작가의 이런 성향은 이미 등단작 「돼지우리」에서부터 결정되어 있었던 것처럼 보인다.

---

[1] 이 글에서 다룬 작품의 출처는 소설집 『미래를 도모하는 방식 가운데』(김엄지, 문학과지성사, 2015)이다. 이하 작품을 인용할 경우 제목과 쪽수만 표기한다.

식당 '돼지우리' 사장의 믿을 만한(!) 말에 따르면, 그에게 돼지 잡는 일을 가르친 선배도 돼지고, 서빙하는 그의 아내도 돼지다. "벤치에 앉아서 콧구멍을 마구 후비던 여자"도 돼지고, "접촉 사고가 난 도로 위에서 싸우던"(「돼지우리」, p. 24) 사람들도 돼지인데, 그렇게 세상에는 셀 수 없이 많은 인간−돼지들이 존재한다. 그중 가장 특출하게 돼지다운 인물이 '우라라'다. "의, 식, 주가 아니라 식, 오로지 식만의 생활을 추구"(「돼지우리」, p. 12)하는 라라는 음식을 먹는 일만으로도 오르가슴을 느낄 수 있을 만큼 돼지답다. 따라서 그들에게 할당될 만한 가장 적절한 동사는 당연히 '먹다'일 텐데, 실은 세계 전체가 돼지우리고, 매일같이 꾸역꾸역 입에 처넣을 것을 찾아 버둥거리며 사는 우리 시대의 인간들 모두는 돼지와 다를 바 없다는 것이 이 소설의 주제라고 해도 무방할 듯하다.

그러나 김엄지 소설에서 정작 더 매력적인 동물은 돼지보다는 개다. 「돼지우리」 이후, 돼지 같던 김엄지 소설의 인물들은 주로 개같아진다. 그중에서도 '영철이'(「영철이」 「삼백의 즐거움」)가 우선은 가장 개 같다. 그의 아내가 생각하기에, "영철은, 집에서 바둑만 둘 줄 아는 남자, 아니 남자가 아니라 사람, 사람이라 하기에도 뭐한, 생명체일 뿐"(「영철이」, p. 98)이다. 물론 그 '생명체'의 다른 이름이 정확하게는 '개'다. 그래서 아내는 영철을 이렇게 대한다.

영철아, 너는 개새끼 주제에 무슨 바둑을 그렇게 열심히 두니. 아내는 개에게 직간접적으로 영철에 대한 마음을 털어놓았다. 영철아, 추석에는 어쩔 생각이니? 집에 있을 생각이니? 너는 무슨 생각을 하고 사니? 그녀는 개에게 자꾸 물었다. 작은 방에서 바둑을 두는 영철은, 아내의 말을 듣기도 하고 듣지 못하기도 했다. 들으나 못 들으나 영철은 입을 다물고 있었다.

(「영철이」, p. 94)

정작 개(영철이)에게 던질 질문은 영철에게, 영철에게 던질 질문은 개(영철이)에게 던짐으로써 아내는 개와 영철의 구분을 무화시킨다. 그러나 영철이가 개와 동일시되는 것은 그의 이름이 개의 이름과 같아서만은 아니다. 「삼백의 즐거움」의 영철이가 도박판의 '뻑', 즉 '싸기'의 고수라는 점, 그리고 그가 별로 사랑하지도 않던 한 여자의 몸속에 (개처럼) 충동을 이기지 못하고 뭔가를 싸는[사정(射精)] 바람에 팔팡이가 태어났다는 사실도 고려해야 한다. 내용물이 무엇이 됐건 '싸다'는 개의 행동을 표현하기에 가장 적합한 단어임을 우리는 안다. 그리고 그런 의미에서라면 「미래를 도모하는 방식 가운데」(이하 「미래를」)의 주인공이나 「그의 사정」의 주인공 또한 개의 상태에서 그리 멀지 않다. 아니 실은 영철이보다도 이들이 더 개답다. 왜냐하면 그들은 비록 사람 이름을 가졌으나, 습성과 생리와 행동에 있어서는 개와 완전히 유사하기 때문이다. 아래는 그 예다.

그는 윗옷을 벗었다. 그는 바지도 벗었다. 팬티를 벗고 오줌을 쌌다. 아무렇게나 갈겼다. 그의 손목에 오줌이 튀었다. 뜨거웠다. 그는 오줌 줄기가 가장 멀리 뻗는 곳, 그 방향으로 걸을 작정이었다. 무모하고 아무런 근거가 없는 행동이었다.

(「미래를」, p. 171)

바람은 짠맛이구나. 그는 바람을 쩝쩝거리면서 느리게 걸었다. 바
람에서 신맛이 나기도 하고 단맛이 나기도 했다. 침을 뱉기도 했고,
오줌을 싸기도 했다. 그를 보는 사람은 아무도 없었다. 그는 그것을
알고 있었다. 그는 바지를 벗고 싶었다. 그는 바지를 벗었다. 그는
바지를 벗고 서서 이제 뭘 해야 할지 생각했다.

(「그의 사정」, p. 123)

바지도 입지 않고, 목적지도 모르는 채로, 바람의 맛을 혀로 느
끼며 걷다가, 배가 고프면 먹고, 침이 고이면 뱉거나 흘리고, 목이
마르면 혀를 내밀어 비를 기다리다가, 마려우면 아무 데서나 방뇨
를 하는 것이 인간의 습성은 아닐 것이다. 작가의 의도는 분명해
보인다. 가급적 그들을 개로 읽어달라고, 그들을 개로 취급해달라
고, 김엄지는 독자들을 종용한다.

그러나 김엄지의 동물 탐구는 개에서 끝나지 않는다. 김엄지가
최근 발표한 두 편의 회사원 연작(「고산자로12길」「느시」)에는 새로
운 동물이 등장하는데 그것은 비둘기다. 물론 평화나 자유 등의 상
징성과는 완전히 멀어져버린 '날아다니는 돼지'로서의 비둘기다. 이
작가가 보기에 비둘기가 상징하는 바는 우리 시대에 완전히 전도되
고 말았는데, 이제 비둘기는 자유나 평화가 아니라 '굴복'과 '감수'
를 상징한다. 그래서 그들에게 가장 적합해 보이는 동사는 고개를
'처박다'(이 동작은 영철이에게도 아주 친숙한 동작이긴 했다)이다.

E는 출근길에 한 무리의 비둘기들과 마주쳤다. 비둘기는 총 여덟

개와 돼지와 비둘기의 세계에서 329

마리였다. 어떤 비둘기는 바닥에 고개를 처박고 있었고, 어떤 비둘기는 소란스럽게 날개를 움직였다. 그리고 어떤 비둘기는 발목이 잘려 있었다. E는 비둘기들이 대가리를 박고 있는 길바닥을 유심히 보았다. 그는 길바닥에서 아무것도 발견할 수 없었다.

E는 사무실에서 근무하는 내내 비둘기의 퍼덕거리던 날갯짓과 바닥에 처박은 작은 대가리, 잘린 발목을 떠올렸다.

(「고산자로12길」, p. 181)

한 다리가 잘린 채 길바닥에 고개를 한없이 '처박는' 날짐승을 본 후, E는 스스로를 비둘기와 동일시한다. 그러고 보니 E와 그의 동료들의 습성이나 행동에서 인간적인 특성보다는 비둘기적인 특성을 찾는 게 더 쉬워 보인다. 그들은 매일 구내식당에서 주는 똑같은 메뉴의 음식을, 그것도 창가 자리에 일렬로 앉아, 고개를 처박고 꾸역꾸역 받아먹는다. 그들은 매일 자신들의 의지에(그런데 그들에게 의지가 있기는 한가?) 반해 상사 앞에서 고개를 숙이고, 반강제로 회식에 동원되고, 휴가를 떠나지도 못한다(떠나더라도 곧 비둘기 같은 귀소성으로 반복적인 일상에 복귀한다). 이런 식으로, 작품 내내 그들은 비둘기처럼 묘사된다.

굳이 더 찾자면 흔히 들칠면조라 불리기도 하는 '느시'(「느시」), 혹은 소금에 푹 절여진 '생선'(「그의 사정」) 같은 다른 동물들이 없는 것도 아니나, 더 이상의 나열은 불필요할 듯싶다. 요컨대, 김엄지의 소설 속 인물들은 하나같이 동물들이다. 개들이고, 돼지들이고, 비둘기들이다.

2

그런데 김엄지의 동물-인간들에게는 공히 눈여겨볼 만한 묘한 습성이 있다. 그들은 사는 데 아무런 쓸모도 없어 보이는 짓을 공들여, 집착적으로, 그리고 꾸준히 계속한다. 강박증적이고 형식적이다. 가령 영철이의 바둑이 그렇고, 노름이 그렇다. 영철은 실직하고 이혼 위기에 직면한 상황에서도, 실은 바로 그런 상황이므로 더더욱(왜냐하면 그에게는 기대야 할 대타자가 절실하므로) 바둑에 몰두한다. "다섯 시간 동안 담배를 물고 바둑에 몰두하고, 화장실을 한 번 가고, 밥은 먹거나 굶거나, 다시 다섯 시간 동안 담배를 물고 바둑에 몰두하는 식"(「영철이」, p. 86)이다. 나아가 노름에 관해서라면 그는 거의 광적인 신앙인 수준이다.

영철에게 화투는 신앙이요, 잃은 돈은 그에 따른 대가, 즉 신앙심의 증거였다. 영철은 돈을 잃고도 다시 딸 수 있다는 믿음을 굳게 가지고 있었다. 이상한 일이지만, 돈을 크게 잃을수록, 크게 딸 수 있다는 믿음이 더욱 강해졌다. 언젠가 한탕 크게 해먹을 수 있다는 믿음, 화투 방석을 짓밟고 서서 양손 가득 판돈을 거머쥔 최종 승리자의 모습, 진리를 기다리는, 좌절 또한 감사하는 종교인의 마음으로, 영철은 수요일과 금요일에 하우스를 찾았다.

(「삼백의 즐거움」, p. 34)

신앙심의 계기가 흔히 그렇듯, 그들은 뭔가 잃어버린 것이 있다.

그리고 영철의 저 깊은 의사 신앙심으로 미루어 보건대, 그토록 절실하게 되찾고 싶은 잃어버린 것, 그것은 물론 대타자다. 마치 지젝이 언급한 스탈린주의의 사도들처럼, 그들은 대타자가 없다는 사실에 직면하지 않기 위해 강박적으로 "큰 타자의 존재에 대한 존재론적인 증거로서의 가치를 지니고 있"[2]는 어떤 것을 만들고 믿고 확신한다. 영철에게는 그것이 바둑이거나 노름이거나 낚시다.

물론 그 간절함이 노름이나 바둑 자체를 향한 것이 아니라 그 너머에 있을 것이라고 가정된 대타자를 향한 것이므로, 간절함의 즉자적인 대상은 항상 바뀔 수 있다. 바둑이어도 좋고, 노름이어도 좋다. 「미래를」의 주인공처럼 종교였다가, 여자였다가, 계곡에서의 다이빙이어도 좋다. 「그의 사정」의 주인공처럼 도배여도 좋고, 바다여도 좋고, 「고산자로12길」의 주인공처럼 빨래여도 좋고, 휴가여도 좋고, 매뉴얼 만들기여도 상관은 없다. 그들이 욕망하는 것은 절실하게 원하는 대상 자체가 아니라, 바로 스스로가 그 무엇인가를 '절실하게 원하고 있음'이기 때문이다. 따라서 「미래를」의 화자가 이렇게 말한다 해서 그를 신빙성 없는 화자라고 이해하면 곤란하다.

그는 대체적으로 간절한 것이 없었다. 언젠가 그는 종교를 갖고 있기도 했다. 그때에도 그는 간절한 것이 없어서 기도가 늘 부실했다. 그는 자연스럽게 종교를 잊었다. 그는 이제 곧 다이빙에 대한 열망도 잊을 것이었다. 그러나 그는 아직 산에 머물러 있었고, 오늘은

---

2) 슬라보예 지젝, 『이데올로기라는 숭고한 대상』, 이수련 옮김, 인간사랑, 2002, p. 334.

꼭 계곡을 찾겠다고 마음먹었다. 비는 그치지 않았다.

그는 열망을 열망할 뿐, 열망의 대상을 열망하지 않는다. 따라서 그는 항상 간절하지만, 그 간절함에는 근거가 없다. 간절함의 대상은 자주 바뀌지만, 바로 그럼으로써 간절함이 유지된다. 그리고 우리는 이런 인물 유형들에 대한 적당한 단어 하나를 알고 있다. '스노브snob'가 바로 그것이다. 쓸모없고 형식적인 일에 강박적으로 몰두함으로써, 대타자의 결여를 보상받는 일종의 정신 승리, 그것은 '스노비즘'에 빠진 인물들의 전형적인 행동 방식이다. 그리고 여기 그 최적의 사례가 될 만한 인물이 있다. 그녀는 바로 「돼지우리」의 '우라라'다.

라라는 예의가 없었다. 상스러운 말은 물론이고, 상스러운 행동도 물론이고, 그러니까 그녀에게서 상스럽지 않은 면을 찾기란 어려운 일이었다. 아니, 라라가 단 하나 지키는 예의가 있기는 했다. 식사 예절이었다. 그러나 그 식사 예절이라는 것도 여간 의심스러운 것이 아니었다. 그녀는, 일단 먹기 시작하면 되도록 잡담을 하지 말아야 하며 음식에만 집중해야 하는 것이 식사 예절의 핵심인데, 꾸준히 실천하게 되면 오르가슴에 도달하게 된다고 내게 설명했다. 적극적으로 오르가슴을 느끼고 싶다면 지금 막 조리한 따끈한 육류를 택해야 하며, 급히 먹되 잘 씹을 것. 입과 이빨을 최대한 사용할 것. 입주변 근육이 조이고 이가 잇몸에 콱콱 박히는 듯한 느낌이 올 즈음부터 목 넘김에 최대한 집중할 것. 입안에 가득한 고기를 한 번에 삼

개와 돼지와 비둘기의 세계에서 333

킬 것. 이때 목구멍과 씹힌 고기의 접촉을 온몸으로 느껴야 하는데, 여기서부터는 먹는 자의 테크닉에 따른다는 것이었다.

(「돼지우리」, p. 10)

인용문으로 미루어 보건대, 우라라가 속물인 것은 더 말할 필요도 없어 보인다. 그녀는 마치 지켜야만 할 이념이나 가치 따위는 전혀 존재하지 않음에도 불구하고, 그리고 자신의 행위가 세계를 바꿀 수 있으리라고는 전혀 믿을 수 없음에도 불구하고, 고도로 세밀한 규칙에 따라 자신의 배를 가르는 할복자에 비견될 만하다. 먹는 일(아렌트가 오이코스의 일, 곧 동물적 영역의 일이라고 불렀던)에 이념이나 가치 따위가 있을 리 없다. 그러나 그녀는 최선을 다해 모든 규칙을 엄수하면서 먹는다. 먹이의 종류와 먹이의 상태, 먹는 입의 모양과 근육 사용 방식, 먹는 자의 태도와 구사해야 할 테크닉까지. 그러면 오르가슴마저 이끌어낼 수 있다고 믿는다. 더 말할 것도 없이 그녀는 전형적인 스노브다.

그런데 이미 살펴보았듯이 우라라는 또한 동물(돼지)이기도 하다. '돼지우리' 식당의 사장이 보증하고, 본인 스스로도 그 사실을 부인하지 않을 뿐 아니라 되레 기꺼이 받아들이기까지 한다. 그렇다면 우라라는 김엄지 소설 속 인물들 가운데 가장 문제적인 인물이 되는 셈인데, 그녀는 동물적 속물, 혹은 속물적 동물이기 때문이다. 다른 말로, 미국적 일본인, 혹은 일본적 미국인이 바로 그녀다. 그리고 설명이 더 필요하겠지만, 이 말은 바로 그녀야말로 전형적인 '21세기형 인간'이란 말과 다르지 않다.

물론 우라라가 동물이자 속물이라는 말에 대해서는 이견이 있을 수 있다. 왜냐하면 '역사 이후'의 인간(포스트 휴먼)을 최초로 동물(미국인)과 속물(일본인)로 유형화한 프랑스의 헤겔주의 철학자 코제브에 따르면, 이 둘은 결코 융합될 수 있는 성질의 인간형들이 아니기 때문이다. 엄밀히 말해 한쪽은 (생물학적으로가 아니라 역사철학적인 의미에서) 전혀 인간이 아니다. 나머지 한쪽만이 그나마 인간에 속한다. 따라서 둘은 섞일 수 없다.[3] 말하자면 미국인은 동물이므로 역사 이후의 '인간'이 될 수 없고, 일본인은 속물이지만 인간 특유의 부정성을 (형식을 통해) 유지하고 있으므로 역사 이후의 인간이 될 수 있다는 것이 그가 한 말의 요체다.[4]

그러나 그가 저 말을 한 것은 1969년의 일이다. 그로부터 50년 가까운 시간이 흐르는 동안 우리는 도처에서 속물이면서 동물인, 미국인이면서 일본인인(국적을 말함이 아니다), 기이한 형태의 인간들과 문화를 목도하고 있다. 가령 코제브가 살아 있어, 이즈음의 삼성카드 광고를 보는 장면을 상상해보자. 우리 시대에 "아무것도

3) "어떤 동물도 속물이 될 수는 없으므로, 일본화된 역사-이후의 시대는 여전히 인간적인 것으로 남아 있게 될 것이다"(Alexandre Kojève, *Introduction to the Reading of Hegel*, Ithaca: Cornell University Press, 1969, p. 162).

4) 반면 이 주제를 한국에 널리 유행시킨 일본의 비평가 아즈마 히로키는 그의 '데이터베이스적 동물'이라는 개념을 통해 이 두 유형의 인간이 포스트모던 시대에 결합되고 있음을 시사하고 있는 것으로 보인다. 그에게 데이터베이스 소비는 3세대 오타쿠들, 곧 새로운 속물들의 행위 방식이고, 그들이야말로 동물적인 방식으로 욕구를 해결하는 인간형이기도 하기 때문이다. 일례로 그는 자신의 책 『동물화하는 포스트모던』의 2장을 다음과 같이 마무리한다. "의미의 동물성으로의 환원, 인간성의 무의미화, 그리고 시뮬라크르 수준에서의 동물성과 데이터베이스 수준에서의 인간성의 해리적인 공존. 현대사상풍의 용어를 써서 표현하면 이것이 이 장의 둘째 질문, '포스트모던에서 초월성의 관념이 조락한다면, 인간성은 어떻게 되는 것일까?'라는 의문에 대한 현시점에서의 필자의 대답이다"(아즈마 히로키, 『동물화하는 포스트모던』, 이은미 옮김, 문학동네, 2007, p. 165).

안 하고 싶다. 이미 아무것도 안 하고 있지만, 더 격렬하게 아무것도 안 하고 싶다"(유해진 편)라거나, "나는 아무 생각이 없다. 왜냐하면 난 아무 생각할 필요가 없기 때문이다"(이나영 편)라고 말하는 것은 더 이상 무사유적 동물성의 표지가 아니다. 무사유는 꽤나 큰 자랑거리다. 아니나 다를까 보고 듣자니 온통 '잘 먹고'(그 많은 먹방과 '셰프'들이라니!), '잘 기르고'(악랄한 교육제도는 말할 것도 없고, 거대한 육아 산업과 '2세 기르기' 예능 프로들!), '잘 싸고'(다이어트, 힐링, 건강을 둘러싼 거대한 이질적 담론 구성체들과 그것들이 촉발하는 생산성 높은 유사 의료 산업!), '잘 하는'(가상 결혼 프로그램, 연애 상담, 섹스 산업 들!) 문화뿐이다. 이렇듯, 아렌트와 푸코를 인용하며 공공 영역 전체가 생물학적 욕구 충족의 영역 오이코스에 의해 잠식당했다고 말하는 것 자체가 식상한 일이 되어버렸을 만큼, 우리 사회는 코제브가 예견한 그대로 동물적이다.

그런데 그뿐인가. 가령 다시 코제브가 살아 있어 단 하루만 한국 TV의 예능 프로그램들을 보는 장면을 상상해보자. '셰프'(요리사란 말에서는 이제 향수와 함께 촌스러움만 느껴진다)들은 화를 잘 내는데, 어떤 경우에 그런가 하면 마땅히 사용해야 할 식재료와 조미료를 사용하지 않았을 때, 그리고 마땅히 지켜야 할 요리의 형식과 절차를 지키지 않았을 때 그렇다. 결혼은 볼 만한 프로그램을 갖춘 잘 짜인 이벤트가 되었고, 건강은 적절하게 배치된 라이프스타일의 문제가 되었다. 절차적이고 형식적으로, 그리고 반복적이고 강박적인 방식으로 동물이 되어야 한다는 것, 그것이 지금 우리 시대의 초자아가 내리는 지상명령이다. 마치 먹고, 싸고, 하는 일에 있어 형식을 지키는 일이 이념과 가치를 사수하는 절대적인 방식이라도 된다는 듯이. 이렇듯, 우리 사회는 코제브가 예견하지 못한 방식으로 동물적이면서 동시에 속물적이 되어버렸다. 인간과 동물이 결합할 수 없을 거라는 그의 믿음은 실증적으로 배신당했다.

「돼지우리」의 우라라가 문제적인 인물인 것은 바로 그런 이유에서다. 그녀는 오로지 동물적 욕구 충족을 위해 속물적 형식을 개발하고 수행한다. 속물과 동물의 결합, 미국인과 일본인의 결합이 이 인물 속에서 이루어진다. 그녀는 확실히 21세기의 생명정치에 포획당한 (비)주체들의 형상을 전형적으로 보여주는 인물인 셈이다.

3

동물이 우울증에 걸릴 리 없고, 속물이 욕구 충족에 실패할 리 없다. 코제브가 동물에 가깝다는 이유로 미국인들을 두고 불행하다고 말한 적은 없다. 그가 보기에 미국은 되레 마르크스가 예견했던 공산주의가 이미 성취된 나라다. 그래서 미국인들은 마음에 내킬 때만 일하면서 좋아 보이는 모든 재화를 전유할 수 있다고 말한다. 그들에게 우울이 있을 리 없다는 말은 이런 의미다. 아즈마 히로키 역시 속물이라는 이유로 오타쿠들을 두고 불행하다고 말하지 않는다. 방식이 도착적이라고 해서 충족된 욕구가 불쾌를 일으키지는 않을 것이기 때문이다. 그러니 그들에게도 불안이 있을 리 없다. 오히려 사라진 대타자가 가져다주는 불안을 그들은 형식 추종을 통해 보상받는다.

그런데 바로 그와 같은 이유로 김엄지의 소설을 읽다 보면 드는 의문이 하나 있다. 도대체 이 동물들, 이 속물들의 삶은 왜 이토록 우울하고 자학적인가? 그들은 왜 그 단순한 머리로도 '기껏, 기껏'을 연발하며(「고산자로12길」) 뛰어내릴 계곡을 찾아 무작정 길을 나서고(「미래를」), 휴가를 포기한 채 매뉴얼 만들 일에만 고심하고(「느시」), 심지어 꿈속의 섹스에서마저도 제대로 된 사정을 못 하는가?(「그의 사정」) 그러니까, 왜 영철이는 자백만 하는 삶을 살다가 그토록 장엄한 개죽음을 맞이하고(「영철이」), 길을 떠난 자들이 만나는 모든 표지판에는 화살표가 없으며(「미래를」), 바다에 이르는 길은 칠흑 같은 어둠이어서 허공을 걷는 듯한 불안감을 수반하는가?(「그의 사정」)

물론 '다 신자유주의 때문(!)'이겠지만(세금, 보험, 면접, 회식, 아이템, 매뉴얼 같은 기호들이 김엄지 소설의 먼 배경을 이룬다는 점은 주목을 요한다), 그보다 더 직접적인 이유는 간단히 말해 그들에게는 현실의 동물과 속물들에게 없는 어떤 자질이 있기 때문이다. 작가 김엄지는 명민하게도 우리 시대가 동물과 속물 들의 시대, 혹은 동물적 속물들의 시대라는 점을 직관적으로 포착한다. 그러고는 그들을 소설 속 인물로 만들되, 동물에게는 우울증을 속물들에게는 강박증과 불안을 주입한다. 우울과 불안, 그것은 현실의 동물이나 속물들에게는 없는 자질이다.

그래서 김엄지의 소설 속 동물들은 충분히 동물적이지만 우울하고, 속물들은 충분히 속물적이지만 불안하다. 그리고 그럴수록 그들은 마치 이 동물적이고 속물적인 세계의 끝이 어디인지를 미리 예시하기라도 하듯이, 일종의 죽음 충동 같은 것에 사로잡힌다. 「그의 사정」과 「미래를」에서 그 어떤 표지판도 없는 길을 찾아 나선 인물들의 여행은 막막하고, 「삼백의 즐거움」의 마지막 장면 영철이의 개죽음은 장엄한 데가 있지만(결국 개가 된 인간은 개처럼 죽는 법이다), 여기서는 그보다 다시 한 번, 우리의 문제적 인물 우라라의 자학적 조증이 폭발하는 장면을 인용하는 게 좋겠다.

어쨌건 나는 이제 직업을 가진 거야. 여기가 내 첫 직장이니까 축하나 해줘. 나는 직업윤리를 엄수하는 성실한 일꾼이 되겠어. 라라는 혼자서 고개를 끄덕이며 이야기했다. 그리고 진짜 내가 돼지가 되었다 치자, 너도 들었지? 본연의 모습을 찾는 거래. 자아실현이야. 그거야말로 내가 바라는 거야. 이제 떡 같은 면접은 집어치우는 거야. 자유야 자유. 나는 내가 되는 거야. 돼지가 되는 거라고. 라라는 괴상스럽게 웃었다.

(「돼지우리」, p. 27)

개죽음으로써 동물화한 사회의 종말을 예시한 영철이 못지않게, 라라의 조증은 파괴적인 데가 있다. 라라는 동물화하는 사회의 질서에 반하여 영웅적으로 반항하거나 투쟁하지 않는다. 조직도 만들지 못하고, 자신의 행위에 그럴듯한 논리를 가져다 붙일 수 있을 만큼의 지성도 갖추고 있지 않다. 그럴 수 없다는 것은 작가도 독자도 라라도 이제 다 아는 사실이다. 대신 그녀는 한발 앞서, 자학적으로, 그리고 거침없고 과장되게, 돼지가 된다. 돼지로서의 윤리를 엄수하고, 돼지로서의 자아를 실현하겠다고 선언한다. 그러자 어떤 희화화 같은 것이 발생한다. 그녀는 말하자면 '성찰적 돼지'다. 스스로가 돼지임을 알고 더욱더 돼지답게 됨으로써 그 모든 돼지들의 삶을 비웃는 돼지.

영철이와 라라는 스스로 기꺼이 더한 동물이자 속물이 됨으로써, 김엄지의 소설이 동물과 속물이 판을 치는 우리 사회에 대한 음화이자 희화가 되게 한다. 그리고 바로 그 자리, 영철이와 라라가 지금 서 있는 그 자리가 동물화하고 속물화하는 21세기, 한국 문학이 김엄지에게 내준 자리이기도 할 것이라고 나는 믿는다.

미리 결정된 지옥에서
— 최은미의 『목련정전』에 대하여

1. 마법적 세계로의 귀환

최은미의 이전 소설집 『너무 아름다운 꿈』(문학동네, 2013)에 실렸던 표제작을 참조해 2003년 한국에서 일어났던 굵직한 사건들의 일지를 작성하는 것으로 이야기를 시작해보자. 그해에 이런 일들이 있었다. 2월 18일, 대구에서 지하철 화재 사고가 났고 192명이 사망했다. 3월 12일, 세계보건기구는 사스SARS라는 이름의 비정형 폐렴 경계 조치를 내렸다. 3월 20일 미·영 연합군이 이라크를 공격했고, 3월 25일 중국 간쑤성 허시회랑에서 거대한 모래 폭풍이 일었으며, 4월 1일에는 홍콩 배우 장국영(작중 '리')이 투신자살했다. 4월 2일에 한국군의 이라크 파병 동의안이 가결되었고, 5월 14일에는 실제로 서희부대원 5백여 명이 이라크로 출국했다. 그리고 그 중 열다섯 명의 병사가 6월 13일에 실종되었다. 같은 날 이라크 나시리아에서도 모래 폭풍이 일었고, 그사이 아시아 곳곳에서 장국영의 명복을 비는 천도재가 열리기도 했다.

모래 폭풍과 전염병과 전쟁과 자살. 물론 저 사건들은 모두 묵시록을 연상시키는 재앙이자 재난임에는 분명하지만, 그렇다고 그것들 사이에서 외견상 어떤 인과관계를 발견하기는 힘들어 보인다. 모래 폭풍이 도대체 한국군의 이라크 파병과 무슨 관련이 있을 것이며, 장국영의 자살이 사스와 무슨 관련이 있단 말인가. 그러나 모레티도 제임슨도 소설이라는 장르를 한 사회구성체가 스스로를 상징화하는 형식, 곧 '상징 형식'이라고 명명한 바 있으니, 제대로 된 소설가라면 저 사건들을 마냥 우연 속에 내버려둘 수는 없을 것이다. '상징 형식'이란 말이 의미하는바, 일반적으로 소설의 (이데올로기적) 기능이란 주체로 하여금 자신이 살고 있는 세계와 일종의 '상상적' 관계를 맺도록 함으로써, 저토록 난해한 세계일지라도 이해 가능한(혹은 납득할 수 있는 이유로 이해 불가능한) 어떤 것으로 재구축하는 일이기 때문이다. 아무런 관련도 없어 보이는 저 사건들에 어떤 일관된 인과관계를 부여하는 것, 그것이 소설의 임무이자 운명이라고 말할 수도 있겠다.

그런데 우리는 그런 식의 상징화 작업에 대해서라면 최근 유행하는 두어 가지 방식을 알고 있다. 이른바 '브리콜라주소설'과 'SF소설'. 전자라면 방대한 양의 데이터베이스 정보들이, 후자라면 자연과학과 미래학에서 가져온 개념과 추론 들이 이 난해하고 불운한 세계에 어떤 납득 가능한 (것으로 보이는), 혹은 편집증적인 개연성을 부여해줄 것이다. 그러나 신예 작가 최은미는 익숙한 그 두 방식들을 모두 멀리했다. 대신 근대가 극복했다고 여겼던 오래된 사유 체계와 글쓰기 양식들을 되불러왔다. 가령 동화 형식을 차용한다거나(「비밀동화」「수요일의 아이」), 불교 설화를 서사의 주요한 모티프로 사용한다거나(「너무 아름다운 꿈」「눈을 감고 기다리렴」), 유령들을 등장시키고(「전임자의 즐겨찾기」) 신화적 고대를 현재와 겹쳐(「전곡숲」) 놓기도 했다. 베버식으로 말해 '마법적 세계로부터의 해방', 곧 '세속화'가 근대의 시작이었다지만, 최은미는 정확히 그와 역방향으로 돌아섰던 셈이다. 그러자 그의 소설 속으로 정보나 지식 대신 주술이 되돌아왔고, 설화풍의 이야기가 자리를 잡았으며, 마법이 다시 스며들었다.

최은미 특유의 방식으로, 그러니까 유행과는 다른 방식으로, 저 2003년의 일들(비단 2003년의 일들뿐일까)에 인과관계를 부여하는 일이 가능해진 것도 그 덕분이었다. 가령 『원각경』의 '공중화'는 그 사건들을 하나로 묶는 매듭이 된다. 장국영의 죽음과, 서희부대원들의 실종, 모래 폭풍과 전쟁과 전염병과 화재가, 불교 경전 속의 신화적인 꽃 한 송이 위에서 인과적으로 정렬한다. 요컨대 첫 작품집에서부터 최은미는 도무지 이해할 수 없는 이 미친 재난들의 시대를 상징화하는 방식으로, '세계의 재주술화' 혹은 '세계의 탈세속화'를 선택했던 것이다. 읽어보자니 소설집 『목련정전』(문학과지성사, 2015)[1]에 실린 작품들에서도 그의 탈세속화 작업은 여전히 진행 중이다. 「백 일 동안」「겨울 고원」의 신화적 무대, 「목련정전(目連正傳)」과 「나리 이야기」의 설화 형식, 「라라네」의 동화풍 서사 등은 작가 최은미가 여전히 마법적 시대의 글쓰기 양식을 즐겨 차용하고 있음을 보여준다.

---

1) 이하 이 책에 실린 작품을 언급할 때는 작품명과 쪽수만 표기한다.

2. 물려받은 형식

마법적 시대의 서사 양식을 즐겨 차용하는 작가라고 했거니와, 그렇다고 최은미를 두고 지난 시대의 '이야기꾼'이나 '구전물 채록자'라고 말할 수는 없다. 시간이 많이 지나 비록 그 기원이 희미해졌다고는 하지만, 소설은 애초부터 지난 시대의 서사 양식들을 원재료로 삼았던 장르이기 때문이다. 제임슨은 이전 서사 장르와는 전혀 다른 장르로서의 소설을 두고 이런 말을 한 적이 있다. "오히려, 이러한 형식들, 그리고 그 유해들, 즉 상속받은 서사 패러다임들, 관습적인 행위항 또는 행동 도식들proairetic schemata은 소설이 가지고 작업하는 원재료로서, 소설은 '말하기telling'를 '보여주기showing'로 변형시키며, 진부한 것들을 어떤 예기치 못한 '현실'의 신선함과 대비하여 낯설게 하며, 독자들이 이제껏 그것을 통해 사건들, 심리, 경험, 공간과 시간의 개념을 받아들여 왔던 관습 자체를 전경화한다."[2] 그런 의미에서 그는 장르로서의 소설을 아이러니하게도 '장르의 종언'이라 부르기도 했다.

만약 제임슨의 말처럼 소설이 이전 시대의 서사 양식들이 고안한 관습들을 원재료 삼아 그것들을 전경화하는 메타 장르라면, 최은미는 오히려 이 장르의 기원에 아주 충실한 '소설가'다. 설화와 동화 같은 구래의 장르들을 차용하여 변형을 가하고, 그럼으로써 그것들에 부착되어 있던 관습, 서사 패러다임, 이데올로기 등을 낯설게

---

2) 프레드릭 제임슨, 『정치적 무의식』, 이경덕 · 서강목 옮김, 민음사, 2015, p. 193.

하는 것이 그의 장기이기 때문이다.

그런데 저 문장들보다 조금 앞서 제임슨은 '장르'를 이렇게 정의한 바 있다. 그에 따르면 "외피나 외각처럼 분비된 외부 형식이 주인이 소멸한 지 오랜 후에도 그 이데올로기적 메시지를 계속해서 방출하는 서사적 이데올로기소"가 바로 장르다.[3] 약간의 설명을 덧붙이자면, 제임슨의 저 말은 우선 장르가 그 장르를 확립했던 주인들보다 오래 살아남는다는 의미로 읽힌다. 장르란 단순한 형식이 아니라 이데올로기 소이고, 다른 장르의 재료로 해체되거나 변형되더라도 어떤 방식으로든 본연의 메시지를 방출한다. 아마도 현상학자들이라면 장르의 이와 같은 전수를 '물려받은 형식' 혹은 '침전물'이라고 불렀을 것인데, 결과적으로 소설가는 이전 시대의 장르들을 완전히 중립적이고 객관적인 방식으로는 가공할 수 없다. 왜냐하면 원재료가 새로운 생산물의 성질에 어떤 형태를 각인하듯이, 이전 시대의 서사 장르는 소설에 차용되어 재료가 되는 순간에도 소설 속에 고유의 이데올로기 소를 도입하기 때문이다.

가령 동화나 설화 같은 구래의 서사 양식은, 필연코 선이 악을 징벌하는 해피엔딩의 결말, 갈등의 마법적 해결, 고난에서 성공으로 이행하는 플롯, 예정된 영웅의 운명 같은 이데올로기 소 등이 두르고 있던 외피다. 내용이 형식을 창출하는 것이 아니라 형식이 오랫동안 내용을 거느리고 다니는 셈이다. 마법적 세계의 유산들을 소설의 원재료로 삼기로 작정했을 때 작가 최은미가 씨름해야 할 문제, 받아들이면서 동시에 극복해야 할 유산이 그와 같았다. 동화

---

3) 같은 책, p. 193.

를 쓰되 현실적 모순들을 판타지로 봉쇄하는 동화는 아니어야 하고, 설화 형식을 차용하되 그 역시 재난들이 연발하는 지금 세계의 참혹함을 마법적으로 해결하는 서사는 아니어야 한다.

3. 준비되었니?

『목련정전』에 실린 작품들은 이 난제를 어떻게 해결하는가. 첫번째 해결책은 형식 수준에서 고안된다. 가령 「나리 이야기」의 도입부에서 전형적으로 드러나는 다음과 같은 이야기 방식이 그것이다.

　나리가 나오는 이야기를 들어봤니?
　〔……〕
　듣고 싶어요.
　정말?
　들려주세요.
　그럼 마음의 준비를 하거라.
　……
　준비되었니?
　그런 것 같아요.
　옛날 옛날 아주 먼 옛날, 강 건너 마을에 나리라는 여자아이가 살았단다.

(「나리 이야기」, pp. 163~64)

잠이 오지 않는 밤, 방 안에 호롱불은 켜지고, 차분하고 능숙한 목소리를 가진 이야기꾼이 입을 연다. "옛날 옛날 아주 먼 옛날……" 설화나 동화의 구연 상황은 다 이렇게 시작한다. 물론 이야기 속에서 태어난 아이는 비범할 것이고, 버려지거나 고난을 겪을 것이고, 그러나 꿋꿋이 성장해 의젓하거나 아름다운 젊은이가 될 것이고, 조력자를 만나 악당(대개 의부나 계모)을 물리칠 것이고, 결국엔 귀인과 결혼하게 될 것이다. 혹은 성불해서 지옥에 빠진 어머니를 구할 것이고(「목련정전」), 그림(가령 극락도)으로 세상을 구원할 수도 있을 것이다(「나리 이야기」). 그리고 이런 이야기에 필요한 것은 '마음의 준비'가 아니라 모종의 합의된 '기대'다. 관습은 기대에 관한 한 합의를 도출하기 때문이다. 그런데 소설의 도입부에 해당하는 저 문장들은 어딘가 이상하다. 도대체 어떤 이야기이기에 기대가 아니라 단단한 마음의 준비가 필요하단 말인가?

설사 도입부에 이야기꾼과 청자가 등장하지 않더라도, 혹은 전근대적이거나 신화적인 시공을 무대로 삼지 않더라도 최은미의 소설은 모두 다 저렇게 시작한다고 보아 무방하다. 차분하고 말에 군더더기가 없는 화자가 이야기를 시작한다. 화자는 서술자와 겹칠 때도 있고, 작중 인물들 중 하나일 때도 있고, 3인칭일 때도 1인칭일 때도 있다. 그러나 누가 되었건 그가 어떤 감정의 동요도 없는 듯한 목소리로, 찬찬하고도 나긋나긋하게, 정밀하고도 세심하게 들려주는 이야기를 들으려면 항상 '마음의 준비'가 필요하다. 이유는 간단하다. 어조와 다르게, 그 이야기들의 세계는, 바로 지옥 그 자체이기 때문이다. 최은미의 소설이 시작되었을 때, 그러니까 동화나 설화를 닮은 듯한 어떤 이야기가 펼쳐지기 시작했을 때는 실은 항상 마음의 준비가 필요하다. 기대는 반드시 배반당하고 마음의 준비는 아무리 단단히 해도 모자란 세계. 첫 소설집의 해설을 쓴 권희철이 적절하게 명명한바, 벌레들이 우글거리고 사방이 벽으로 막힌 화염의 세계, 삶까지 파고드는 죽음의 세계가 곧 펼쳐질 것이기 때문이다. 비유로서가 아니라 진짜 지옥이 거기다. 내키지 않는 대로, 여기 그 세계의 일부를 (마음의 준비를 하고) 옮겨본다.

"그 사람 죽고 배를 갈랐을 때 내가 직접 봤다. 애가 화상 입은 살덩어리처럼 새빨갛게 쪼그라들어 있었어. 팔다리 발가락은 알아보겠는데 얼굴부터 내장까지는 녹아 있더구나. 화장은 따로따로 했다. 애 뼛가루는 지금도 시꺼매. 자꾸 꿈에 나타난다. 집사람이 울면서 애를 찾는데…… 애 탯줄이 실타래처럼 풀어지면서 굴러가서 찾을 수가 없어."

(「목련정전」, pp. 94~95)

"내가 미친 듯이 물었어. 아프니? 찬아, 왜 그래. 어디 아프니? 애가 아무 말도 못 하고 내 앞섶만 쥐어뜯어. 목이 새빨갛게 끓어오르더니…… 눈이 뒤집어지면서 나만 쥐어뜯어. 지금도, 지금도 쥐어뜯어."

이모가 끄르륵거리며 가슴을 내리친다.

"나는 그것만 생각해 목련아. 죽어가면서 나한테 매달리던 찬이 손힘만 생각해. 그렇게 매달렸는데도 같이 못 죽은 것만 생각한다. 죽을 때까지, 죽을 때까지 이렇게 살겠지. 이렇게 살겠지!"

(「목련정전」, p. 108)

요리사는 구슬땀을 흘리며 아기의 배를 가르더니 내장을 다 긁어
냈어. 들통에 받아놓은 술냄새가 나리한테까지 번져왔지. 요리사가
손질을 끝낸 아기를 술통에 담갔어. 한참이 지나자 아기의 똥구멍에
서 태반 찌꺼기와 남은 분비물들이 빠져나왔다. 요리사는 흐르는 물
에 아기를 깨끗이 헹구고는 아기의 배 속에 찹쌀 한 줌, 수삼 반 뿌
리, 당귀와 곽향, 생강과 육쪽마늘 반 통을 넣고 다시 꿰맸다. 양팔
과 양다리를 모아 묶고는 펄펄 끓는 육수 속에 아기를 넣었지. 하리
티의 주방엔 그런 육수통 수십 개가 끓고 있었어.

(「나리 이야기」, p. 177)

　저 문장들이 묘사하는 것이 지옥이 아니라면 무엇이 지옥일까?
한국 소설사를 통틀어도 그 예를 별로 찾기 힘들 듯한 저 문장들을
작가는 어떻게 썼을까? 독자는 또 어떤 마음의 준비를 하고 읽어야
할까? 최은미의 소설(「목련정전」「라라네」「나리 이야기」「근린(近
隣)」「한밤」) 속에 아이들의 죽음이나 유기, 실종이 즐비한 이유를
단순히 작가의 괴기 취미 때문이라고 할 수는 없다. 「백 일 동안」의
'강상기'도, 「겨울 고원」의 '김필상'도, 「어느 작은」의 '류'도, 「창
너머 겨울」의 '나'도, 성질이 좀 다르기는 하지만 지옥 속에서 영영
벗어나지 못한 채 살아가기는 마찬가지이기 때문이다.
　요컨대 작가 최은미가 그려내는 세계는 전도된 마법의 세계다.
이 작가는 동화와 설화의 형식을 즐겨 차용하되, 마법과 주술로 현
실의 갈등과 모순을 상상적으로 봉합하는 대신 그것들을 원재료 삼
아 현실을 벗어날 수 없는 지옥의 알레고리로 만든다. 설화와 동화

특유의 이데올로기 소, 즉 권선징악의 결말에 대한 기대는 끝내 실현되지 않는다. 오히려 그런 낯익은 서사적 관습들이 전경화되면서 해체된다. 우리가 결국 지켜보게 되는 것은 지옥으로 변한 마법의 세계일 뿐이다.

작가 최은미는 매 소설이 시작될 때마다 온순하고 자애로운 목소리로 독자들에게 묻는다. '준비되었나요? 그럼 이야기를 시작하지요.' 그러나 그 어떤 마음의 준비를 해도 이 지옥을 겪는 일은 충격적이다.

4. 짐승들의 세계에서

최은미가 '물려받은 형식'과 대결하는 두번째 방식은 내용에 있다. 굳이 이름을 붙이자면 '결정론적 세계관의 생물학적 변형', 혹은 '운명론의 심리학적 근대화'라 부를 만한 전략이다. 설화와 동화의 세계는 예변법(豫辯法)의 세계다. 운명은 이미 정해져 있고 팔자는 고칠 수 없다. 물론 운명이나 팔자는 피안(신, 연기, 사주)에 전과학적인 기원을 두고 있는데, 신분제에 기반을 둔 구래의 동화나 설화 형식이 항상 동반하는 이데올로기 소가 바로 이것이다. 『목련정전』에서 확연해지는바, 최은미는 내용 수준에서 이 이데올로기 소를 우선 생물학적으로 변형시킨다. 생물학적인 이유 때문에 세계는 지옥의 모습으로 미리 예정되어 있다고, 그의 소설은 말한다. 먼저 『목련정전』 최고의 문제작으로 읽히는 「백 일 동안」의 몇 장면을 보자.

낮에 다녀간 배 목수의 털냄새가 제이골에 그대로 배어 있었다. 축축한 단백질 냄새. 다른 수컷의 누린내였다. 강상기는 소주병을 따 들고는 집터 여기저기를 돌며 소주를 뿌렸다.

(「백 일 동안」, p. 238)

강상기는 여자들이 남자들의 어떤 모습에 마음을 뺏기는지 잘 알고 있었다. 배 목수는 땀이 떨어져서 나무에 스미는 것도 모르는 것 같았다. 제이골에 여자가 있다면 그 여자는 지체 없이 배 목수한테 걸어갈 거라는 걸 강상기는 알았다. 지금 제이골의 왕은 배 목수였다.

(「백 일 동안」, p. 249)

배 목수는 스승 대신 강상기의 집 '자미재'를 지으러 온 자다. 위 인용문은 그가 등장했을 때 강상기가 느끼는 적개심을 묘사하고 있는데, 다른 남성의 냄새 앞에서 전전긍긍하는 모습이 마치 영역 다툼 중 강한 수컷을 만난 수캐의 태도와 유사하다. 후각 우위의 감각 묘사가 그의 수성(獸性)을 강력하게 환기한다. 아래 인용문에서 확인하게 되는바 물론 그가 전전긍긍하는 이유는 짐승들이 흔히 그렇듯이 암컷들을 빼앗기게 될지도 모른다는 불안 때문이다. 실제로 배 목수는 소설 말미, 강상기가 자신의 어머니와 (그리고 정부였던 허 주임과도) 동일시했던 자미화에 오줌을 눔으로써 그를 격분케 하고, 자미재 전체를 불에 타게 하는 계기를 제공한다. 자미재는 실은 수컷 강상기가 건설하려던, 그러나 다른 수컷 탓에 허물어지고 만 일종의 하렘이자, 그의 생래적 수성이 초래한 지옥이기도 하다.

강상기와 유사한 인물이 「어느 작은」의 '류'다. 그는 이런 사람이다.

류가 경멸 어린 눈으로 수소 우리를 쳐다봤다. 류는 거세당한 채 멀뚱거리는 저런 시시한 놈들한테는 관심이 없었다. 유전자를 만대에 남길 수 있는 최고 유전형질의 씨수소. 그 씨수소의 정액이 지금 류의 손에 들어와 있었다. 류의 미래이자 희망인 그 정액은 영하 190도의 액체질소통 안에 동결되어 있었고, 미래를 함께하고 싶은 여자는 지금 눈앞에 있었다.

(「어느 작은」, p. 280)

류는 최고 씨수소의 유전 능력을 수많은 암소와 나눠 가지고 싶은 생각이 없었다. 최고를 찾아 오직 자신의 암소들에게만 수정시키는 것. 그게 류가 원하는 것이었다. 그랬기 때문에 씨수소로 선발되기 전의 소를 찾아왔던 것이고, 소를 보는 눈을 키우면서 전문가한테 공을 들여왔던 것이다.

(「어느 작은」, pp. 286~87)

거세된 수소에 대한 경멸감 때문에 그는 최고의 유전형질을 물려받은 씨수소의 정액에 집착한다. 그러나 바로 그 수소의 정액에 대한 집착이 되레 류 자신도 수성을 상실한 거세된 존재임을 암시한다. 그와 씨수소는 다를 바가 없다. 그저 강력한 정액을 훌륭한 암컷에 뿌려 유전자를 후대에 남기는 것이 삶의 유일한 목적인 류는 사람이라기보다는 소에 가깝다. 그리고 그 수성에 대한 과도한 집착이 류의 일상을 지옥으로 만든다. 소설 말미 그가 사라진 소의 정액을 찾아다니며 '내 정액 어디 있어? 내 정액 어디 있냐고?'라고 외칠 때 삐져나오는 약간의 실소와 비애감은 소와 인간의 경계가 사라져버린 비식별역에서 흘러나오는 것이라고 해도 무방해 보인다.

그러나 최은미 소설에서는 흔한 여성 작가들의 작품에서 자주 그렇듯이 남성들만 짐승들로 묘사되는 것이 아니다. 「라라네」는 작가 최은미가 여성이라 불리는 인류의 반 역시 최종심에서는 생물학적으로 결정된다는 사실을 받아들이고 있다는 사실을 보여준다.

전나경은 성(性)으로 일어날 수 있는 최악의 상황들을 가정하는 데서 그치지 않습니다. 전나경은 라라의 자위행위에서 자신의 불행과 그 불행의 원인을 봅니다. 생식기관이 있기 때문에 겪어야 했던 고통들과 맞닥뜨립니다. 고통이 끝나지 않고 되풀이될 것이라 전나경은 생각합니다. 유리는 전나경이 하루하루 깊은 지옥 속으로 빠져드는 것을 봅니다.

(「라라네」, p. 74)

자위벽이 있는 여섯 살 소녀 라라의 엄마 전나경은, 왜 "하루하루 깊은 지옥 속으로 빠져드는"가? 생식기관 때문이다. 그것이 있는 한 고통은 끝나지 않고 되풀이된다는 것이 전나경의 세계관이다. 같은 질문을 「한밤」의 산모들에게도 던져볼 수 있을 텐데, 그들은 왜 아비지옥처럼 사방이 막힌 그 정체 모를 산후조리원에서 벗어날 수 없는가? 이유는 간단하다. 생식기를 제외한 나머지 몸통이 괴물처럼 생긴 생명체들을 낳았고, 그래서 젖이 나오기 때문이다. 그들이 조리원 거실에 앉아 유축하며 시청하는 것이 '자연 다큐멘터리'라는 사실은 그런 점에서 의미심장하다.

더 많은 예들을 찾을 것도 없이 최은미의 소설 속에서 남성은 수성에 굶주린 수컷이고, 여성은 새끼를 낳는 암컷이다. 그리고 바로 그 이유로 서로 시기하고 질투하고 도륙하고 살해한다. 생물학적으로 인류는 지옥을 살도록 미리 결정되어 있는 것이다. 그리고 이것이 작가 최은미가 구세계의 마법적 결정론을 생물학적으로 변형시키려는 작업의 대전제이기도 하다.

5. 불타는 자미재

그러나 아무리 짐승 같다 해도, 인류는 특별히 영장류라 불리는 만큼 좀 특별한 생명체일 것이다. 통설에 따르면 큰 대뇌 덕분에 사고할 수 있어서다. 그러나 작가 최은미의 생각은 좀 다른 듯하다. 그가 보기에 대뇌는 영장류의 최대 골칫거리이기도 하다. 사고 작용의 부산물인 소위 '심리'라는 것을 지녀서, 신경증과 정신증 따위를 앓아야 하는 유일한 생명체가 바로 인류이기 때문이다. 인류는 심리학적으로도 지옥을 살도록 예정되어 있다는 말인데, 참으로 염세적인 작가다. 그러나 이 지극히 염세주의적인 전제들이, 작가 최은미가 마법적 세계에서 온 형식들의 결정론적 이데올로기 소를 근대화하는 두번째 방식이란 사실은 강조할 필요가 있다.

앞서 최은미의 소설 속 세계가 지옥을 방불케 한다는 점은 살펴본 바 있다. 최은미의 소설들은 다소 자연주의적 실험소설을 연상시키는 데가 있어서 이제 그의 인물들은 작가가 마련해놓은 그 지옥을 살아가야 한다. 지옥 같은 세계는 실험실이 되고, 인물들은 피실험체가 된다. 지옥을 살아야 하는 큰 뇌를 가진 피실험체. 과연 그들에게는 무슨 일이 일어났던가? 그들은 예외 없이 신경증자들, 그중에서도 주로 강박증자들이 된다.

「겨울 고원」의 제욱은 겨울만 되면 산과 스키에 강박적으로 매달린다. 그가 만난 김필상 노인은 겨울 산에서 한 철을 같이 보낸 봉산리 사내를 찾아 40년을 헤매고, 봉산리 사내는 부령과 주목 나무에 비정상적으로 집착한다. 역시 일종의 강박증인데, 이 사내의 경우 지옥 같았던 아버지 품을 떠나기 위해 부령에 묶여버린 형국이다. 「창 너머 겨울」의 '나'와 어머니에게는 락스 강박증이 있다. 아버지의 사타구니에 무성하게 돋았던 곰팡이 균사체를 목격한 후 비롯된 증상이다. 아버지를 청소해버리려다가 역설적으로 청결 강박증에 묶여버린 인물들이다. 그들의 삶이 락스로 가득한 욕탕에 갇힌 듯 지옥처럼 변하게 되는 것은 당연한 일이다. 「백 일 동안」의 강상기는 자미화에 강박적으로 집착하고, 의처증도 있다. 사생아로 태어나 어머니에 대한 '성녀/창녀' 콤플렉스로 점철된 삶을 살았던 그는, 끝내 어머니의 그늘에서 벗어나지 못하고 모든 여자를 어머니의 대체 표상으로 대한다. 그가 사는 삶은 상상계적 지옥이었겠다. 「어느 작은」의 류가 가진 정액 강박, 「라라네」의 라라가 보이는 긴 머리 강박(공주 콤플렉스)도 유사한 증례들에 해당한다. 그런데 아이러니한 것은 그들 모두 지옥 같은 삶을 벗어나기 위해 이러저러한 강박증을 발명해내지만, 바로 그 강박증이 그들의 삶을 다시 지옥으로 만든다는 점이다.

프로이트는 불안을 상쇄시키기 위한 목적으로 강박행위와 강박 사고가 등장한다고 말한 바 있거니와, 그들이 피하고자 하는 불안은 물론 지옥 같은 삶에서 온다. 아니 더 정확하게 말해 지옥 같은 삶을 피하기 위해 그들이 상상적으로 만들어낸 어떤 판타지가 와해될지도 모른다는 불안에서부터 온다. 「백 일 동안」은 이 경우에도 훌륭한 증례를 제공한다. 정신분석의 지침에 따라 잠시 강상기의 삶을 역추적해보면 이렇다.

소설 말미 "자식의 자식을 안아볼 수 없는"(p. 264) 처지에 빠져버린 강상기는 온밤을 엎드려 운다. 왜 우는가, 자신의 평생 꿈이었던 집 자미재와 마당의 자미화가 불타버려서 운다. 나무와 집은 왜 불탔는가, 강한 수컷인 배 목수가 자미화에 오줌을 눔으로써 그가 평생 꿈꿔온 미래를 더럽혔기 때문이다. 왜 배 목수는 자미화에 오줌을 누어서는 안 된단 말인가, 그 나무는 강상기에게 어머니이자 자신이 죽인 정부이기도 하기 때문이다. 그는 마당에 어머니와 정부가 심겨진 온전한 하렘 하나를 건설하고 싶었던 것이다. 어머니는 어떤 사람이었던가, 과일 익는 냄새가 지천이던 어떤 계절, 이 마을에 흘러 들어와 아이를 낳고 백 일 동안을 함께 보낸 여인이다. 정부는 어떤 사람이던가, 강상기가 이곳 제이골까지 데려와 어머니와 자신의 사연을 유일하게 고백했던 여인이다. 그녀를 죽인 이유는 무엇인가, 그녀가 자신과 어머니의 사연을 들은 후 이렇게 말했기 때문이다. "그 백일이 끔찍했을 수도 있죠"(p. 246). 그런데 갓난아기였던 강상기는 그 백일을 어떻게 기억할 수 있었던가, 외조모가 말해주었기 때문이다. 그런데, "조모가 그에게 말해준 건 '니 에미가 백일 된 너를 맡기고 떠났다'는 짧은 사실뿐이었다"(p. 245).

사연의 전모는 이와 같았다. 그는 사생아였고, 자미화가 한창이던 계절에 어머니에 의해 버려졌다. 이후로 그의 삶은 지옥이었는데, 그는 바로 그 지옥 같은 삶을 견뎌내기 위해 '상상계'에 연원을 둔 판타지 하나를 만든다. 자신을 낳고 백 일 동안을 꽃과 과일 향기 속에서 머물던 순결하고 다정한 여자의 모습, 그리고 그 판타지를 듣고 이해하고 미소 지어줄 대체 표상으로서의 정부라는 유치하디 유치한 남성 판타지가 그것이다. 그 판타지가 깨지면 삶이 다시 지옥이 될 것이 뻔하다. 그래서 그는 아내를 의심하고, 탄생 설화를 부정하는 정부를 죽이고, 하렘을 더럽히는 배 목수를 증오하고, 결국엔 자미재와 자미화 전체를 불태운다. 지옥을 피하기 위해 만든 판타지가 결국엔 강박증을 낳고, 그 강박증으로도 은폐할 수 없는 '실재'가 그 모습을 드러내면, 삶은 여전히 지옥이다.

강상기는 가장 강렬한 예일 뿐, 『목련정전』에는 이와 유사한 사례가 적지 않다. 가령 「창 너머 겨울」의 '나'에게 사촌 형수는 상상적 판타지가 만들어낸 헛것이었던 것으로 보인다. 소설 말미 바로 그 형수에 의해 그의 판타지는 깨지고, 그는 결국 락스로 가득한 욕탕에서 사경을 헤매는 결말을 보게 되겠지만 말이다. 유사하게 라푼젤처럼 긴 라라의 머리카락에는 이가 번성하고(「라라네」), 김필상 노인의 40년 된 수소문에도 봉산리 사내는 돌아오지 않는다(「겨울 고원」). 애타게 그리던 엄마는 온 동네 사람들을 독살한 살인마였음이 밝혀지고(「목련정전」), 소의 항문 속에서 느껴지던 팔의 푸근함이 그 이후의 삶을 견딜 만한 것으로 만들어주지는 못한다(「어느 작은」). 현대 정신분석학의 발견에 따르면, 우리가 흔히 주체라고 부르는 개개 인류는 모두 다 그렇게 헛것을 만들어 지옥 같은 실재와의 대면을 회피한다고 한다. 최은미 소설 속 인물들의 강박증은 실은 그 지옥과의 대면을 연기하고 지연시키는 방식에 불과했던 것이다. 그리고 그 판타지가 깨지는 순간, 지옥은 더 고통스러운 모습으로 주체를 엄습한다.

그러니까 지옥은 모두 인물들 스스로가 만든다. 소위 '심리'란 걸 가지고 있는 존재에게 그것은 피할 수 없는 운명이고, 그런 의미에서 인간은 심리학적으로도 이미 지옥을 살도록 결정되어 있었던 것이다.

6. 동지의 밤에

결론적으로 최은미가 구축한 지옥에 출구는 없어 보인다. 왜냐하면 그 세계는 이중 삼중으로 미리 결정되어 있기 때문이다. 형식적으로도 생물학적으로도 심리학적으로도 결정된 세계, 그 세계는 아비지옥을 닮았다. 왜냐하면 '결정되었다'라는 말이 지시하는 바가 바로 다른 가능성이 실현될 가능성 따위는 없어졌다는 의미이기 때문이다. 그래서 아비지옥은 이런 곳이다.

"목련은 아비지옥에 이르렀습니다. 담의 높이는 만 길이나 되고 벽 바깥으로 검은 벽이 또 만 겹이나 둘러쳐져 있었습니다. 벽 위는 철망으로 얽어서 빠져나갈 곳이 없고 사방에서 뜨거운 불길이 쉴 새

없이 뿜어져 나왔습니다. 두개골의 백 마디마다 불이 활활 타올라 사람들은 미친 듯이 울부짖었습니다. 목련은 목 놓아 어머니를 불렀습니다."

(「목련정전」, p. 99)

오래된 「목련구모설화」에서 목련은 저 아비지옥으로부터 어머니를 구한다. 그러나 마법이 사라지고 생물학과 심리학이 연기와 운명을 대신하는 오늘날의 목련도 그럴 수는 없다. 의령수와 연결된 목련나무의 '가지 마 가지'도 극락도의 구름도 야곱의 사다리가 될 수는 없다. 죽은 줄 알았던 목련의 어머니는 이제 살아서 아비지옥보다 몇천 몇만 배 더한 지옥을 경험하게 될 것이다. '바로 눈앞에서 아이가 죽는 지옥'이 그녀 앞에 펼쳐진다.

나는 차마 그 장면을 여기 옮겨놓지 못한다. 바로 눈앞에서 아이가 죽어가는 장면을, 그것도 다래 덩굴에 온몸이 묶인 채 쳐다봐야 하는 엄마의 시점으로…… 참으로 염세적이다. 잔혹하다. 비관이 극에 달해 죽을 듯 우울한 세계다. 그러나 나로서는 이 참혹한 세계에서 최선을 다해 니체가 말한 '강한 염세주의'[4]라도 찾아내고자 애쓰고 싶은 생각이 없다. 작년, 그러니까 2014년 4월 16일 이후로 우리 모두가 저와 동일한 장면을 이미 본 적이 있기 때문이다. 소설의 윤리가 반드시 낙관이나 전망이어야 할 이유는 없고, 세계가 낙관과 전망을 불허할 만큼 실제로 지옥 같다면, 우리로 하여금 저 엄마의 시점으로 딸의 죽음을 보게 하는 것도 소설의 윤리일 수 있

---

4) 권희철 해설, 「살아가기 위해서 비극을 읽는 것입니다」, 최은미, 『너무 아름다운 꿈』.

으리라. 되레 나는 작가 최은미에게 이처럼 지옥 같은 소설들을 더 많이 더 냉혹하게 써서 우리가 읽게 해달라고 주문하고 싶기조차 한데, 다만 한 가지, 염세주의가 관성이 되면 그 또한 '세계란 오늘도 내일도 어차피 지옥이야'라는 이데올로기를 전파할 수 있다는 점을 매 순간 의식하고 성찰하면서 그렇게 할 수 있기를 바랄 뿐이다.

제사장이 없는 세계의 신화

— 이은선의 『발치카 No. 9』에 대하여

1. 원소들

　이은선의 소설들을 읽고 난 후의 첫 느낌을 뭐라고 표현할 수 있
을까? 우선 '싱싱하다' '선명하다' '강렬하다' '건강하다' 등등의 어
휘군이 떠오르는데, 정확히는 마치 원색으로만 그려진 야수파 화가
의 강렬한 그림들을 보고 난 후의 느낌과 유사하다고 말하는 편이
좋겠다. 매 편마다 소설은 말미에 반드시 파국의 순간을 마련한다.
마을은 물에 잠기고, 이국의 커피나무들은 불타고, 새는 죽어 땅으
로 떨어지고, 주인공은 설산의 크레바스에 빠져 동사하거나 수하
선원들의 손에 갈기갈기 찢겨 물것들의 밥이 된다. 그럼에도 불구
하고 이 작가의 문장들은 소설집을 덮는 마지막 순간까지 활력 넘
치는 모종의 세계와 맺어진 연결의 끈을 놓지 않는다. 이유인즉 그
의 소설들에서 파국은 잿빛이 아니라 생생한 원색이기 때문이다.
파국마저 총천연색이고 그래서 싱싱하고 선명하고 강렬하고 건강

해 보인다. 그러니 먼저 그의 문장들이 태반으로 삼고 있는 저 생동감 넘치는 세계의 전모를 밝히는 일이 이은선의 소설을 이해하는 첫번째 실마리가 될 듯하다.

그의 문장들에서 가장 먼저 눈에 띄는 것은 '원소들'이다. 세계의 재료를 이루었다고 하는 태초의 원소들, 그러니까, '물'과 '불'과 '바람'과 '흙'과 '나무'와 '쇠'……

특히 물은 이은선의 소설 세계 곳곳에서 가장 자주 등장하는 원소다. '수로' 연작 세 편의 배경인 우즈베키스탄 목화 마을 '무이낙', 그 마을의 한가운데서 말라가는 공동 우물과 내해(아랄 해)의 이미지는 주목을 요한다. 이 마을에 일어난 실제 사건을 모티프로 삼고 있는 이 세 편의 연작에서 모든 갈증(심리적이고 생리적이며 사회적이기도 한)과 위기는 물의 부족으로부터 기인한다. 물론 다른 작품 「분나」[1]의 메말라가는 웅덩이(커피—'분나'는 에티오피아 말로 커피를 의미한다—나무들이 마지막 꽃을 피우던 우주의 중심이자 생명의 기원)도 있고, 「판타롱 아일랜드」의 거대한 수마(4대강 사업의 결말을 미리 보여주는 듯한)도 있다. 이은선의 소설 속에서 물은 대개 너무 넘치거나 너무 모자람으로써, 세계 전체를 지배하는 중심 원소가 된다.

물과 정확히 대립되는 지점에 불이 있다. (에티오피아의 어디쯤으로 보이는) 마을의 모든 커피나무와 염소와 심지어 인간의 마음까지 태워버리며 기세등등하게 타오르는 「분나」의 뜨거운 불길과 매

---

1) 이은선, 『발치카 No. 9』, 문학과지성사, 2014. 이하 인용되는 이은선의 작품은 모두 이 책에 실려 있다.

362

캐한 연기를 기억할 것이다. 또 「까롭까―수로 2」의 선상(船上) 장면에서, 대령(그는 마을의 모든 부와 여자를 향유하는 '원초적 아버지'다)을 죽인 후 찢어 먹어치우는 (부친 살해) 의식이 이루어지기 직전, 목화 상자들을 집어삼키던 불길들도 떠오를 것이다. 뿐만 아니라, 「톨큰―수로 3」에서 군인들의 총신이 내뿜던 불꽃들도 떠오른다. 이렇듯 불과 물은 끊임없이 대립하면서 이은선의 소설 세계를 지탱하는 두 이미지 계열체의 양대 축을 이룬다. 물은 태어나게 하고 키우며, 불은 태우고 훼손한다. 물은 공동체를 지키려고 하고 불은 외부의 문명을 침입시킨다. 따라서 물은 모성 원리에 가까우며 불은 여자들을 유린하는 남성성의 원리를 체현하고 있는 것처럼 보인다.

물론 나무는 물과 친하다. 이은선의 소설에서 물이 있는 곳이라면 어디서나 거대한 자작나무들이 자라고(「발치카 No. 9」), 분나나무들은 꽃을 피우고(「분나」), 목화는 하얀 이불처럼 밤을 밝힌다(「까롭까―수로 2」). 그러나 물이 없을 때, 나무들은 남성들의 성기에 비유되고(「분나」), 되레 마을을 불모화하는 이질적인 생명체로 변하기도 한다. 반면 쇠는 불의 편이다. 수로가 쇠로 만들어졌고, 그 수로를 놓으려는 군인들이 들고 있는 총도 쇠로 만들어졌다. 말라버린 아랄 해의 해변엔 녹슬어가는 철선들이 배들의 묘지를 이루고, 무이낙 마을의 폭군 대령은 칼을 다룬다('수로' 연작).

그리고 그 모든 원소들이 전부 대지와 모래 위에, 그리고 항상적으로 불어오는 바람(「살사댄서의 냉풍욕」「라, La」) 속에 있다. 눈개(「라, La」)도 수마(「판타롱 아일랜드」)도 바람을 등에 업고 닥쳐온다. 그러나 분나 향도 아버지의 배(「톨큰―수로 3」)도 또한 바람을 타고 돌아온다.

간단히 말해, 이은선 소설의 원재료는 바로 저 태곳적의 원소들이다. 저 강렬한 원소들로 이루어진 세계가 선명하지 않을 도리는 없고, 건강하고 활력 넘치지 않을 도리도 없다. 왜냐하면 그런 세계를 우리는 흔히 '신화적'이라 부르곤 하는데, 지금의 세계가 추하고 타락했다고 여겨지는 그만큼 신화적 세계는 저 원소들의 순수성으로 인해 활력과 건강을 얻기 때문이다.

2. 제사장들

신화적인 원소들로 이루어진 세계가 마련되었으니 거기 제사장이 없을 리 없다. 신적인 것들과 인간적인 것들 사이에 다리를 놓는 이들이 바로 그들이기 때문이다. 당연히 이은선의 소설 속 세계에서는 아직 하늘과 땅이 혼거하고 죽은 혼들이 살아 있는 것들 곁을 배회하고 있어서, 누군가 그 둘 사이를 매개해야만 한다.

원시적 미분화 상태라고 일컬어도 좋을 이 세계에서 가장 먼저 눈에 띄는 영매는 '새'다. 「톨큰─수로 3」의 '아내'가 그런 존재인데, 이 새는 수로 탓에 물이 말라버린 무이낙 마을의 수호조(守護鳥)다. 화자(죽은 수호조의 남편 새)는 말한다. "마을에 재앙이 생길 때나 무엇을 기원할 적에 인간들은 아내를 향해 두 손을 모았다. 하늘에 뜬 바람들을 큰 날개로 담뿍 쓸어 담은 아내가 그것을 더 높은 곳으로 올려 보냈다. 때때로 소원은 누군가 가만히 귀를 기울여주기만 해도 그 힘을 발휘한다는 것을 나는 아내를 통해 알게 되

었다. 또 아내는 명이 다해 떠오른 숨방울은 거두지 않고 하늘의
길을 터주기만 했다. 숨방울은 그것들만의 하늘길이 있는 것이라고
내게 가르쳐주었던 아내, 이 마을의 수호조"(p. 80).

새가 하늘에 가까운 제사장이라면 땅에 가까운 제사장들도 있다.
가령 「라, La」의 '노인'(화자의 시어머니)은 실제로 마을(히말라야
산맥 초입의 마을로 보인다) 사람들에 의해 '제사장'이라고 불리며,
산에 오르려는 모든 이들이 먼저 그녀를 찾아 제사를 지내고서야
긴 산행을 시작할 수 있는 존재다. "노인은 마을에 남은 유일한 제
사장이었다. 산을 타기 위해 마을에 온 이방인들도, 마을의 주민들
도 모두 노인에게 제를 부탁하기 위해 찾아왔다"(p. 241). 땅에 발
붙이고 사는 그녀는 하늘에 닿기 위해 신조인 까마귀를 기르고, 점
을 치고, 산행의 행운을 빌어주고, 죽은 아들에게는 차를 끓여 제
사를 지낸다.

설사 소설의 무대를 현재의 한국으로 옮겨 오더라도 이은선의 소
설에서 제사장은 거의 예외 없이 등장하는데, 「살사댄서의 냉풍욕」
의 '윤 씨'는 여전히 갱도의 바람 속에서 죽은 이들의 넋을 식별해
내고, 그들에게 줄 제사상을 차림으로써 스스로를 제사장의 지위에
놓는다. 그녀가 냉풍욕장에서 술을 팔고 담배를 피우고 외국인 이
주 결혼 여성의 불행을 보살피는 데에도 다 이유가 있는 셈이다.

욕장의 상인들은 종종 바람의 눈을 만났다. 폐광 깊숙한 곳에 오
래 갇혀 있던 검은 눈빛들이 바람을 타고 올라온 것이었다. 녹슨 갱
도를 훑느라 허기가 졌던지 그곳에서 전을 부치고 수육을 써는 이들
에게 찰싹 달라붙었다. 할 말 많아 보이는 눈들이 술잔에 담겨 애처

롭게 흔들렸다. 그것이 몇몇 상인들과 윤 씨의 노구를 지탱하는 힘
이 되었다. 간혹 윤 씨가 담배 한 대를 피워 물 적에는 갱도 사고로
죽은 남편과 아들의 눈빛을 담아 온 바람, 남의 자식이라도 이제는
내 피붙이처럼 애처로운 눈빛이 슬슬 다가와 담뱃갑 속의 돗대에 들
러붙었다. 그것이 바로 윤 씨가 줄담배를 태우는 이유였다.

(「살사댄서의 냉풍욕」, p. 142)

실은 드러내놓고 제사장 역할을 하고 있지 않을 뿐, 「분나」의 '아
지자'도, 「까롭까─수로 2」의 '흰 손'도, 「붉은 코끼리」의 '삼촌'도
소설 속에서 부여받은 역할로 미루어 다소 모호한 채로나마 제사장
이라 불릴 만하다. 그들은 모두 하늘에 제물을 바치고(대령의 인신,
분나─커피), 자신들이 속한 공동체(차트에 오염되어가는 마을, 다문
화주의 동물원)의 수호자 역할을 자임한다. 그들이 구심점이 되어
주는 덕에, 이은선 소설 속에 마련된 소규모의 신화적 공동체들은
와해되지 않고 (최소한 소설의 말미까지는) 가까스로 유지된다.
　그런데 흥미로운 것은 이 제사장들이 하나같이 이미 노쇠해 있
거나(그래서 소설 말미의 파국과 함께 죽거나) 신체적으로도 정신적
으로도 강건하지 않다는 점이다. 수호조는 물길이 막혀버린 땅에
서 인간들의 개발 다툼에 치여 죽고, 윤 씨가 탄광에서 죽은 남편
과 아들에게 지내는 제사는 오늘이 마지막이다. 분나 마프라트(에
티오피아에서 안주인이 커피를 끓이며 행하는 일종의 사교 의식)의 진
지한 수행자였던 아지자는 아들과 마을의 젊은이들이 외지에서 들
여온 마약 '차트'에 중독되어 미쳐가고, 동물원의 수호신 삼촌은 어
떤 이유에선지 급작스런 자살로 생을 마감한다. 「라, La」의 제사장

노인은 영력을 잃고 마을 사람들의 관심 밖으로 밀려나며, 결국 그 마을 전체가 눈사태에 매장당한다. 그들에게 무슨 일이 일어난 것일까?

3. 희생양

문화와 국적을 달리하지만, 이은선 소설 속 공동체들에서는 매우 유사한 일들이 일어난다. 우선 '수로' 연작 세 편의 경우, 목화를 더 많이 재배하기 위해 물의 방향을 돌려버린 후로 마을 공동체가 훼손되기 시작한다. 훼손은 분열과 함께 시작되는데, 대령을 중심으로 한 개발자 남성들과 보를라를 중심으로 한 공동체 여성들이 그 분열의 양 축이다.

「분나」의 경우는 젊은이들이 외지의 영향을 받아 심기 시작한 차트가 분열과 갈등의 원인이 된다. 화자는 말한다. "여러 번의 수고를 거치고도 사 년씩 기다렸다 열매를 수확하는 분나와 달리 차트는 이파리만 나오면 바로 내다팔 수 있는 작물이었다. 밭의 토질을 따지지 않고도 잘 자란다고 했다. 나는 날마다 두 나무를 사이에 두고 패가 갈린 사람들이 무자비하게 돌진하여 서로를 헐뜯는 것을 보았다"(pp. 225~26). 결국 차트가 분나를 이기지만 젊은이들은 자신들의 뜻을 이룬 후에도 "전보다 더 초조하고 불안해 보이는 표정을 한 채 마을 안을 비구름같이 떠다녔다. 두 손 가득 차트 이파리를 쥐고도 나뭇잎을 따러 밭으로 들어갔고, 제 것이 없는 사람들은 남의 밭에도 서슴지 않고 들어갔다 나오는 길을 찾지 못해 밭둑을 맴돌았다. 더 진하고 독한 맛을 원한답시고 차트와 분나를 섞어 끓이다 그만 심장이 멎어버린 사람도 있었다"(p. 226). 이 문장들에서 마을 전체에 번지기 시작한 '희생 위기'의 징조를 읽는 것은 의미 있어 보인다.

「라, La」에서는 차트가 분나 공동체에 대해 했던 역할을 십자가와 돈(그리고 문명의 이기들)이 한다. 이방의 산악인들이 돈과 십자가와 물건들을 많이 들여올수록, 제사장의 권위는 약화되고 영력은 떨어지며 마을은 분란에 휩싸인다. "사람들은 짐을 올려다주겠다는 쪽과 노인의 허락 없이는 움직이지 않겠다는 쪽으로 나"(p. 253)뉜다.

마찬가지 일이 「붉은 코끼리」에서도 「판타롱 아일랜드」에서도 일어난다. 전자의 경우 '팀장'으로 대표되는 한국적 실적주의가, 후자의 경우 4대강 사업이 그 표본이라 할 만한 무목적적 개발 지상주의가 그 원인이 되어 공동체가 분열하고 결국엔 파국을 향해 치닫는다. 요컨대 외부의 문명과 탐욕이 공동체에 침입하는 순간 공동체는 물과 불로, 남자(대령, 이무, 동물원 팀장)와 여자(율두스, 보를라, 아지자)로, 그리고 개발주의자와 공동체주의자로 분열하고, 양분된 그들 간의 갈등이 공동체를 붕괴시킨다.

그런데 언급했듯이 그 붕괴의 모습은 마치 르네 지라르가 『폭력과 성스러움』에서 개념화한 '희생 위기'를 닮았다. 왜냐하면 공동체의 갈등은 매번 점점 심화되다가 소설 말미에는 반드시 파국을 부르고, 파국의 순간에 '이중간접화'가 극에 달한 공동체 전체의 운명을 대신해 누군가 한 사람이 희생제의에 제물로 바쳐지기 때문이다. 「카펫―수로 1」의 '슈흐랏', 「까롭까―수로 2」의 (보를라가 낳은) 아이, 「톨큰─수로 3」의 수호조와 죽은 임산부가 낳은 아이, 「발치카 No. 9」의 '마리나', 「살사댄서의 냉풍욕」의 안경 쓴 중년의 알코올중독자, 「붉은 코끼리」의 삼촌, 「분나」의 '이무', 「라, La」의 '나', 「판타롱 아일랜드」의 어머니는 이 희생양들의 목록이다.

그런데 지라르는 희생제의, 즉 만장일치의 폭력 의례는 이중간접화(희생 위기가 절정에 달한 상태)된 공동체의 무질서 상태를 종결짓는다고 말한 바 있다. 즉, 희생 위기는 반드시 희생양 제의를 통해서만 제압될 수 있다. 가령 인류 역사상 최대의 희생양이었던 예수가 그랬듯이 희생제의는 공동체에 얼마간의 안정과 질서를 재도입한다.

그러나 이은선의 소설 속에서 그런 일은 일어나지 않는다.

4. 숲의 왕

이은선의 소설 속에서 자주 일어나곤 하는 희생제의를 지라르가 아니라 프레이저의 관점에서 읽는 것도 가능할 듯하다. 그렇게 읽을 때, 이은선의 소설들은 '부왕 살해'라는 전래의 보편적인 신화소를 내부에 오롯이 품고 있다고 말해도 무방해 보인다. 역저 『황금가지』에서 프레이저가 수집한 그 수많은 신화들은 젊은 왕에 의한 늙은 왕 살해와 관련된다. 물론 신화시대에는 왕들이 곧 제사장이기도 했으니, 프레이저가 보기에 터너의 그림 속 숲의 축제는 이제 늙어서 영력을 대부분 상실한 늙은 왕을 죽이고(숲에 닥친 재앙은 그의 노쇠 탓이므로) 새로운 왕의 등극을 알리는 일종의 희생제의였을 것이다. 정확히 그런 일들이 이은선의 소설 속에서도 일어난다.

「카펫―수로 1」에서 카펫을 팔러 나가 돌아오지 않는 엄마의 자리는 '율두스'에 의해 대체된다. 슈흐랏은 율두스의 가슴에서 오래전 마을에 울려 퍼지던 파도 소리를 듣는다.

> 율두스가 나를 꼭 안아주었다. 나는 율두스의 가슴에 얼굴을 묻고 어디선가 들려오는 뱃고동 소리와 파도 소리를 들었다. 아주 먼 데서 몰려오는 물소리도 났다. 잠결에 들었던, 검은 몸이 율두스의 가슴에 입술을 대고 내던 소리도 나는 것 같았다. 나는 그 소리들을 향해 손을 내밀었다. 여러 소리가 순식간에 내 손 안에 고였다. 나는 손 쪽으로 얼굴을 돌렸다. 물컹한 것이 내 볼과 입술에 닿았다. 소리들은 거기에도 모여 있었다. 파도 소리, 배들이 몰려오는 소리, 출렁이는 물결 소리, 수로관에서 물이 터져 나오는 소리, 소리들! 다시 눈을 떴다.
>
> (「카펫―수로 1」, p. 31)

'물-가슴-모성'의 이미지 계열체가 율두스(한국어로 '별')에게 여신의 풍모를 부여하는 바, 사라져버린 엄마를 대신하는 것은 이제 율두스다. 「까롭까―수로 2」에서는 더 이상 선원들에게 부를 가져다주지 못하는 (늙은 목화 왕) 대령이 선원들의 만장일치에 의해 '식인제의'(프로이트가 상상했던 원초적 부친 살해의식)의 제물이 되고, 그가 앉았던 의자에는 대신 '흰 손'이 앉는다.

370

신이 난 인간들이 춤을 더욱 격렬히 추며 대령의 몸 가까이 다가
섰다. 갑판 위에 머리가 하얗게 세어버린 대령의 가지에 목화 봉오
리가 만개했다. 그 봉오리 위에서 대령의 목이 툭, 떨어졌다. 인간들
이 더욱 요란한 춤을 추며 대령의 몸에서 막 뿜어져 나오고 있는 핏
물을 짓이겼다. 목화 봉오리가 서서히 핏물을 머금었다. 그 위로 대
령의 의자에 걸터앉은 흰 손이 하얗게 겹쳤다.

(「까롭까—수로 2」, p. 66)

이제부터 목화밭과 배를 다스릴 자는 대령이 아니라 '흰 손'이다.
대령은 더 이상 선원들의 아버지 역할을 하지 못할 만큼 노쇠했고,
눈도 어두워졌으며(맹목은 항상 늙은 현자들의 표지다), 무엇보다도
생식력을 상실해가는 중이었다.

마찬가지로, 「붉은 코끼리」에서 죽은 삼촌(그는 다문화주의 동물
원의 왕이라 불릴 만했던 인물이다) 대신 그의 조련복을 입는 것은
조카인 '나'이고, 「분나」에서는 소설 말미 며느리인 '나'가 시어머
니 '아지자'를 대신해 분나를 끓인다. 게다가 그녀가 끓인 분나는
아지자가 끓인 분나에서 나던 것보다 더 독하고 진한 향기를 뿜는
다. 차트에 중독되고 늙어버린 아지자는 이제 분나 마프라트를 수
행할 기력이 없다. 「라, La」에서도 늙은 제사장을 대신해 까마귀를
기르고, 차를 끓이는 것은 며느리다. 그들은 모두 새로운 숲의 왕
들이다.

그런데 프레이저 또한 노왕 살해의식, 즉 늙은 부친을 살해해 벌
이는 인신공희는 재앙에 빠진 공동체의 불모 상태를 종결짓는다고
말한 바 있다. 기력이 쇠한 구 제사장을 대신해 영력이 강한 젊은

제사장이 숲의 왕이 되었으므로, 숲은 풍요와 활기를 되찾는다. 그러나 역시, 이은선의 소설 속에서 그런 일은 일어나지 않는다.

5. 마녀들의 커피

가혹한 일이 되겠지만, 이제 이은선 소설의 결말들을 읽을 차례다. 젊은 숲의 왕이 등극했다. 세계는 이제 새로운 삶을 다시 이어가게 되는가? 그러나 우리 모두가 알다시피, 새로운 제사장이 등장하자 곧바로 우주는 섭리를 되찾아서, 분나 꽃은 다시 무더기로 피고, 목화는 잘 팔리고, 수로에는 물이 돌고, 산에 올랐던 손님들은 무사히 되돌아오고, 코끼리들의 설사는 멈추고, 항구는 다시 배와 물고기들로 붐비고, 카펫을 다 판 엄마가 돌아와 아이에게 젖을 물리는 그런 세계는 다 옛말이다. 분나나무들이 마지막 힘을 다해 미친 듯이 꽃을 피워 올리던 우물은 말라 바닥에 썩은 쓰레기만 드러내고, 파도는커녕 쇠로 된 수로에 돌던 물마저 제 길을 찾지 못하고, 목화 값은 폭락하고, 눈사태는 마을을 덮친다. 코끼리가 죽을 거라며 젊고 여린 태국 사육사는 울고, 기다리던 엄마를 대신하던 여신은 겁탈당한다. 물론 새로운 제사장들은 젊겠지만, 그들의 능력으로 되돌릴 수 있는 싱싱한 신화적 원소들의 세계는 지상에 더 이상 없다. 소설 말미 등극한 새 제사장들이 하나같이 자신에게 주어진 임무 앞에서 주저하고 망설이는 이유가 여기에 있다.

손에 쥔 못은 죽은 구제사장 '삼촌'의 관에서 가져온 것이니, 새로운 숲의 왕은 지금 세계에 새로운 질서를 도입할 자신이 없다.

어찌할 바를 몰라 나는 조련복 속에 있던 못을 꺼내 쥐었다. 나는 어느 쪽으로도 가지 못했다. 누군가 먼저 잡아당기지 않는다면 나는 언제까지라도 그렇게 서 있을 것만 같았다.

（「붉은 코끼리」, pp. 202~03）

혹은 크레바스에 빠져 이미 심장이 터져 죽은 채로(스스로도 희생양이 되어, 그러나 정작 구해야 할 공동체는 구해보지도 못한 채로), 마을을 덮치는 눈사태를 속수무책 지켜보고 있을 수밖에 없다. 말하자면 등극과 동시에 옛 제사장과 더불어 죽음을 맞는 숲의 왕이 여기 있다.

노인이 관 뚜껑을 열었다. 하얀 새 뼈가 가득했다. 노인이 그 위에 누웠다.
눈개가 일으킨 눈사태가 마을에 도착했다.
노인의 관이 눈에 묻혔다. 새로 생긴 흰 봉분 위에 부러진 깃대가 내리꽂혔다. 붉은 천이 긴 꼬리를 봉분 아래까지 늘어뜨렸다.

（「라, La」, p. 266）

죽은 것들의 숨방울을 눈에 담아 하늘로 실어 나르는 능력을 물려받았으나, 스스로 그 능력을 폐해버리는 신조(神鳥)도 있다. 인간의 말이 몸 밖으로 모두 빠져나갔으니 이 새는 이제 인간 세계의 재앙에 아무런 책임도 의무도 없다.

나는 잔뜩 열이 오른 관에 왼 눈을 가져다 댔다. 눈동자가 지져지
는 소리가 들렸다. 내 몸 가득 들어 있던 인간의 말이 소나기 오는
소리를 내며 몸 밖으로 빠져나갔다.

(「톨큰―수로 3」, pp. 97~98)

그러나 마지막으로, 남자들과 쇠붙이와 불과 차트에 마음 가득
독한 원한을 품고서, 그 원한의 독기로 신화 세계 최후의 보루를
지키려는 두 여제사장은 있다.

> *그들의집에는늘매캐하고도달콤한냄새가풍기고이제는손님도오지*
> *않지만밤낮을가리지않고끓여대는분나탓에그곳에는항상달큰한냄새*
> *가고여있다.화로에쓰일나무가거의다떨어졌을때에서야며느리가바깥*
> *출입을하는듯했으나그도잠시,간혹지독하게매운꽃향에홀린사람들이*
> *집으로들어가지만그들이되짚어나오는것을본사람은없다.*
> *방안가득한달큰한향에나무가쉴새없이졸여진다.*

(「분나」, p. 236)

띄어쓰기가 없으므로 질서도 없는 집. 시취와 향기가 뒤섞여 구
별하기 힘들지만 그래서 더 무섭도록 달큰한 분나 향이 종종 사람
들(아마도 아지자의 아들 이무처럼 그 안에서 죽어야 할 남자들일 텐
데)을 사로잡아서는 결코 놓아주지 않는 두 여신의 집, 아니 실은
이제 '마녀들'이 되어버린 두 늙고 젊은 제사장의 집이, 나는 유독
서럽고 또 마음에 든다. 세상은 이제 그들의 힘으로는 어찌할 도리
가 없을 만큼 남자와 불과 쇠의 기운으로 가득 차버렸지만, 그들이

집 주위로 둘러쳐놓은 깊고 진한 원한의 방어막 또한 독하고 강력해서, 거기가 바로 '현대의 비극'을 피해 신화적 원소들이 최후로 택한 마지막 보루는 아닌가 여겨지기 때문이다. 그들이 끓이는 분 나의 향이 바로 그 원소들이 아직 실존함을 증거하는 알리바이다.

　나는 그 두 마녀가 끓이는 커피의 맛과 향이 무척 궁금하다. 이제 막 첫 책을 펴낸 젊은 작가 이은선이 써낼 다음 소설들에서 그 맛과 향이 더욱더 독하고 깊어지길, 그리고 우리가 사는 일상의 삶 속으로까지 널리널리 퍼지기를 기대한다.